新 潮 文 庫

嘘 Love Lies

村 山 由 佳 著

新 潮 社 版

11401

目次

噓
Love Lies

ふり向けば、海が見える。

見えるとわかっていてふり向くのに、いつもその光景のおおきさに胸打たれる。持ち手のない紙袋から、ぎっしり詰めた夏蜜柑《なつみかん》がこぼれないようにかかえ直し、彼女は、片手を目の上にかざした。

水平線の向こうまで果てしなく広がる蒼色《あおいろ》は、雲間から射《さ》す光の具合によってさまざまに明度と彩度を変える。今はのっそりとおおらかだが、時に猛々《たけだけ》しく荒れ狂うこの海の佇《たたず》まいは外海ならではのものだ。

坂道を上りながら、額に滲《にじ》む汗を拭《ぬぐ》おうとした時だった。荒れたアスファルトの窪《くぼ》みに足を取られ、あっと思うより早く、袋のふちから夏蜜柑が二つ、三つとこぼれていく。どすん、どすんと不格好に跳ねた黄色の果実が、そのまま坂のずいぶん下へと転がり落ちてゆくのを、彼女は情けない気持ちで眺めやった。一つは道路の真ん中で、二つはそれぞれ道ばたの草むらでようやく止まる。

知り合いの農家にわけてもらった庭先の夏蜜柑だが、大事なものだ。三つ減ってもまだ重たい紙袋を注意深くかかえ直し、彼女は、いま上ってきたばかりの坂道を小さな歩幅で下り始めた。

ため息など、つかない。
そんなものはもう、一生ぶん使い果たしてしまった。

第一章

女を抱くのに部屋を暗くするのは、そのセックスに多少なりとも愛があるからで、ただの交合に気遣いは要らない。そういうことなのだろうなと思いながら、秀俊《ひでとし》は、言われるままにシャツを脱いだ。

立地だけが取り柄の、駅裏のラブホテルだった。ムードを高める間接照明の設備はいくらもあるのに、男が有無を言わせず天井灯をつけたとたん、部屋じゅうから影という影がかき消える。

真昼に等しい明るさの中で、続いてデニムと下着をおろして足先から抜く。ベッドの端には、下着姿の女が腰掛けている。顔立ちはそれなりに整っているものの、目もとの表情がおそろしく暗い。

「いい脱ぎっぷりだな」

低い濁声《だみごえ》が言った。

部屋の隅に目をやれば、小ぶりのソファに座った男は、半裸の女ではなく秀俊の裸を見ていた。即身仏まであと一歩というほど痩《や》せているせいで老《ふ》けて見えるが、確かまだ六十前のはずだ。

「いい身体《からだ》してやがるもんなあ」

落ちくぼんだ眼窩《がんか》に、目だけがぎょろぎょろしている。稼業《かぎょう》に似合いの剣呑《けんのん》な目だ。

「お前、名は何てえんだ」

秀俊は、〈上〉からの忠告を思いだし、短く名乗った。

「ヒデ、といいます」

「歳《とし》は」

「三十四になりました」

「はあん。それだけ鍛えて絞ってりゃ、あれだろ。見せびらかしたくもなるだろ。どうだ、いい彫り師、紹介してやろうか」

「勘弁して下さいよ、佐々木さん」

粘っこい視線が、上半身から下半身へと舐《な》めるように這《は》いまわり、一往復したのちに中心でぴたりと止まる。まさかそちらの趣味も、とたじろぐ秀俊を見て、佐々木がいやな笑い方をする。

「ほら、お前も脱げ。ぐずぐずするな」

言われて、女が背中に手を回す。はずしたブラジャーを床に落とし、黒いレースのパンティを脱ぐ。意思というものの感じられない従順さだ。

「見せてやれよ。早く」

淡々とベッドに横たわり、股《また》を広げて大の字になった女を見おろすなり、秀俊の眉根《まゆね》が寄った。毛の一本も残さず剃《そ》りあげられた股間《こかん》に、二つの文字が黒々と刺青《いれずみ》されている。――牝《めす》、犬。

「残念ながら俺が彫らせたわけじゃねえがな。今は、俺の犬なんだわ」佐々木が言う。「犬だからな、何をしたっていい。蹴《け》ろうが殴りつけようが、絶対に咬《か》みついたりしねえように躾《しつ》けられてる。なあ？」

仰向《あおむ》けの女が黙って頷《うなず》く。天井を見上げる目は、犬というより死んだ鯖《さば》のようだ。

「ほれ、ヒデよ。二、三発ひっぱたいてみな。いい声で鳴くぜ」

「いや、」

「気にすることあねえ。この女はもともとそういうのが好きなんだからよ」

「すいません、佐々木さん。自分、そういうのは」

「何だ、だらしねえな。そんなんでよくもまあこれまで……」

くっと笑うと、佐々木は痩せた軀《からだ》でゆらりと立ち上がり、いきなり女の髪をつかんで引きずり起こした。細い悲鳴をあげる女の頬を、思いきり張る。ぐう、と潰《つぶ》れたような呻《うめ》きを漏らすのを、うつぶせに返して秀俊の前に引き据える。腰を高く上げさせ、後頭部を上から二度、三度と乱暴に押さえつけておいて、

「やんなよ、ほら。あとはどうぞ、ご自由に」

歌うように言い、ようやくベッドから離れた。

白熱灯の下、しらじらと光る尻《しり》がこちらに向けて突きあげられている。欲情など、できるものではない。

「どうしたよ、うん？」佐々木が白々しく覗《のぞ》き込んでくる。「ちっちゃいまんまだな。俺の女とじゃ、やる気にならねえってか」

「……いえ」

失礼します、と進み出て、女の腰を引き寄せる。

勃《た》たなかったでは済まされない。体調のせいにもできない。自分の女が犯されるところを見たいという注文があり、お前が行けと上から命じられれば、否《いな》やはない。そういう世界だ。

目の前の女ではなく、別の幻影に意識を集中する。こんな目的に使うのは不本意だが、背に腹はかえられない。一度でいいからこの胸に抱きたかった女。許されるならば今でもそうしたい女。けれど決してかなわない女。腹の下のほうに芽生えたいくばくかのむず痒《がゆ》さをたぐり寄せ、かき集めるようにして育ててゆく。尻をつかむ指に力がこもると、

うつぶせの女の唇からかすかな吐息がもれた。柔らかな肉に、きつく爪《つめ》を立てる。腰がさらに上がり、自ら誘うように蠢《うごめ》きだす。あてがうと、溶けたバターのように抵抗もなくめりこんでいった。

佐々木は、元のソファから黙って見物している。このために呼びつけたくせに気乗り薄も甚だしい。ノーマルでは御満足頂けないということか。

仕方なく、秀俊は手をふりあげ、思いきり女の尻を張った。驚くほど甘ったるい悲鳴があがる。もう一度ひっぱたく。削《そ》げた背中が痙攣《けいれん》するように震え、大仰に波打つ。

「おう、いい感じだ。やればできるじゃねえか」

佐々木が身を乗りだす。

だめだ、これ以上の仕打ちを加えようとすると、まぼろし相手では無理がくる。目の前の、現実の女へと意識を引き戻す。あとはもう突っ走れば、物理的な刺激でどうにかなるだろう。あからさまに激しく突き上げてやる。もう一度。さらに、もう一度。

喘《あえ》ぎ始めた女より、そばで見ている男の反応に気を配りながら、秀俊は醒《さ》めた頭の隅で、いったいこの茶番は最終的にどのあたりに着地させればいいのだろうと考えていた。

外がまだ明るい時間であることを忘れていた。ホテルを出るなり、日射《ひざ》しに灼《や》かれる。アスファルトの照り返しにあおられ、誰のものかもわからない唾液《だえき》の乾いた匂《にお》いが鼻をついて吐きそうになる。シャワーを使うより、一刻も早くあの部屋を出たかったのだ。

しかし、しくじった。背を向けて身支度を調えている時、

〈お前……刀根《とね》秀俊、ってのか〉

ぎょっとなってふり返ると、佐々木の手には見覚えのある財布が握られていた。中から取りだした免許証をまじまじと眺め、写真とこちらの顔を見比べたあとで返してはくれたものの、それから後、骨と皮の極道はほとんど口をきかなかった。前もって抜いておくべきだったと後悔してももう遅い。本名から住所まで、全部知られてしまった。

街路樹の下で立ち止まる。失敗だった。何しろ、相手が相手だ。

湿度のせいで、日陰も涼しくはない。携帯を取り出し、切ってあった電源を入れ、着信通知は無視して、とりあえず〈上〉に任務完了の報告を入れる。たっぷりと揶揄《やゆ》を含んだ『ご苦労さまです』にはらわたが煮えた。

こういうことが、たまにある。正式に組に属しているわけではない秀俊のところへわざわざ出動要請がかかる。忠誠を試すためなのか、それとも聞き分けの悪い飼い犬を時々蹴りたくなるのか、両方かもしれない。そう、〈犬〉は自分だ。股間に刺青こそなくても。

携帯を尻ポケットに滑りこませようとした時だ。振動が指に伝わった。身構えながら

見ると、画面には、やはり〈美月《みづき》〉の名が浮かんでいた。

耳にあてるなり、

『もう、さっきから何べんもかけてたのに！』

威勢のいい文句が鼓膜を直撃する。声の調子から言って、言うほど切羽詰まっているわけではなさそうだ。

「何べんもってお前……」携帯を耳から少し離した。「人の迷惑は考えないのかよ」

『私からの電話が迷惑だって言いたいわけ？』

「そういうことじゃなくてだな」

『じゃあいいじゃない。あんまり出ないから、また携帯沈めたのかと思った』

「え？」

『前にあったでしょうが。携帯沈没事件』

言われて思い出した。先代の携帯は、前かがみになった拍子に作業着の胸ポケットから滑り落ち、モルタルを練ったバケツの底に沈んだばかりかご丁寧に攪拌《かくはん》までされたのだった。秀俊の本業は左官屋だ。

『ほんとは何してたのよ』

「いや、まあ、いろいろな」

『人に言えない悪さでもしてたんじゃないでしょうね』

見てたのか、とはもちろん言えない。

「アホか。昼の日中だぞ」

かろうじて切り返す。いつもながら、この幼なじみの勘の鋭さには恐れ入る。

「で、何の用だよ」

『ない』

「はあ？」

『べつに用なんかないよ』

「お前なあ……」

さすがにあきれて文句を言いかけたとたん、

『もしもしー。とねー？』

ぽっかりと明るい声が耳もとに響いた。

『まほちゃんだよー。きこえますかー？』

これだよ、と頭を抱えたくなる。いきなり最終兵器を出してきやがる。

そして、思わずふきだした。不承不承の苦笑いではあっても、ずいぶん久々に笑った気がした。

『あれえ？　もしもーし』

「聞こえてるよ」

自分にこんな柔らかな声が出せるとは、と毎度あきれる。背中がこそばゆくなる。

「どうした、真帆《まほ》。ママから電話してみろって言われたのか?」

『ちがうよー。まほが、ママにたのんだの』

母親とはまるで正反対とも言える、性格そのままののんびりとした口調だ。

『このごろ、とね、あそびにこないねえ、げんきなのかなあっていったら、ママがでんわしてみたらっていうから、ずっとしてたんだけど……。とねってば、なにしてたの?』

「ごめんな。俺もまあ、いろいろあってさ」

『うん、しってるよ』

「え?」

『すごぉく、いそがしいんだよね。ママがいってた。とねくんはおしごとでいそがしいから、まほになかなかあいにこられないけどゆるしてあげな、って。まほが、まいにちようちえんへいかなくちゃいけないのとおんなじで、おとなは、まいにちおしごとにいかなくちゃいけないんだからね、って。そうなの?』

「……そうだな」

『おしごとって、たのしいところ?』

答えに詰まる。

「真帆はどうだ？」苦しまぎれに質問で返した。「幼稚園、楽しいか」

『たのしい！』

「そりゃよかった。誰か好きなやつ、出来たか」

『えっとー、まほをすきだっていうおとこのこはいっぱいいるよー。でもね、まほはいないんだー』

「ふうん。なんで」

『とねがいるもん』

　携帯を耳に押しあてたまま、空を仰いだ。街路樹の緑に光が透け、その間からまぶしい青が覗いている。暑い暑いと思っていたが、いよいよ夏の終わりも近いのだろう。

『ねえねえ、あのね』

「うん？」

『きょう、ばんごはんね、カレーだって。ママに、とりにくいっぱいいれてって、たのんであげようか。とりにく、すきでしょ？』

　秀俊は、今度こそ声をあげて笑った。

「鶏肉《とりにく》が好きなのは俺じゃなくて真帆だろ」

『えー、まほもすきだけどー』

　わかったわかった、と応じながら、胸の裡《うち》から甘く凶暴な衝動が突き上げてくるのをこらえる。

感情など、邪魔になるだけだ。ふだんは極力押さえこんでいるせいで、こうして突然、内なる時化《しけ》が始まると、すぐには対処しきれずにもてあます。

「まったく、真帆には勝てないな。今晩、行くよ。ママに言っとけ、鍋《なべ》からあふれるくらい鶏肉入れろって」

『やったー！』

ママー、と報告のために張りあげられる声を聞きながら、携帯をポケットにしまう。デニムの尻がじんわり熱い。たった一本の電話で、つい先程までのことが別世界のように遠く思える。たとえ今だけでもありがたい。

まずはアパートに戻ってシャワーだ。まとわりつく体液の匂いだけでなく、荒《すさ》んだ空気を身にまとったままでは、あの母娘《おやこ》にはとうてい会えない。美月に何かまた言い当てられるといったこととは別に、彼女たちの住む世界を穢《けが》したくない思いが強かった。そうだ、真帆に会うなら無精ひげも剃らなくては。

地下鉄への入口を探して歩きだす。

美月とも久しぶりだ。彼らのことも、少しは聞けるだろうか。

これまでの人生で、男を待たせはしても、待ったことなどほとんどない。桐原《きりはら》美月にとっての例外は、娘の真帆の父親となったあの男と、残るは刀根秀俊だけだ。

男のことは、今でも忘れていない。忘れられるような相手ではなかった。ただ、そもそものはじめから一緒になる選択はあり得なかったし、少なくとも美月のほうはそれを望んでさえいなかったせいだろうか。まだ真帆が生まれる前のある日、亡《な》くなったことを突然聞かされた時も、悲しいと言うより、（ああ、やっぱり）という思いのほうが強かった気がする。

＊

ともに過ごした歳月は長いが、時間は、全部足してもそんなに長くない。思い出といえばこの部屋か、あとはせいぜい車の中だけだ。

寸胴《ずんどう》鍋にたっぷりと作ったカレーを底からかき混ぜる。根菜類も初めから加えて、ニンジンの角が取れ、ジャガイモもとろけてなくなるくらい煮込むほうが真帆の好みだ。真帆がそれを好きだと言うなら、秀俊に異論があろうはずはない。子ども向けの甘いカレーをいつも黙って一緒に食べている。

知り合った中学時代の彼は、寡黙《かもく》で無愛想な印象が強かった。それについてはいくらか緩和されたが、それにしてもまさかあれほど子どもが好きな男に育ち上がるとは思いもよらなかった。会うたび、真帆を全身全霊で可愛《かわい》がる。

今回は、しばらく間が空いた。たいていは用事がなくても寄ってくれるのだが、ここ一ヶ月ほどは顔を見せず連絡もしてこなかった。

左官の仕事が詰まっていたのだろうか。このご時世に、電話する暇もないほど忙しいのはむしろ喜ばしいことだ。

しかし、美月には時おり秀俊の目もとが妙に険しく荒んでいるように思えることがあって、それが気がかりだった。彼は自分のことをほとんど話そうとしない。語りたがらないことを無理に語らせるのは好きでないから、美月の側も訊《き》かない。自然と、大人たち二人は顔を合わせてもほとんど言葉を交わさず、どちらもが真帆との会話を介して何とはなしに互いの近況を知ることになる。

サッシを開け放ったベランダから夕風が吹き込み、キッチンにこもった熱気を薄めてくれる。いつまでも続くかに見えた夏の暑さも峠を越し、最近はいくぶん過ごしやすくなってきた。

白いタイルの壁や、カレーをよそうために用意してある器が、リビングからの光の反射でほんのりと薔薇色《ばらいろ》に染まってゆくのを眺めていると、真帆が走って美月を呼びに来た。

「みてみて、ママ、ゆうやけがすごくきれいだよ」

いったん火を止め、どれ、と出てゆく。

「ほんとだ。今日のはまた凄《すご》いねえ」

「とねも、みてるかなあ」

「どうかな。たぶんね。そろそろこっちへ向かってる頃だろうから」

マンションの五階にあるこの部屋からは、すぐ下に中学校の敷地が見渡せる。昔、美月たちが通った中学だ。今日はサッカー部と陸上部がグラウンドを分け合って練習している。

フリーのライターをしている美月は、芸能人や文化人、時には政治家などにもインタビューをし、記事は自宅で書くことが多い。平日は学校のチャイムが時を知らせ、生徒たちの声が下界から湧《わ》きあがるように耳に届く。

時代は変わり、校舎が新しくなっても、学校独特のざわめきを構成する要素はほとんど変わらない。少し割れて響くチャイム。体育館の天井や壁に反響する、バスケットボールが重たげに弾む音。教室の引き戸ががらがらと開き、またがらがらと閉まり、起立、の号令とともに椅子《いす》の脚が床をこする。けだるい午後には窓の外から体育教師の吹く笛や、円陣を組む男子のかけ声が聞こえ、校内放送のスピーカーは最初と最後に必ずプッッという雑音を響かせ、理科室からは理科室の、美術室からは美術室の、音楽室からは音楽室の匂いがする。

そんな中に、あのとき自分たちはいた。美月と、秀俊と、それから——もう二人。

秀俊は、同じクラスの女子たちからあまり受けがよくなかった。発育の遅い男子の中にあって当時から抽《ぬき》んでて体格が良く、顔立ちもけして悪くなかったのだが、まだまだ子どもの女子中学生からすれば、母親が熱帯魚みたいな服で保護者会に来ただの、学校帰りにヤクザっぽい男と一緒にいるのを見たなどという噂《うわさ》だけで敬遠するに充分だったのだろう。

物思いに沈んでいると、

「あ、きたよ、ママ」

真帆が言った。

「ほんと？」

短いスカートの裾《すそ》をひるがえし、真帆が玄関へと駆けていく。一階のエントランスはオートロックになっているから、インターフォンに応《こた》えてこちらが解錠しない限り、勝手にここまでは上がってこられないはずなのだが——直後、ほんとうに呼び鈴が鳴った。一階のではなく、この部屋の玄関のそれだ。

こういうことはよくある。別に驚かない。自分も昔は同じだった。

美月が後を追うより先に、小さな真帆は伸びあがって内鍵《うちかぎ》をひねり、よいしょ、とド

アを押し開けた。立っていた秀俊が、

「早っ」

驚いて真帆を見おろす。

「えー、おそいよ、とねー」

「ごめんごめん」

自分の腰にも背の届かない子どもを見おろす目は優しいのに、やはりどこかこう、ざらりとした気配をまとっている。いま写真を撮ったなら、彼の輪郭だけ粒子が粗く写るような。

「まほ、おなかすいちゃったよ」

「いや、そりゃ悪かったけどさ、晩飯にはちょっと早くないか？　まだ夕方だぞ」

「えー、そんなのかんけいないでしょ。『おなかのすいたときがごはんどき』だもん。ね、ママ」

「いかにも、お前のママが言いそうなことだな」

苦笑している秀俊と目が合った。

「ちょうど下に宅配の業者が来ててさ」

いささか弁解がましく秀俊が言う。それで一緒に入ってくることができたという意味らしい。

「無精ひげ、剃ってきた甲斐《かい》があったね」

「え？」

「でなきゃ、防犯カメラに引っかかって通報されてたんじゃない？」

「勘弁してくれよ」

ふと見せる横顔の表情は、あの頃と変わらない。まるで自分たちのまわりだけ時間の流れが止まっているかのようだ。

真帆にベランダまで手を引っぱられていった秀俊は、夕焼け空をしばらく眺め渡したあと、居間のソファに腰をおろした。おませな四歳児のおしゃべりに耳を傾けながらも、美月の出してやった冷たいお茶に低く礼を言う。話の中に出てくる「ヒロくん」も「ハヤトくん」も「ダイチくん」も、彼にはもうおなじみだ。

生まれたばかりの真帆を初めて見た瞬間から、秀俊は、彼女を愛した。自分が父親がわりにならなければ、などという気負いとは無縁の、まるで流れる川の水が小石を包みこむのと同じくらい自然ななりゆきだった。

一見すると粗野なようだが、見返りを求めない愛し方というものが秀俊の軀のどこか奥のほうにインプットされているらしく、何かの加減でスイッチが入ってそれが発動されると、いっそ痛々しいほど献身的で愛情深い男が立ち現れる。今に始まったことではない。美月はそれを、中学時代から間近で見ていた。

カレーをよそい、サラダとともにダイニングテーブルに並べる。

「真帆、お手伝いして」

と呼ぶと、いそいそとやってきてスプーンやフォークを運ぶ。彼女もまた、〈とね〉のためなら何でもする覚悟を小さな軀の中に溜《た》めこんでいるのだった。

三人でテーブルを囲み、暮れてゆく空を眺めながら、鶏肉のごろごろ入ったカレーを食べた。雲の色合いは刻々と変化し、虹《にじ》を混ぜたような輝きがいよいよ失われて部屋が薄暗くなると、秀俊が立っていって灯りをつけた。ここへ来た時にはまだ残っていたあの荒ぶる気配が、彼の中からようやく消えていることにほっとする。

「おかわりならいくらでもどうぞ」

と言ってやると、彼は首を横にふった。

「まあ、そっか。いつまでも食べ盛りの中坊じゃないよね」

「思いだすな。何ていったっけ、あの食堂」

「ああ、まんぷく堂？」

学校の帰り道にあった小さな食堂は、地元の者でなければ見過ごしてしまうほどみすぼらしい店構えだったが、美月たち仲間四人はしばしば放課後のひもじさをそこで紛らわせていた。こちらの胃袋と懐《ふところ》の事情を汲《く》んで、ごはんやルーを黙って大盛りにしてくれるおばちゃんにどれだけ助けられたかしれない。テーブル越し、ちらりと秀俊を見やる。同じことを思いだしているのだろう、彼の眉は、かすかだが切なげにひそめられていた。

お絵かきをしたり絵本をひろげたりしながら食休みをした後、真帆をうながして風呂《ふろ》に入れたのは秀俊だった。赤ん坊の頃から面倒を見てくれているから、任せておけば何の心配も要らない。

八時になり、聞き分けよく布団《ふとん》に入った真帆を残して灯りを消し、美月が寝室から出てくると、彼はソファに座ったまま首をがっくり垂れてうたた寝をしていた。一人にしたのはほんの数分だったのに、よほど疲れていたものらしい。

流しの洗いものを済ませながら湯を沸かし、熱いコーヒーを淹《い》れて運んでいく。マグカップをことりと置く音に、秀俊が目を開けた。

「……悪い。うっかりした」

首の後ろを揉《も》みながら時計を見上げ、さほど時間が経《た》っていないことにほっとした顔をする。

「濃いめに淹れといたよ」

「サンキュ」

こんな時、泊まっていけばと言っても彼が従った例《ため》しはない。美月もいつしか勧めなくなった。

秀俊にとって自分は、〈女〉を飛び越えて〈真帆の母親〉になってしまったのだと思う。あるいはそうでなくても男と女として関わることはできない運命だったのか。こういうかたちではあっても、つながっていられるだけ幸せなのかもしれない。

自分のカップを向かい側に置き、腰をおろす。

「真帆は？」

「おとなしく寝たよ。おかげさまで気が済んだみたい」

「また背が伸びたよな。言うこともますます大人びてきたし……」何を思いだしたか、困ったように苦笑する。「おじさんはもうタジタジですよ」

「毎日一緒にいるとあんまりわからないけど、一ヶ月ぽっちでそんなに変わるもの？」

そりゃそうだろ、と秀俊は言った。

「一週間会わなくても変わる」

「そっか。子どもはそうかもね」

「子どもに限らず変わるさ、人間なんて。あっというまに」

美月は、黙った。

「たった一日二日でも、変わる時は変わる。別人にだってなる」

二人きりの部屋に、重たい沈黙が降りてくる。

秀俊がコーヒーに手をのばし、ひと口すする。

「ねえ、刀根くん」

「うん？」

「何かまた、危ないことしてない？」

マグカップが、ゆっくりとテーブルに戻される。

「『また』って何だよ」

「具体的にはわからないけど、してる、気がする。そう、今も」

「おいおい」

「やめたほうがいいよ。いつか絶対、またとんでもなく危ない目に遭うから」

深いため息が聞こえた。

「何もしてないよ。お前たちに心配かけるようなことを、俺がするわけないだろう。毎日真面目《まじめ》にこつこつ働いてる人間相手にひどい言いぐさだよな、まったく」

笑ってみせる秀俊を、美月は、真顔のまま見つめ返した。

「頼むから、やめてよね。本当にそのうち命落とすからね。そうなったって知らないよ、とは言いたくても言えないの。あの子がどれだけ悲しむかわかるから」

秀俊は、答えなかった。コーヒーの残りを飲み干すと、再び壁の時計を見上げる。

「帰る？」先回りして言った。「明日も早いんでしょ」

「そうだな」

「今日はありがとうね。真帆、ほんとに嬉《うれ》しそうだった」

「また来るよ。今度はあんまり間を開けずに」

「無理しなくていいんだよ。それこそほんとに、〈お仕事忙しい〉んだから」

頷いたものの、すぐには立ちあがろうとしない。

何が訊きたいのか、美月にはもちろんわかっていた。

「――きっと、大丈夫だよ」

秀俊が目を上げる。射るような視線の強さに、身構えていたつもりでも胸を抉《えぐ》られる。

「今のところ、そう変わりはないんだと思う。はっきり聞いたわけじゃないから詳しいことまではわからないけど、何かあったら向こうから話してくれるはずでしょ。少なくとも私にぐらいはさ。何も言ってこないってことはつまり、報告してくれるほどの変化はなくて、でもまだ大丈夫ってことなんだと思う」

一度は上がった視線が、みるみる力を失って足元に落ちる。

「仕方がないよ。私たちには、とりあえず今は何も出来ないもの」

秀俊が、頷く。

自分たちの上にも、あの二人の上にも歳月は流れ、ようやく二十年が経った。この先を思うと気が遠くなる。何とかして一日も早く歳を取ってしまえないものだろうか。さっさと老いて枯れきってしまえば、この永い苦しみからも楽になれるかもしれないのに。

うつむく男の削いだような鼻梁《びりよう》を、美月は見つめた。
これだけ長く付き合っているのに、この顔に触れたことはまだ一度もない。

＊

〈お前は飲み込みが早いなあ、ヒデよ。筋もいい。やっぱし俺なんかとはアタマの出来が違うんだろうな〉

十五で弟子に入った当日からすぐにコテ返しができた秀俊を見て、年取った親方はずいぶん驚いたものだ。

コテやコテ板を触るのが初めてでないことは、そのとき言いそびれたせいでとうとう最後まで言いだせなかった。秀俊の父親は左官職人で、子どもの頃は日常的にその仕事を間近に見て育ったのだ。

とはいえ、左官屋の息子が必ず腕のいい左官屋になると決まったものではないし、もっと言えば、死んだ父親と秀俊の間に血のつながりはない。

惚《ほ》れた女をその幼い息子ごと引き受けてくれた刀根真一郎《しんいちろう》は、しかしそれから七年後、秀俊が小学三年生の時に、働き盛りで死んでしまった。家族のために少しでも多く稼ごうとするあまり無理がたたったのか、夜中に心筋梗塞《こうそく》を起こし、朝には寝床で冷たくなっていたのだ。残された母・江利子《えりこ》の稼ぎは知れたものだったし、のちには息子を残して出奔してしまったので、秀俊は高校へ進むことがかなわず、中学卒業とほぼ同時に住み込みの修業に入ったのだった。

　外壁ならともかく、内装に関して言えば、最近ではたいていの新築物件の壁がクロス張りで、左官の出番は少ない。今日の現場のように、ひと部屋まるごと任されるのは久しぶりだ。手を大きく動かせるのは気分がいい。

　なんでも、施主《せしゅ》の母親が同居することになり、使わなくなった子供部屋を寝室とするため壁を珪藻土《けいそうど》塗りに、ということらしい。

　家の二階は廊下を挟んで振り分けの間取りになっていた。階段を上がってきて左側がこの部屋。右側が夫婦の寝室であるとわかるのは、ドアが開け放たれているからだ。秀俊の目に、廊下を隔てて、花柄のカバーのかかったダブルベッドが半分ほど見える。数日前、壁の下地処理のために来た日はたしか、あのドアは閉まっていたはずだ。

　今日来るとわかっていてどうしてわざわざ、と思わないでもない。若作りだがおそらく五十代前半にはなる奥方は、先ほどから何度か二階に上がってきては秀俊の仕事ぶりを眺め、大げさにねぎらったり褒めそやしたりしたあと必ず寝室に一旦《いったん》入り、出てくると思わせぶりな視線をこちらへ投げ、やはりドアはそのままにして階段を下りてゆくのだった。

換気のために開けてある窓から、秋の気配を含んだ風が吹き込む。壁に向かう秀俊の目の端で、寝室の奥の窓にさがったレースのカーテンが、部屋の中へとなびいたり、網戸に平たく貼《は》りついたりをくり返す。

鮮やかに思い出されるのは、中学校の放課後だ。

二階の教室の外には、やはりここと同じく木々の緑と空の青が広がり、天気のいい日は露出オーバーの写真のようにすべてが白く眩《まぶ》しく飛んでみえた。グラウンドからは運動部のどこか投げやりな掛け声が聞こえ、天井近くからさがっている素っ気ない生成りのカーテンが、まるで古代の舟の帆のように風をはらんでふくらんだり凹《へこ》んだりした。

窓のそばにはたいてい二人の少女の姿がある。

風が吹き、カーテンが揺れ、片方の少女が長い髪を耳のところで押さえながら何か言い、もう一人の少女が笑み崩れる。風が吹き、カーテンが揺れ、片方の少女が長い髪を耳のところで押さえながら何か言い、もう一人の少女が笑み崩れる。風が吹き、カーテンが揺れ……。

壊れた機械さながらに、秀俊の記憶のスクリーンには何度もその場面がリピート再生される。脳のどこかが傷ついているのではないかと思うほどの執拗《しつよう》さで、ことあるごとにくり返される。だがありがたいことに、記憶ばかりは何度再生されても磨《す》り減らないのだった。それどころか、くり返されるほど純度は高まり、輝きが増してゆく。

ウマを少しずつ移動させながら黙々と壁を塗り続けていると、やがて家のどこかで時計の鐘が三つ鳴り、間もなく奥方がお茶と菓子を盆にのせて階段を上がってきた。

「ああ、すいません。一区切りついたらありがたく……」

言外に、今は手いっぱいだと伝えたつもりなのだが、相手は部屋の隅にあった椅子から養生シートを剝《は》がしてそばまで運んでくると、当たり前のように腰をおろした。見れば、盆には二人分の湯呑《ゆの》みがのっている。

観念して作業を中断し、ネタの半端《はんぱ》な残りを元へ戻して、バケツの水で手を洗う。コテはバケツの縁に引っかける。

「じゃ、遠慮なく頂きます」

差しだされた湯呑みを受け取り、足場板に尻を半分のせて座ると、奥方は満足げに口もとをほころばせた。今朝方は後ろで束ねていた髪を、今はほどいている。甘ったるい香水の匂いもする。窓を開けているのに濃密に漂ってくるほどだ。

「ほんとにまあ、丁寧なお仕事をして下さって」

「いや、当然のことですから」

「こんど一緒に暮らすことになった義母が、ほとんど寝たきりになりそうでね。工務店さんに相談したら、だったらクロスより珪藻土なんかがいいんじゃないかって言われて。ほら、匂いとか湿気とかがどうしても気になりますでしょ」

そうですか、と言葉少なに答える秀俊を、それこそ匂いや湿気をたっぷり含んだ視線が眺めまわす。

「何かスポーツとかしてらっしゃるの？」

よく訊かれる質問だった。

「いえ、特には」

「そうなの？　なんとなく、格闘技とかやってらっしゃるのかと思ってた。だって肩とか腕とか、すごい筋肉だし」

苦笑して、ただ首を横にふっておく。昔ある人に言われて柔道を始め、以来かなり長く続けた……などということを、今ここで正直に話す必要はない。つまらない面倒が増えるだけだ。

「車のドアに、『刀根左官工業』って入ってたけど、お名前が刀根さんっておっしゃるの？」

「そうです」

「独立されて、お一人で？」

「今は、そうですね。まあ、どうしても手が足りないときは人を頼みますけど」

「立派ねえ。だって、ずいぶんお若いでしょう？　まだ二十代？」

ほっとけよ、と言いたくなる。が、あまり邪険にするとおかしなクレームをつけられかねない。女の好意は、裏返るとたちまち理不尽な悪意へと変わる。

「これでもとっくに三十越えてるんですよ。ちなみに、嫁と子ども一人ずつ」

「え。あら。そうなの」

こちらがやんわり引いた一線はさすがに感じ取ったらしい。

「お子さんは、男の子？　それとも……」

「女の子です。まだ幼稚園児なんですけど、マセてましてね」

嘘《うそ》とはいえ、真帆を思い浮かべると自然に笑みがこぼれた。

「ああ、女の子はそうよね。うちの上の子もそうだった。……なるほど、いいお父さんしてらっしゃるのねえ」

相手がみるみる〈戦意〉を喪失していくのが伝わってくる。妻子持ちの男がターゲット外というより、かつて母親だった者として、子どもの話をしながら欲情するのが難しいのだろう。

まだ熱いお茶を無理に飲み干し、秀俊は立ちあがった。

「ありがとうございます、ごちそうさまでした」

「お粗末さま。お菓子は召しあがらない？」

「すいません。甘いものはどうも苦手で」

「そうですか。じゃ、引き続きよろしくお願いしますね」

何とはなし毒気を抜かれた様子で、奥方が部屋を出ていく。

金バケツの中の珪藻土に少しだけ水を足してよく攪拌し、左手に持ったコテ板にひとかたまりのせると、コテを右手に再びウマに上がった。途中で手を止めた箇所との境目は、いちだんと注意深く塗らなくてはならない。

部屋に吹きこむ風にまぎれて、甘ったるい香水の残り香が薄まってゆき、ようやく鼻から息を吸えるようになった。せいせいして、何度か深呼吸する。香水というものがとにかく苦手なのだ。母親や、そのまわりにいた女たちを嫌でも思いだしてしまう。

コテを返してネタを取り、ざらりと壁にのばした。

女など、股間に刺青があろうがなかろうが同じことだ。一皮剝《む》けばほとんどが〈牝犬〉に過ぎない。


夫・刀根真一郎が死んだ後、秀俊の母親の江利子は、さほど間をおかずに男を家に入れた。庇《ひさし》の下に〈刀根左官工業〉と色褪《いろあ》せた看板がかかったままの、古い小さな借家だった。

その男・南条和也《なんじょうかずや》は、秀俊が赤ん坊だった頃の一時期、江利子とつき合っていたことがあった。江利子が二十二歳、南条がまだ二十歳の頃の話で、正確には、子連れの江利子にたかって食い物にしていたというべきだろう。それを見かねた幼なじみの真一郎が、腕にものを言わせて南条を追い出し、あれやこれやとあった末にやがて二人は結婚——というようないきさつだったらしい。にもかかわらず、真一郎が死んだとたん、九年ぶりにまたよりが戻ったわけだ。

秀俊はそれらの事情を、十歳になる頃にはほぼ知らされていた。真一郎が実の父親ではなかったと知ってショックを受けたのもこの頃だ。江利子の勤めるスナックの女たちが、子どもに聞かせるべきこともそうでないことも見境なく耳に入れてくれたおかげだった。

秀俊が五年生に上がって間もなく、南条が大怪我《おおけが》を負って入院した。家にも店にも警察が来て事情を聞いていった。これまた女たちの話だから本当かどうかは疑わしいものだが、南条はヤクザ者のからむ事件に巻き込まれ、拉致《らち》監禁されて暴行を受け、あげくのはてに太腿《ふともも》を撃ち抜かれた、というのだった。

店のママ・久恵《ひさえ》が珍しく江利子を家まで送ってきたのは、その入院中のことだ。

「どんだけ馬鹿《ばか》なのよ、あんたは。なんだってあいうろくでもないのにばっかり惚れるんだい。極道もんとか、ヒモとかさ」

ふすま一枚隔てて寝ている秀俊の耳に、女二人の声ははっきりと届いた。

「前の時だって南条にはあれだけ泣かされて、真一郎さんのおかげでやっと別れられたってのに、どうしてまた家に入れちゃったのよ。おかげでこんなことにまでなっちゃってさあ」

「しょうがないじゃない。あっという間にまた転がり込んできちゃったんだもん」

「だからどうして、その時点ではねつけなかったのかって」

「だって、前の時のことはさんざん謝られたし、この先はヒデにも父親が必要だし……」

言い訳がましい江利子に、久恵ママはあきれ声で言った。

「あんなクズみたいな男が人並みに改心なんかするもんか。子どもだってね、片親のほうがいっそ幸せな場合もあるんだからね。ねえ江利ちゃん、いい機会だよ。見舞いになんかもう行くんじゃない。このまま別れちまいな」

「そういうわけにはいかないよ。あの人の脚には、あたしだって責任が……」

「ないって、そんなもの。こっちが指図したんならともかく、あんたの兄さんが勝手にしでかしたことにまで、どうして責任取らなきゃなんないのさ」

(――兄さん?)

秀俊は驚いた。母親に兄がいるなど、それまで聞いたこともなかった。

「兄ちゃん、ね……」吐き捨てるように江利子が言う。「あの人は昔っからほんとに、よけいなことしかしやしない」

「だけど、元はといえば南条の自業自得《じごうじとく》だろ？　懲《こ》りずにまたあんたのことを食いもんにしたりするから、兄さんだってさあ」

「そうだとしたって、やり過ぎでしょ。やっと出て来られたとこなのにさ」

「まあ、ちょっと度が過ぎてるとは思うけど。……で？　今度は何年？」

「まだわかんないけど、筋者《すじもん》同士ならともかく、相手が素人《しろうと》だもんね。七、八年はかたいんじゃない？　それでなくても仮釈中だったし」

「そうか。今回はきっちり務めあげるしかないってことだね」

「そうなるよね。バカみたい」

「やれやれ、妹思いの兄貴じゃないか。真一郎さんが亡くなった後の、ここの家賃とかの面倒だってさあ。あ、でもほら。よく店に来る岡崎《おかざき》さん」

「あの人が何」

「あんたと、中学の同級生だったんだろ？　いっつもあんたのこと気にかけてくれてさあ。安酒に乾き物しか頼まないけど。あの人がこう、何とかしてくれないかねえ」

ママの言葉に、江利子がふっと嗤《わら》う気配がした。

「無理にきまってるじゃない。いくら刑事だって、できることとできないことがあるよ」

「まあ、そうか。そうだね」

「だいたい、ママは勘違いしてる。今回のことで兄ちゃんがあんなに怒り狂ったのは、あたしのためなんかじゃない。親友のためだよ」

「え？　何、どういうことさ」

「昔っから、うちのひととやたら仲が良かったから」

「真一郎さんとかい」

「そう。あたしにとっては、兄ちゃんより真ちゃんのほうがほんとの兄さんみたいだったくらいでね。その真ちゃんが死んじゃってすぐ、あたしがまた南条を家に入れたのがよっぽど許せなかったんでしょ。だったらあたしを殴ればいいのに、バカだから拳銃《けんじゅう》まで持ち出しちゃってさあ。真ちゃんはもうどうやったって帰ってこないってのに……ほんとバカ。いつだって独りよがりなんだよ、あの人は」

そのとき耳にしたすべてを、秀俊が幼い頭で理解できたわけではない。ただ、母親が南条に対して負い目を感じているという事実だけははっきりとわかった。

子ども心に、ひどく嫌な予感がした。

退院すると南条は、あたりまえのように家に戻ってきて、これまで以上に傍若無人に振る舞い始めた。もともと口が達者なだけでなく様子もいい男で、自分の意のままになる種類の女を見つけ出して取り入るのが天才的に巧《うま》かった。それが、顔に目立つ傷が残り、撃たれた脚は歩くたびに大きく身体《からだ》が傾《かし》ぐほど引きずるようになったのだ。ヒモ稼《か》業《ぎょう》もあがったり、そのすべてはお前たちのせい、というわけだった。

江利子を殴ったり苛《いじ》めたりするのは、半ば腹いせ、半ばプレイだったかもしれないが、やがて南条は秀俊にまで暴力を振るうようになった。ふいに片手が伸びてきたかと思うと、細い首を絞めあげられる。無表情に押し黙ったままの男の顔が視界の中でぼんやり歪《ゆが》んでゆくのを見上げながら、このまま本当に殺されるのだと何度も思った。

母親がろくろく味方についてくれない以上、自分の身は自分で守るしかない。小学校から帰ると、秀俊はまず家の窓へと伸びあがり、中を覗《のぞ》いて確かめた。南条がいるとわかった時は、そのまま外をぶらつくか、母のいるスナックへ行く。事情がわかっているだけに、ママも店の女たちも、ランドセルを背負った小学生を黙って店に入れてくれた。

五年生の、あれは夏休み前だったろうか。その日は家に誰もいなかった。秀俊はほっとして靴を脱ぎ、まず冷蔵庫を覗いた。おやつどころか夕飯のおかずさえ入っていない。母親は、疲れていると息子の世話を省略するのだ。

いつの季節も出しっ放しの炬燵《こたつ》のそばにランドセルを下ろし、やかんをガスの火にかけた。電気ポットはずいぶん前に壊れたまま、台所の隅で埃《ほこり》をかぶっていた。流しの下の戸棚を物色し、カップラーメンの買い置きのそばにスナック菓子の袋を見つけて有頂天になった、その時だ。

背後でいきなり、ばらばらと物の散らばる音がした。ふり向くと、いつの間にか戻った南条がランドセルを逆さにふって中身をすべて床にぶちまけたところだった。

　飲んで帰ってきた時、秀俊が部屋の隅でおとなしくしていれば、南条はたいていまたすぐに出かけてゆく。江利子のいるスナックに寄って只《ただ》で飲むか、金をもぎ取って他の店へ飲みに行くのだ。

　けれどこの日は、虫の居所がそうとう悪いようだった。逆さにしたランドセルから小銭ひとつ落ちてこないのを見ると、腹立ちまぎれに家の中のものを外へ投げ捨て始めた。二年前までは〈刀根左官工業〉の軽トラックが停められていた庭先に向かって、座布団、畳んであった洗濯物、テレビのリモコン、教科書や筆箱など、見境なしに投げた南条は、しまいには秀俊の腕をつかんで振り飛ばすように放りだした。

　砂利の上にもんどり打って顎《あご》や頬をしたたかに擦りむき、もがくように半身を起こすと、あとからランドセルが飛んできてまともに顔面にぶつかった。金具が鼻にあたり、声も出ないほどの痛みに身体を折る。その背中にまた何かが降ってくる。こらえきれずにとうとう泣きだした秀俊を見て、南条は忌々《いまいま》しげな唸《うな》り声をあげた。

　縁側でサンダルをつっかけ、脚を引きずりながら出てくると、

「母ちゃんに言いつけてみな」そばを通り抜けざま、嘲《あざけ》るように言った。「あのくそアマ、お前と俺のどっちを捨てるかな」

　夕闇《ゆうやみ》の迫る中、どうやって母親の勤める店までたどり着いたか、ほとんど覚えていな

い。すれ違う人たちが異様な目をして、あるいはあからさまに憐《あわ》れむようにこちらを見るのはわかった。中には慌《あわ》てて駆け寄ってきて大丈夫かと訊いてくれる大人もいたが、秀俊はただ頷《うなず》くだけで、ひとことも答えずに歩き続けた。口をひらけば身体から空気が漏れて風船みたいにしぼみ、もうそれ以上は一歩も歩けなくなってしまいそうだったのだ。

母親は不在だった。ちょうどママに頼まれて駅前まで買い物に出かけたところだと、店でいちばん若いサヤカが言った。

奥まったブースに秀俊を通し、隣に座って顔を覗きこんでくる。

「あーあ。また殴られたんだ？」

「ちがう。転んだ」

「ねえ、ヒデくんはさ、もっと正直になっていいんだよ。そんなふうにお母さんに気を遣って、ひどい奴《やつ》のことをかばったりしなくていいんだからね」

かぶりをふろうとして、思わず顔をしかめた。振動でがんがんする。どうやら頭もぶつけたらしい。

サヤカがため息をついた。

「頑固なのは、江利子さんに似たのかねえ。わかったから、ほら顔上げて。ほっぺたの傷も見せてごらん」

彼女の張りつめた胸元から甘い香水が漂ってきて、血の匂《にお》いと混じった。酒を供する店だけに、時折、ちょっとした怪我人が出ることもある。サヤカは、奥から備えつけの救急箱を取ってきた。

「痛いかもしれないけど我慢して。奥の部屋でママが寝てるから、静かにね」

じくじくと血の滲《にじ》む傷を目にして臆《おく》する様子もない。脱脂綿に消毒薬をしみこませては、痛がって避《よ》ける少年を小声で叱《しか》りながら傷口をぬぐう。若いに似合わず、慣れた手つきだった。

ひととおりの消毒を終えたあとは、瓶入りの軟膏《なんこう》を取ってそっと塗る。優しくなった指先に、秀俊は思わずまた涙がこぼれそうになり、奥歯を噛《か》みしめてこらえた。鼻の奥がじんと痺《しび》れる。

「ごめんね。痛かったね」

下から顔を覗きこまれ、首を横にふった。

「母さんよりか、上手だし」

「そっか。上手か」サヤカが長い髪の陰でうつむきがちに笑う。「そうだね。お酒を飲んでは怪我してくるような人ばっかり、好きになっちゃうせいだね、きっと」

店に来るたび会っているのに、初めて見る表情だった。何に対してともわからず、身の裡に割り切れなさがこみあげてくる。

「なんで?」

「うん?」

「女ってさ、なんでそういう人ばっか好きになんの?」

「うーん、なんでだろうねえ」

指先に残った軟膏の油分をティッシュでぬぐい、サヤカは絆創膏《ばんそうこう》を箱から取りだした。

「ほら、人って、何にでも慣れちゃうじゃん? ふつうの男の人から、ふつうに優しくしてもらえるのもそりゃ嬉しいんだけど、それだといつのまにか当たり前になっていっちゃってさ」

ラメ入りのゴールドに塗られた爪《つめ》が、絆創膏の裏紙を器用に剝ぐ。

「あたしは、バカだからさ。お酒飲むと暴れるような人が、素面《しらふ》の時に反省してすごく優しくしてくれると、何ていうかこう……ね」

うまく言えないや、バカだから、と微笑しながら、秀俊の目の前で膝立《ひざだ》ちになる。安っぽい素材の赤いドレスは半袖《はんそで》で、頰の傷へと手がのびてくると、腋《わき》の下のくぼみの透きとおるような青白さが目を射た。

思わずもじもじと座り直すのを、

「こら、じっとして」

たしなめながら、頰骨の高くなったあたりにそっと絆創膏を貼ってくれる。サヤカの胸の谷間が目の前に迫り、秀俊はますます落ち着かなくなった。

と、店のドアが開いた。

「おはようございまーす」

入ってきたのは真由美《まゆみ》だった。江利子と同い年のはずだが、体格にはずいぶんと差がある。

「あれぇ、なぁにい？　あんたたち、そんな隅っこでコソコソ何やってんの？」

もうすでに飲んできたのだろうか、言葉が間延びして聞こえる。馴染《なじ》みの客から、〈お前のは豊満じゃなくて膨満だな〉などとからかわれる量感たっぷりの身体が、フロアをゆうゆうと横切ってきて、秀俊の座るソファの真横に立った。

サヤカの貼った絆創膏や、まだむき出しの傷の数々を検分するように見おろし、鼻で笑う。

「はぁん。あんた、またあいつにやられたんだ？」

〈母ちゃんに言いつけてみな。あのくそアマ、お前と俺のどっちを捨てるかな〉

「ちがうって」秀俊は言い張った。「転んだんだってば」

「ふん、嘘つき。江利子もまあ、いいかげんにすりゃあいいのに、ほんとどうしようもない女だよねえ。自分の息子より男のほうが大事なんだもん、淫乱《いんらん》っていうか色ぼけっていうかさあ」

「真由美さん」

サヤカがそっと遮《さえぎ》ろうとする。

「まあでも、あいつがなかなかいい男なのは認めるわよ、体つきがそそるっていうの？　江利子なんかにはもったいないくらいじゃない？　あっちのほうはどうなんだろ。ねえ、ヒデ、どうよ。あんたの母さん、夜寝てから変な声出してない？」

「真由美さん、もうそのへんで」

サヤカが下から真由美の袖を引っぱる。

「なによ、あんた、ずいぶんこの子をかばうじゃない」

「だって……かわいそうじゃないですか。ヒデくんは何にも悪いことしてないのに」

言いながら再び絆創膏を取りだして秀俊の膝小僧に貼り、内腿の傷に気づいて、人さし指で軟膏を擦りこむ。

自分より若い女の体つきを忌々しげに見おろしていた真由美が、ふと、秀俊へと視線を移した。

とたんにその目が、嬉々《きき》とした色を帯びた。太い指がのびてきたかと思うと、半ズボンの股間をぎゅうっとつかみあげる。

「ねえちょっと、これなあに？」

突然のことに声も出せずにいる秀俊に、ひどく残忍な笑みを向けて真由美は言った。

「なんであんた、こんなとこ硬くしてんの？」

「痛いよ……痛いって！」

「真由美さん、やめて」

止めようとするサヤカを、太い腕がいとも簡単に振り払う。

「うわあ、いやらしい子だねえ。サヤカに触られてたら、ちんちん勃《た》っちゃったんだ？」

強すぎる香水の匂いに噎《む》せそうになる。必死になってその手をほどこうとするのに叶《かな》わない。急所をつかまれたままでは怖くて力が入らない。

「やだ、放せよ。放せったら！」

もがいていると、ソファからずり落ちてしまった。すると真由美は、半ズボンのウエストゴムにもう片方の手をかけ、笑いながら下着ごと引き下ろした。暴れて尻餅《しりもち》をついた秀俊の、運動靴の足先が浮いた隙《すき》をついて裏返しに引き抜く。

「あははは、やあだ、なにその格好」

むき出しにされた下半身を隠そうと、膝を抱えて縮こまる秀俊を見て、真由美はなおも大笑いした。

「あっきれちゃうよねえ、サヤカ、そう思わない？　こんな小さいくせして一丁前にちんちんでっかくしちゃってさあ。ちょっとヒデ、あんたもしかしてサヤカのことが好きなんじゃないの？　ねえ、そうでしょ、隠したってとっくにバレてんだからね」

　恥ずかしくて死んでしまいたかった。好き、というのとは違っても、店の女たちの中ではサヤカといるのがいちばん落ち着ける。本当にそれだけのことだったはずが、どうして彼女に腿を触られただけであそこが硬くなったりするのだろう。すぐにでも外へ駆けだしてここから消えてしまいたいのに、股間《こかん》も尻もむき出しのままだ。

　下唇を噛みしめる。悔し涙が今にも目の縁を越えてあふれそうだ。

「先が思いやられるよ」溺《おぼ》れる犬を叩《たた》く執拗さで、真由美が言いつのる。「今からスケベなことしか頭にないなんてさ。ま、しょうがないか、江利子があんなだもんねえ。親が親なら子も子ってやつ？」

　母親のことを言われて頭にかっと血がのぼり、力まかせに突きだした片足が、真由美の脛《すね》にまともに当たったった。痛みに声をあげて後ろへよろけた彼女がローテーブルにつまずいた拍子に、消毒用アルコールの茶色い瓶が倒れ、転がり落ちて床に砕ける。鋭い刺激臭が、香水の匂いを消し去るほどの強さで鼻腔《びこう》に流れこんできた。

「こ、の……！」

　真由美が秀俊に向かって手をふりあげ、サヤカが悲鳴をもらした時だ。

「うるっさいねえ」

　奥の部屋へとつながるドアが開き、久恵ママが眠そうに目をこすりながら出てきた。

「さっきから何をドタバタやってんのよ、あんたたち。うわあ、何なの、このニオイ」

骨ばっていて、背の高い女だ。夜の灯りの下ではタカラヅカ風の美人だなどと評判なのだが、まだ化粧っ気のない肌は浅黒く、年相応の毛穴と皺《しわ》が目立つ。

口と鼻をてのひらで覆《おお》う久恵に、ごめんなさい、とサヤカが慌てて謝った。

「うっかりして、消毒薬の瓶を割っちゃって」

しかし久恵は、目ざとく秀俊の様子を見て取った。

「真由美」背後に向かってぴしりと言う。「あんた、子どもに何した」

「何って、怪我させたのはあたしじゃないよ」

「そんなことはわかってる。なんでパンツなんか脱がす必要があるのさ」

「や、やあねえママ。そんなおっかない声出さないでよ。ほんの冗談じゃない」

「冗談で済むこととそうでないことがあるでしょうが！」

床に落ちていた裏返しのままのズボンと下着を拾いあげると、久恵は埃を払ってそれらを表に返し、秀俊の前にしゃがんだ。

「ほら。自分で穿《は》きな。他人にしてもらうのはいやでしょ。あたしらはあっち向いてるからさ」

そして、秀俊がズボンを穿き終わるまで待ってから、真由美に命令した。

「ヒデに謝んな」

「ちょっと、何言ってんのママ」

「聞こえないのかい？　ちゃんと謝れないなら、たった今、ここから出てけ。明日から来ないでいい」

「はあ？　やだもうママったら、そんなご大層な話じゃ、」

「あたしに二度同じことを言わせる気かい？」

なおも何か言い返そうとした真由美が、久恵の表情を見て、ぎょっとしたように黙る。何度か口ごもったものの、しぶしぶ言った。

「悪かったよ」

「何なのそれ。それが人に謝ろうって態度？」

「……ごめんね、ヒデ。あたしが悪かった。ちょっと調子に乗りすぎちゃった」

「ちょっとが聞いてあきれるけどね」

溜め息をつき、久恵は秀俊の肩に手を置いた。それだけでびくっとなる少年を見おろして、いたましげに眉根《まゆね》を寄せる。

「江利子もうすぐ帰ってくるからさ。洗いざらい、母ちゃんに言いつけてやんな。なんたって全面的に真由美が悪いんだから」

秀俊は、黙って首をふった。

「馬鹿だね、いいんだよ、そんなとこで俠気《おとこぎ》なんか発揮しなくたって」

もう一度かぶりをふる。真由美がなぜか忌々しそうに舌打ちをして、久恵にまた叱られた。

侠気の問題などではなかった。

（どっちを捨てるかな）

男であれ、同僚や女友達であれ、勤めであれ——あの母親がそれらと比べて息子の自分のほうを選んでくれるという確信が、秀俊にはまるで持てなかったのだ。

誰かが部屋に入ってきたかと身構えてすぐに、鏡を横切る自分の姿だと気づいた。秀俊は、自嘲《じちょう》気味に左官道具を置いた。

現場の窓から吹きこむ風は少しずつ涼しくなり、日射《ひざ》しも山吹色に傾き始めている。三時のお茶から後、奥方は一度も二階に上がってこない。おかげで作業ははかどり、今日いっぱいで無事に切りあげられそうだ。

再びコテを構えなおす。横を見ると、壁の鏡には自身がまともに映っていた。

全身の骨格、図体《ずうたい》の大きさ、目鼻立ち……。いったいこれは誰の血なのか、考えるのにもう疲れた。母親にさえ、もしかしたらわかっていなかったかもしれない。

すべての壁を塗りおえて養生を剥がし、片付けと掃除まできっちり終えた帰りがけ、玄関を出ようとする秀俊に、

「ほんとにまあ、すっかりきれいにして頂いて」

奥方は細長い箱を差しだしてよこした。包装紙越しに日本酒の銘柄が透けて見える。

「甘いものは召し上がらないって言ってらしたから、辛党かと思って。ほんの気持ちですけど」

わずかに迷ったものの、受け取った。

「ありがとうございます。頂きます」

道具を積みこんだ軽トラックに乗りこみ、堤防の上から川原を見おろす道を走る。夕暮れの光が川面《かわも》にきらめき、砂金をばらまいたかのようだ。

助手席に置いた箱は、こんど真帆に会いに行くとき持っていって、美月にやろうと思った。中学の頃から、宮司である父親の目を盗んで御神酒《おみき》を味見していたというほど、彼女は酒に強い。しかも、どれだけ飲もうと乱れることがない。

〈刀根くんだって、飲めば飲めるでしょうに。酔って暴力ふるうとか、あんたがするわけないでしょ〉

いくら美月にそう言われても、秀俊はアルコールを口にする気になれなかった。新築工事の上棟式や完成祝いでも、仲間から酒を勧められることはない。一滴でも飲めば救急車を呼ぶことになる体質なのだと嘘をついて、周りをあきらめさせてきた成果だった。

いやなのだ。酒のせいで少しでも判断力が鈍ったり、自制心が弱まったりすることが許せない。もっと正直に、怖い、と白状してもいい。飲もうとすると、かつての南条の様子が頭に浮かぶ。秀俊が世界でいちばん怖《おそ》れているのは、知らぬ間に正体を失い、ふと我に返ったとき、目の前に血まみれの真帆が転がっていることだった。

ハンドルを握りながら、黄金の川面を横目で見おろす。

昔はよくあのあたりの川原へ下りて、めちゃくちゃに石を投げたものだ。南条に殴られた時ばかりではない。あいかわらず根性のひん曲がった真由美に苛められた日も、あるいは母親の仕事に関してクラスの連中から悪口を言われた日もそうだった。むかつくからと人を殴れば、この世でいちばん嫌いな男と同じになってしまう。だから、怒りや苛立《いらだ》ちはすべて川にぶつけた。

ひぐらしが折り重なるように鳴き交わしていたから、夏休みの終わりごろだったか。外遊びから帰り、縁側から覗いても誰もいないようなので家に入ると、ふすまの陰の暗がりで江利子も南条も素っ裸だった。蹴り飛ばされて庭へ転がっても、母親はかばってくれるどころか、起きあがると息子には目もくれずに再び男の胸にむしゃぶりついていった。がらがらぱしん、とサッシの閉まる音がした。

川原へ行って息が切れるまで小石を投げた。最後に自分の頭より大きなものを抱え上げ、投げ入れ、はね返ったしぶきをしたたかに浴びて顔をぬぐった時、

「何をそんなにむかついてんだ、坊主《ぼうず》」

ふいに声をかけられ振り向くと、知らない男が腕組みをして立っていた。獰猛《どうもう》な目もとに面白がるような光が浮かんでいる。

「えらい荒れようだな」

男は、腕組みをといて言った。夏だというのにスーツを着こんでいる。ぱっと見は若い。母親の江利子と同じくらいだろうか。

秀俊は、背後の川を意識した。とっさに逃げ場所のことを考えてしまうほど、奇妙な威圧感のある男だった。家にいる南条ほどには大柄でもないのにどうしてなのだろう。

「いやなことでもあったのか?」

男の後ろ、まっすぐに延びる堤防の道が、黄金に染まる夕空を支えている。その水平な一本線の上に乗用車が停まり、そのそばでもう一人、ひょろりと背の高い若い男がじっとこちらを窺《うかが》っているのが見えた。

「母ちゃんに叱られたか」

気安く言葉をかけてくるわりに、目の前の男はそれ以上近づいてこようとはしない。

秀俊は、少しだけ身体の力を解き、首を横にふった。

「なんだ。ガッコで苛められたか」

「ちがう」

「じゃあ、どうしたんだよ」

黙っていると、男は笑顔のまま、

「どうしたんだって訊《き》いてんだよ」

声にいくらかの圧を滲ませた。

それでも答えない秀俊を見おろして、すうっと表情を消す。

やがて入れ替わりに浮かべた笑みは、それまでのものとは違っていた。なおさら人を不安にさせるような、声の無い笑みだった。

にもかかわらず、続く言葉にどうして従ってしまったのかわからない。

「来いよ。うまいもの食わしてやる」

堤防に上がると、白い乗用車のそばで待っていたチンピラ風の若者が、秀俊を見るなり眉をひそめた。

「なんすかオヤジ、そのガキは」

「どこでもいい。ファミレスだ」

いまだかつて食べたこともないような種類と量のメニューが、四人掛けのテーブルいっぱいに並んだ。ハンバーグやナポリタン、ケーキにパフェ。男が勝手に選び、もう一人のチンピラが店員を呼んで頼んだそれらを、ほれ、早く食わないと冷めるぞ、溶けるぞ、と急《せ》かされるまま懸命に口に運ぶうち、秀俊の内側に渦巻いていた荒々しい感情はだんだんと静かになっていった。

「腹がへってると、色んなことが頭にくるもんだ」

男は煙草《たばこ》に火をつけながら言った。子どもの前でもおかまいなしだった。

「ま、そうは言ってもな。あんなでっかい石を投げつけたくなるくらい頭にくることってのは、そんなにはねえやな。かわいそうに」

甘いチョコレートパフェがふいに味を失った。長いスプーンから手を放してテーブルに視線を落とす。

母親の同僚の女たちから同じ言葉を言われるのは嫌なはずなのに、見ず知らずのこの男に優しい言葉をかけられて、胸の奥のほうがきゅっと縮むのはなぜなのだろう。あやうく涙が滲みそうになる。

「何があったんだ。うん？　恩に着せるわけじゃねえけどよ、こんだけ食わしてやったんだ。お返しだと思って、ちょこっとくらいは話を聞かせろや」

秀俊は、向かいの席へちらりと目をやった。ここまで自分たちを乗せてきたチンピラが、秀俊を無言で見つめ返してくる。

〈どんなに誘われても、知らない人について行っちゃいけませんよ〉

〈ましてや車に乗るなんて絶対に駄目ですからね〉

学校の先生にさんざん言われ続けてきたはずなのに、いざとなると抗《あらが》えなかった。何だったのだろう、あれは。手を引かれたわけでも、背中を押されたわけでも、脅されたわけでもない。なのにまるで催眠術にかけられたかのようについてきてしまった。

「そういえばお前、何年生になった」

訊かれて、顔を上げる。まるで昔から知っているかのような馴れ馴れしい物言いだ。

「五年生」

「名前は」

「ひでとし」

「ふうん」

男が、くわえ煙草のまま煙を吐き出した。

「とね、ひでとし……か。なかなかカッコいい名前じゃねえか。気に入ったぜ」

*

都会の中心からわずかに離れただけで、道は狭くなって入り組み、緑は深く濃くなる。

その日、ある俳優へのインタビュー取材を終えた美月は、地下鉄と私鉄を乗り継ぎ、実家の神社まで真帆を迎えにいった。どうしてもはずせない仕事がある日は、幼稚園への迎えとその後の世話を両親に頼んでいるのだった。

初秋の夕暮れ、木洩《こも》れ日《び》は弱々しくも眩しい。苔《こけ》むした狛犬《こまいぬ》や、すり減った石段、古い鳥居。目に馴染んだそれらの間を、真帆はまるで互いに親しく感応し合うかのように、時に手をのばし、時に何か話しかけながら歩いていく。

自分も昔はあんなふうだった、と、幼い娘の背中を見守りながら美月は思う。狛犬の声も、木々のささやきも、光の色も、何もかもがちゃんと意味のあるメッセージを持っていた。

この仕事を見つけられてよかった、とつくづく感謝している。今日インタビューをした俳優も、自分の身体を依《よ》り代《しろ》として役に降りてきてもらうのだと言っていたが、美月にとっても、誰かにインタビューをしてそれを記事にまとめるというのは、ちょうど巫《み》女《こ》が自分の身に神を下ろし、その意思を言葉にして人々に伝えるのとよく似た行為だった。目の前の相手を自分の身に引き受け、いったん同化した上で、彼らの思いを文字に置き換える。おそろしくエネルギーを消耗するかわり、やり遂げた時には自分にしか出来ないことをしたという達成感と充実があった。

〈だけど仕事となると、取材する相手を選べないわけだろ？　どうしても波長の合わない人が相手の時はどうするんだ？〉

以前、秀俊にそう訊かれたことがある。美月は、すまして言った。

〈文章技術っていうのは、そういう時のためにあるんです〉

彼がはからずも口にした〈波長〉という言葉は、実際、言い得て妙なのだった。波長とは本来、音波や電波や光が、空気や電磁場の中を伝わる際に生じる波線形の、山から山、谷から谷までの距離をいう。つまり文字通り〈波の長さ〉のことだ。光の中でも人間が識別できる範囲だけが可視光線として色を感じられるように、人の魂が発するオーラもみな、空間を震わせ、それぞれに色や音を持っている。少なくとも美月にはそう感じられる。この人とは波長が合う、合わない、という表現は、単なる比喩《ひゆ》ではないのだ。子どもの頃は、自分に関わる相手の魂を、色、音、印象や匂い、肌触りなどの別によって仕分けしていた。

(おとうさんは灰色。石臼《いしうす》をひく音。日陰のほこらの匂い)

(おかあさんは薄紫。傘をたたく雨音。猫のおなかの和毛《にこげ》)

それらは決して、血のつながりや親しさの程度に左右されるものではない。相手が親《しん》戚《せき》であれ他人であれ、老人であれ子どもであれ、美月の軀《からだ》の中に絶対音感のように組み込まれている何ものかがその魂と呼応して、瞬時に、正確な答えを導き出してしまうのだ。この人とは話せば通じ合える、この人とは永遠に無理、と。便利ではあるが、寂しいことだった。

まだ幼稚園に通っていた頃は、ほかの誰にでも、自分と同じものが見えたり感じられたりしているのだと思っていたから、ついよけいなことを口にして仲間はずれにされることが多かった。その痛みを抱いたまま進んだ小学校では逆に、感じたことを口に出すのが怖くなり、友だちの輪の中に溶け込めなかった。たとえ美月の側の〈絶対音感〉がこの相手となら大丈夫と判断しても、何しろ子どもの社会だ。無神経さにかけては猿と変わらない連中がたくさんいる。結局、誰とも同じだけ距離を置くうち、通信簿にはいつも「協調性に欠ける」と書かれる羽目になった。

それの何が悪いのかと、やがて美月は思うようになっていった。

誰とでも仲良くできる子になりましょう？　なんというごまかしだろう。気の合わない相手と仲良くするためには、その子に対しても自分に対しても嘘を重ねなくてはならない。相手に嘘をつくのは別にかまわないが、自分を曲げるのは絶対にいやだ。嫌いな子に愛想笑いをするくらいなら、死んだほうがまし。

そうして美月は、孤立することに慣れていった。いったん慣れてみると、独りでいるのもそう悪いものではないとわかった。幼いころ神社の境内で、物言わぬ木々や狛犬や虫たちを相手に遊んだあの時とそう変わらない。耳をすませ、目をこらせば、世界のすべてはすぐそばに在る。必ずしも人のかたちをした相手と無理に言葉を交わさなくても、さしたる不都合はなかった。

「ママー」

甲高い声に目を上げる。

「ママ、みてみて。これ、なんのはっぱ？」

真帆が、色づいた葉をかかげて駆け戻ってくる。

息を切らした娘の手もとを、どれ、と美月は覗きこんだ。鋸《のこぎり》状のぎざぎざに縁取られた気の早い落ち葉は、鮮やかな黄色と橙《だいだい》の彩《いろど》りが美しい。

「これはね、桜の葉っぱ」

「さくら？　はるにひらひらちる、あのさくら？」

「そうよ」

「うそだあ」

「どうして」

「だってさくらには、はっぱなんてないよ？」

どういう意味だろうと一瞬考えてから、わかった。

「そっか。真帆はこれまで、花が咲いている時の桜しか見てなかったのね。桜はふつう、花が散ったあとになって葉っぱが出てくるの。来年のお花見の時によーく眺めてごらん。散りかけの桜の枝に、紫色っぽい葉っぱがちょこちょこ出てるのがわかるから」

「はっぱなのに、みどりじゃないの？」

「そう。大きくなるにつれて、だんだん緑色になっていくの」

「へーえ」いかにも感心したように真帆が言う。「ママって、なんでもしってるねえ」

年に似合わぬ思慮深い表情に、かつて失ったひとを思いだす。美月は娘を抱きあげた。真帆のつまんだ落ち葉が、美月のちょうど鼻先でくるくると回転する。

「とねにも、こんどおしえてあげようっと」

秀俊は、先週またマンションを訪ねて来て、真帆を風呂《ふろ》に入れて帰っていった。予定ではその前日の晩に来るはずだったが、直前になって明日にして欲しいと電話があったのだった。

そういうことはこれまでにも何回かあったが、彼は理由を言わなかったし、美月も訊かなかった。そんなに暗くなってから左官の仕事で呼び出されるとも思えない。何かしら、話せない事情があるということだ。

「ママ、おもたいでしょ。まほ、じぶんであるくよ」

娘の思いやりに、ありがと、と地面に下ろす。

手をつないで再び歩きだしながら話すのは、もちろん幼稚園での話題だ。真帆にとっては幼稚園と自宅とが世界のほとんどすべてなのだ。あとはせいぜい、じいじとばあばのいる家、そして神社の境内を囲むこの鎮守の森くらいだろうか。

幸いなことに、真帆は幼稚園での時間をめいっぱい堪能《たんのう》しているようだ。これも、時代、なのだろうか。かつての美月自身と同じく、真帆もまたひどく感じやすいところのある子どもだが、友だちや先生にも他の親たちにも、一つの個性としてそれなりに受け容《い》れられているように思う。

「ママはさ、おんなのこのおともだち、いないの？」

唐突に訊かれた。

「え？　いるよ」

「なんにんくらい？」

「うんと仲良しな人は、そうね、二人か三人くらいかな」

「でも、おうちによばないよね」

「まあ、外でお喋《しゃべ》りできるところがいっぱいあるからね。大人になるとみんな、そんなには相手のおうちに遊びに行ったりしないものなの」

「どうして？」

どうして。改めて訊かれてみると、どう答えていいか迷う。美月は言った。

「真帆には、秘密基地みたいな内緒の場所ってある？」

うーん、と言いながら黙っている。

「ママに教えてなんて言わないから」

「……ある」

「でしょ？　そうよね、ママにだって昔はあったもの。大人になるとね、おうちが秘密基地になるの。一人になれる、いちばん落ち着ける場所っていうかさ」

そういうところは、お互い大切にし合わなきゃいけないでしょ、と言うと、真帆はようやく納得したように頷いた。

「そっか。ママがひみつきちをおしえてあげてるのは、とねだけなんだね」

意表をつかれた。自分が持ちだした喩《たと》えなのに、そう返されるとは思わなかった。

「……そうだね」

「とね、つぎはいつきてくれるかなあ」

言いながら、真帆がつないだ手をぶんぶんと揺らす。幼い彼女の中にも、好きな異性について語るとき、面映《おもは》ゆくくすぐったい感情は芽生えるのだ。

（女の子のお友だち、か）

本当に、何人いるだろうかと考えてみる。馴染みの編集者やライター仲間はたくさんいるし、集まれば女同士、ずいぶんあけすけな話もする。仕事の付き合いではあっても深い信頼で結ばれた相手は、友人と呼んで差し支えないと思う。けれど、ほんとうの意味で「親友」と呼べるのは――。

自宅へと向かう道すがら、高台からはたくさんの家々の屋根と、その向こうに蛇行する川のきらめきが見てとれる。秋の夕陽が、それらを柔らかな山吹色に染めている。

ひとつの顔が浮かんだ。青白く透きとおる、淡雪か花びらのような……。

出会った頃の〈彼女〉は、もっとしっかりとした色や音を放っていた。人ひとりの魂がそんなにも大きく変質してしまうものなのかと思うと、今でも正直、ぞっとする。

中学時代というのは誰にとっても、一生の間でおそらく最も微妙で曖昧《あいまい》な年代だ。時には子ども扱いされ、時にはもう子どもじゃないんだからと言われ、理不尽なダブルスタンダードを大人から突きつけられる。そんなずるい大人にはなりたくないという思いと、いっそ早く歳《とし》を重ねてもっと自由になりたいという思いとのせめぎ合いで、身も心も大きく揺れ動く時期だ。

けれど、あの頃の自分たちには何もわかっていなかった、と美月は思う。

大人になれば今より自由になれるだなんて、どうしてそんな夢みたいなことを信じられたのだろう。

第二章

中学校の入学式を終え、改めてクラスの顔ぶれを見渡した時点で、例によって美月による〈仕分け〉は瞬時になされた。

砂の中にガラスの粒が輝けば、どうしても目がいく。雑多な色や音の波長が混じり合う中でも、ひときわ彩度と明度の高い色、またひときわ澄んで耳に届く音がある。最初に意識に飛びこんできたのはひとりの男子だった。先月までは小学生だった幼い集団の中にあって、美月の目には、彼ばかりがずっと先を歩いているように見えた。自分と彼ばかりが、といったほうが正確かもしれない。

廊下寄りの列、後ろのほうの席から教室全体を無表情に見渡している彼は、発育の遅い男子たちの中で抽《ぬき》んでて体格がよかった。痩《や》せてはいるが骨格がしっかりしており、背はこれからまだ伸びそうで、やけに存在感がある。

加えて、目もとの印象がきつい。あんな物騒な目をしていながら、どうして身にまとう光は透明できれいなのだろうと美月は不思議に思った。光というより水の膜のようだ。そんなに簡単には破れないかもしれないが、何か、特別に鋭利な刃物の先で傷つければいっぺんに破裂してあふれてしまいそうな脆《もろ》さがあって、彼の眼光はいわば身を護《まも》るための鎧《よろい》のようにも感じられた。

その男子の名は、刀根秀俊といった。

見ていると誰ともつるまずにいることが多かったが、仲間はずれのような寂しげな空気とは無縁だった。まわりを拒絶しているわけでもなく、話しかけられれば普通に受け答えもする。一人でいるのが好きなだけのようだ。自分と彼は似ているのだろうか、と美月は思った。そんなことを感じた相手は初めてだった。

入学式からしばらくたつうちには、秀俊のことを少しずつ知るようになった。

弁当はいつも、巨大でぶかっこうな握り飯ばかりだということ。中の具が何かは知らないが、米粒だけでよくあそこまで育ったものだ。

あるいは、すでにほぼ声変わりを終えていること。まだボーイソプラノのままの男子もたくさんいる中で、授業中に指名されて答える秀俊の声はまるで大人の男のように低く、少しかすれて響いた。

それからまた、陸上部やサッカー部、バスケ部などからも勧誘を受けたくせに、首を横に振り続けたこと。体格を見る限り、てっきり運動系のどれかの部に入るものと思っていたのだが、彼は終礼が済めばさっさと一人で帰ってゆくのだった。

とはいえ、学期ごとに席替えをしても席はいつも離れていたので、個人的に言葉を交わす機会はほとんどなかった。事情が変わったのは二年生に進んでからだ。再び同じクラスになった秀俊が、くじ引きで美月の隣になったのだった。

すぐ前の席は、クラスでもいちばん小柄な中村陽菜乃《なかむらひなの》。その隣は、投票でクラス委員長に選ばれた正木亮介《まさきりょうすけ》。どちらともまだ親しく話したことはなかったが、実習によっては四人単位での行動も多くなる。

陽菜乃が、おずおずと後ろをふり返り、

「あの……中村です。よろしく」

はにかむように笑いかけてくる。遠慮がちだが、明るい色の瞳《ひとみ》には素直な好奇心が見え隠れしている。

(この子は真珠色。タンポポの綿毛。ひこうき雲)

初対面の相手に対して、まっすぐな好感を抱くのは珍しいことだった。

「桐原美月です。こちらこそよろしくね」

微笑《ほほえ》みかけると、陽菜乃はますます照れくさそうにした。

彼女の隣の席から同じくふり返った亮介にも、目顔で挨拶《あいさつ》を返す。勉強ができる一方、陸上部にも入っており、ひょうきんな性格は男女問わず好かれているようだ。

（この子も白だけど、すごく薄い瀬戸物。鉄錆《てつさび》の匂《にお》い）

続いて隣を見やるなり、美月は思わず眉根《まゆね》を寄せた。刀根秀俊が、にこりともせずにじろじろとこちらを見ていたのだ。不機嫌そうな目つき。固く結ばれた口もと。怒らせるようなことをしたつもりなどなかったので、

「なに？」

さすがに戸惑いながら訊《き》くと、相手はぶすっとしたまま言った。

「理由もないのに睨《にら》まれる気分が少しはわかったかよ」

「は？」

「一年の時から同じクラスだったろ。俺と目が合うたびに睨んでただろうが」

ひときわ低い声に、陽菜乃がびくびくしているのがわかる。

「睨んでたわけじゃないけど……」秀俊をなだめるためというよりは、どちらかというと陽菜乃を安心させてやるために、美月は穏やかに言った。「そんなふうに見えてたならごめんなさい。私、視力があんまり良くないから、遠くのものを見るとき目を細める癖があるの。だからじゃないかな」

「ふん。それにしちゃ、やたらと目が合ったよな」

「そう？　まあそうかもね。気になってしょっちゅう見てたし」

秀俊が、ひきつった面持ちで顎《あご》を引く。

「何だよそれ。気持ち悪いな」

「ああ、違うの。〈気になる〉にもいろいろ種類があってね。あなたの心配するような意味じゃないから、自惚《うぬぼ》れなくても大丈夫」

相手が、思いきり嫌そうな顔になった時だ。

「まあまあまあ」情けない声で割って入ったのは亮介だった。「いきなり喧嘩《けんか》はカンベンしてよー。僕、見てのとおり気が弱くてさ、人がいがみ合ってんの見るとすぐおなか痛くなっちゃうんだよ」

一拍おいて、陽菜乃がぷっとふきだし、小さな肩を揺らしながら笑いをこらえた。

春から初夏にかけては、一年のうちでも最も伸びやかな季節だ。あたりの緑が日に日に鮮やかさと量感を増してゆくにつれ、最初は硬かった四人の間柄もまただんだんと親密さを増していった。

ゴールデンウィークが明けた頃から、陽菜乃が陸上部のマネージャーになったのも大きく作用しているかもしれない。亮介のたっての頼みだった。これまで三人いたマネージャーの一人が家庭の事情でどうしても続けられなくなり、手が足りなくなってみんな本当に困っている——そう聞かされると陽菜乃は、美月が驚くほど簡単に答えた。

「いいよ。私でいいならやっても」

「マジで？　ねえ、ほんとにマジでいいの？　うおおおサンキュ、助かるよ、ほんとありがとう！」

机に額をこすりつけんばかりにして礼を言った亮介が、嬉々《きき》として先輩のところへ報告に走ってゆく、その背中を見送りながら、

「大丈夫なの？」

美月は言った。え、と陽菜乃がこちらを向く。

「んー、だめかなあ。私なんかじゃ、やっぱりお荷物になっちゃうかな」

「そうじゃなくて。正木くんってああ見えてけっこう強引だから、中村さん、ほんとはやりたくないのになんとなく押し切られちゃったんじゃない？　いやなことはいやだって、ちゃんと言ったほうがいいよ」

「いやじゃないよ？　でも、てきぱき動くのがちょっと苦手だから、そうとう頑張らないと、かえって迷惑かけちゃうよね。ほんとだ、私で大丈夫だったのかな」

「だからそういうことじゃなくてね、」

焦《じ》れったさに息を吸いこんだ時だ。

「大丈夫だろ」

横から秀俊が言った。二人のほうは見もせず、亮介から借りた漫画雑誌に目を落としている。

「中村だってこう見えてけっこうしっかりしてるよ。責任のある仕事を頼まれといて、いいかげんな返事はしないだろ。好きにさせてやりゃいいじゃん」

いまひとつ納得がいかなかったが、言われた陽菜乃は嬉《うれ》しそうだった。

それまで、実習など班単位で動くことを求められる場合以外、四人が一緒に過ごすことなどほとんどなかったのが、変わり始めたのはその時からだ。

陸上部マネージャーとして陽菜乃が部活に参加した最初の日、やはり何となく気がかりで、美月は部活が終わるまで図書室で彼女を待ち、話を聞きながら一緒に帰った。まずは、それがそのまま日課になった。美月が待っていてくれたと知った時の陽菜乃が、あんまり素直に喜ぶものだから、次からもそうしないわけにいかなくなってしまったのだ。

その二人に、同じく部活を終えた亮介がしばしば（強引に）加わるようになった。育ち盛りの中学生というのは、放課後にはおそろしく腹が空《す》くものと決まっている。コンビニでこっそり買い食いをしたり、帰宅途中にある「まんぷく堂」でカレーライスやラーメンを食べたりする楽しみを覚えた亮介が、秀俊のことをこれまた強引に誘い、時々は彼も一緒に帰るようになった。

ただし秀俊だけは、めったに買い食いをしなかった。

「べつに腹へってないし」

たまのラーメンなどはさすがに旨《うま》そうに見えるらしく一緒に食べることもあるが、ほかの三人が菓子やアイスを買う時は財布を出そうとしない。

「付き合い悪いなあ。金欠だっていうなら、それくらいおごるよ」

そう言う亮介に対しても首を横に振った。

「甘いものは苦手なんだ」

部活動をせず、週に二度ほど一人でさっさと帰ってゆく秀俊は、家の近くにある柔道場に通っていた。小学五年生の頃、知り合いに勧められて始めたとの話だった。

じめじめとした梅雨を越え、本格的な夏が来る頃には、四人でいるのが当たり前の空気ができあがっていた。美月にとっては初めて経験する感覚だった。小学生の頃も、中学に上がってからも、基本的にどのグループにも属さずに過ごしてきたのに、この四人でいる間はなぜか気を遣わなくて済む。

亮介の遠慮のなさにあきれたり、陽菜乃の物慣れなさに気を揉《も》んだり、秀俊の素っ気なさに腹を立てたりしながら繰り返されてゆく毎日。一人でいるより面倒なことも多いが、楽しいこともそれ以上に多い。良くも悪くも気持ちの振れ幅は大きく、成長と反比例するかのように日々わからないことが増えてゆくのに、一度味わってしまうと、元の一人に戻りたいとは思わなくなった。

ざんざんと惜しげもなく蟬時雨《せみしぐれ》が降り注いでいた。

美月の実家でもある神社は、由緒《ゆいしょ》こそあれ、それほど大きくはない。だが参道から社《やしろ》にかけてを覆《おお》い隠すように茂った鎮守の森はほとんどの木が樹齢数百年に達しており、一般的な公園などの森とは佇《たたず》まいからして違っていた。気配が濃いのはそれぞれに魂が宿っているからだ、と美月は思う。

外に出れば蒸し暑いが、板の間はひんやりとして心地よい。四人は、古い社務所の一室を借りて集まっていた。夏休みの自由研究のためだ。

自由と言っても、大きなテーマは「宗教」と決められている。班によって、キリスト教やイスラム教、あるいは仏教やヒンズー教など、研究対象もアプローチの仕方も様々で、七月に入る頃から授業時間を使って始めた調べものを、夏休み中にまとめておき、新学期に入ったら発表することになっていた。

美月たち四人が選んだのは、神道だった。そもそものきっかけは、陽菜乃がおっとりと口にした言葉だ。

「お寺と神社って、何がどう違うの？」

お寺は仏教で、神社は神道だよ、と答えた亮介も、その二つのどこがどう違うのかについては答えられなかった。

「いいじゃん、だったらそれでいこうよ」と亮介は言った。「なんたってさ、桐原んちは神社なんだろ？　ってことはつまり、お父さんが神主さんってことだろ？　何でも訊けるじゃん。わかんないことがあっても、さくさく答えてくれそうだしさ」

「そんなフレンドリーなキャラじゃないよ」

あまり気の進まない美月は抵抗してみたのだが、

「わかってるよ」苦笑したのは秀俊だった。「桐原の親父《おやじ》だろ？　フレンドリーだなんて、いったい誰が期待するかっての」

しかし、美月にとっても予想外だったことに、ふだん気難しいばかりの父・重信《しげのぶ》は、教えを請《こ》う生徒たちを前にすると理想的な導き手となってくれたのだった。

（お説教が好きな人だしね）

思春期まっただ中の美月は皮肉なことを思ってもみたが、一方で少しばかり鼻が高くもあった。

神道の成り立ちや全体像についてざっくりと説明した上で、重信は、神道と他の宗教とはある意味まったく別物なのだと言って皆を驚かせた。

「なぜかというとだね、仏教やキリスト教やイスラム教などと違って、神道には〈教え〉というものが存在しないからなんだ。ほかの宗教にはたいてい、聖典とされる書物がある。仏教ならばお経だし、キリスト教なら聖書、イスラム教ならコーランだね。そこにはっきりした〈教え〉が書かれているから、たとえば日本人がイスラム教を信仰することもできるし、アメリカ人が仏教を信じることもできるわけだ。しかし神道には、明確な創始者がいないから、もともと決まった〈教え〉というものがない。当然ながら聖典もない。『古事記』や『日本書紀』は神典とされてはいるけれども、ありがたい〈教え〉が書かれているわけではないからね。それなのに神道というくらいだから、神様は確かにいらっしゃるわけだ。きみたち、八百万《やおよろず》の神々って聞いたことがあるだろう？　森羅万象のすべてに神様が宿っているという考え方だが、しかしこれも〈教え〉や〈教義〉と言うより、どちらかというと〈言い伝え〉に近い。いくら、社に祀《まつ》られている鏡や刀や、大きな木や岩に神様が宿っていると言ってみたところで、それは昔から土地の人々がごく自然に信仰してきただけのことで、イエス・キリストやマホメットが提唱してきたような〈教え〉とは、根本的に異なるわけだ。わかるかな？　こういった神道独特の信仰の感覚は、日本人にとっては不思議でも何でもない当たり前のものだけれども、よその国の人たちはどうも戸惑うようだね」

板の間に、頭を突き合わせるかたちで四人が腹ばいになり、まずはそれぞれに自分の任された項目を調べてはノートに書き出してゆく。神道の起源と歴史について。『古事記』や『日本書紀』に描かれた国の始めの姿について。全国の大きな神社に祀られている御神体について。そしてまさしく、仏教と神道の細かい差異について。毎日、自分の調べたことを報告し合っては、どうすればクラスのみんなを惹《ひ》きつけるような研究発表につなげられるかを相談してゆく。

一つ知れば、次への興味が湧《わ》いた。三つ知れば、引き替えに十もの疑問が生まれた。知的興奮に満ちた初めての共同作業は、研究対象についてはもとより、四人が互いについてもっと深く知ってゆくための大きな足がかりにもなっていったのだ。

＊

友人、というものの手触りを初めて知った。

刀根秀俊にとってそれは、解放と束縛の両方を意味していた。

クラスには同じ小学校から進んだ生徒たちもいて、その幾人かはかつて母親の職業などをあげつらっては騒ぐなどした連中だったが、さすがに中学二年ともなるとそこまでくだらないことは口にしなくなる。あるいは人のことより自分の身辺のほうが気になり始める。もっと言うなら、秀俊自身が体格の面で著しく成長したのも大きかったろう。結果として、小学校から彼を知る生徒たちは、なるべく関わらないのが得策とばかりに距離をおいていた。

いっぽうで、秀俊もまた自分のことで手いっぱいだった。

家に帰れば、あの男、南条がいる。

相変わらず飲んだくれてばかりのろくでなしだというのに、母親は離れようとしない。二度と治らない南条の脚への罪悪感、ばかりではなく、それはまぎれもなく執着だった。ひたすら貢《みつ》いで尽くすだけならまだしも、男の歓心を買うためとなると、江利子は、息子がどんな思いをしようがどんな目に遭おうが、とりあえず死なない限りはどうでもよさそうだった。昔はあんな女じゃなかった、真一郎さんが死んでおかしくなったんだよ、と久恵ママは言うが、それを知ったからといって何も変わらなかった。

〈かわいそうになあ、って同情してくれるやつはいるかもしれねえ。だがそんなもん、屁《へ》の突っ張りにもなりゃしねえ。誰もお前を守っちゃくれねえし、身代わりにもなってくれねえんだ。だったら覚悟を決めて、自分で自分の身を守れるようになるしかねえだろ〉

そう言って、知り合ったばかりの秀俊を、昔の後輩が師範を務めているという柔道場へ連れていったのは、ツクモマコトだった。あの夏の日の夕暮れ、川原で声をかけてきた男について、秀俊が知らされているのはいまだに名前だけだ。

〈漢字だと、九十九誠って書くんだ。はは、面白《おもしれ》ぇだろ？　まさしく俺のための名前だぜ。百のうち九十九までは誠を尽くすが、残りの一については責任持てねえ、ってな〉

自分がよくよく頼んであるから稽古《けいこ》代は要らない、とにかくサボらず真面目《まじめ》に通え、と九十九は言った。あの時の若いチンピラ、近藤宏美《こんどうひろみ》に運転させる車で送り迎えしてくれることまであった。

子ども心に不審に思った秀俊が、どうしてそんなことまでしてくれるのかと訊くと、肩をすくめて答えた。

〈なんでってお前、強くなりてぇだろ？〉

秀俊にとっては正直、学校から帰った後の居場所ができたことがいちばんありがたかった。強くなりたいのももちろんだったが、何より、夢中になって体を動かしている間はいやなことを忘れていられた。

最初にその話を聞いたとき、柔道なんてとんでもない、と反対した江利子は、秀俊から〈ツクモ〉の名前が出たとたん、顔色を変えて口をつぐんだ。それきり詳しいことは聞こうとせず、口も出さなくなった。

〈でもね、ヒデ、ほんとに気をつけてよ。あたしが昔知ってた人はね、柔道の試合での怪我《けが》がもとで、首から下がぴくりとも動かなくなったの。それきりもう一生、ほとんど寝たきりか車椅子《くるまいす》の生活になっちゃったんだからね。お願いだから無茶だけはしないで。わかった？〉

珍しく真剣に心配しているのが伝わってきた。

なるほど、道場での稽古は予想以上にハードだった。技をかけられ、冗談のようにひっくり返されるたび、頭の中が真っ白になる。受け身の練習で体じゅうに青あざができたりもしたが、投げられても投げられても、秀俊は一度も泣かなかった。それについては、九十九の中学時代の後輩だった木原《きはら》という師範が舌を巻くほどで、様子を聞いた九十九は稽古を見に来たり、自身も腕に覚えがあるらしく、時には相手になって成果を確かめたりした。

どうやらセンスはあったらしい。秀俊の飲み込みは早かった。自ら反発を利用して衝撃を相殺《そうさい》し、あるいは勢いを吸収してくるりと立ちあがる術《すべ》を覚えると、家にいるあの男から庭先へ投げ飛ばされるのも前よりは怖くなくなった。いつの日か、逆にあいつを庭へ投げ飛ばしてみせる。そうすれば母親も目を覚まし、弱い男に愛想を尽かして追い出してくれるのではないか。まだ幼かった秀俊にとってそれは、幻想などではなく大真面目な夢だったのだ。

以来、足かけ四年にわたって、週に二度ほどの道場通いは続いていた。

「刀根ってさ、学校の帰りにどこ行ってんの？」

同じ班になった正木亮介にそう訊かれた時は驚いた。自分の行動に興味を抱く人間がいるということに、秀俊は戸惑った。

「どこって、なんで」

「あれ、もしかして刀根って、秘密主義？」

「……主義なんてつもりはないけど」

「ないけど、自分のこと訊かれるのは苦手？　まあ、モロそういう感じだもんなあ。『俺はどこにも属さない、誰にも興味はない、だから誰も俺に興味を持つな』。そういう信号みたいなのをビリビリ感じる」

一年の時からクラス委員長を務めていたようだが、亮介の場合はどうやら勉強ができるにとどまらず、頭の回転そのものが速いらしい。

こいつは侮《あなど》れない、と胸のうちで用心深く一線を引きながらも、

「べつに、秘密ってほどじゃないよ」秀俊は言った。「柔道を習いに通ってるだけだよ」

「え、いつから？　帯は何色？」

「始めたのは五年生の時で、この間やっと黒帯になった」

「すごいじゃん！　俺らの歳《とし》なら最高位じゃん。飛び級もしたってことだろ？」

お前こそずいぶんよく知ってるな、と言うと、亮介は複雑そうな表情になった。

「うち、母方の伯父さんが警察官でさ。小学校に上がる前から無理やり習わされてたんだけど、僕はあの特有の空気が嫌いで嫌いで、道場へ連れていかれるたびに大泣きして、とうとう途中であきらめさせたんだ。いまだに会うと必ず言われるよ。男のくせにどうしようもない根性なしだって」

しょうがないじゃんなあ、人には向き不向きってもんがあるんだから、と亮介は情けない顔で苦笑いした。

勉強も運動も飄々《ひょうひょう》とやってのけ、ほどほどに真面目でほどほどに面白いところが男子からも女子からも人気の亮介だったが、時折、驚くほど強引な性格を垣間見《かいまみ》せることがあった。比較的裕福な家に生まれ、一人っ子として育ったせいもあるのだろうか、自分の常識を他人にも勝手に当てはめて本人はそれに気づかない、そんな無神経なところを併せ持っていた。

しかし、亮介のその強引さがなかったら、秀俊は金輪際、新しい班に溶け込めなかったに違いない。男子二人のほかには、見るからに気難しそうな桐原美月と、見るからにおぼこな中村陽菜乃を加えた四人組。亮介が何かにつけて混ぜっ返したり、集まる機会を作ったり、下校の時に誘ったりしてくれなかったら、漂う空気は気まずいものになっていただろうし、それでなくとも不器用な自分などはいたたまれずに逃げ出してしまっていたかもしれない。

同年代の友人と親しく過ごす感覚は、ほとんど未知のものだった。互いに他愛《たわい》のない話で盛りあがったり、亮介がふざけて投げつけてきた紙くずを投げ返したりしていると、軀《からだ》の奥底からむずむずとした感情がこみあげてくる。知らないうちに声をあげて笑っている自分に驚いたりもする。

初めのうち、その感覚を何と名付ければいいのかわからずに戸惑っていた秀俊は、しばらくたってからやっと、簡単なことに気づいた。

（ああ、そうか。これが、楽しい、っていうことか）

　気づくなり、怖くなった。殴られ、蹴《け》られて育った子どもの頃から、いやというほど身にしみているのだ。なくしたくないものを持つのは危険なことだと。のめりこまないようにしなくてはいけない。気を許しすぎないようにしなくては。けれどそれは途轍《とてつ》もなく難しいことだった。心身の苦痛や、悔し涙を抑えこむことには慣れていても、楽しいと感じる気持ちをコントロールすることにおいて、秀俊はまったくの素人《しろうと》だったのだ。

「まんぷく堂、寄ってく人ぉ」

　亮介のひと声に、はーい、はーい、と女子二人の手が挙がる。秀俊が素早くポケットの中の小銭をまさぐっていると、

「刀根も行くだろ？　今日のラーメンは僕のおごりでーす」

やったあ！　と無邪気に喜ぶ陽菜乃の横から、「なんで？」と美月が訊く。

「なんでって、自由研究で集まるって言ったら、うちの母親が小遣いくれたから」

「じゃあ、正木くんじゃなくて、お母さんのおごりなんじゃない」

　容赦ない指摘に、ばれたか、と亮介が舌を出し、陽菜乃がクスクス笑う。全員が私服であることを除けば、これまで幾度となくくり返されてきた光景だ。

例によって、夏休みの自由研究のために神社に集まっての帰り道だった。あっというまに一週間が過ぎようとしていた。

「美月ちゃんのお父さん、宮司さんの装束が似合うねえ」おっとりと、陽菜乃が言う。

「渋くて、かっこよくて。いいなあ、あんなお父さん」

「やめてよ、そんなことないって。みんなが来る時はわざわざあんな格好して待ってるけど、家ではだらしないジャージ姿だし、あんなのただのワカランチンの頑固親父だよ」

「桐原、きっつー。そこまで言わんでも」

「だってほんとのことだもの」

一段一段、足を滑らせないように気をつけながら下りる三人の後ろから、秀俊は少し離れて下りていった。右手の指先でポケットの中の、わずかに足りない小銭をいじりながら。

――今日のラーメンは僕のおごり。

そんなセリフを、一度でいいから言ってみたいものだと思った。たとえそれが親からもらった小遣いだったとしても。

いまポケットにある三百五十円の小銭は、毎月の初めに久恵ママが内緒でくれる二千円の残りだ。

〈江利子には黙っとくんだよ。もちろん、あの男にも。それでも万一ばれて盗《と》られちゃったり、大事に遣っても足りなくなったりしたら、言いにおいで。遠慮しなくていいから〉

家に持って帰れば、絶対に南条に見つかる。小学生のランドセルを逆さにしてまで飲《の》み代《しろ》を探した男だ。だから秀俊は、それを濡《ぬ》れないようにビニール袋に入れ、通学路の途中にある堤防の隙間《すきま》に隠していた。学校へ行く時に取りだし、帰りには再びそこに潜ませる。自分の全財産を守るために編み出した苦肉の策だった。

もとより潤沢とは言えない資金だ。友だち付き合いの中で、たまに買い食いをしただけでもぐんと目減りする。亮介は気軽におごってやると言うが、甘えて乗っかるのは嫌だった。漫画雑誌を借りるのにも屈託があるのに、先週の続きを読みたい誘惑には勝てない自分がまた嫌だ。これまでのところ、久恵ママに追加の小遣いをねだった例《ため》しはない。あの男のしていることを思えば思うほど、他人に金をせびるなど絶対にしたくなかった。

だが、そんな境遇をほかの三人に打ち明けてどうなるだろう。

坊ちゃん気質の亮介。

由緒ある神社に生まれ育った美月。

おっとりとして奥手な陽菜乃。

話したところで彼らに理解できるはずがないし、そもそも理解してもらいたいとも思わない。むしろ秀俊自身、彼らと過ごす間だけは、救いのない現実など元からなかったかのように忘れていたかった。

「次はいつ集まる？」

盛大に音を立ててラーメンをすすりながら、亮介が言った。

結局のところ、今日だけは秀俊もありがたくおごってもらうことになった。

〈刀根くんに遠慮されたら、私たちまでおごってもらいにくくなるじゃない〉

という美月の言葉に救われた形だった。

「私は、明日でもあさってでもかまわないよ」

と陽菜乃。

「じゃあさ、僕んち集まる？　毎回、桐原んちじゃ悪いしさ」

「え、うちはべつにかまわないんだけど。どうせあそこは社務所なんだし」

「っていうか、せっかくだから全員の家で一回ずつ集まるってのはどうよ？」

すすりかけていた麵《めん》にむせ、激しく咳《せ》きこむ秀俊の背中を、隣から陽菜乃が慌《あわ》ててさする。

「と、刀根くん……大丈夫？」

うなずく余裕もなく、水を飲み干す。陽菜乃は空になったグラスを手に立っていって、もう一杯汲《く》んできてくれた。

「僕んちはさ、明日は母親がいるけど、あさってなら朝から出かけてていないからさ。気をつかわないで集まれるだろ？　中村んとことか刀根んとこでも、そういう日ってないの？　べつに親がいたってかまわないんだけど」

かまわない、わけがない。いや、たとえ母親もあの男も留守の日があったとしても、あんなに荒れて散らかった狭い家に友だちを呼べるはずがない。しかし、いったいどんな理由をつけて断ればいいのだろう。四人の中で自分だけ断ったら変に思われるのではないか。

食欲など失《う》せきって、片手に箸《はし》を、片手にグラスを握りしめたまま丼《どんぶり》を見つめている秀俊の横で、

「あー、ごめん、うちはそういうの駄目だと思うなあ」

残念そうに、けれどあくまでのんびりと、陽菜乃が言った。

「なんで？　何が駄目なの？」

亮介がきょとんとして訊き返す。

「お母さんがね、うちにお客さんが来るとか、あんまり好きじゃないんだあ」陽菜乃は考え考え言った。「それと、私が男の子の家に行くのにも、いい顔しないの。今日だって、集まるのは美月ちゃんのお家《うち》だし、神社だし、御両親もいらっしゃるからって言っ

て、やっと許してくれたくらい」

「ひええ。ずいぶんとお嬢様なんだなあ」

「そういうんじゃないんだけど、まあ、どっちかっていうと厳しいほうかな」くしゅ、と鼻に皺《しわ》を寄せる。「でも、いつも美月ちゃんのところばっかりじゃ悪いから……。図書館とかで集まるのでもいいかなあ」

「図書館じゃ自由に喋《しゃべ》れないじゃん」

「うーん、じゃあ、児童館の隅っことか？」

「ねえ、うちだったらほんとに全然かまわないよ」美月が口をはさんだ。「自由研究にわざわざ神道を選んだっていうだけで、うちの父親なんかすっごい上機嫌だし」

「うそ、あれで？」と亮介。

「あれでよ。だから、集まるのは次からもうちの社務所にしようよ。母さんには、私たちのことは適当にほっといてくれるように頼んでおくから。そうしたら気を遣わないで済むでしょ？」

秀俊の身体《からだ》の強《こわ》ばりが、ようやく解けていった。

「ああ、腹ぱんぱん」

おばちゃんありがとう、マジでまんぷくー、と亮介が大人のように如才なく言って「まんぷく堂」を出る。おごってもらった礼を言う三人に向かって、どういたしまして、

と偉そうに胸を張る彼に、

「くれぐれも〈お母さんに〉御礼を言っておいてよね」美月が厳しく念を押した。「じゃあ、明日はまた昼過ぎにうちで。今日調べたとこ、みんな一応きれいに清書してきてよ」

来た道を引き返していく美月を見送り、残った三人で歩きだす。

夏の日は長い。午後四時を過ぎてもまだ空の高いところにある太陽が肌を焦《こ》がす。アスファルトの照り返しに炙《あぶ》られ、喉《のど》もとに溜《た》まった汗がちりちりと痒《かゆ》い。

「なんか、けっこういい感じにまとまりそうじゃんな」

石ころを蹴りながら亮介が言った。

「美月ちゃんのお父さんに大感謝だねえ」と、陽菜乃が応じる。「みんなで調べたこと、何なら最後に自分がまとめようか、って美月ちゃんが言ってた」

「ああ、それ助かるな。桐原のやつ、作文書くのうまいもんな。あいつ、将来は作家とかになんのかな」

「ね、なればいいのにね」

「中村、そんな話聞いてないの？」

「勧めてみたことはあるんだけど、美月ちゃんてば、ぜんぜん真面目に聞いてくれないんだもん。いくら本読むのが好きで、文章が上手《うま》く書けても、だからって自分に一からお話を組み立てられるとは思えないって言うの」

「そんなん、適当に作っちゃえばいいじゃんなあ。テレビの水曜サスペンスとか観《み》てても、途中で誰かが死んで、二時間たったら犯人がわかればそれでオッケーじゃん。中でもいちばん殺しそうにないやつを犯人にしとけば、まあ間違いないっしょ」

「すごいねえ、正木くんて」と、陽菜乃はふんわり笑った。「正木くんが言うと、世の中のたいていのことはものすごく簡単に聞こえるもんねえ」

「もしかして、天才だって言ってる？」

「ううん、言ってない」

途中で道が二手に分かれ、亮介が「じゃあ明日なー」と手をふる。

とつぜん二人きりになり、軽口を叩《たた》く人間がいなくなってしまうと、秀俊は困惑した。放課後を含めて、陽菜乃と二人で帰るのは初めてだった。私服の彼女とどんな話をすればいいかわからない。

陽菜乃は気にする様子もなく、何やら愉《たの》しそうに歩いている。ブルーのTシャツに白い木綿のふわりとしたスカート、リボンのついた麦わら帽子。麻紐《あさひも》を編んだようなバッグをぶらぶらさせながら歩く姿を横目で見ていると、ひととき暑さを忘れた。アスファルトの先にはぎらぎらと逃げ水が揺らめいているのに、この道が早く終わればいいとは思わないのだった。

行く手に、高い塀のようにそそり立つ堤防が見えてくる。

「うちはね、突き当たって左へ行ってすぐのとこ」

あっち、と陽菜乃が指差す。真夏に似つかわしくない、白くて細い指。手首など、手の重みで折れそうだ。

「刀根くんの家は？」

「右。まだずっと歩いてった先」

「いつも、下の道を行く？ それとも堤防の上？」

「俺は、上しか歩いたことないけど」

答えると、陽菜乃はさっさと石段をのぼり始めた。自分の家はすぐ左だと言ったのに、と戸惑いながら秀俊もついてゆく。

のぼりきると、一気に視界が開け、頬に川風が吹きつけた。水の流れとそれに沿って茂る緑が、どちらもちらちらと光を反射して眩《まぶ》しい。上流のほうには釣りをしている人の姿があり、もっと先には川を渡る道路、行き交う車が蟻《あり》のように見える。そこまでは秀俊も行ってみたことがない。目を細め、帽子を押さえてあたりを見渡していた陽菜乃が、やがて言った。

「この先、たぶん一生、こういう空気って忘れない気がする」

「こういう空気？」

「うん。川の気配っていうか……水の匂《にお》いっていうか。いつか大人になって知らない土地へ行っても、ああ、あの向こうに川があるな、みたいなのは勘でわかるんじゃないかと思う」

後れ毛を耳にかけながら話す陽菜乃を、秀俊は黙って見やった。

不思議な感覚だった。さっきまでラーメンの丼を前にみんなで話していたこととは、何かが違う気がした。テレビとか漫画とか、あるいは腹が減ったとか眠いとか、具体的に目の前にある物事ではなく、そこにないもののことを誰かと話すのには慣れていない。

「中村ってさ。そういうこと、いつも考えてんの？」

「そういうことって？」

「だから、大人になったらとか、将来のこととか」

「んー……そうだね。いつもじゃないけど、わりと考えるほうかな」白い手が、風をはらんでふくれるスカートを押さえる。「だって、刀根くんは怖くない？」

「何が」

「私、この先のこととか考えると、怖くて眠れなくなったりするよ。自分もいつかは絶対死ぬんだなあとか、苦しいのかなあとか、死んだあとはどうなるんだろうとか、考えだすと不安でたまらなくなる。そういうことって、ない？」

「――ないな」

「ふうん。強いんだね」

そうではない。ただ、先のことよりも今だけで頭がいっぱいなのだ。不安と言えば、目の前のあれこれのほうがよほど不安でならない。いつか訪れる死よりも、今日、明日と続いてゆく生のほうが怖《おそ》ろしい。

「今から十年くらいたったら、私たち、どこにいて何をしてるんだろうね」

ふり返った陽菜乃が、秀俊を見て無邪気に微笑む。

「さあなあ。桐原とか、ほんとに作家になってたりしてな」

「ありうる。今のうちにサインもらっといたほうがいいかな」

「さすがに気が早いだろ」

「刀根くんは、なりたいものないの？」

「特にないな。っていうか、まだあんまり考えたことがない。中村は？」

「私もまだわかんないけど……。そういえば、刀根くんのお父さんって何してる人？」

ぐっと詰まった。

親父はもう死んだ。左官屋だった。そう答えれば済む話なのに、陽菜乃に訊かれてとっさに誰の顔も浮かばなかったことに苛立《いらだ》つ。成長すればするほど、優しかったあの〈父〉とは似ても似つかなくなってゆく自分。

秀俊は、確かめるように言った。

「親父は、いない」

「え？」

「俺が九つの時に死んだんだ」

陽菜乃が狼狽《うろた》えるのがわかった。

「ごめんなさい。私、何も知らなくて」

「謝ることないよ。俺が言わなかっただけだから。亮介たちも知らないことだし」

「うそ、正木くんにも言ってないの？」

「べつに、訊かれたことないもん」

そうなんだ……と、陽菜乃がつぶやく。

「男子って、そういうこと話さないの？」

「ほかのやつは知らないけど、亮介と俺は今のとこ、あんまり」

そうなんだ、と陽菜乃は繰り返した。

「まあ、でもそっか。刀根くん、それでなくても喋らないもんね。今日なんて珍しいくらい」

たしかにそうだ。黙って苦笑いすると、陽菜乃は言った。

「またそういう、大人みたいな笑い方する」

「え？」

「なんとなく、寂しい感じがするよ」

それが、自分たちが置いて行かれるようで寂しいという意味なのか、秀俊の側の孤独が寂しいという意味なのかはわからなかった。秀俊もまた、訊き返すことはしなかった。川と川原をはさんだ遥《はる》か向こう側の堤防を、高校生らしき運動部員がかたまって走ってゆく。掛け声が風に乗って届く。

陽菜乃が、思いきったように口をひらいた。

「もしかしたら刀根くん、怒っちゃうかもしれないけど……訊いてもいい？」

「何」

「怒らない？」

「努力する」

なおも躊躇《ためら》う陽菜乃を、秀俊は促した。「怒らないよ。何？」

「私……今になってみると勝手な想像だったんだけどね、刀根くんには、お父さんがいるんだと思ってたの。それも、あんまりよくないお父さんっていうか。ごめんね、変なこと言って」

下の道を、ちりりん、とベルを鳴らして自転車が通り過ぎる。犬を散歩させている人を避けたようだ。それを見下ろし、どうして自分らはこんな暑い中、日ざらしになって話なんかしているんだろうな、と思いながら、秀俊は言った。

「なんで、そう思った？」

陽菜乃が、ぽつりと答えた。

「けが」

「え？」

「だって刀根くん、しょっちゅう怪我してくるでしょ。柔道の稽古だなんて言うけど、一回であんなに痛そうな怪我……それも顔だし。前に、先生が心配して刀根くんを呼んで話してたのが聞こえちゃったことがあって、その時も、ああやっぱりなって思ったの。お父さんが、何ていうか、そういう人なのかなって」

でも、そうじゃなかったんだね、と陽菜乃は言った。

「ずっと前に亡《な》くなってたなんて知らなかったから、勝手な想像しちゃってごめんね。だけど……だったらああいう怪我はどうしてなの？　誰か、危ない人と付き合ってるとかなの？」

——危ない人。毎日家に帰ればいるあの男は確かに〈危ない人〉と言って間違いないし、長い付き合いなのも事実だ。だが、こちらが望んで付き合っているわけではない。

「ほんと言うとね、今まで、二回くらいかな。このへんを、刀根くんと男の人が一緒に歩いてるの見かけたの。あの人が、何かひどいことするの？　怖そうな人だったよ」

誰のことかはすぐにわかった。思えば、初めて九十九と出会ったのもこの川原だ。いまだに飯を奢《おご》ってもらうことがある。九十九には、なぜか奢られても卑屈にならずに済むのだ。

「あの人が、刀根くんのお父さんなのかと思ってたんだけど……もしかして、ああいう人たちに危ない目に遭わされてるとかじゃないの？」

「ああいう人たちって？」

「だから、その……ヤクザ、みたいな」

第三者の目にもやはりそう映るのだと、今さらながらに新鮮だった。自分も初対面の時には同じように感じたはずなのだ。あの目つきの鋭さ、一分の隙もないスーツ姿、身にまとう剣呑《けんのん》な雰囲気に、後ずさりしたい気持ちになった。それを、いつのまにか感じなくなっていた。なぜなら九十九は、少なくとも理由のない仕打ちはしないからだ。あんなに目をかけてくれる理由だけはいまだによくわからないが、今、こちらの身の上をそれなりに気遣ってくれるのは、久恵ママを除けば九十九だけなのだった。

「違うよ」と、秀俊は言った。「あの人はどっちかっていうと、俺の恩人。おっかなそうに見えるだろうけど、悪い人じゃない」

「ほんと？」

「子どもの頃から俺に柔道習わせてくれてるのもあの人だしさ。いろいろ相談に乗ってくれたりもするし。俺が怪我ばっかかすんのは、ほんとにまだ下手だからだよ」

「……そう。だったらいいんだけど」

　変なことばっかり言ってほんとにごめんね、と陽菜乃はすまなそうに謝った。

「あの、当たり前だけど、誰にも言わないから。お父さんのこととか、もしもこの先、刀根くんがみんなに話す時があっても、私は何も聞いてないことにしておいてね」

　そんなのいいよべつに、と、言えなかった。他の二人には、プライベートなことをあまり知られたくない。どうして陽菜乃には話してしまったのか、自分でもよくわからない。

「みんな、いろいろあるよね」と、陽菜乃が言った。「何にもない家なんてないよね」

　答えずにいると、彼女ははっと顔を上げ、いけない、と呟《つぶや》いた。

「帰らなくちゃ。また明日ね」

　ひらりと手をふって、堤防の石段を下りていく。後ろ姿の頼りなさが、まるで小さな子どものようだ。

　見下ろしながらふと、今さらのように思い至った。陽菜乃はさっき、かばってくれたのだろうか。秀俊の家に皆が押しかけるような事態にならないようにと、自分の家を言い訳にして。

　そういえば彼女の家の家族構成についても、詳しく聞いたことがないように思う。亮介や美月はそれぞれの親の自慢や悪口などをしょっちゅう口にするが、陽菜乃はいつもにこにこしながら聞いているばかりだ。

〈何にもない家なんてないよね〉

だが彼女のところだって、娘が複数の友だちと男子の家を訪ねることさえ禁止するような親だ。同様に美月の親にしても、いくら厳しかろうと鬱陶《うっとう》しかろうと、それもこれも子どものためを思えばこそなのだろう。

うちとは全然違う、と秀俊は思った。そんなふうに世話を焼いてもらった記憶などまったくない。彼らとはしょせん、住む世界が違うのだ。

今さら羨《うらや》ましくも寂しくもないはずなのに、遠ざかってゆく陽菜乃の背中が眩しかった。

その夜、一人で焼きそばを作って食べながら、人気の刑事ドラマを観ていた。

久しぶりにゆっくり過ごせる夜だった。昨日の昼から、あの男の顔を見ていない。どこで何をしているのか母親も聞かされていないらしく、ゆうべも今朝も、心配と嫉妬《しっと》で荒れまくっていた。

〈なあ、なんで別れないのさ〉

たまりかねてそう訊《き》くと、江利子は初め、うるさそうに髪を振りやって言い捨てた。

〈あんたに関係ないでしょ〉

〈俺に関係なかったら誰に関係あるんだよ〉

言い返してきた息子を見て、江利子は驚いたように目を瞠《みは》り、それから眉根《まゆね》を寄せた。

〈いっぱしの口きくじゃない。誰が育ててやったと思ってんの〉

〈母さんこそ、そんなえらそうなこと言えんの？ いつだって、男のことで頭いっぱいでさ。俺にはまともに飯も弁当も作ってくれたことないくせに〉

〈ふ・ざ・け・ん・な。子ども一人育てるのがどんだけ大変かわかってんの？ あんたさえ生まれてこなけりゃ、あたしはもっと自由にやれたんだ。そうだよ、どっかよその街へ行って、もっといい男見つけて優しくしてもらってさあ〉

酒が入っていたせいもあるのだろう、江利子はいきなり泣き始めた。

だからさ、と秀俊は根気よく諭した。

〈だからこの際、思いきって別れちゃえばいいんだよ。どっかよそへ行きたいんだったら、俺と行こうよ。俺が母さんに、〉

ちゃんと優しくしてやるから、と言うより先に、

〈うるさい！〉江利子は金切り声で遮《さえぎ》った。〈うるさい、うるさい、うるさい！ あんたみたいなガキに何がわかんのよ！ あたしなんてねえ、もう三十五のババアなのよ。信じられる？ この歳にもなると、そう簡単に男と別れるわけにはいかないの！〉

〈なんで〉

〈なんでって……だって、怖いじゃない。寂しいじゃない。何だかんだ言ったって、あたしを抱いてくれる男なんかもうあいつしか……〉

うわあん、うわあああん、と幼児のように声をあげて泣きだした母親を前に、どうしていいかわからず途方に暮れたのが昨夜のことだ。

江利子と同じだけ南条もまた歳を取り、たしか今年三十三になったはずだ。脚のことはともかくあんな飲んだくれでは、今さら他の金づるを見つけるのは無理だろう。いくら顔が良くても口が巧《うま》くても、店の女たちが横から手を出さないのは、江利子の目が光っているせいばかりでなく、さすがにそこまで馬鹿《ばか》ではなかったからだ。あんなものに関わっては行く先に破滅しかない。それがどうしてあの母親にだけはわからないのか。

冷めた焼きそばをもそもそと食べ終わる頃、ドラマの事件は無事に解決して大団円を迎え、秀俊は洗いものを済ませ、奥の三畳間で床についた。

再び目覚めたのはどれくらい後だったろう。赤いライト付きの目覚まし時計を見やると、午前三時をまわっていた。

暗がりに目が慣れるのを待つ間にも、ふすまの向こうから言い争う声が聞こえてくる。例によって母親の大声には隣近所への配慮も何もない。

「ほんとのこと言ってよ！　他に女がいるんでしょ？　ごまかしたってわかってるんだから！」

「ごまかしてなんかいねえよ。被害妄想ってんだ、そういうのを」

薄ら笑いを含んだ低い声が響く。秀俊は暗闇《くらやみ》のなか奥歯を軋《きし》ませた。

「だいたいなあ、そうやって人に喧嘩《けんか》売るからには証拠ぐらいあるんだろうな」

「それは……だって、ここんとこ何日も帰ってこないこと、よくあるじゃん。風呂《ふろ》とか、どこで入ってくんのさ」

「どこだっていいだろ。俺にだって男の付き合いってもんはあンだよ。それを浮気だ何だって適当な言いがかり付けやがって、そんなに俺を怒らせたいのかよ、ああ？」

しばらく無言の間があった。また〈あれ〉が始まるのかと、秀俊が寝返りを打って頭から夏布団《なつぶとん》をかぶろうとした時だ。

「出てってよ」

母親が言った。

思わず耳をそばだてる。

「もう、我慢できない。あんたなんかもう要らないから、出てって」

「はあ？　何ふざけたこと言ってんだよ。俺がいなけりゃお前なんかなあ、」

「ふざけてなんかいないよ。ヒデがいればやってけるもん」

布団の上に半身を起こした。Tシャツの背中や尻《しり》の下が、緊張に汗ばむ。

「考えてみたらさ、あんたみたいなお荷物しょいこんでなかったら、あたしはもっと好き勝手にやれるんだよ。ヒデだって、あたしと二人だったらどこへでも行ってやり直せるって言ってくれたんだから」

再び、不穏な沈黙があった。

いきなりふすまが開け放たれた。蛍光灯の明るさに視界がくらみ、秀俊は思わず目をしばたたいた。南条が江利子の手首をつかんでひねりあげ、遠心力で振り回すようにして布団の上へと抛《ほう》りだす。

「てめえら、二人してくだらねえ相談しやがって！」

髪をひっつかんで江利子を引き起こすと、南条は頰を張りとばした。悲鳴をあげる彼女をもう一発、二発とおよそ遠慮なく叩く。光沢のあるピンクのブラウスの前が破れ、ボタンが弾《はじ》け飛び、何度も洗濯しているせいでレースの伸びたブラジャーが露《あら》わになる。爪《つめ》で引っかかれたのだろう、母親の胸元にみるみる赤いミミズ腫《ば》れが浮き出てゆくのを見るなり、秀俊の頭に血がのぼった。

気がつくと、立ちあがりざま唸《うな》り声をあげながら頭突きをくらわせていた。うっと鼻を押さえた南条がひるんで後ろへ下がる。その襟元を両手でつかんで引き寄せ、右腕を取って体を返し、思いきり背負い投げを掛けようとした瞬間——踏み出した足に夏布団が絡《から》みついた。たたらを踏み、技がはずれる。慌ててもう一度向き直るより先に、後ろから耳の上を殴りつけられ、崩れ落ちた。

声も出ないほどの痛みに悶絶《もんぜつ》する秀俊の背中を、南条が容赦なく殴りつける。Tシャツの襟首を吊《つ》り上げられ、また後ろからこめかみを殴られる。

表に返され、のしかかられた。狙《ねら》いすました拳《こぶし》が執拗《しつよう》に降ってくる。頰骨、鼻、顎《あご》。しまいに江利子が止めに入った。

「やめてよ、もう!」

母さん、逃げろ。こいつ、頭おかしい。

声にならない。まぶたが開かない。

「またそんなに派手にやって。いいかげんにしてよ、学校から呼び出されんのはあたしなんだからね」

「よく言うよ。お前、こういうのが見たかったんだろ?」舌なめずりしそうな声だ。

「そうだろ、なあ。ったく、とんでもねえ女だな。俺がどんくらいお前のこと大事か知りたかったんだろ? ほら、脱げよパンツ。息子の前で、アンアン言わせてやっから」

「やだ、何言ってんの、あんた。どっかおかしいんじゃないの」

そうだよ。だから言ってるだろ。こいつマジでいかれてるんだって。

「脱げってほら。俺の言うことが聞けねえのかよ。それとも、もっと殴ってやろうか、こいつを。そういうのに興奮すんだろ?」

奇妙な沈黙のあと、ごそごそと衣擦《きぬず》れの音がする。

やめろよ、母さん。俺なんかどれだけ殴られたっていいよ。

止めたいのに、声が出ない。指一本動かせない。懸命にまぶたを持ちあげる。畳の上に倒れた自分のすぐ傍ら、敷いてある布団の上で、南条は江利子を組み敷き、スカートをまくりあげたところだった。

露わになった白い肉のあわいに、赤黒い翳《かげ》りがある。その奥へと男の一物が呑《の》みこまれてゆくにつれて、母親の口からへんに甘い声がもれる。この声だけはいつもふすま越しに聞いていた。もうとっくに慣れたと思っていた。だが、初めて間近に見る交合に、秀俊は恐怖しか感じなかった。なんだよ、あれ。どこに入れてるんだよ。

じろりとこちらを見た男が、鬼の顔をして笑う。

「ほら、もっと声出せ、江利子。息子が見てんぞ。たっぷり聞かせてやれよ」

「い、や……」

「いやじゃねえだろう、ぐしょぐしょじゃねえかよ。さっさと自分で動けって。でないとやめるぞ」

「だめ、やだ」

「どっちなんだっつの」

笑い声をあげる男に奥を突かれ、あああ、と絞り出すように声をもらした江利子が、突然腰を動かして応《こた》え始める。狭い部屋に湿った音が響き、牡《おす》と牝《めす》の声が乱れて入り混じる。

「ほら、言えよ江利子。ヒデと二人でどこへ行くって?」

「い……行かない、どっこも行かないから」

「俺に出てけって言ったよなあ。こんな淫乱《いんらん》な体しやがって、俺と別れてやってけんのか? ああ?」

「やだ、やだ、無理、お願い、捨てないでよぉ!」

耳をふさぎたくても、片手すら持ちあげられなかった。せめてもの抵抗に、目を硬くつぶる。

自分は結局、利用されただけか。

秀俊は、母親を恨んだ。殴られていた時、半端《はんぱ》に止めに入ったりしないでくれたなら、いっそ気を失うこともできたろうに。

朝には高熱が出た。計ってみなくとも、ずくん、ずくん、と耳もとで脈打つ血の熱さでわかった。

ゆうべいったん果てたあと、隣の四畳半へ場所を移してさんざん組んずほぐれつしていた二人は、十時過ぎにはけろりと起き出し、テレビを観ながら食事をしていた。時にはそろって笑い声をあげるほどの睦《むつ》まじさだった。

「ヒデ、朝ごはん食べないの？　アジの開き、あんたのぶんも食べちゃうよ」

いらない、との答えも掠《かす》れ声にしかならなかったが、江利子はふすまの間からちょっとだけ顔を覗《のぞ》かせ、

「あらー、だいぶ腫れちゃったねえ。ま、若いんだし二、三日寝てれば治るでしょ」

あっけらかんと言った。

昼前には連れだってどこかへ出かけていき、秀俊ひとりになった。怪我をしたからといって、子どもの頃のように店へ行って介抱してもらう気にはなれなかった。誰かに優しくされることさえ煩《わずら》わしい。

熱で頭がぼうっとしているせいだろうか、見上げる天井がずいぶん遠く感じられる。昔、傷口の一つひとつを消毒して薬を塗り、絆創膏《ばんそうこう》を貼《は》ってくれたサヤカを思いだす。ソファの前にひざまずき、うつむいた時のうなじ。こちらへ手をのばすときに見えた腋《わき》の下の青白さ。そこへふと、昨日の陽菜乃の白い手が重なる。強い陽射《ひざ》しの中、うちはあっち、と指差したときの、折れそうな手首。

(……あ、くそ、なんでだよ)

唸り声を押し殺す。懸命に別のことを考えて、股間《こかん》に兆《きざ》しかけたものを追い払った。

当然ながら、こんな顔ではとても自由研究の集まりになど出かけられない。腫れた顔の痛みをこらえながら、連絡網を頼りに亮介に電話をかける。

風邪をひいて熱が高いので今日は行けない、みんなで先に進めていてくれと言うと、『じゃあ、明日かあさってに延ばせばいいよ。それまでには治せよな』亮介は事も無げに言った。『っていうかさ、大丈夫か？ 見舞いに行ってやろうか？』

「勘弁してくれ」

思わず漏れた本音に、電話の向こうの亮介が苦笑するのがわかった。

『まあ、しんどい時ってそうだよな。他人に気を遣いたくなんかないだろうし。了解、みんなには言っとくよ。ゆっくり寝て、早く治せよな』

母親が頭痛の時によく飲んでいる薬の効能書きを、かすむ目を凝らして懸命に読む。一回二錠とあるところを三錠飲んでまた横になる。食後とも書いてあったが、食欲などまるでなかった。

うつらうつらしながら午後になり、ふと物音に目を覚ますと、いつの間にか南条だけが戻ってきていた。秀俊の頭をまたぎ、鴨居《かもい》にかかっていたズボンのポケットをまさぐる。チャリン、と音がした。

思わず笑ってしまった秀俊を見おろし、南条が凄《すご》む。

「何だよ、え？」

「……べつに」

盗られたってどうということはない。昨日は陽菜乃が一緒だったせいで、いつものようには堤防の隙間に隠さず持って帰ってきた全財産の三百五十円だ。

ちっ、これだけかよ、と鼻を鳴らして南条が出ていく。玄関が閉まるのを待ってから、秀俊は痛む体をかばいながらそろりと起きあがった。

わずかな動きにも軀が悲鳴をあげる。関節がぎしぎしと軋み、筋肉が引《ひ》き攣《つ》れる。布団の上でまずは両手をつき、膝《ひざ》をつき、かたわらの壁にすがって立ちあがるだけですさまじい労力が必要だった。

顔に触ってみる。鼻から目の下にかけて、皮膚がぶよぶよとして感覚が遠い。洗面所へ行っておそるおそる鏡を覗いた秀俊は、思わず目をそむけた。ホラー映画にでも出てきそうだ。この顔を見た上で、母親は、二、三日寝てれば治ると言ったのか。

蛇口をひねり、こびりついた鼻血と、切れた唇のまわりを洗い流す。ぬるい夏の水が傷口にしみて、秀俊は呻《うめ》いた。目尻に滲《にじ》む涙は、単なる生理現象だ。泣いてなどいない。泣いたりしてたまるか。口をゆすぐと、赤黒い血の塊がどろりと流れて排水口に吸いこまれていった。奥歯がぐらぐらしている。舌先でまさぐるたび、激痛が脳天へと突き上げる。頬の内側も切れており、固形物は当分のあいだ無理だとわかった。

幼い頃から、あの男に殴られるなど日常茶飯事だったが、ここまで手加減なく叩きのめされたのは初めてだった。無抵抗と思いこんでいた相手から刃向かわれたのがそんなにも業腹《ごうはら》だったということか。

（ざまあみろ、せいぜい悔しがれ。俺だっていつまでもガキじゃないんだ）

そう嘯《うそぶ》くのとは裏腹に、軀から芯《しん》が抜けてしまったような心地がする。

〈強くなりてぇだろ？〉

九十九に言われ、せっかく三年も柔道を続けてきたはずが、いざという時にあのざまだ。さんざん稽古《けいこ》して身につけたつもりの技など、結局何の役にも立たなかった。そもそも、たとえあの場面で見事に背負い投げが決まり、南条が畳の上にのびたとして、母親が喜んだかどうかはわからない。その後の展開を思うと、むしろ息子の反撃など微塵《みじん》も望んでいなかったように思えてならない。

そういえば、今日は道場の日だ。こんなことにならなければ、昼間みんなと神社に集まった後で、帰りに稽古へ向かうつもりだった。

行けないなら行けないで電話しなくては——と思うのに、どうしても受話器に手がのびない。もう、何もかもどうでもいい。

そろりそろりと摺《す》り足で部屋に戻り、苦労しながら襟の伸びたTシャツを脱いで、シャツとジーンズに着替える。ポケットの小銭すら奪われ、どこといって行くあてもないのだが、とにかくこの家でじっとしていたくなかった。ひさしの深いキャップをかぶり、上から薄手のパーカーを着てフードもかぶる。外が暑いのはわかっていても、すれ違う人にこの顔を見られるわけにはいかない。

戸締まりもせずに歩きだす。どうせこの家に盗られて困るものなど何もないのだ。道の向こうからやってきた黄色い野良犬《のらいぬ》が、何を感じたか大回りして秀俊を避け、尻尾《しっぽ》を股《また》の間にはさんですれ違っていった。

堤防を向こう側へ下りて日陰を探し、ひんやりとしたコンクリートの法面《のりめん》にもたれて川を眺めた。尻の下には丸みを帯びた石がごろごろしていてお世辞にも座り心地がいいとは言えないが、物音にいちいち身構えていなくても、ここなら安全をおびやかすものはない。どっと気が緩み、秀俊はいつのまにか倒れるように横たわって眠っていた。

汗だくで目が覚めた時には、日はやや傾きかけていた。身じろぎしたとたんにあちこちに激痛が走り、何ひとつ夢ではなかったことを思い知らされる。

（くそ……）

自分でも驚くほど唐突に、どっと涙が溢《あふ》れ出した。情けない、悔しいと思うのに止まらなかった。

誰に聞かれるわけでもない嗚咽《おえつ》をそれでも押し殺しながら、立てた両膝の間に顔を埋める。うつむくと、腫れあがった部分がよけいに疼《うず》いた。このままどこかへ消えてしまいたい。けれど、どこへも行けない。昨日ですら、ラーメン一杯ぶんの金も出せなかった自分、さらに今となっては完全に一文無しになってしまった自分に、ここ以外のどこで生きていくことが許されるだろう。

目を上げ、数十メートル先の川面《かわも》を睨《にら》みつける。子どもの頃、こみあげる感情にまかせて何度もあの川に石を投げ入れた。あれから何年も経《た》ったというのに、何も変わっていない。図体《ずうたい》ばかりでかくなっても、中身は相変わらず無力なままだ。

（……っきしょう）

痛む奥歯をきつく噛《か》みしめて呟いたとき、

「おう、やっぱりここか」

背後の頭上から声が降ってきた。首を巡らせるまでもなく、聞き知った声だった。

秀俊は慌てて洟《はな》をすすり、パーカーの袖口《そでぐち》で、痛むのも構わずごしごしと頬をぬぐった。

「せっかくその気ンなって道場で待ってたのに、来やがらねえからさ。どうかしたんかと思ってな。今、家にも寄ってきたとこだ」

離れた階段へとまわることはせず、コンクリートの法面を慎重に下りてきた九十九は、すぐ隣に腰をおろした。おそらく護衛代わりの誰かが近くにいるはずだ。いるとすれば十中八九、腹心の近藤だろう。

「どうした。無断で休むなんざ、お前らしくもねえ」

秀俊が黙っていると、九十九は伏せた顔を覗きこもうとした。

「おい、ヒデ、こっち向けよ」

「なんで」

「俺が話してんだ。こっち向けってんだよ」

仕方なく、のろのろと顔を上げる。

「ああん？」九十九が眉をひそめ、舌打ちをする。「こりゃまたひでえな」

誰にやられたのかとは、今さら訊かなかった。

「なんでそこまで怒らせた」

「知らないよ」

「知らねえこたぁねえだろうが。言えや」

「知らないって、あんな野郎」

吐き捨てた。声が、喉にからまって掠れる。

「何もてめえの愚痴聞いてやるってんじゃねえ、事情聴取だ。俺が訊いてる以上、てめえは答えるしかねえんだよ」

俺が話してるんだ。俺が訊いてるんだ。九十九の口癖だった。言いだした時は従うしかない。

「……頭突き、喰らわしたから」

「どっちが」

「俺がだよ。母さんにひどいことするからカッとなって、気がついたら頭突き喰らわしてて……背負い投げかまそうとしたんだけど、くそ、うまく決まんなくて。そしたらあいつ、どっかキレたみたいに止まらなくなっちゃってさ。ぜったい頭おかしいんだ。でなきゃ母さんにあんな……あんなこと、わざわざ俺の見てる前で……」

いきなり、九十九が笑いだした。空を向いての呵々大笑《かかたいしよう》だった。

「なんだよ、ちきしょう！　全然、なんにも、可笑《おか》しくなんかねえよ！」

掠れ声を荒らげる秀俊の背中を、骨ばった手がばん、と叩く。全身に走る痛みに、思わず悲鳴がもれた。

「いやあ、悪い悪い。可笑しくて笑ったんじゃねえんだ。なんだかこう、嬉《うれ》しくなっちまってな」

「嬉しい？」

何が、なんで、と訊いてもまだ笑っている。

「ったく、ふざけんなよ。他人事《ひとごと》だと思いやがって」

すると、九十九はようやく笑いをおさめ、秀俊の目を見た。すうっと真顔に戻る。変化が急激すぎて、あたりの温度まで下がったかのようだ。

「他人事だなんて、これっぱかりも思っちゃいねえよ。そりゃ嬉しいにきまってんだろ。俺がこんだけ目をかけてきたお前が、立派にキンタマのぶらさがってる男だって証明されたんだからよ」

賞賛であろうことはわかった。少しの面映《おもは》ゆさと腑《ふ》に落ちなさを同時に覚えて、秀俊は言った。

「当たり前だろ。これまで、なんだと思ってたんだよ」

「いや、当たり前じゃねえんだな、それが」たっぷりともったいを付けた上で、九十九が続ける。「知らねえだろう、ヒデ。男はなあ、生まれつき男なんじゃねえ。男に、〈なる〉んだよ。世の中には、ナリだけ男に見えて中身はそうじゃねえやつらがごまんといる。だが、お前は違った。外見も中身も立派な男ってことだ。漢字の漢と書いて〈おとこ〉って読む、あれだな」

上機嫌だ。自分の弁舌にますます気を良くしてか、九十九は珍しく親しげに秀俊の肩へと腕をまわしてきた。ぐい、と引き寄せられる。耳もとで、と言うより、耳に唇がつくほどの至近距離で、低い濁声が囁《ささや》く。

「なあ。消えて欲しいと思ったこと、あるか?」

「……え?」

何の話だか本当にわからなかったのだが、九十九は含み笑いをもらした。

「とぼけてんじゃねえ。その、ふざけた野郎だよ。いっそのこと、おふくろさんの前からいなくなって欲しいって思ったことくらい、あんだろ?」

「そりゃあ……」

答えかけて、続く言葉を呑んだ。何だろう。何かが口をつぐませたのだ。

「だよなあ。そりゃあそうだよなあ？」

九十九の笑みが怖ろしい。秀俊は、亮介に毎週借りる漫画に登場する狂ったピエロを思いだした。口もとは耳まで裂けるほど笑っているのに、目はガラス玉のように動かない。

「それとも、あれか。何だかんだ言ってもやっぱり、長年一緒に暮らしてりゃ情も湧《わ》くか」

とたんに反発が、腹の奥底から喉元へと突き上げた。

「やめろよ。冗談じゃねえよ、あんなやつ。酒の飲み過ぎでとっととくたばるか、でなきゃいいかげん、どこへだって消えちまえばいいんだ」

突き放すような物言いになった。

九十九の顔から、再び表情がすうっとかき消える。

「ヒデ」

ひときわ低く名を呼ばれ、動けなくなる。

「学校は、いつから始まるんだ？」

「……九月一日だけど」

「ひと月ありゃ充分だ。その顔、それまでにきれいに治して、担任とかに目ぇつけられねえように気をつけろよ」

「なんで」

「なんでもだ。いいから、とっとと帰って氷で冷やせ」

「氷なんかねえもん」

「買って帰りゃいいだろう」

「金だってねえんだよ、一円も！　全部あいつが……」

切れた下唇を嚙みしめた秀俊が、痛みのあまり顔を歪《ゆが》ませるのを見て、九十九はふところから財布を取りだした。差しだしてよこしたのは、折り目ひとつない一万円札だった。

「これで氷と、薬局で何か塗り薬でも買って帰れ。言っとくが、医者はやめとけよ。あれこれ面倒なこと訊かれんのは御免だろ」

触ったこともない額の紙幣を前にして受け取りかねている秀俊の手に、ピン札をぐいとねじ込み、立ちあがる。思わず見上げた秀俊の目には、逆光で九十九の顔が見えなかった。

「なに、心配することはねえよ」

どこか愉しげな濁声で、九十九は言った。

「ほれ、助さんだか格さんも歌ってるだろ？　『人生、楽ありゃ苦もあるさ』って。いまにぜぇんぶ、うまくいくから」

＊

中村陽菜乃が、その朝二本目の電話を切ってふり向くと、すぐ後ろに母親の世志乃《よしの》が立っていた。

「誰なの、今の電話。男の子だったでしょう」

例によってブラウスのボタンを喉元《のどもと》まできっちりと留めた母親は言った。

「正木くん」

「誰、それ」

「正木亮介くん。クラスの委員長。前に話したでしょ、同じ班で、夏休みの自由研究も一緒にやってるって」

「その子が何だっていうの」

「さっきも美月ちゃんから電話があったんだけど、同じ連絡だった。班の、もう一人の子が今日は風邪で熱出しちゃったから、集まるのは明日かあさってにしようって」

「だったら、桐原さんからの連絡だけで済む話じゃないの。どうしてわざわざその、男の子が、また同じことを陽菜乃に言ってくる必要があるのよ」

「さあ。『桐原から連絡いった？』って言ってたから、伝わってるかどうか心配してくれただけじゃない？」

陽菜乃は、にっこりと言った。

「宿題してくるね」

あえて階段をとんとんと軽やかに上がり、自分の部屋に入って静かにドアを閉める。

深い吐息がもれた。矢継ぎ早な母親の詰問《きつもん》に対して、ずっと平常心のまま答えてみせるには、いつものことながらかなりの忍耐が必要だ。苛立ちを見せたりすれば話はもっと長くなる。何か隠していることがあるからじゃないの、などと畳みかけられて、どんどんややこしくなっていく。

何かと口うるさい母親が、神経質すぎるほどに干渉してくるのは友だちとの付き合いについてだ。とくに異性の影がかすかにでもちらつくと、陽菜乃を質問責めにする。どこの誰なの。どういう子なの。御両親は何をしている人なの。どこに住んでいるの。そうして最後は必ず同じ注意事項で締めくくられる。男の子と二人きりになってはいけません。たとえ人目のあるところでても親しく口をきいてはいけません。相手が勘違いしては困るでしょう。男が隠し持っている衝動の強さは、非力な女にはとうていコントロールできるようなものではないのだから、充分すぎるほど用心してもまだ全然足りないのよ……。

父と結婚するまでの職業が教師だったからだろうか。いや、そう決めつけてしまっては、世の中の女性教師に申し訳ない気がする。あの母親の厳格さと言ったら、まるで中世の修道女のようだ。両親の夫婦仲にしてもとうに冷え切っているのは明らかで、むしろなぜあの母が見合いしてまで結婚しようと考えたのか、謎《なぞ》としか思えない。

母親のことが大事か、と訊かれたら、もちろん大事だと答えられる。しかし、好きかと訊かれたなら言葉に詰まる。そのことを、陽菜乃はひどく疚《やま》しく思った。クラスの女子の中には「お母さんなんか大嫌い」とか「あのクソババア」などと平気で口にする者もいるが、とうてい口に出せない自分のほうが闇は深い気がする。学校では優等生ぶって、家では素直ないい子を演じて……今に自分でも本心がわからなくなってしまいそうだ。

〈中村ってさ。そういうこと、いつも考えてんの?〉

刀根秀俊の言葉を思いだす。訊かれるまで、意識したこともなかった。自分は何者なのか、何のために生まれてきたのか、いつかこんな私を好きだと言ってくれる人は現れるのか、死んだらどこへ行くのか。毎晩のように考えては怖くなる。部屋の明かりを消し、ベッドに横たわって暗い天井を見上げると、昼間は忘れていられた様々な不安がのしかかってくる。このまま朝になっても目が覚めなかったらどうしようと思えて眠れなくなることもある。

他の人は、そんなことをいちいち考えないのだろうか？　少なくとも秀俊は、ないと言っていたけれど。

〈親父《おやじ》は、いない。俺が九つの時に死んだんだ〉

ほかの友だちには話していないことを、彼が打ち明けてくれたと思うと嬉しかった。めったに自身のことを話さない人間だと知っているからこそよけいに、信頼を預けられた気がして誇らしくもあった。

父親を本当に亡くすのと、いるのにいないも同然というのとでは、どういうふうに違うものなのだろう。いないほうが大変だろうな、という想像はつく。でも、いる相手にはつい、無駄だとわかっていても期待してしまうのだ。そのつど失望させられるのもそれはそれで辛《つら》い。

陽菜乃が小学校を卒業したあたりから、父親は、家にいる時間が極端に短くなった。残業で会社に泊まると言って帰ってこないこともあるし、休みの日にも仕事を入れる。避けているのはあの母に違いないのだが、陽菜乃は自分もまた母側の人間と目されて敬遠されているように感じていた。娘というものはどうせ母親の味方だろうと勝手に決めつけられるのは不本意だけれど、だからといってはっきりと父の味方を名乗る勇気もないのだった。

どちらの親も、自分をちゃんと見てくれていない。息をしている間、どの瞬間もずっと寂しい。

〈あの人はどっちかっていうと、俺の恩人〉

たとえ父親がいなくても、そんなふうに言える相手がいるのはむしろ羨ましい——そう思ってから、ふと気がついた。今日はなんだか秀俊のことばかり考えている。

そう、昨日のあの時点では彼は元気だったのだ。感情の起伏や体調の良《よ》し悪《あ》しが、常日頃から今ひとつわかりづらいタイプの人間ではあるにせよ、具合が悪そうには見えなかった。

同じクラスになって以来、彼が風邪をひいて熱を出すなんて初めてのことだ。病気に慣れていない人は、ちょっとの熱でもおそろしく辛いと聞く。

——お見舞いに行こうか。

思いついたとたん、耳たぶが火照《ほて》った。自分の大胆さにびっくりしたのか、心臓が大きく脈打ち始める。

お父さんが亡くなったということは、きっとお母さんが働いて家計を支えているのだろうから、昼間は彼一人で寝ているかもしれない。食事はどうしているのだろう。薬はちゃんと飲んでいるだろうか。考え始めると、どんどん心配がつのってゆく。

とはいえ、宿題をすると宣言して二階に上がった以上、いきなり出かけたら母親から変に思われる。出かけるなら午後……それも、少し遅めのほうがいい。刀根くんだって、熱があるならまずは眠りたいだろう。

苦労して集中力をかき集め、数学と英語の問題集をそれぞれ数ページずつ解いた。昼時になって階下から母親に呼ばれると、下りていって素麺《そうめん》を一緒に食べた。

午後からは自由研究での自分の担当箇所をノートに清書し、三時になって顔を上げた。クラス名簿をひらき、住所をメモする。番地を頼りに近くまで行けば、たぶん家の場所もわかるだろう。塾へ行くときに使っているトートバッグを取り出し、カムフラージュのために問題集とノートとペンケースを入れる。あとは、財布……。中身を覗いて、念のため、タンスの上の貯金箱からお年玉にもらった五千円札を引っぱり出す。見舞いに行くなら果物くらいは買っていかないと格好がつかない。

最後に、少し考えた末、スカートからジーンズに着替えた。

階段を下りてゆくと、居間で新聞を読んでいた母親が目を上げた。

「どこへ行くの」

「図書館」

陽菜乃は小さな声で言った。

「さっきあなた、まだ宿題が終わってないって言わなかった?」

「うん。続きは図書館でやる。調べものもあるし、本も借りたいから」

玄関へ向かおうとする背中を、世志乃の声が追いかけてくる。

「またつまらない本を借りてきて、時間を無駄にするんじゃないのよ」

聞き流せばいいとわかっているのに思わず足が止まる。

「つまらない本って？」

「この間あなたが借りてきたみたいな本のことよ。宇宙戦争がどうだとか、魔法がどうしたとか」

「つまらなくないよ。どっちもすごく面白かった」

「面白いっていうのが要するに毒なのよ。中毒みたいなものよ。あんな絵空事の小説なんか、読んだからって何の役に立つの。いい？　一日は誰にとっても二十四時間しかないのよ。くだらない作りごとに夢中になってる暇があるんだったら、もっと確実に人生の役に立つ本を選んで読みなさい。この先あなたが大人になって社会に出たとき、男の人と肩を並べて仕事ができるかどうかは、結局のところ頭の出来にかかってるんですからね。今からつまらないことに時間を遣ってると、あとで苦しい思いをするのはあなたなのよ」

「……行ってきます」

「ちょっと、陽菜乃」

「なに」

「わかったの？」

「――わかった」

うつむいてサンダルを履き、玄関を出る。夏の午後の熱い風に吹かれたとたん、こわばっていた体がゆるんだ。

自転車の前カゴにトートバッグを入れ、またがって漕《こ》ぎ出す。ジーンズに着替えたのはこのためだ。スカートの時のように、川からの強い風を気にしないで済む。

まずはスーパーを目指す。たまに母親にメモを渡されて夕飯の食材などを買いに行くことはあるが、自分の目的のために行くのは初めてだ。果物売り場であれこれ物色していると、いっぱしの大人になったかのような気分だった。

野菜と違って果物はどれもまぶしい。オレンジ、グレープフルーツ、スイカにメロン。中でもひときわ甘い香りをあたりにふりまいているのは、大ぶりのプラムだった。赤く熟した果皮にうっすらと粉をふいた風情《ふぜい》は何とも美味《おい》しそうで、見ているだけで甘酸《あまず》っぱい生唾《なまつば》がわいてくる。

一パック買い求め、再び自転車にまたがり、秀俊の家の方角へと漕ぎ出しながら堤防を見上げた。

彼は毎日、あの上の道を歩いて学校へ通っているのか。いま見えるのは夏の空ばかりだが、風の中に川の匂《にお》いがする。堤防の向こうはきっと目を開けていられないくらいの陽射しだろうけれど、こちら側はちょうど大きな影に守られていていくらか涼しい。

少し行くと小さな薬局があった。ここまでは、陽菜乃もたまに薬を買いに来る。秀俊が、今朝起きてみて熱があると気づいたなら、常備薬程度では足りないかもしれない。買っていっても邪魔にはならないだろうからと、店の前に自転車を停めようとした時だ。自動ドアが開き、出てきた背の高い人影が、陽菜乃を見るなりぎょっとしたように立ち止まった。

視線が合う。

「え、うそ」

「……中村？　なんで」

この暑いのにキャップの上からパーカーのフードまでかぶった秀俊の顔は、赤黒く変色し、腫れていた。うまく開かない左目の下と小鼻の左側、それに唇の端も切れている。

「どうしたの、その顔！」

答えない。

「起きてていいの？　っていうか、もしかして、風邪じゃなかったとか？」

やはり質問には答えずに、彼は言った。

「こんなとこで何してんだよ」

「何って……偶然っていうか」

秀俊がふと、自転車のカゴを見る。スーパーの袋からプラムのパックが覗いているのを、陽菜乃は慌《あわ》てて隠そうとして──手を止めた。

「ほんとはね。お見舞いに行こうかと思ってたとこ」

「誰の」

「刀根くんのにきまってるでしょ」

「え。なんで？」

「風邪で熱出してるって聞いたからじゃない！」

「ああ……」

　気の抜けた、というより間の抜けた声をもらし、秀俊が視線を泳がせる。

　迷惑だったのだろうか。出しゃばり過ぎだと思われただろうか。いたたまれない気持ちになった陽菜乃に、彼の視線が戻ってくる。

「ごめん。……サンキュな」

　かわりに自転車を押そうとする秀俊を、怪我人《けがにん》にそんなことさせられないよ、と陽菜乃は慌てて止めた。

　どちらからともなく、並んで歩きだす。

「何のお薬買ったの？」

「まあ、風邪のじゃないのは確かだよ」

　ぶら下げていた袋から出して見せたのは、外傷用の軟膏《なんこう》だった。消毒、殺菌、消炎。

そんな小さなチューブひとつでどこまで効くのだろう。ほかに、消毒用アルコールと滅菌ガーゼに絆創膏。

「薬局のおじさんに、何も訊かれなかった？」

「まあ、ずっと下向いてたしな」

昨日話したとき秀俊は、怪我ばかりするのはまだ自分が下手だからだと言っていた。けれど、今日のこの顔を見てしまっては、さすがに陽菜乃でもわかる。怪我が柔道の稽古のせいでないことくらい。

「殴り合いのケンカでもしたの？」

秀俊が、自分を嗤《わら》うように顔を歪めた。

「そんないいもんじゃないよ」

「いいもん、って……。病院へ行ったほうがいいんじゃないの？」

「かもな」

「行ったほうがいいよ。行きなよ」

「まあ、そういうわけにもいかないんだわ」

淡々と言いながら、秀俊は、堤防沿いにまっすぐ続いてゆく道をふと脇《わき》へそれた。

陽菜乃も自転車を押して後に続く。家へと向かう道かと思ったのだが、彼が入っていったのは小さな児童公園だった。錆《さ》びたブランコが二つと、色褪《いろあ》せたベンチが一つしかないものの、木立に囲まれているおかげで周囲の住宅街とは別の時間が流れている。秀俊が先にベンチに腰をおろす。日陰で座れる場所はそこしかない。

木陰に自転車を停めた陽菜乃は、思いきってベンチの端に腰をおろした。こんなところを母親に見られたらいったい何を言われるだろう。

蟬《せみ》の声がすさまじい。耳もとで天ぷらを揚げているかのようだ。そっと隣を見やると、秀俊の耳の後ろ側には、どす黒い血が固まってこびりついていた。鏡に映らないから気づかなかったのか、それとも痛む箇所が多すぎてそこまで気が回らなかったのだろうか。

「お薬の袋、貸して」

「え？」

「ここ。血が」

耳の後ろを指さすと、秀俊は、おとなしく袋を差しだしてよこした。陽菜乃は滅菌ガーゼの個包装を破り、消毒用アルコールをたっぷりと含ませてから立ちあがった。

「ちょっと痛いかも」

耳の後ろ側の髪をそっとかき分け、焦《こ》げたように固まっている血をぬぐい取る。乾いている時は黒いのに、濡《ぬ》れたガーゼはみるみる赤く染まってゆく。何年か前、自分の膝小僧の傷を見つめていて貧血を起こしたことのある陽菜乃は、できるだけガーゼを見ないようにしながら作業に集中した。こちらが気絶していたのではお話にならない。

手当てを終え、顔の傷の消毒に移る。秀俊は、おとなしくされるがままになっている。眉《まゆ》をしかめながらも声はもらさなかったが、それでもかなり痛むのだろう、体じゅうに力が入っていて、時折びくっと肩がはねた。

「中村さ、白衣のナントカになるといいよ」

すべての傷に軟膏を塗り、そのいくつかに絆創膏を貼り終わると、彼は言った。疲れた声をしていた。

「顔色も変えずに銃弾ほじくり出して、麻酔なしで傷を縫い合わせるとか、平気でやってのけそうじゃん」

「だめ、無理、ぜったい無理」

ひと箱全部使い切ったガーゼを袋にまとめていると、気が緩んだのか、どっと気分が悪くなった。こんなのはほんとうに、二度と無理だ。いくら非常事態だからといって、いま自分にこれを成し遂げられたのが信じられない。

「ねえ、刀根くん」

言いかけたものの、どう続けていいものかわからずに口ごもっていると、彼のほうが先に言った。

「親父に、やられたんだ」

「え、だってお父さんは……」

「ああ、死んだよ。だから、これをやったのはおふくろの愛人。これまでのも、全部そう」

笑っちゃうだろ、と、秀俊は唾でも吐くように言った。

「ほんとに、とんでもねえ奴《やつ》なんだよ。ちょっとでも金があれば全部呑んじゃうし、おふくろにだって、その……いろいろ、ひどいことするしさ。なのに」

言葉が途切れる。

そっと隣を窺《うかが》うと、秀俊は、自分の腿《もも》にそれぞれ両肘《りょうひじ》をつけるように前屈《まえかが》みになり、視線を地面に落としていた。手当ての際にパーカーのフードばかりか帽子まで脱いだので、頬骨や目尻《めじり》に負った傷が露わに見えて痛々しい。塗ってやった軟膏が、まだところどころ白く残っている。

と、彼がこちらを見て苦笑した。

「ごめん。こんなこと聞かせるなんて、どうかしてるよな。ほんとにごめん」

陽菜乃は、かろうじて首を横にふった。

ずいぶんと長い沈黙のあとで、秀俊が言った。

「けど、初めてだ」

「何が？」

「こんなこと、学校のやつに話すの」

「そうなの？」

「昨日も言ったろ。うちの事情なんか、亮介にも話したことないし」

何と答えていいかわからず、これもまたずいぶん長く迷った末に、陽菜乃は言った。

「ごめんね」

「なんで」

「なんか……話しにくいこと、話させちゃったみたいだから」

秀俊が苦笑した。とたんに引き攣れた傷が痛んだらしく、濃い眉根がぎゅっと寄せられる。

そんなふうな仕草だけで、どうしてこんなにどきどきするのだろう、と陽菜乃は思った。友だちの見せる表情ひとつに胸が騒ぐなど、これまで経験のなかったことだった。

「絶対に、誰にも言うもんかと思ってきたんだ」低い声で秀俊は言った。「こんな弱いところを知られたら、恥ずかしくて、もう二度とそいつの顔なんか見られないって」

だけど、と言葉を継ぐ。

「想像してたのと違ってたな」

「どんなふうに？」

「なんて言うんだろ」傷だらけの顔が、陽菜乃に向けられる。「中村が、そういうことで俺に点数つけたりしないやつだって、わかってるからなのかな。話したら、どっか楽になった」

陽菜乃は、吐く息を呑みこんだ。自分の心臓に糸がついていたなんて初めて知った。あやつり人形のように、あるいは釣られた魚のように、いきなりきゅうきゅうと引き絞られて呼吸が苦しくなる。浅黒く日に灼《や》けた秀俊の顔から、引き剝《は》がすように目をそらす。

「……よかった」

とりあえず、そう口にするのがせいいっぱいだった。

頭上から降り注ぐ蟬時雨《せみしぐれ》の暑苦しさを、時おり吹く風がわずかに薄めてくれる。木陰に停めてある自転車の前カゴの中で、買い物袋がかさかさと音をたてる。

あ、と我に返った。跳ねるように立ちあがり、

「ねえ、これ食べる？　っていうか、食べられる？」袋からプラムのパックを取りだしてみせる。「風邪のお見舞いのつもりだったから、こんなの選んじゃったけど、酸っぱいかな。口の中の傷にしみちゃうかも」

秀俊の目もとが緩んだ。

「いや、大丈夫。食うよ。なんかすげえ腹減ったし」

「待ってて、洗ってくる」

公園の隅には電話ボックスがあり、その横に手洗い用の水道が設置されていた。ひと

つずつ丁寧にプラムを洗う。いったい、どうしてしまったのだろう。自分の買ってきたものを、秀俊が嬉しそうに食べると言ってくれた。それだけで気持ちが弾むのが恥ずかしい。

再びベンチに座り、互いの間に透明なパックを置く。

「中村も食いなよ」

「ん。じゃあ、一つだけね」

「そりゃそうだろ、俺への見舞いなんだから。いくつ食う気だったんだよ」

びっくりして見ると、秀俊はニヤリと笑った。こんな冗談も言うのか、とおかしくなる。

食べるのに少しでも楽なようにと、いちばん熟しているものから彼に差しだし、陽菜乃は自分も一つ取った。赤紫色の果皮についた水滴が、木漏れ日を受けて小さな水晶のように輝いている。

秀俊は、口を大きく開けようとした時だけ「いてて」と言ったが、そのあとは旨《うま》そうに唸《うな》り、やがて種をぷっと吐きだした。一メートルほど先の地面に落ちた平たい種は、一度だけ転がって砂にまみれた。湿った表面の模様が、迷路のようだ。

陽菜乃もようやく自分のプラムに唇をつける。果肉に歯を立てた瞬間、甘酸っぱい果汁が上あごと舌の上に広がり、味蕾《みらい》の粒がきゅっと縮む。大事に味わい、飲みこんでから言った。

「あのね」

すでに二個目を平らげつつある秀俊が、ん、とこちらを見る。

「これも、誰にも言わないよ。正木くんにも、美月ちゃんにも。今日、ここで刀根くんに会ったことも言わないでおくから」

「べつに、見舞いに行ってきたって言うくらいはかまわないんじゃないの」

「え、だって照れくさいし」

そう口にしたとたん、かえって照れくさくなる。悪い気持ちではなかった。だけどなあ、と秀俊がため息をついた。「この顔じゃあ、風邪だっていうのは通らないよなあ」

「そうだねえ。……どうする？　自由研究の続き」

「俺だけやらないってわけにもいかないしな」

地面の上の種に、小さな蟻《あり》が集まり始めている。見つめながら、陽菜乃は言った。

「風邪は、ほんとにひいたことにしておいたら？　お医者さんに行く途中でケンカに巻き込まれたとか言えば、何とかごまかせるんじゃないかな」

驚いたようにこちらを見ている秀俊に向かって、懸命に言葉を継ぐ。

「美月ちゃんのところの社務所に集まってる時でも、おじさんやおばさんはほとんど覗《のぞ》きに来ないでしょ。もし来ちゃっても、顔の傷のことはいろいろ訊《き》かれるのがいやだからって、他の二人にも言っておけば、きっと協力してくれると思うの。そうしてるうちにはきっと腫《は》れも引いて、傷も今ほど目立たなくなるんじゃないかな」

そこまで言い終える頃には、秀俊はすっかりおかしそうな表情になって、目を細めていた。

「えっと……なに？」

「中村ってさ」

「……うん」

「俺が思ってたのとちょっと違う」

意味を捉《とら》えかね、不安な気持ちになった陽菜乃に向かって、ありがとう、と彼は言った。

「なんか、けっこう芯が強いっていうかさ。こういう時、頼りになるのな」

＊

川面を渡ってくる風を受けながら、正木亮介は自転車を漕いだ。隣町の大きな書店まで出かけた帰りだった。四人で集まる予定が秀俊の欠席で流れたので、新しい問題集を買いに行ってきたのだ。

勉強は、亮介にとって、趣味に等しい。学校と違って具体的な勉強の方法を教えてくれる塾は、亮介にとっては親に無理やり行かされるところではなかった。そこで勉強していれば、わからないところをその場で講師に訊けるのがいい。いわば課外活動のように、楽しみながら実力を試せる場所だった。

高卒で警察官になった伯父は、子どもの頃から亮介の顔を見るたび言っていた。

〈勉強だけ出来ても、ろくな大人にはなれんぞ。人間は心なんだ。心根をまっすぐに保つためには、それを支える体が強くなけりゃ駄目だ。『健全な精神は健全な肉体に宿る』と言うだろう？　お前もな、ひょろひょろのモヤシみたいな男にはならんように、しっかり体を鍛えろよ〉

無理やり連れていかれる柔道場の雰囲気がほんとうにいやで、恥も外聞もなく泣いてやったらとうとうあきらめた。それきり、今度は顔を見るたびに当時のことを蒸し返され、ねちねち言われる。うんざりしながら、亮介は思うのだった。なんだよ、健全な肉体にまっすぐな心根が宿るとは限らないじゃないかよ、と。

中学校の定期考査などはせいぜいゲームだ。雑誌の片隅に載っているクロスワードパズルを解くのと変わらない。

とはいえ、あの程度のテストを前に四苦八苦している他の生徒たちの前で、そんな様子は毛ほども表すわけにいかなかった。満点を取る陰で、必死の努力をしているように見せなくてはいけない。これから数年先までの居場所がここにしかない以上、わざわざ居心地を悪くする必要はない。

努力家で、結果として成績が良くて、けれどそれを鼻にかけない、常に感じのいい委員長。スポーツも適当にこなしながらちょくちょく冗談でも飛ばしてやれば、敵を作ることはまずない。むしろ女子にも男子にも一目置かれる、いちばん具合のいいポジションを手に入れられる。

自分の心をコントロールできるのならば、他人の心を操るなどもっと容易だ。言葉や声色や話し方、あるいは視線などに少しばかり気を配るだけで、相手の心証などいくらだって変わるし、変えられる。自信があった。何しろ両親でさえ、今までのところこちらの望むことに反対した例《ためし》などないのだから。

午後になって少し強まってきた風に逆らい、ぐいぐいとペダルを踏みこむ。何気なく堤防下に広がる家並みを見おろした拍子に、そういえば、と思いだした。確か、刀根秀俊の家はこのへんだったはずだ。

見舞いに行ってやろうかと電話で訊くと、〈勘弁してくれ〉と唸るような答えが返ってきた。

気持ちはわからなくもない。弱っている時というのは、人に会いたくないものだ。けれど、人から親身になってもらって嬉しいのもまた、弱っている時だったりする。こういう時こそ、恩を売っておけるかもしれない。

ブレーキを握り、スピードをゆるめた。

下の道を見おろしながら電話ボックスを探す。珍しい姓だから、電話帳を見れば住所もたぶん特定できるはずだ。

あった。そこそこ瀟洒《しょうしゃ》な家が立ち並ぶ私道の入口、小さな児童公園の片隅に、電話ボックスが立っていた。あたりはこんもりと木々に囲まれ、公園には誰も——いや、木陰に自転車が置いてある。ベンチには人影が二つ……。

思わず強くブレーキを握ったせいで、前につんのめりそうになった。

左足を地面につき、目を凝らす。木陰のベンチに並んで腰をおろしているのは、やはり、刀根秀俊と、そして中村陽菜乃だった。

風邪で寝こんでたはずじゃないのか。だいたい、どうして中村がこんなところにいるんだ。

(まさか、二人は付き合ってるのか?)

まず最初に湧いてきた疑念を、亮介は少しのあいだ頭の中で転がしてみた後で退けた。

あの二人のどちらも、そういうタイプではない。つまり、たとえ異性に好意を抱いたとしてもそれがすぐさま恋愛へと発展するタイプでもなければ、まわりに隠れて付き合おうとするタイプでもない、という意味だ。

状況から考えて、たぶん陽菜乃も彼の見舞いに行ったのだろう。自分と違うのは、彼女の場合、弱っている友だちへの気遣いがまったくの善意から出たものであることだ。

じっと二人を見おろしたまま、なおも思案する。

ここから大声を出して、呼びかけることもできる。少し先の石段を下りてそばまで行ってから声をかけ、驚かせることも。

しかし自分はどちらも望んでいないようだと亮介は思った。なぜだろう。今、最も強く前面に押し出されている感情は、そう、名付けるなら、〈不愉快さ〉だった。秀俊と陽菜乃が、本来ならば見知った人間にはまず目撃されることのないベンチを選んで座り、仲良く並んで何かを食べている、その光景がどういうわけか不愉快でならないのだった。

どういうわけか、のそのわけを、知りたくないというふうに気持ちが動く。あえてその気持ちに焦点を当ててやる。

ベンチの二人はといえば、ほとんど動かない。せいぜい、秀俊が何かを吐きだすような仕草をしただけだ。

やがて亮介は、再びペダルを踏みこんだ。二人のほうへとねじっていた首も戻し、前を向いてしっかりと漕ぎ始める。

やつは、いつ風邪を治して出てくるのだろう。

自分が巻き返せるチャンスがあるとすれば、と思ってみる。それは、今日のこの出来事を、秀俊か陽菜乃のどちらかが四人の間で口に出すよりも前でなければならない。

翌朝、亮介は秀俊に電話をかけた。風邪の具合はどうだと訊くと、秀俊は、昨日よりはいくらかましだと言った。

ああして出歩いていた昨日よりもましだと言うなら、もう治ったってことじゃないのか。そんな思いはおくびにも出さず、他の二人も待ってるから大事にして早く治せと言ってやった。

結局、秀俊が出てこられるようになったのはその二日後だった。いつものとおり神社の境内に集合したのだが、亮介が先に着いて待っているところへ、陽菜乃と並んで秀俊が石段を上がってきた。

途中で一緒になったのか、それとも待ち合わせでもしたのか。堤防の上から公園にいる二人を見おろしていた時と同じく、何か黒々としたものが胸に兆《きざ》しかけたが、秀俊と目が合ったとたん、思わず声をあげ、そのあと数秒の間は言葉が出なかった。

「……なんだよ、その顔」

ようやく口に出す。

「ちょっと、いろいろあって」

言いにくそうに、秀俊は目をそらした。

「誰にやられたんだ」

「……見たこともない奴」

「いつ」

「おとといい。いや、さきおとといか。風邪薬を買いに出た時、なんか変なのに絡《から》まれてさ」

「災難だったねえ」

と、横から陽菜乃が気の毒そうに言った。

「警察には行ったのか？」

秀俊が首を横にふる。

「なんで。そういう奴らは捕まえてもらわなきゃさあ。訴えて、治療費とか出させればいいんだよ」

「別に、金とか取られたわけじゃないし。うちのおふくろにも、ことを大きくしないでくれって言われてるし」

よくわからない母親だ。息子をこれだけひどい目に遭わせた相手を、何とも思わないのだろうか。

怪訝《けげん》な顔を見て取ったのだろう、秀俊が言った。

「うち、客商売だからさ。そういうの気にするんだよ」

「ったって、こっちが悪いわけじゃあるまいし」

「そうだけどさ。なんか、わざわざ言うのも恥ずかしいし」

「恥ずかしい？」

「こんな一方的にぼこぼこにされたなんてさ。まったく、何のための柔道だったんだか。黒帯が聞いてあきれるよ」

　年に似合わぬ自嘲《じちよう》の笑みが、妙に板について見える。

亮介はふと、いやなことに気づいた。どうやら自分は、この友人に嫉妬《しつと》しているらしい。

（……嫉妬？　ほんとうに？）

　疑念がさす。他人に対してそんな感情を抱いた例しはなかったが、そう、やはりこの感情は嫉妬にいちばん近いと思われる。やきもちと、ねたみと、そねみの合体だ。おまけに、陽菜乃にまつわる嫉妬だけではなく、同じ年齢の男として何かこう、劣等感、のようなものすら覚えているらしい。

　事実《こと》を糊塗したり歪めたりして認識を誤るのは、亮介にとって最も我慢ならないことだった。目指す理想は、常に冷静であることだ。自分自身を見切ることもできない人間に、他人を見通すことなどできるとは思えない。

だがしかし、感情というものの、なんと面倒くさいことだろう。なるほど秀俊は大人びているし、クラスの他の男子が持ち得ない雰囲気を身に備えているが、頭の出来や人望にかけては、自分のほうがはるかに上のはずだ。秀俊に対して引け目を感じるなどと、もし口にしたなら、何をばかなと周りじゅうが笑うだろう。

「それにしてもまあ、ひどい顔だな」

社務所のほうへと歩きだす。

「ね。私も、見たときびっくりしちゃって」陽菜乃が心配そうに言う。「でも刀根くんは、怪我のことあんまり人に知られたくないわけでしょう？　美月ちゃんのお母さんとか、この怪我を見たら大騒ぎしちゃうんじゃないかと思うんだけど」

「それが困るんだよな」と秀俊。「一応、風邪用のマスクは持ってきたけど……」

ポケットから出した白いガーゼのマスクを着け、こちらを向いてみせる。鼻から下は隠れるが、目元の腫れや痣《あざ》はやはりどうしても目につく。

「駄目だな、やっぱそれだけじゃ」亮介は言った。「でもまあ、何とかしてやるよ。誰か来たなと思ったら、お前、縁側に出るか何かして隠れてなよ。桐原に頼んで、邪魔しないようにおふくろさんに言っといてもらってもいいし」

「いざとなったら、床にうつぶせになって、寝てるふりしちゃうとか」陽菜乃がおっとりと提案する。「刀根くんだったら、不自然じゃないもの」

「そりゃいいや」

亮介は、あえて明るく笑ってみせた。

社務所で待っていた美月の反応も、やはり似たり寄ったりだった。

「ちょっ……どうしたの、その顔。柔道やめてボクシングでも始めたの？」

陽菜乃が事情を説明してやっている間に、亮介は、秀俊の肘をつかんで縁側の隅へ引っぱって行った。何だよ、と戸惑う秀俊に、

「あのさ、お前さ」声を潜めて言う。「中村のこと、どう思ってんの？」

「え？　どうって何が」

ほぼ予想した通りの反応だ。

「今日、ここまで一緒に来たじゃん。わざわざ待ち合わせしたわけ？」

「まさか。途中でばったり会っただけだよ」

来る道が同じなんだからさ、と言うぶっきらぼうな口調にも表情にも嘘《うそ》はなさそうだ。

「そっか。じゃあ、別にどうも思ってないんだな？」

「意味がわかんないんだけど」

「だからさ。もう、いいかげん察しろよ」

さすがに苛立《いらだ》ったが、秀俊は眉根を寄せ、無言でこちらを見下ろしている。

亮介は、あきれてため息をついた。

「いいよ、もう。そのかわり、これから先どうなっても文句言うなよな」

「文句って？」

「要するに、先に列に並んだのはどっちか、ってことだよ。後からお前が何を思っても、横入りとか、後出しじゃんけんとかは無しだからな」

そこまで言ってようやく、秀俊にもわかったらしい。浅黒く日に灼けた頰骨のあたりに、さっと朱が差す。ほんのわずかだったし、すぐに消えたけれど、動揺したのは明らかで、見たとたん亮介は胸がすくのを感じた。

そして急に、自分でもわからなくなった。

秀俊と陽菜乃が一緒にいるのを見て「不愉快」なのは、陽菜乃を取られたくないからなのか。それとも、そんなことでさえ、こいつに負けたくないからなのだろうか。

＊

嘘だ、と美月は直感的に思った。

風邪の熱のせいもあってろくに抵抗できなかったとか、そんな問題ではない。少なくともこれまでずっと見つめてきた刀根秀俊なら、そもそもおかしな輩《やから》に絡まれるような隙《すき》は作らないはずだ。

もしその考えが当たっているとすれば、殴った人間は別にいて、どんな理由からにせよ彼はそれをあからさまには出来ないだけの事情を抱えている、ということになる。

知りたかった。秀俊に関することならばすべてを正確に把握しておきたい、などと思っている自分を、美月は忌々《いまいま》しく、ばかばかしく、けれどどこかでくすぐったく感じた。胸の中で照れ隠しの舌打ちが漏れるような感覚があった。

自分たちはどうやら今、思春期と呼ばれるもののただ中にいるらしい。性格だとか、ものの考え方とはまったく別の、体内で分泌《ぶんぴつ》されるホルモンか何かの影響でどうしようもなく心と体が揺れてしまうという、はなはだ迷惑な時期に。

亮介が、秀俊への対抗心とは別に、陽菜乃を異性として意識し始めているのは感じる。いつもの美月なりの感覚で言えば、花咲く庭に通じる素朴でつつましい門扉《もんぴ》を、いきなり百姓一揆《いっき》にでも登場しそうな重量級の丸太でぶち破ろうとしているイメージだ。見込みなんかたぶんないからやめておけば、と言いたい気持ちはあるのだが、そこまで立ち入るのは自分の役目ではないと知っているから黙っている。

一方、陽菜乃の中に、秀俊へと向かうベクトルが生まれつつあるのも感じる。こちらはこちらで、わざわざそんな難しい物件を選ばなくてもいいのにと忠告したくもなるけれど、心が動いてしまうものは傍《はた》から止めようがない。わかった上で、やはり黙っている。

わからないのは、秀俊だ。他人のポーカーフェイスごときは障壁と思わない美月でも、彼の本心ばかりはなかなか感じ取ることができなかった。あれほどの痣になるまで殴られて、普通ならおびえてパニックを起こしても不思議はないのに、どうして黙って落ち着いていられるのだろう。彼とて日々揺らぐに違いない心に、どうすればあんな頑丈な鎧《よろい》を着せられるのだろう。

「ああー、海行きたいなぁ」

その三日後のことだった。あぐらをかいていた亮介が突然後ろに両手をつき、天井を仰ぐようにしてぼやいた。〈神道〉についての自由研究も佳境にさしかかり、そうかといって一気に仕上げてしまうほどの集中力は発揮できないまま、西陽の射《さ》す社務所の板の間でだらけていた時だ。

「ふふ、出た、現実逃避」そう言う陽菜乃もすぐあとから、「でもほんとだねえ。海なんて、ずいぶん長く行ってないなあ」

遠くを見る目をする。

「川だったら毎日イヤってほど見てるのにな。あれをずーっと辿《たど》って歩いてったら、いつかは海に着くわけだろ？」

「そうだろうけど、うんと朝早く出ても、着いた頃には夜中だねえ、きっと」

「冷静な分析をありがとう」

このごろ、亮介が陽菜乃をかまう頻度が増えた。好意を隠すつもりはないらしいが、陽菜乃にはまだ正しく伝わっていないようだ。

「ねえ、息抜きにさ」美月はノートから顔を上げて言った。「みんなで行かない？　海」

「どこの」

「どこでもいいけど、江の島とか？　家族で一回行ったことがあるけど、いいとこだったよ。みんなで電車に乗って、のんびり旅」

いいなそれ、と亮介が体を起こす。「夏休みらしいこと、まだ何にもしてないもんなあ」

「だよね。日帰りだったら陽菜乃のお母さんだって何も言わないでしょ？」

「うーん……」

「大丈夫、何か言われたら私が一緒に行って頼んであげるし」

「なあ、いつにする？　僕なら、明日だっていいよ」

最初に言い出しただけあって、亮介は前のめりだ。ええと、と美月が社務所のカレンダーを確かめに立ったところへ、

「ごめん。俺は、ちょっとすぐには無理だと思う」ぼそりと言ったのは秀俊だった。

「悪いけど、行くなら三人で行ってきて」

え、なんで、と振り向いて見たとき、美月の心臓は一つ二つ大きく打ったかもしれない。板の間にごろんと寝ころんだ秀俊の体はがっしりと骨太で、一瞬、大人の男のように見えた。未来の彼の姿を覗き見したかのようでどぎまぎする。

「怪我が痛むの?」

顔の傷や痣はまだ痛々しい。

「いや、そっちじゃなくて、うちの……その、親父《おやじ》がさ。ここんとこ帰ってきてなくてさ。見かけたって人もいないし、連絡も全然ないままだから、おふくろがやたらと心配しちゃって」

「そりゃそうだろ。警察に捜索願とか出したほうがいいよ」

「お前、警察が好きだな」と、秀俊が苦笑いする。「伯父さんが警察官なんだっけ?」

「それとは関係ない」

答える亮介の声は硬かった。

「まあとにかく、俺としては今、海とか行って遊んでる場合じゃない感じなんだわ。ごめん、水差すようなこと言って」

「ううん。せっかく行くんだったら四人で行こうよ。お父さんが無事に帰ってくるまで、私らは待ってればいいことなんだから」

だよねえ、と同意を求めると、陽菜乃はもちろんのこと、亮介も当然のように頷《うなず》いた。

その日の夕暮れ、社務所の掃除まで終えて帰ってゆく三人を、美月はいつものように見送りに出た。

亮介が先に立ち、すぐあとに陽菜乃、少し離れて秀俊が続く。手を伸ばせば届くくらいの距離にある広い背中をまじまじと眺めたときだ。その背中が、ゆらりとずれて二重写しになった気がした。

と、次の瞬間、脳内に放り込まれたかのように〈視《み》えた〉ものの衝撃に、美月は思わず呻《うめ》いて立ちすくんだ。

「どうした？」

秀俊がふり返る。まだ傷の癒《い》えないその顔が、少なくともいま視た顔のようではないことに、泣きたいほど安堵《あんど》する。あんな――美月は、震えた――原形をとどめないほどにまで腫れあがった、血まみれの顔。

亮介と陽菜乃は気づかずに先を歩いてゆく。

「なあ、どうした？　大丈夫かよ」

もう一度訊く秀俊に、美月は、声を押し殺してささやいた。

「変なこと言うけどごめん。でも、真面目《まじめ》に聞いて」

「……うん」

「刀根くんのお父さん――もう帰ってこないかもしれない」

すぐには意味をはかりかねたのだろう。けげんそうに眉を寄せた秀俊に、美月はくり返した。

「お父さん、家に戻ってきてないって、さっき言ってたでしょ？ もしかしたら――」

秀俊が、なおも無言で美月を見おろす。がっしりとしたその体の向こう側、亮介と陽菜乃の後ろ姿が遠ざかる。

と、亮介がこちらをふり返り、立ち止まった。

「どしたー？」

「いや、べつに」

答えた秀俊が、きびすを返しざま、低い声で言った。

「とりあえず、あいつらと別れたあとで戻ってくる」

「……わかった」

三人が石段を下りてゆくのを見送り、美月は手をふった。

母屋《おもや》には戻らなかった。父親にでも見とがめられて、秀俊と話せなくなるのは困る。

鎮守の森は、実際にはそうでないにせよ自宅の庭のようなものだ。幼い頃からここで育ち、木々の一本一本、その枝ぶりまで詳しく知っている。それなのに、ゆっくり散策するのが久しぶりだからだろうか、景色はいつもとずいぶん違って見えた。いや、違って見えるのは心持ちが違うからだと気づいて、いたたまれなくなる。秀俊がほかの二人と別れた後、自分に会いに一人で戻ってくると考えるだけで動悸《どうき》が奔《はし》る。彼に告げねばならない事柄を思うと、そんな場合ではないはずなのに。

夕暮れ特有の山吹色の光が、木々の梢《こずえ》を透かして斜めに降り注ぐ。

いっそ、何も視えなければよかったのだ。これまでは他人よりひそかに優位に立てるかのように感じていたその能力を、邪魔だと思ったのは初めてのことだった。遺伝、なのだろうか、父方の叔母にも昔こんな力があったと聞いたことがある。父がどうだったのかは、訊いてみたこともない。

耳もとに寄ってくる蚊を追い払いながら待ち、山吹色の光が橙色《だいだいいろ》へと変わる頃、秀俊はようやく戻ってきた。気配に目をやると、すでに石段を半ばまで上がってくる姿があった。

「ごめん、待たせて」

表情も声も平静だが、額には汗が滲《にじ》んでいる。他の二人と別れてから走ってきたのかもしれない。

美月は、首を横にふってみせた。

「こっちこそごめんね。なんか、変なこと言っちゃって」

「いや……」

秀俊が、じっとこちらを見る。もちろん、その先の詳しい話を待っているのだ。そのためにこそ彼はここへ戻ってきたのだ。重い気持ちのまま、美月は口をひらいた。

「先にことわっておくけど、私の言うことには何の証拠もないよ。どうしてそんなことがわかるんだって訊かれても、答えようがない。ただ、わかるとしか、視えるとしか言えないの。それでも、かまわない？」

「聞かせてくれ」

大きく深呼吸をする。

「たぶん、まだ、息をしているとは思う」

秀俊の眉根が再び寄った。

「でも、ひどい姿。この間までの刀根くんより、もっと顔が腫れあがってて……知ってる人が見ても、ほとんど誰だかわからないくらいじゃないかな。寄ってたかってぼっこぼこに殴られたんだと思う。生きてるっていうより、死なせてもらえない、みたいな」

「桐原は、俺の親父……に、会ったことあったっけ」

「ないよ」

「なのに、なんでそれがそうだって思うんだ」

美月は、肩をすくめた。「さあ」

「……わかった。それで？」

けに、」

「右の腕がね。肩から、ぶらーんって垂れ下がってる。関節、はずれてるみたい。おま

「うん？」

美月の引《ひ》き攣《つ》った顔を見て、秀俊の表情が険しくなる。

「おまけに、何だよ」

「膝《ひざ》から、し……下が……」

ひと言ずつ、口に出すだけで吐き気がこみあげる。自分の身体《からだ》の節々がずきずきと痛む。

「とにかく、お父さん、家にはもう帰ってこないと思う。よくはわかんないけど、でも、いくら待ってても無駄だと思う」

秀俊が黙りこむ。

「ごめんね、こんな言い方して。ただ、感じるの。はっきり」

秀俊はなおも黙ったままだ。

あきれてしまったのだろうか。そんな荒唐無稽《こうとうむけい》な話はとても信じられないと言われても、それで当然、むしろそのほうが自然だろう。いっそ自分の胸だけにおさめておけばよかった。そんなことはできないからこそ思いきって話したのだけれど、秀俊から、頭のおかしい女だと思われるのは辛《つら》い。

「桐原」

呼ばれて、びくっとなる。「なに？」

「しんどくないか？」

驚いて、美月は秀俊を見上げた。

橙色よりもさらに赤みを増した光が、彼の顔の片側だけを強く照らしている。こんなに彫りの深い顔立ちだったろうか。

「しんどいって、どうして？」

「だってさ、言ってみれば超能力みたいなもんだろ？」

美月は苦笑いした。

「そんなたいしたものじゃないよ。ちょっと人より勘が鋭いかな、って程度で」

「けど、俺らには見えないものが見えたり、感じられたりするわけだろ？」

「う……ん。まあ、いつもいつもってわけじゃないけどね」

「なんか、そういうのってさ。俺みたいな凡人にはわかんないけど、えらくしんどそうだなと思って。何ていうか、ただの軽自動車がＦ１のエンジン積んでたら、車体のほうが先にまいっちゃいそうじゃん。それと同じでさ」

「悪かったわね、ただの軽自動車で」

「あ、や、そういう意味じゃないんだけど」

急にしどろもどろになる秀俊を、まるで大人の女のような気持ちで愛《いと》おしいと思い始めている自分に戸惑う。

「……優しいね」

「誰。え、俺？」

ほかに誰が、と思わず苦笑しかけた美月は、彼の顔を見てぎょっとなった。深紅の夕陽にさらされた顔が、鮮血を浴びたかのようだ。

「——優しくないよ、俺は」

触れれば切れそうな視線をこちらに向けて、秀俊は言った。

「あの野郎が、たぶんまだ死んでないって聞いて、こんなにがっかりするやつのどこが優しいんだよ」

＊

江ノ電というものに初めて乗った。座席に並んで座る三人のそばで、秀俊は、一人だけ扉の脇《わき》に立ち、入道雲の湧《わ》きあがる水平線を眺めていた。

独特の空気感のある電車だった。片側に緑深い山が迫り、反対側には青々とした海がひらけている。そんな風景のせいか、揺られている自分までがジオラマの中の作りものになったかのような気がしてくる。

陽菜乃と美月は暑中見舞いの話をしている。クラスの誰々からの葉書に返事を出さなくちゃ、と言う陽菜乃に、今から出すのならもう残暑見舞いでないと、と美月が教えている。ぎらつく太陽の威力はまったく衰えたように見えないが、暦の上ではもう立秋らしい。

美月の口から南条の悲惨な姿について聞かされたのは、三日前のことだった。秀俊は、その不可思議な話をほとんど疑わずに信じた。どうしてかはわからない。美月のかかえる孤独な苦しみが胸に迫るようにして伝わってきたせいかもしれない。

母親は、いまだに南条を探し回っている。とはいえ、帰ってこなくなった当初の取り乱しように比べれば、もう半ばあきらめかけているようにも見える。秀俊がこうして他の三人と一緒に海へ遊びに来る気になったのも、そのような状況の変化があったのと、先週、九十九にもらった一万円のおかげだった。

今日の日帰り旅行の計画は、亮介がガイドブックを調べて作りあげたものだ。修学旅行のしおりか、とみんなで笑ったほどしっかりとしたものだった。

小田急線で片瀬江ノ島へ。まずは島を観光し、名物のたこせんべいを食べ、展望台に上り、江島《えのしま》神社にお詣《まい》りをして、美月と陽菜乃が作ってきてくれた弁当をひろげて食べたあと、江ノ電に乗った。だから今は、満腹なのと揺れが心地いいのとで少し眠い。朝、顔を合わせてからずっと喋《しゃべ》り続けている女子二人の並びで、亮介もうつらうつらしている。

終点の鎌倉《かまくら》駅で降りた。江の島とはまた雰囲気ががらりと変わる。

「なんたって鎌倉幕府発祥の地だもんな」と、歴史好きの亮介が言う。「頼朝《よりとも》、かっこいいよ頼朝。鶴岡八幡宮《つるがおかはちまんぐう》だって、もとを作ったのは先祖の頼義《よりよし》だけど今の姿にしたのは頼朝だもん」

「私は断然、義経《よしつね》のほうが好きだけどな」美月が反論する。「兄上、兄上って慕ってくる弟がいくら優秀で妬《ねた》ましいからってさ、あそこまで邪険にする頼朝ってどうよ。なんか性格がせこくて嫌い」

「私はねえ、静御前《しずかごぜん》が好き。憧《あこが》れるなあ」

と陽菜乃が言う。

「ロマンチストだからね、陽菜乃は。一人のひとをまっすぐに想《おも》う恋、みたいなのがたまんないんでしょ」

「えー、どうしてわかるの？」

「わかるよ、そりゃ」

参道の店を冷やかし、かわるがわる何枚も写真を撮り合いながらお詣りを済ませ、さっきは江ノ電に揺られてきた道を、海岸沿いに歩いて戻る。疲れたらいつでもまた電車に乗ればいいのだと思うと、炎天下を歩くのも苦ではなかった。

先に泳いで髪が塩水でべたべたになるのは嫌だと女子たちが言うので、海水浴は最後に江の島へ戻ってから楽しもうと決めていた。それでも、途中の砂浜から眺める海はあまりに魅力的で、四人はたまらずに水際《みずぎわ》まで行き、寄せては返す波との追いかけっこを楽しんだ。

「海ってほんと、ひっろいねえ」

感嘆の声をあげる陽菜乃に、秀俊は思わず笑って言った。

「そりゃあ、太平洋だもんさ」

「こんなにはしゃいだの、久しぶり」

風にかき乱される髪を耳にかけようと、何度も無駄な努力を続けている。同い年の女子を見て、よしよしと頭を撫《な》でてやりたい衝動に駆られたのは生まれて初めてだった。けれど、そうして陽菜乃の上で視線がちょっとでも長く留まるたび、秀俊は、すぐさま亮介の視線が自分に注がれるのを感じた。いまいましくも高性能な感知器のようだった。

(後出しじゃんけん、か)

大馬鹿《おおばか》野郎だった、と思ってみる。どうして亮介の言葉を黙って受け容《い》れたりしたのだろう。と同時に、あれほど頭のいい友人がなぜそんな言い方をしたのか、不思議でならなかった。じゃんけんと違って、後から出せば必ず勝てると決まったわけでもあるまいに。

「歩くの疲れちゃった」

例によってわがままを言いだした女たちに合わせ、途中から再び電車に乗って江の島まで戻り、午後の海に入ったり、甲羅を干したりした。女は女同士、男は男同士、背中や首筋に日焼け止めを塗り合う。セパレートタイプの水着からすんなりとした手脚を惜しげもなく披露する美月に対して、陽菜乃はワンピースの水着の上にぶかぶかのTシャツを着ていてさえ恥ずかしそうだ。おまけに海に入ったとたんにクラゲに刺されたらしく、半泣きで上がってきて二度と入らなかった。

海辺にはまるで似合わない白々としたふくらはぎに、赤いミミズ腫れが巻き付いている。本人と亮介の目を盗んでこっそりそれを見やりながら、秀俊の心臓は不穏に騒いだ。

九十九誠が珍しく秀俊の家まで訪ねてきたのは、その翌日の夜だ。母親の江利子は店に出ていて、家には秀俊一人だけだった。

この日もスーツを着ていた。いつもと変わらないはずなのに押してくるような圧があり、目が合っただけで首根っこをつかまれてぐいぐい押さえつけられている気がする。この男の前に出ると、自分がまだまだ非力な子どもでしかないことを思い知らされる。

秀俊はうなだれ、目を伏せた。

「ヒデ、お前なあ。いいかげんにしろよ」

九十九は言った。少し掠《かす》れた声が冷たく響く。

「何回休めば気が済むんだ、ああ？」

柔道の稽古のことを言っているのだった。

「傷なんかもうとっくによくなったはずだろ。なんで稽古に行かねえんだよ。昨日だって俺が待ってるってのにさっぱり来やがらねえし、様子見にきてみりゃ、なんだその真っ赤っかなツラはぁ。オンナと海へ行ってきましたと大書してあるぜ」

「べつに女とってわけじゃ……」

「あ？　やることもやらねえでイッチョマエに口ごたえか？」

「……すいません」

「俺に謝れとは言ってねえ。道場へ行って木原に謝るんだな」

視線を落として押し黙る秀俊の前で、九十九はどっかりとあぐらをかいた。

「何が不満なんだ、ああ？　お前、おふくろのイロに歯が立たなくて悔しい思いしたんじゃなかったのかよ」

そのとおりだった。

「おい。まさかそれで稽古が嫌になったとか言うんじゃねえだろうな」

それでも秀俊が黙っていると、九十九は唾《つば》でも吐くように言い捨てた。

「くっだらねえ。お前、そんな情けねえ男だったか」

「……だってさ」

ようやく口をひらく。

「だって、何だよ」

「あれほど必死になって練習してきたのにさ。それを、あんな素人《しろうと》にぼこぼこにされて……やってらんないよ」

膝の上で拳《こぶし》を握りしめる。

その素人、南条が今、どこでどうしているのか。九十九に確かめなくてはいけないような気はするのに、なぜだか舌がこわばって動かない。膝に目を落としたまま、とうとう思いきって言った。

「あのさ。訊いてもいいかな」

「おう、何だ」

「……どっか、行っちゃったみたいなんだ」

九十九は黙っている。誰が、と、なぜ、訊かない。

「その……九十九さん、何か知らないかなと思って」

答えが返ってこない。返ってこないことに、ぞわりとうなじの産毛《うぶげ》が逆立つ。秀俊がようやく目を上げるのと、九十九が身を乗りだしてきたのは同時だった。

顔が近づき、きつい煙草《たばこ》の匂《にお》いが漂う。優しげにも残忍にも見える笑みを浮かべた九十九は、ふいに手をのばして秀俊の頭をつかみ、わしわしと撫でた。

驚いた。これまでずいぶん面倒を見てもらったが、この男がそんな真似《まね》をするのは初めてだった。

「俺はなあ、ヒデ。お前のことが可愛《かわい》くてならねえ」

頭をがっしりつかんだまま、こちらの目の奥を覗《のぞ》きこむようにする。

「これでも息子みたいに思ってんだ。だからな――俺のことは金輪際、疑うな」

指に力がこもる。痛いほどだ。

「よけいなことは訊《き》かねえで、とにかく俺の言うことだけを信じろ」

頷こうとしても、つかまれた頭が動かない。

「それからな、俺には隠し事をするなよ。何でも言え。どんなことでもいい、悪いようにはしねえから。わかったか」

なぜそんなことを言いだすのかはわからなかったが、秀俊はようやく答えた。

「わかったよ」

「遠慮なんかすんなよ。いいな」

「うん」

「それから、道場には真面目に通え」

「……うん」

「口尖《とが》らせてんじゃねえ。絶対に行けよ」

「わかったよ。明日から行くよ」

「約束したからには破るんじゃねえぞ」

「はい」

「よし」

ようやく手が離れてゆく。

秀俊は、かすかにそれを惜しんだ。

＊

生まれつき色の白い陽菜乃にとって、日焼けは火傷《やけど》と変わりがない。江の島の海辺で、美月がしっかり日焼け止めのローションを塗ってくれたにもかかわらず、首筋も腕も足の甲もあとから真っ赤になってひりひり痛んだ。どうやら水着になるより前、炎天下を歩きまわっていた頃には焼けてしまっていたらしい。その夜は痛くて眠れないほどだった。

それでも愉《たの》しい一日だった。友人たちと海へ行きたいと話したとき、母親の世志乃はまったくいい顔をしなかったが、勇気を出して我を通してよかった。

〈ねえ陽菜乃、お母さんがどうしても聞いてくれなかったら私に言いなよ。一緒に頼んであげるから。何だったら、うちの母親に頼んでもらったっていいんだから。ね〉

そんなふうに言ってくれた美月を思う。今回は自分ひとりで何とかなったけれど、気持ちが嬉《うれ》しかった。生まれて初めて、親友と呼べる友だちができた気がした。

自由研究にもとりあえず目途《めど》が付き、今は美月が、発表する際のシナリオのようなものを考えてくれている。

〈必ずしも順番に説明しなくたっていいのよ〉と、彼女は言うのだった。〈つかみはオッケーみたいな感じに導入部でぐっと興味を引くようにしてさ。せっかく四人で頑張ったんだから、クラスのみんなに一言も漏らさず聴いてもらわないと割に合わないじゃない〉

策士の目をして微笑《ほほえ》む美月を、なんて格好いいんだろうと陽菜乃は思った。彼女のようなひとが自分を友だちにしてくれたことが信じられない。

いや、それを言うなら秀俊や亮介にしてもそうだ。それぞれに目立つ彼ら三人のそばで、自分だけが釣り合わないのはわかっていたけれど、日々は一年生の頃よりずっと輝いていた。

鎌倉や江の島での一瞬一瞬を、氷砂糖のかけらでも味わうかのようにそっと思い起こす。夏の陽射しのまぶしさ、澄みわたる海の青、いつも以上に明るく響くみんなの声。あの日、まだ痛々しかった秀俊の傷や痣は、もうすっかり消えただろうか。美月と亮介に対してはいまだに隠したままの秘密――秀俊をあんな目に遭わせたのが本当は誰かという事実は、打ち明けられて以来ずっと、陽菜乃の胸に重くのしかかっている。件《くだん》の男が行方不明と聞かされてからはなおさらだ。

どの家にも様々に事情があるのは当然のことで、それだけに、どこまで踏みこんでいいのかわからなかった。秀俊にその後どうなったかを訊きたい気持ちは強いのに、訊けなかった。興味本位に何でも知りたがるような人間だと思われたくない、と思う一方で、自分にだけ打ち明けてくれたのにそのまま忘れ去っているかのように思われるのも切ない。

どうしていいかわからないまま、またみんなで集まった帰り際のことだ。久しぶりに四人で「まんぷく堂」へ行こうという流れになり、ひとあし先に亮介と神社の石段の下で他の二人を待っていた時だった。

「あのさ」

咳払《せきばら》いをして、亮介が切りだした。

「明日とかって、中村、暇だったりする？」

「うーんと……べつに何にもないけど」

どうして？と訊くと、亮介は言いにくそうに言った。

「水族館、行かない？」

「すいぞくかん？」

一瞬ぴんとこなくて訊き返しただけなのだが、亮介はなぜか顔を赤らめた。

「気が向かなかったらべつにいいんだけど」

「あ、ううん、面白そう。美月ちゃんたちにも訊いてみようよ」

「違うんだ」

「え？」

「四人でじゃなくて……僕ら二人で行かないかってこと」

思わず顔を見る。亮介がさっと目を伏せる。

「ごめん。いやだったら断ってくれていいし、マジで、気にしないでいいから」

いやというのではなかった。ただ、激しく戸惑っているだけだった。どうして自分だけを誘うのだろう。ふつうに考えれば理由は明らかなのだが、まさかという思いのほうが強い。けれど、答えるまでの間がこれ以上空くと、亮介を傷つけてしまいそうだ。それがいたたまれなさに、陽菜乃は思わず答えていた。

「わかった。行こっか」

亮介の肩から、目に見えて力が抜けてゆく。

「よかったあ……」大げさなほどのため息とともに、彼は言った。「断られたらどうしようかと思った」

「断っても気にしないって言わなかったっけ」

「違うよ、中村は気にしないでくれていいって言ったんだよ。僕は気にするっての」

当たり前じゃん、とつぶやく。

ふだんは何でも飄々《ひょうひょう》とこなす委員長のそんな表情は初めてで、陽菜乃は思わずくすりと笑った。と同時に、ちょっと困ったな、とも思ってしまった。いつも四人で行動するのが当たり前だっただけに、二人きりになったら何を話せばいいのかわからない。そもそも亮介がなぜ自分なんかを誘うのかについても。

「よかった」亮介がくり返す。「断っていいとは言ったけど、もしほんとに断られた時は、刀根のやつに説得を頼むつもりだったんだ」

「え？ どうして刀根くんに？」

「いや、なんとなく。桐原に頼むのは失礼な気がするし、なんか馬鹿にされそうでおっかなくてさ。消去法で、刀根」

どこまで本気なのかもわからなくて、苦笑してみせるしかなかった。

「とにかくサンキュ。あとで、待ち合わせの時間のこととか電話するよ」

——電話。男子から、電話。

「ごめん。それ、できれば今のうちに決めとかない？　うちの母親、そういうところすごく厳しいから、きっと嫌な思いさせちゃうと思うの」

亮介の目もとがふっと和んだ。

「やっぱ優しいよな、中村は」

見当違いの感想をもらしてから、じゃあ待ち合わせは駅前で午後一時、と言った。

江の島の海にはたぶんいない魚が、分厚いガラスの向こうを舞うように泳いでいた。どうしてこんなにも派手に装《よそお》う必要があるのだろう。黄色、黒、青、朱——服の色ならば悪趣味になりかねない取り合わせでも、魚たちの衣装となると誂《あつら》えたように綺麗《きれい》で、神様はすごいデザイナーだと陽菜乃は思った。

ふだん食べている地味な魚たちが大群を作って回遊する様子は見応《みごた》えがあるし、サメやマンタの泳ぐ姿は巨大な鳥が空を羽ばたくかのようで、思わず口をあけて見入ってしまう。中でも気に入ったのはクラゲの水槽だ。ふくらはぎを刺された時の痛みを思い出すといまだに眉間《みけん》に皺《しわ》が寄るが、照明の光を透かしてゆらゆらと漂う触手はまるで美しい悪夢のように陽菜乃の心を惹《ひ》きつけた。

お盆休み中とあって館内は混んでいたが、冷房が効いているせいか、それとも水に囲まれているからそう感じるだけなのか、ひんやりとして涼しい。手をつないだカップルがそばを通り過ぎてゆくたび、亮介との間になんとなく微妙な空気が流れる。それだけがいささか苦痛だった。指先は冷えて肌寒いくらいだけれど、亮介と手をつなぎたいとは思わなかった。

こんなふうでよかったのだろうか、と不安になる。

二人きりで会うということは一応デートの誘いだったのだろうが、それにしては会ってからもいつもとほとんど変わらない話しかしていないし、互いの距離が特別近づいたようにも思えない。自分の側はそれでよくても、亮介はどう思っているのだろう。失望させてしまったのではないだろうか。

ぐるぐると考えをめぐらせていると気が重くなった。やはり、初めから断るべきだったのかもしれない。

それだけに、

「今日はありがとう。楽しかった」

初デートの別れ際の決まり文句ともいえる言葉を亮介が口にした時は、かえっていたたまれなくなった。

「ごめんね」

「え？　それ、どういうこと？」

「なんか……今日、ちゃんとできなくて」

　彼がふっと息をつく。

「びっくりした。ごめんね、なんて言うから、もう誘っちゃだめだって意味かと思った」

「そういうわけじゃ、ないんだけど」

「あんまり早く答えとか出さないでよ」亮介は、いつもよりゆっくりとした口調で言った。「僕と二人で会うのがすごく嫌だっていうんじゃなかったら、またそのうちどっか行こうよ」

　すごく嫌、というわけではない。ないのだが、はっきり断れないように断れないように隅っこへ追い詰められている気がして、なんだか息が詰まる。

　まだ明るいから送らなくていいよ、と駅前で別れて一人歩きだし、ようやく大きな息をついた。美月に相談してみたい気持ちにもなったけれど、ぐっと我慢して通り過ぎる。いくら親友でも、こういうことを勝手に話してしまうのは、きっと亮介に失礼だ。

　やがて行く手に堤防が見えてくる。家のほうへは曲がらず、陽菜乃は石段を上がってみた。夕陽がまともに目に入り、一瞬、よろけた。まぶしくて何も見えない。川面《かわも》は金《きん》箔《ぱく》を浮かべたかのようだ。

　眉《まゆ》の上に手をかざすうち、少しずつ目が慣れてくる。遠くの岸辺に釣り人が一人。川の向こう側の堤防には、犬を散歩させている人たち。そして——ぐっと間近、陽菜乃の立つ堤防の足元をほんのいくらか上流側へ遡《さかのぼ》ったあたりに、見慣れた背中があった。

声をかけないまま、しばらく眺めていた。亮介と一緒にいても動かなかった心のある部分が、その姿を目にしているだけでずきずきと疼《うず》く。

今日、亮介と自分が二人きりで会ったことを、彼は知っているのだろうか。説得を頼むつもりだった、などと冗談にでも言うくらいだから、二人の間で話題にのぼったことはあるのかもしれない。

いやだ、と強く思った自分に驚いた。ふいに、怒りにも似た強い感情が胸をよぎる。なおも迷った末に、陽菜乃は堤防の斜面を下り始めた。

足音で、秀俊がふり返る。陽菜乃を見るなり意外そうな顔になった。

「あれ、中村、今日って……」

言いかけたものの、よけいな口をきいたと思ったのか、ぷつりと黙りこむ。

堤防の下、彼と体三つぶんほど離れたところに、陽菜乃は腰をおろした。さっきから胸の内側に何かこう、承服しがたい感情が渦巻いている。

どちらもがしばらく口をきかなかった。川面を渡る風が顔に吹きつける。秀俊は、足元の石ころをずっと見ていた。

やがて、陽菜乃は言った。

「正木くんから、聞いてたの？」

秀俊は黙っている。

「私に断られたら、正木くん、刀根くんに間に入って協力してもらうつもりだったって言ってた。ほんとにそうなったら、どうしてた？」

秀俊が、答えにくそうに口をひらく。

「それは、その時になってみないとわからないけど」

「その時になったとして、考えてみて」

秀俊は何度か躊躇《ためら》ったものの、

「まあ、そうだな。ほんとに頼まれてたら、しょうがないから中村に事情くらいは訊いてたかもな」

「事情って？」

「だから、なんで断るのかとかさ。亮介はいいやつだし、まあ試しに一回くらい付き合ってやってもいいんじゃないかな、とか」

「……ふうん」

「いいじゃん、もう。結局、一緒に水族館行ったんだろ」

「だから、なに」

「ってことは、中村もあいつのこと……」

思わず、激しくかぶりを振った。

「そんなんじゃないよ。それこそ、いきなり断るのも悪いかなって思って一緒に行っただけで……。もう、これからはたとえ誘われたとしても、行かない」

「なんで」秀俊が初めてこちらを見る。「何か、嫌な思いしたのか？」

「そうじゃないけど……」

秀俊の視線が、強い。

どきどきする。もっと見ていてほしいと思う。

「けど、私が好きなのは、正木くんじゃないから」

思わず言ってしまってから、舌を嚙《か》みちぎりたくなった。ますます心拍がはね上がる。

じゃあ誰が好きなんだ。訊いてほしい。訊いてほしくない。心臓が痛い。

と、秀俊が、視線を川のほうへ投げた。

「――そっか」

呟《つぶや》くように言った。

それだけだった。それだけだということを、続く沈黙の長さに思い知らされる。

陽菜乃は、いたたまれずに立ちあがった。

「帰る」

秀俊は、こちらを見ずに、うん、と言った。

美月から電話がかかってきたのは、帰宅してすぐだ。母親は買い物に出かけ、家には陽菜乃ひとりだった。

夕暮れの光が窓から射し込み、居間の奥の壁を照らしている。

『今日は、何してたの？』

と美月は明るい声で言った。

「ん……問題集やってた」

『まさか、一日じゅうずっと？』

陽菜乃は少し笑った。

「そういうわけじゃ、ないけど」

ちょっと出かけてた、と答える。正木くんに誘われて……とは、やはりまだ言いだせなかった。

それよりどうしたの、と逆に尋ねると、美月は、自由研究の発表の、最後のまとめ方について迷っているのだと言った。

『考えてたら煮詰まってきちゃって。ねえ陽菜乃、これからひま？』

「え？」

『もし時間あるなら、ちょっとそっち行っていいかな。みんなのノートとか一緒に見て、ちゃんと相談したいし』

迷った。母親は何と言うだろう。相手が美月なら、男子が関わる時ほどうるさいことは言わないかもしれないが、それでもあまりいい顔をしないのは目に見えている。大事な友人に、いやな思いをさせたくない。

壁の時計を見上げる。午後五時半、外はまだしばらく明るい。

思いきって言った。

「私が、美月ちゃんちへ行くのはだめ？」

『うそ。だって大丈夫なの？』

「資料とか、みんなそこにあるでしょ。私が行くほうがいいんじゃない？」

『それはそうだけど……。うん、そうしてもらえるとかなり助かる。ありがとう、陽菜乃』

まっすぐに礼を言われ、胸の奥に仄明《ほのあ》かりが点《とも》るようだった。今日一日の出来事と、さっきの秀俊とのやり取りで、自分がどれだけ沈んだ気持ちでいたかにあらためて気づく。

「じゃあ、今からすぐ行くね。待ってて」

『あのさ、よかったら、お泊まりの用意してきなよ』

「え。それはさすがに……」

『お母さんが許してくれないかなあ』

たぶんね、と答えると、美月が電話口で苦笑を漏らす気配がした。

『じゃあ、一応は用意してきて、とりあえず、うちで晩ごはん食べていきなよ。そのあと、うちの母親から電話してみてもらえばいいじゃない。夏休みに友だちの家に泊まるくらい、誰でもしてることだよ？　だいいち今日なんて学校の勉強のためなんだからさ』

受話器を置き、もう一度、時計を見る。五時三十五分。母親が帰ってきてからでは家を出るのが難しくなりそうだ。急いで階段を上がり、いつもプールの時に使っているスポーツバッグを手に取った。

財布や手帳のほかに、念のため、替えの下着とTシャツ、薄手のジャージを用意する。再び階下へおりて洗面所へ走り、歯ブラシと、最近になって使い始めた化粧水と乳液の小瓶をバッグに入れた。

〈うそ、陽菜乃、顔洗ったあと何にもつけてないの？　信じられない〉

女の子なんだからそれくらいはしなくちゃだめ、私なんか五年生くらいからちゃんとつけてるよ、と美月に言われ、ドラッグストアに付き合ってもらって小遣いで買ったものだが、母親からは厳しいチェックが入った。娘が色気づいて男の目を気にし始めたのではないかと疑われたのだ。

畳んであった新聞の間から、裏の白い広告を一枚選び、マジックで走り書きをする。

〈桐原美月さんの家で、自由研究のまとめをすることになりました。行くのは私だけです。晩ごはんはごちそうになる予定です。あとで電話します。 ひなの〉

書きながらも、ひどく緊張した。不安を引き剝《は》がすようにしてサンダルを履き、玄関の鍵《かぎ》を閉める。ふり向くと、橙色の夕陽が目に飛びこんできた。

いつもの道を歩いてゆく。そう、いつもの道なのだが、この時間にふだんと逆方向へ歩くのは新鮮だった。少しの間にも陽は傾き、あたりのすべてがオレンジ色に染まる中で、「まんぷく堂」には明かりが点っていた。夕方からは酒も供する居酒屋食堂になるのだと初めて知った。

ゆるやかなカーブの向こうは、昼なお薄暗い切り通しだ。道の両側にそそり立つ崖《がけ》は白っぽい岩肌が剝《む》き出しになり、頭上には今にも倒れそうな木々が屋根のようにせり出す。後ろのほうから走って来たバイクが、陽菜乃のかたわらをゆっくり追い越してゆくと、エンジン音があたりの崖に大きく反響し、しばし音のドームに包まれたかのようになった。

切り通しを抜けたところは、歩道の左側が雑木林を切りひらいた広い空き地になっている。建築資材や砂利などを積んだ大型トラックが出入りしているのを、何度か見かけたことがあった。奥の方にはプレハブの倉庫、その横に簡易トイレも設置されている。

積み上げられた丸太の山を横目で見ながら、神社まであとほんのひと息、と足を速めた時だ。

空き地の入口近くに、真っ赤な大型バイクが停まっているのに気づいた。さっき追い越していったあのバイクのようだ。乗っていた人はどこへ行ったのだろう。ここの資材置き場の関係者だろうか。

「あの、ちょっとすいませーん」

いきなり声がして、陽菜乃は飛びあがった。続いてバイクの向こう側で立ち上がった人影に、短い悲鳴がもれる。

「あ、ごめんね、びっくりさせちゃったかな」

声からすると若い男だった。ヘルメットはフルフェイスではないが、少し色の入った眼鏡のせいで顔がよくわからない。すくんでいる陽菜乃のほうを見て笑いかけると、男は「すいませんけど」とくり返した。

「いや、バイクのね、ちょっと大事なパーツが走ってたら落っこちそうになって……。今だけテープで仮止めしときたいんだけど、ちょっと押さえててもらえませんか。一瞬でいいんですけど、一人だとどうにもうまくいかなくて」

陽菜乃は、激しく躊躇《ちゅうちょ》した。怪しいと思えば果てしなく怪しい。安易に信じて近づいていいものだろうか。動悸《どうき》はまだ収まらない。

「いや、急に言われたらそりゃ警戒しますよね」男は笑った。「無理ないと思うんだけど、ほんと、絶対、おかしなアレじゃないんで。あ、何なら誰か呼んできてもらうのでも……っていうか、そっか、僕が自分で探しに行けばいいのか。そうだね、うん、すいませんでした。呼び止めたりしてごめんね」

ひとしきりまくし立てた後、ぺこりとこちらへ頭を下げた男が、再びバイクの向こう側にかがみ込む。

陽菜乃は、同じく頭を下げ、歩き始めた。なんだか申し訳ないことをしたような気がする。行く手に広がる空はラベンダー色に染まり、わずかな雲が茜色《あかねいろ》に照り映えている。なんとみずみずしい美しさだろう。

迷ったものの、足を止めた。引き返し、バイクの向こうに声をかける。

「あのう……ちょっと押さえてるくらいならできますけど」

「えっ、ほんとに？」

かがんだままの男の顔が、タイヤ越しに覗いた。

「いやあ、マジで助かる。ありがとう。じゃ、すいませんけど、こっち側へ回ってもらえますか。ほんとごめんね」

ずいぶん低姿勢な人だと思った。近づいてゆくと、後ろのナンバープレートは泥にまみれていた。よほどのぬかるみでも走ったのか、数字もほとんど読み取れないほどだ。

バイクの向こう側へ回り、男の指さす銀色のパーツを押さえようと手を伸ばした時、ふっと日が翳《かげ》った気がした。そばに立つ男の、脚の間から道路がちらりと見える。逆に言えば、歩道側からはこちらの姿などほとんど見えないということだ。

ぎょっとなって立ち上がろうとしたとたん、いきなりみぞおちに鈍い衝撃を受け、さらにもう一度受けて、陽菜乃はくずおれた。

息が、吸えない。声が、出ない。身体のどこにも力が入らない。苦しい。ずるずると物陰へ引きずられてゆく間、何ひとつ抵抗も出来ないまま、草むらに横たえられた陽菜乃は真上の空を見上げた。ああ、苦しい。息が苦しい。薔薇色《ばらいろ》の夕空が涙でにじむ。

ようやく空気が肺に流れ込み、激しく噎《む》せる。その口を、機械油くさい大きな掌《てのひら》にふさがれた。あまりの怖《おそ》ろしさに、悲鳴をあげようとしても息が漏れるだけだ。自分の声が耳に届かない。必死に手足をばたつかせると、一瞬だけ掌が離れ、頰を張られた。

「おとなしくしてろ。殺すぞ、てめえ」

体がすくみ、動けなくなる。殴られた衝撃で頭が痺《しび》れている。口をふさぐ男の手が臭《にお》って吐きそうだ。どうしてこんなことになっているのか理解できない。悪い夢だ。早く、早く目を覚まさないと。

「なんだよ、よく見りゃ子どもじゃねえかよ」

男が舌打ちをする。まだヘルメットをかぶったままだ。派手な模様のアロハシャツ、それしかわからない。怖ろしくて直視することもできない。息を乱し、必死にそむけようとする目の端、男の手首の内側に刺青《いれずみ》された黒い飾り文字が映る。Love & Peace

——やっぱり、悪い夢だ。

と、服を破かれるのがわかった。

「い、やっ」

声が出て初めて、もう口をふさがれてはいないことに気づく。

「やだ、やめて、やだああ！」

けれどその声は、再び腹を殴られて出なくなった。

「ちょっとの間おとなしくしててくれりゃ、そうひどいことはしねえよ」

さっきまでとはまったく別人のような語調で、男は言った。息が荒い。ごそごそしているのはベルトをはずしているのだとわかって悲鳴を上げるも、呻《うめ》き声にしかならない。

「なんかさ、ごめんね。あんたの後ろ姿見たら急にむらむらしてたまんなくなっちゃってさ。運が悪かったよね。ごめんね」

スカートをまくりあげられ、下着を引きおろされる。暴れながら掠れた声をあげるとたちまち頬を張られた。チッ、と舌打ちが聞こえる。

「くそ。濡《ぬ》れてねえと入らねえもんだな」

掌にぷっと唾を吐き、陽菜乃のそこに塗りたくる。

「処女なんだろうなあ。初めてがこれかよ。ごめんね」

謝罪の言葉がこれほど容赦なく響くものだと初めて知った。無理やりひろげられた脚の間の奥に、何か硬い棒のようなものがあてがわれる。中心を貫く痛みに、陽菜乃は、声もなく絶叫した。体を二つに切り裂かれるようだ。再び頰を張られる。たまらずに泣き叫ぶ。

「うるさいなあ！」

乱暴にぐいぐいと手で口をふさがれ、かろうじて鼻で呼吸する。さらに激烈な痛みが脳天へと突き上げた。なおも奥へと身体《からだ》を進めた男が、呻き声をあげながら激しく腰を動かし始める。

「ああ、たまんねえ」

「や……」陽菜乃は懇願した。「やだ、痛い、やめ……」

「うるせえ、黙ってろ！　死にてえのかよ」

いっそ死んだほうがましだ。涙でかすむ目を見ひらいた拍子に気づいた。

空の高いところに、一番星が光っている。

ぞっとするほど綺麗だった。

第三章

半人前の見習いが、せめて半人前の左官仕事をしてくれるかというとそうではない。こちらが面倒を見なくてはならないぶんだけ、作業はかえって遅れる。

忙しい時にはむしろいないほうがましなのだが、ふだん世話になっている元請けからなんとか使ってやってくれと頼まれれば、むげにもできない。たびたび怒鳴りつけたくなるのをこらえながら、刀根秀俊はその日の仕事を終えた。

ずいぶん丸くなったものだと、我ながら不思議に思う。昔のように感情をむき出しにすることがほとんどなくなった。いいことかどうかは知らない。忸怩《じくじ》たる思いも無いではない。

見習いの若者を家まで送り届けてから、アパートに帰り着いた。

裏手に借りている小さい倉庫に材料をしまい、見習いがおざなりに洗った道具をもう一度洗い直す。道具は職人の魂だ。丁寧に手入れをして片付けてから、風呂《ふろ》を沸かして浸《つ》かり、着替えた。

携帯が鳴ったのは、寝る間際《まぎわ》だった。

発信者を見るなり、携帯を畳に放りだした。長々と鳴って切れたあとも再び鳴りだしたが、無視を決めこむことにする。

応《こた》えれば、また面倒なことになるのが目に見えている。明日、秀俊には絶対に破るわけにいかない約束があった。

「しょうがないなあ、とねってば。おとなのくせに、ジェットコースターがこわいの？」

「ああいうのはたぶん、おとなになってからのほうが怖いんだ」

「ふうん。じゃあ、こどものころはこわくなかった？」

「いや。じつは乗ったことがない」

「うっそぉ」

「というか、遊園地に来た記憶がない」

「えええーっ！」

目を真ん丸にみひらいた真帆を、秀俊は苦笑して見おろした。

「なんで？　こんなたのしいとこ、なんでこなかったの？」

「なんでだろうな。まあ、たまたまだよ」

「……かわいそうに」

心の底からの同情を声に滲《にじ》ませて、少女が言う。

「そうでもないさ。今は、こうやって真帆に連れて来てもらってる」

「そっか。じゃあ、うんとたのしまなくっちゃね」

大人びた口調で言うと、真帆は、つないでいないほうの手で前方を指差した。

「あれは？　コーヒーカップ」

「すまん。絶対に酔う自信がある」

「えー？　ぜんぜんだめじゃーん、とねー」

とうとう、すぐ後ろを歩く美月が声をあげて笑いだした。

「真帆、わがまま言わないの」

「だーって」

「誰だって弱点ってものがあるんだから。あんまり無理ばかり言って、男に恥をかかせちゃ可哀想《かわいそう》でしょ」

ずいぶんな言いぐさだが、真帆は母親の言葉に納得したらしく、ぷすん、と鼻を鳴らして黙った。

とねもおうまさんにのろうよ、という誘いを丁重に辞退して、メリーゴーラウンドに乗る美月と真帆をベンチから眺める。色とりどりに塗り分けられた馬たちが、ゆっくりと上下しながらぐるぐる回る。バンドネオンの音色が郷愁を誘う。

ひとまわりしてきた馬が前を通り過ぎるたび、後ろから母親に抱きかかえられた真帆は嬉《うれ》しそうに手を振り、秀俊もまた手を振り返した。はたからは仲のいい家族に見えるだろうと思い、うなじのあたりがこそばゆくなる。

回り続ける極彩色の馬たちにめまいを覚え、晴れた空を見上げる。知らぬ間に、秋が来ていたらしい。濃紺に近い色合いの空の彼方《かなた》に、いわし雲。いや、さば雲に近いだろうか。明日あたり、天気が崩れるのかもしれない。

と、その瞬間、ぼぐっ、という音が響いた。

反射的に身構えながら見ると、隣のベンチに座ろうとした若者が、肩にかけていたスポーツバッグを地面に投げだしたところだった。

息を吐き、体から力を抜く。白昼の遊園地で、自分はいったい何を考えているのか。だが、ゆうべの夢で聞いたのとそっくり同じ音だったのだ。人の頭に鉄の棒がめり込む音。いやな汗をかいて夜明けに目覚めた。それきり、眠れなくなった。

ポケットの携帯が鳴りだした。取りだすと、昨夜と同じ相手からだった。無言で画面を見つめながら出ようとしない秀俊を、隣のベンチの若者が怪訝《けげん》そうに見る。いったん切れた電話は、これまた昨夜と同じく再び鳴りだした。音を消しても振動だけは続いている。

とうとう面倒くさくなり、耳にあてた。

『おう。やっとかよ』低い濁声《だみごえ》が言った。『ゆうべはどうして出なかった？　女でも抱いてたか』

人の声というものは、歳《とし》を重ねてなお、どうしてこうも変わらないのだろう。

息を吸いこみ、秀俊は応えた。

「あんたには関係ないでしょう、九十九さん」

『ふん。まあ、そうつれないことを言うなって』九十九誠は含み笑いをした。『折り入って頼みがあるんだがな』

「もう勘弁して下さい」

子どもの頃はタメ口だったのが、いつからだろう、敬語で話すようになっている。いや、あえて変えたのだ。目上だからではない。はっきりと距離をおきたかったからだ。

『勘弁しろとはずいぶんな言いぐさだな』九十九は納得しなかった。『お前には、俺に返せないほどの借りがあるよなあ。あ？』

こういう時の九十九はしつこい。獲物《えもの》を前に鎌首《かまくび》をもたげる蛇のようだ。退《ひ》いてなるものかと秀俊が口を開きかけた時、

『大事なんだろ？　そこにいる子どもがよ』

言われて、息が止まった。

跳ねるように立ちあがってあたりを見回した秀俊を、隣のベンチの若者がぎょっと見上げてくる。こいつはおそらく何の関係もない。九十九本人が来ているということか。どこだ。

『こらこら、みっともねえ』相変わらずの意味深な笑い声が、耳の中に注がれる。『大の大人が、そんなにきょろきょろするもんじゃねえよ』

あからさまな揶揄《やゆ》に苛立《いらだ》ちながらなおも見回すと――。

いた。丘の上の売店前に、いやというほど見覚えのある人影があった。遠目にも、煙草《たばこ》をふかしているのがわかる。

『ちょっと顔貸せや』と、耳もとで九十九の声が言った。『すぐに済む。お前さえ素直ならな』

メリーゴーラウンドが回る、回る。

再び巡ってきた母娘《おやこ》がこちらを見るのを待ってから、秀俊は、手にした煙草の箱をからからと振ってみせ、丘の上の売店を指差した。美月が、わかった、と頷《うなず》く。

とりどりの花が植え込まれた坂道を上ってゆく間、九十九は黙って同じ場所で待っていた。スーツ姿が浮きまくっている。

目の前に立ち、昔は見上げていた男をわずかだが見下ろす。それなりに老《ふ》けはしたが、印象は変わらない。どれだけ付き合っても得体の、いや、底の知れない男だ。少し離れた売店の陰には、腹心の近藤宏美が控えている。昔はいかにもチンピラ然としていた若者も不惑を過ぎ、今では九十九が率いる『二代目・真盛会《しんせいかい》』の若頭だ。

「久しぶりだな」

と、九十九が言い、売店の裏へと秀俊を促す。久しぶりと言っても、会うのはという意味に過ぎない。電話はいつだろうと頓着《とんちゃく》なくかかってくる。出れば面倒、出なくても面倒だ。

建物を向こう側へ回ると、眼前が薄桃色に染まった。一面のコスモス。真帆が見たら歓声を上げそうだ。

「この間はご苦労さんだったな。佐々木の兄弟が、お前のことをえらく気に入ったらしいぞ」

秀俊は眉《まゆ》をひそめた。いやな出来事を思いださせる名前だった。女の股間《こかん》に黒々と彫りつけられたスミを思いだす。――牝《めす》、犬。

「いい仕事、したらしいじゃねえか。次もまたお前をよこせとよ。あの変態野郎、味をしめやがったらしい」

「勘弁して下さいって」

「ああいう仕事は嫌いか？　ただで女が抱けるのに」

「不自由、してませんから」

くく、と九十九が笑った。

「よく言うよ。ところで、お前に任せたい仕事があってな」

秀俊は首を横にふった。「仕事にも不自由してません」

「昼間だけだろ。心配するな、そっちの邪魔はしねえ」

そういう問題ではない。組に関わるのが嫌なのだと何度言えばわかるのか。見下ろす視線に嫌悪《けんお》をてんこ盛りにしてやったが、相手はどこ吹く風でニヤニヤ笑いを消そうとしない。

「時間の無駄だぞ、ヒデよ」新しい煙草に火をつけながら、九十九は上目遣いに言った。「どうせお前は俺に逆らえねえ」

メリーゴーラウンドまで戻ってみると、母娘はとっくにベンチでくつろいでいた。真帆の手には水色のアイスキャンデーが握られている。移動式の屋台から買ったものらしい。

美月が顔を上げ、気遣わしげなまなざしでこちらを見た。何か感じているのだろうが、訊《き》こうとはしない。訊かれないから、こちらも言わない。昔からずっとそうだ。ずばずばと歯に衣着《きぬ》せぬ物言いをしながらも、美月はあと一歩のところを踏みこもうとしないし、秀俊のほうも見えない一線を引いている。

「とねー、おそいー」

真帆が、およそ遠慮なく文句を言う。

「ごめんごめん。いつもの煙草が見つからなくてさ」

「だからさ、やめちゃえばいいんだよ。しばられるのきらいだって、とね、いってたじゃない」

「言ったかな、そんなこと」

「いったよ。こないだ、いっしょにドラマみてたとき。おとこはみんな、なにかにしばられるのがきらいなんだって」

「そうだったかな」

「すうのやめたら、いつものたばこ、さがさなくてよくなるよ」

舌を巻いた。人間だけではなく、時間や習慣もまた人を縛るということを、この幼さで本能的に理解している。

「そうだな。まったく真帆の言う通りなんだけどさ」

「けど?」

「人生、そう単純にもいかなくてだな」

「ママとおんなじこという」

秀俊は笑って、真帆が差しだしたアイスキャンデーをおとなしくひと口かじった。甘い物は苦手だが、せっかくの好意を無にすることもない。

溶けた汁が垂れても大丈夫なようにと美月が膝《ひざ》の上にひろげてやったハンカチは、可愛《かわい》らしいミツバチの模様だった。真帆がたっぷり時間をかけてキャンデーを食べ終わるのを、大人二人は黙って待った。ようやく棒だけこちらへよこす。べとべとの手を、美月が濡《ぬ》れティッシュを取り出して拭《ふ》いてやる。そういうアイテムがあれこれと入っているぶん、母親のかばんは宿命的に大きい。

「とねー、かたぐるまして」

せがまれて、秀俊は真帆を高々と抱えあげ、肩の上に乗せてやった。

赤いスカートの中でなま温かく湿っていた腿《もも》が、後ろから秀俊の首を挟む。両側には愛くるしい膝小僧。その下を両手でがっちり押さえてやると、真帆は安心しきった笑い声を上げ、空へ向かって万歳をした。

と、小さな手が秀俊の髪をかき混ぜた。何かと思えば、

愛《いと》おしさに、鼻の奥がじんわり痺《しび》れる。こういう幸福がいい。女など抱くよりはるかに深く満たされる。

「いいこ、いいこ」

頭を撫《な》でてくれているのだと、ようやくわかった。

「なんだよ、急に」

「ん……。わかんないけど」少女は軀《からだ》を前に倒し、顔を覗《のぞ》きこむようにして言った。

「とね、なんか、げんきないから」

とたんに、遠い記憶が、あふれる香りのような鮮やかさで甦《よみがえ》った。隣に立つ〈彼女〉の頭を、子ども相手にするようによしよしと撫でてやりたくなった日のことを思いだし、秀俊はしばらくの間、口がきけなかった。

まとわりつくように粘っこい眠りだった。夢の中で壁を塗っていた。

秀俊は、自宅の二階にいて（そんなものがある家に住んだ例《ため》しはないのだが）、崩れかけた壁に漆喰を塗っては補修している。一階には母親の勤めるスナックがあり、ママの久恵も、サヤカも真由美もいる。見えないが気配でわかる。

と、そこへ、誰ともわからぬ相手から電話がかかってきて、〈おまえの娘が死んだぞ〉と言う。俺には娘などいないと答えても、〈おまえの娘が死んだぞ〉とくり返すばかりだ。

娘？　そういえば、いたかもしれない。腕が重みを覚えている。肩車をする時に頬を挟む湿った内腿の感触も。そうだ、俺にはたしかに娘がいた。死んだとはどういうことだ。

目を開けようとするが、手足の末端までロックがかかったようで、身動き一つできない。必死に抗《あらが》っていると、突然、背中の下が波打つかのように大きく激しく揺れる。家が傾《かし》ぎ、真ん中からへし折れ、二階が丸ごと落ちて一階になり、階下の母親たち全員をぺしゃんこに潰《つぶ》す。柔らかなものがひしゃげる感触が背中の下にありありと感じられ、秀俊はそこで跳ねるように目を覚ました。

じわり、と滲む汗とともに、現実が戻ってくる。

白い天井。ほんのりと橙色《だいだいいろ》に点《とも》るサイドスタンドの明かり。それから、胸の上の重み。頭をもたげて見ると、真帆がうつぶせに頬を押しつけて眠っていた。起きる様子はない。背中の下にあるのは、美月がいつも座っている革張りのソファだ。

ふうっと安堵《あんど》の息をつく。

食事をした後に、真帆と二人してふざけあった。秀俊の腹の上にまたがってはしゃいでいた真帆は、昼間の遊園地での疲れが出たのだろうか、やがて前のめりに倒れるように寝転んで、ことんと寝入ってしまったのだった。子ども特有の熱い体温に包まれ、自分までいつしか寝落ちしたものらしい。けだるい疲れに、秀俊はもう一度まぶたを閉じた。ようやく動悸《どうき》がおさまってゆく。

母親の夢を見るなどおそろしく久々だった。

江利子が今、どこでどうしているかは知らない。秀俊が中学を終える直前に、突然ふいっといなくなってしまった。男が出来たのか、それとも誰も知らない土地へ行きたかったのか、それもわからない。書き置き一つなかった。

高校をあきらめ、左官屋への弟子入りを選んだのはそのせいもある。働きながら夜学へと考えるほど、学ぶことへの執着はなかったし、自分でも不思議なくらい恨む気にはならなかった。根本的に母親には向かない女が、とりあえずそれまでそばにいてくれたというだけで、充分と思うしかないのだろう。あきらめの境地だった。

記憶にある限り、彼女が親らしい言葉をかけてくれたのは一度きりだ。柔道を習い始めた時だった。自分の昔の知り合いは試合で怪我《けが》をして全身麻痺《まひ》になったからと、ずいぶん心配してくれた。にもかかわらず、習うのを黙認してくれた理由は——。

昼間会ったばかりの男の顔が浮かぶ。あの時、九十九の名前を出したとたん、江利子の顔色が変わり、それきり反対しなくなったのだ。

おそらく、母親は九十九の素性を知っていたに違いない。勤めているスナックに出入りしていたか、彼の組がみかじめ料を徴収していた可能性も考えられる。あるいは……。

キッチンから、美月が洗いものをする物音が聞こえ始めた。目を閉じたまま聞く水音の心地よさを破るように、

〈時間の無駄だぞ、ヒデよ〉

濁声が耳もとに蘇《よみがえ》る。

〈どうせお前は俺に逆らえねえ〉

頼みたい仕事というのは、例によって運転手だった。積み荷が何かの説明はないし、もちろん秀俊も訊かない。知らないほうが身のためだ。

段取りは後で宏美から聞いておけ、などと言いながら、煙草がいがらっぽいのか咳払《せきばら》いを何度もくり返す九十九に、

〈今さらですけどね。あんたはいったい俺をどうしたいんですか〉

たまりかねて訊くと、ふと真顔になって呟《つぶや》いた。

〈それがなあ。俺にももう正直、よくわからんのだわ〉

奇妙なことを言う、と思った。訊き返しても二度は答えず、後はまた、いつもの九十九だった。後方に控えるひょろりと背の高い若頭は、秀俊と目が合っても、口をきくどころか頷いてよこすことさえしなかった。

思い返せば、いつのまにか二十数年が過ぎてしまった。九十九は、知り合った当時はまだ三十代の初め、後からわかったことだがG会砂川組直系『真盛会』の若頭補佐であり、同時に『九十九興業』の組長だった。

それが、秀俊が左官の見習いとして働きだした頃には若頭となり、やがて初代の真鍋《まなべ》盛吉《せいきち》が引退するとともに二代目を襲名して、今では会長となっている。万事において、よほど巧《うま》く立ち回った結果だろう。

その九十九会長が、あえて盃《さかずき》を交わすことなく身近に出入りさせている人間など、知る限り、自分の他には誰もいない。組の者たちから奇異の目で見られているのもわかっている。組に入りたての下《した》っ端《ぱ》などは弾《はじ》かれたように頭を下げるが、古株になればなるほど露骨に胡散臭《うさんくさ》そうな目を向けてくる。彼らの世界の常識に照らすと、秀俊は秩序を乱す異分子でしかないのだ。

普通に考えれば、もっと若いうちに盃を受けていてもおかしくなかったはずだが、九十九はそれをしなかった。折々に秀俊の面倒を見ながらも組への勧誘はせず、しかしその一方で、時折思いついたように無茶を強いる。自分の舎弟格にあたる佐々木幸三《こうぞう》のお遊びに付き合わせたのもそうだし、ちょっとしたトラブルの収拾や、おおっぴらに出来ない種類の集金に駆り出されることもある。今回のような運び屋の仕事もそうだ。構成員でないほうが、万一足が付いたときに切り捨てやすいからかもしれない。

佐々木の情婦の股間に彫りつけられていた文字が、いやでも脳裏に浮かぶ。犬は、俺だ、と再び思う。九十九の仕打ちはまるで、鎖につながずに飼っている犬を、気まぐれに呼びつけては試そうとするかのようだ。お前をどうしたいのかよくわからない、というあの言葉は、曖昧《あいまい》なだけに真実に近いのかもしれなかった。

ふと、空気が動いた。

見なくとも、美月がそばに来たのがわかった。ソファの傍らの床、カーペットに腰をおろしたようだ。薄く目を開けると、ちょうど彼女の手が、秀俊の腹の上にうつぶせになった真帆へと伸びてきたところだった。娘の髪を撫でたその手が、引き返し際、まるでついでのように秀俊の額に触れる。ひんやりとした指が、いつまでも離れていこうとしない。

「……何してる」

とうとう、目を閉じたまま訊いた。意味ありげに声が掠《かす》れてしまい、困惑する。

「起きた？」美月の声も掠れていた。「熱は、なさそうだね」

「うん？」

「ううん。疲れてるみたいだったから、もしかして風邪気味なのかと思って」

ようやく手が離れてゆく。秀俊は目を開けた。

視線が間近に交叉《こうさ》する。美月は目をそらさない。

「風邪なんかひくかよ。腹の皮が突っ張ると目の皮がたるむ、ってやつだよ」

「なら、いいけど」

「飯、うまかった。ありがとう」

美月の口角がわずかに上がった。

「こちらこそ、今日はありがとうね。真帆、嬉しそうだった」

「そうだな」

「遊園地そのものはもちろんだけど、大好きな〈とね〉に、指切りげんまんのデートの約束をちゃんと守ってもらえたことが嬉しかったみたいよ」

「そうか」

「おかげで私も嘘《うそ》つきにならないで済んだし」

「うん？」

「『とね、おしごとやすめるかなあ、いっしょにゆうえんちいけるかなあ』って真帆がしきりに気にするから、つい請け合っちゃったの。『刀根くんが守れない約束なんかするわけないでしょ』って」

うなじのあたりがむずむずする。

「まあ、ご期待に応えられたならよかったよ」

「だいぶ無理してくれたんじゃない？」

「今日か？　べつに」

「っていうか、今日を空けてくれるために、仕事……」

「そんなこともないさ。前からわかってさえいれば調整はきく」

美月が黙って微笑する。ややあってから、言った。

「今日の昼間、売店のところで話してた人だけど……」

ぎくりとした。見られていたのか。煙草を買いに行ってくる、と身ぶりで伝えてからそばを離れたので、こちらのことなど気にしていないと思っていた。

「知り合い？」

美月が訊く。

何か、気づかれたのだろうか。彼女は九十九と間近に顔を合わせたことはなかったはずだ。

秀俊は、急いで頭を働かせた。

「いや、知らん。煙草を買ったら、火を貸してほしいって頼まれてさ。一服つける間、なんとなく立ち話をしただけ」

「ふうん」

「どうした？」

「ん……何でもない」

その先を目で促したが、それだけのようだった。

「真帆、向こうで寝かせてくるね」

「おう」

秀俊が腹の上からそっと抱え起こし、美月が膝立ちになって抱き取る。

「帰るわ、俺も」

ソファに起きあがった。

「そう。大丈夫？」

「少し寝たら楽になった」

　こういうとき、危ないから心配だとか、泊まっていけとか言わないのが美月のいいところだ。世話を焼かれるのが苦手なことをよく知っている。

　母親の腕に抱かれ、柔らかそうな胸元によりかかる真帆の体はぐにゃぐにゃと力ない。首が曲がらないように、美月が娘の後頭部を押さえて立ちあがる。下から見上げたせいか、幼い真帆の横顔がふっと、ひどく大人びたものに映った。誰かに似ている気がして、すぐにその感覚を見失う。

「刀根くん」

　娘の頭越し、ごく小さな声で美月が言った。

「あんまり、無理しないでね」

「してないって」

「ううん、今日のことだけじゃなくて。なんだかこのところ、会うといつも浮かない顔してるから心配」

　秀俊は、苦笑いしながら黙って首をふった。立ちあがり、二人を見おろす。

　ほんとうに彼女たち母娘のためを思うのなら、いっそ関わらずにいたほうがいい。それがわかっていながらも、どうしてもきっぱり距離を置くことができずにいる。この二人との関係を断ったなら、生きる意味さえ失ってしまうだろう。

いつだって俺はこうだ、と秀俊は思う。愛しい者を守りたいと願う気持ちの一種病的な強さが、いつも自分に道を踏み誤らせる。

＊

彼が古い記憶をたぐり寄せているときはすぐわかる。遠くを見ているような、それでいて何も見ていないような、うつろなまなざしになる。

腕をつかんで揺さぶりたくなるのを、美月は、これまで数えきれないほど呑《の》みこんできた。

それなのに今なお、彼のその顔を見るのが辛《つら》い。少しも慣れない。

あの日──陽菜乃が襲われたあの日、何かおかしいと気づいたのは、彼女との電話を切ってから一時間ほど過ぎた頃だった。

これからすぐに行くと言っていたはずなのに、いつまでたっても来ない。あたりはもう暗くなりかけている。外へ出てみた。神社の石段を下り、通りを見渡した。

急激な不安が押し寄せたのはその時だった。下りてきた石段を一段抜かしで駆け上がり、どうかしたのかと訊く父親に答える余裕もないまま、もう一度彼女の家に電話をかけてみると、母親の世志乃がこわばった声で言った。

『そちらへお邪魔してるんじゃないんですか。置き手紙がありましたけど』

あの時、自分がなぜ、どういう判断でそうしたのかは今でもわからない。気がつくと、秀俊に電話をしていた。正木亮介に連絡することは微塵《みじん》も考えつかなかった。

『どうした』

訊かれて、事実だけを伝えた。

「陽菜乃が、来るって言ってまだ来ない」

ほんの一、二秒の沈黙の後、秀俊は言った。

『俺も探す』

声が変わっていた。

父親に頼んで車を出してもらい、もうすっかり暗くなった道を探しまわった。「まんぷく堂」にも寄ってみたが、誰も見かけていないとのことだった。焦《あせ》りが募っていく。嫌な予感が吐き気のようにこみあげて息が苦しい。まるで誰かに鼻と口をふさがれているかのようだ。

小一時間は探しただろうか。ハンドルを握る父親が言った。

「とにかく、いったん家へ戻ろう。これで行き違いになってなければ、いよいよ警察に報《しら》せないと」

　来た道を引き返し、カーブから切り通しを抜けるあたりで、ヘッドライトの先に自転車を漕《こ》ぐ背中が照らし出された。秀俊だ。

と――いきなり自転車を横倒しに放りだし、歩道の左側の空き地へと駆け込むのが見えた。

「止めて、父さん！」

　急ブレーキが踏みこまれる。美月もドアを開け、走り寄る。

「刀根くん！」

　ちょうど何かを拾いあげた彼がはっとふり返った。黄色いヘッドライトに照らされていても蒼白《そうはく》なのがわかる。

「桐原、これって……」

　彼が差しだしたものを見て、美月は悲鳴をあげた。片方だけのそれは、この夏休みじゅう陽菜乃がよく履いていたサンダルだった。

　発見されたのはすぐ後だ。空き地の隅、踏みしだかれた夏草の中に、陽菜乃は茫然《ぼうぜん》自失の状態で座り込んでいた。美月の父親が揺すって話しかけてもまるで反応がなかったほどだ。衣服は身につけたままだが、ブラウスは破れてボタンが弾けとび、サンダルのもう片方はすぐそばの地面に転がっていた。美月は車へ走り、膝掛けを取ってきてくるんでやった。

救急車が駆けつけ、陽菜乃を病院へ運ぶ。車であとをついて行くことになった時、一緒にいた秀俊にも乗っていくよう勧めたのだが、彼は首を横にふった。

「俺は、行かないほうがいいと思う」

奥歯をきつく嚙《か》みしめた横顔は、人でも殺しそうなほどの険しさだった。

病院に着いてしばらくすると、陽菜乃の母・世志乃がタクシーで駆けつけた。さすがに父親に対しては頭を下げてよこしたが、美月を見るまなざしは敵意と非難に満ちていた。

何も言えなかった。そもそも自分が相談の電話をかけたりしなければ、陽菜乃が夕暮れ時に出かけることはなかったのだ。最初の予定通り、こちらから陽菜乃の家を訪ねていればよかった。たとえそれによって、同じ目に遭わされたのが自分だったとしても。

病院の廊下で、五十がらみの刑事から事情を訊かれた。

「ご本人はまだ、まともに答えられる状態にはありませんので、詳しいことは、もう少し落ち着いてからでないと訊けそうにないですね。いや、無理もない」

被害者がまだ中学生であるせいか、さすがに沈鬱《ちんうつ》な面持ちだった。

「遅くに申し訳ないんですが、お二人にはできれば署で、話を聞かせてもらえませんかね。どんな小さな手がかりでも欲しいんです」

「いや、それは」と父親が遮《さえぎ》る。「私と娘は、車であちこち探し回っていたんです。いったん帰ろうとしたら、たまたま、この子の友人が中村さんのサンダルを見つけたところに出くわした。それ以上のことはまったくわかりません。娘もこのとおりショックを受けていますし、これ以上はどうか勘弁してやって下さい」

かばうように目の前に立つ背中を、美月は見つめた。父親を頼もしいと感じるなど何年ぶりのことだろう。神社の石段をおぶわれて上り下りした幼い頃が、ふっと脳裏をよぎる。

「わかりました」刑事はしぶしぶ言った。「でしたら、この場でかまわないんで、そのサンダルを見つけた時のこととか、彼女を発見した時の状況を詳しく聞かせてもらえるかな」

「刑事さん、ですから申し上げたとおり……」

言いつのる父親を、美月は遮った。

「いいよ、お父さん」

「美月」

「大丈夫。私だって、陽菜乃にあんなことした奴《やつ》を許せない。絶対捕まえてもらいたいもの」

刑事が頷く。

「助かります。ええと、最初にサンダルに気づいたのは、どっちだったの。きみかい？　それとも、その友だち？」

「友だちのほうです」

「名前は？」

「刀根、秀俊」

漢字も教える。

「中村陽菜乃さんとは仲がいいの？」

「同じクラスの、同じ班です」

言いながら初めて、亮介の顔が浮かんだ。彼にはまだ何も話していない。

「そのサンダルが中村さんのものだということはどうしてわかったのかな？」

「よく履いてて覚えてたから」

江の島の海。照りつける日射し、裸足《はだし》で踏むこともできないほど熱い砂浜、きらめく波しぶき。

今夜のたった数時間を境に何もかもが変わってしまい、二度と元には戻らないことを思い知らされる。陽菜乃の足の甲には今も、サンダルのストラップの形に日焼けが残っているに違いないのに。

刑事がなおも口を開きかけた時だ。

廊下の奥の病室から、母親の世志乃が出てきた。こちらに気づくなり、「何をしてるんですか」気色《けしき》ばんだ様子で近づいてきた。「お話しすることはないと言ったでしょう」

美月は思わず世志乃の顔を見た。娘の事件を捜査してくれている人に向かってぶつける言葉ではない。

「いやしかし、我々としても、このまま何もせずに放置しておくわけにはいかんわけでして」

「どうしてです。事件にはしないでほしいとはっきり申し上げたはずですが」

美月は耳を疑った。事件に、しないでほしい？　どういう意味だろう。事件はもうすでに起こってしまったではないか。

「いや、お母さんはそうおっしゃいますが、お嬢さんが落ち着かれた後で、相手を訴えたいと思った場合はどうなさるんですか」

「娘だって私と同じ考えにきまってます。こういうことは、こちらが訴えない限り事件にはならないはずでしょう」目尻《めじり》が吊《つ》り上がっている。「とにかく、どうかお引き取り下さい。何も起こらなかったんです。それでいいんです。もう、そっとしておいて」

「おばさん」

気がつくと、口をついて出たあとだった。自分の発した声の険しさに自分でひるみながらも、美月は懸命に言葉を継いだ。

「何も起こらなかったって、どういうことですか。犯人が捕まらなくていいって言うんですか」

世志乃が、無言でこちらを睨《にら》みつけてくる。

「おい、美月」

父親が横から、よしなさい、と低くたしなめるのを振り払う。

「あんな目に遭わされた陽菜乃に、まさかこのまま泣き寝入りしろって言うんですか？　そんなの、陽菜乃がかわいそうだよ」

世志乃の形相がみるみる変わるのがわかった。

「かわいそう？」地を這《は》うような声で言う。「何がかわいそうだって言うの。こんなことが明るみに出て、近所の人から噂《うわさ》されるほうがよっぽどかわいそうじゃないの。どうしてそれがわからないのよ」

剃刀《かみそり》のような怒りがこちらへ押し寄せてくる。美月は思わず半歩下がった。

「通り魔に刃物で刺されたとか、家で強盗に遭ったとかいう事件とは違うのよ。こういうことはねえ、被害を受けた側にも落ち度があるものなの」

「え？」

「陽菜乃には、だからあれほど言っておいたのに。私の言いつけを守らなかったあの子がいけないのよ。襲われたのは女の側にも隙《すき》があるからだ、世間だってみんなそう思うはずよ。そんな噂話にさらされたら、あの子がどれだけ傷つくか。あなた、自分のこととして考えてみたらどうなの。自分が同じ目に遭ったとして、そんな辱《はずかし》めに耐えられるの？」

「そ、それは……。だけど、」

「ねえ、どうですか、お父さん」世志乃が隣に向き直る。「お嬢さんが、うちの子と同じような目に遭わされたとして、何が何でも隠したいとは思いませんか。え？　そう思うのは親として当たり前の感情でしょう。そうじゃないですか」

「……いや、まあ、それは」

父親が困惑気味に口をつぐむ。

「でも、だけど！」美月は食い下がった。「陽菜乃にあんなことしたやつを野放しにしたら、またどこで同じことをするかもわからないのに」

「知ったことじゃないわ」世志乃はあっさりと言った。「たとえ警察に捕まって、相手がどれほど重い刑を受けたからって、陽菜乃が元どおりの軀に戻れるわけじゃないのよ。現実は何も変わらない。そういう理屈がわかりもしないくせに、無責任なことを言わないでちょうだい」

美月も、父親も、そして刑事も、何も言えなかった。世志乃の恐ろしいほどの剣幕に、ただただ気圧《けお》されて黙っていた。

夏の夜明けは早い。水気を含んだ空気の中で、美月はひとり、道路の真ん中にたたずんでいた。病院から家に戻っても、目がさえて一晩じゅうまったく眠れず、窓の外が仄《ほの》明るくなると同時にそろりと外へ出てきたのだ。

あたりは薄紫の霧にけぶっている。通りかかる車はまだない。人影もない。神社の石段を下りたところから見渡すと、白い中央線が切り通しに向かってゆるやかにカーブしている。歩道に戻り、一歩ずつ、見えない足跡を刻むように歩いてゆく。

昨夜の空き地に辿《たど》り着いた。入口のところから、よく見ると一本だけの轍《わだち》が残っている。バイクだろうか。跡をたどってゆき、途切れたところで足を止めた。

ゆうべはこのあたりにサンダルが転がっていて、秀俊がそれを拾い上げたのだ。見つけることが出来たのは、たまたま美月の乗っている車のヘッドライトに照らされたおかげだと彼は言っていた。

丸太の積み上げられている前を通り過ぎ、おそるおそる足を進める。夏の間に伸び放題に伸びた雑草が、ある一カ所だけ、ぐしゃぐしゃに踏み荒らされている。

こらえきれず、すすり泣きがもれた。懸命に目を見ひらく。陽菜乃の味わった苦しみがどっと流れ込んでくるのを半ば怖《おそ》れ、半ば願って身構えていたのだが、何も訪れない。

仕方なく、歩道へと戻る。

来た道をふり返ると、神社の石段までの距離の短さにまた泣きたくなった。陽菜乃が無事にたどりつくまで、本当にもう、あと、ほんの少しだったのに。

朝まだきの空の下、美月はまぶたを半眼に閉じた。もう一度、草むらのサンダルを思い浮かべながら、意識の底に目をこらす。そこにないはずのもの、人には見えないもの、が視《み》えてしまうのはこれまでのところ必ず突然で、視たいと自ら願って意識を研ぎ澄ますなど初めてだった。

かすかな風が、頰の産毛《うぶげ》を撫でてゆく。

少し遅れて、切り通しの崖《がけ》の真上、木々の葉がこすれ合う。

鎮守の森の方角で小鳥が一声鳴き、早まったかとばかりに沈黙する。

草むらの奥、葉先へ向かって辿るように這う足取りは、蟻《あり》だろうか、てんとう虫だろうか。

……ずいぶん長いこと、身体《からだ》の内側の薄青いような闇《やみ》へと目をこらしていた。けれど、やはり何もわからないままだった。そんなに簡単にはいかないものだということがよくわかっただけだ。

あきらめて、美月は目を開けた。自在に使える力ではないらしい。そんなものは

「力」とさえ呼べない。引き返し、石段を登って、そっと玄関を入る。

水っぽい空気を吸い込んだ軀はしっとりと重たく感じられ、今ならばどうにか眠れる気がした。服を脱ぎ、Tシャツ一枚でベッドに潜り込む。うつらうつらと背中から夢の中へと落ちてゆく間際《まぎわ》――それはまさに唐突にやってきた。

「まんぷく堂」に、明かりが点《つ》いている。あたりは橙色に染まっているが夜明けではない、夕暮れのようだ。ゆるやかなカーブの向こうは切り通し。先ほどとは違う、逆方向からの眺めだ。

道の両側にそそり立つ崖。白っぽい岩肌。頭上には木々が屋根のようにせり出す。

空き地の入口近くに、赤いバイクが停まっている。誰かに呼びとめられ、近づいてゆく。後ろのナンバープレートが泥まみれだ。かろうじて読み取れるのは7……31? 不審に思いながらふと目を落としたとき、履いているサンダルに気づいた。白いストラップ。

心臓がばくんと脈打つ。陽菜乃だ。陽菜乃が見ている世界だ。

(だめ。逃げて)

思うのに、〈陽菜乃である自分〉はバイクにかがみ込む。男、の脚の間から見る道路。手元がすうっと翳《かげ》る。

とたんに、みぞおちに鈍い衝撃を受けた。さらにもう一度。引きずられ、口をふさがれ、美月は思わず泣き声を漏らした。息が苦しい。助けて、助けて、助けて。頭蓋《ずがい》の中に、陽菜乃の悲鳴が共鳴する。視界の端に、黒い飾り文字。Love & Peace――。

〈運が悪かったよね。ごめんね〉

瞬間、軀の中心に生木を引き裂くような痛みが走った。

美月は大声をあげて飛び起きた。泣きながら布団《ふとん》をめくり、ぶるぶると震える手で脚の間を確かめる。下着はそのままだ。もちろん出血も何もない。

気のせいとは思えないほどの激烈な痛みだった。死ぬかと思った。死んだほうが、ましだった。

＊

陽菜乃を発見した翌日、秀俊は柔道場へ行った。

稽古《けいこ》がしたいからではない。待ってみたのだが目的の相手が現れなかったので、師範の木原に頼んで連絡を取ってもらった。

電話を替われと言われて受話器を受け取ると、

『おう、どうした。お前からかけてくるなんて珍しいこともあるもんだな』

九十九は言った。意外そうな、けれどどこか面白がるような声だった。

「ごめん。ちょっと、相談したいことがあって」

『なんだ、恋の悩みか。聞いてやるぞ』

「違う」

『おいおい、真面目《まじめ》に答えるなよ』

大声で笑った九十九が、秀俊の反応の薄さに黙る。

『じかに会わないと話せないことか』

「うん」

『まだ二時間はかかるぞ』

「わかった」

『川原にいろ』

電話は切れた。

九十九が「川原」と言うからには、場所はきまっていた。堤防を川の側《そば》へ下りたあたりにうずくまって膝を抱えていると、日が傾いてからようやく九十九がやってきた。何かトラブルでもあったのか、いつもより剣呑《けんのん》な気配を漂わせていた。

「で、どうしたって？」秀俊の顔を見るなり、また言った。「えらく珍しいじゃねえか。お前が俺を呼び出すなんてよ」

珍しいも何もあるものか。こちらから九十九を頼るなど、これが初めてのはずだ。

「いったい何があったんだ？」

座っている秀俊の目の前に立ち、九十九は上着のポケットから煙草を出して一本くわえ、火をつけた。煙の匂《にお》いが鼻をつく。いつ嗅《か》いでもきつい煙草だ。

大きく息を吸い込み、秀俊は思いきって言った。

「頼みがあるんだ」

「ほう。ますます珍しいこったな」

「人を、探してほしい」

九十九の眉根が寄る。

「たかが人捜しに、この俺を使うってか。くだらねえ」

「悪いとは思うけどしょうがないんだ。どうしても、警察より先に見つけてほしい。そう思ったら、あんたしか思い浮かばなかった」

フィルターのない煙草を奥歯に近い端のほうでくわえ、九十九が目をすがめながら秀俊を見下ろす。ずいぶん長く感じられる沈黙があった。秀俊は、膝を抱えたまま、目をそらさずに見つめ返した。

やがて、九十九は隣に腰を下ろした。

「とりあえず、聞こうか」

丸く磨《す》りへった石がごろごろしている川原を眺めやる。西日が肌を灼《や》く。痛いほど照りつけてくる。

自分の頭ほどもある石をかかげては川に投げ込んだ日が思いだされる。あまりにも日常茶飯事だったせいか、細かいことは忘れてしまったが、身の裡《うち》に渦巻いていた悔しさやもどかしさの味だけを覚えている。

今ならば、そのへんに転がる石のどれを持ちあげたところで、足元がふらついたりはしないだろう。腕の力もついたから、自分が投げこんだ石の水しぶきを自ら浴びたりもしないだろう。なのに、あの時も今も、頼る相手は変わっていない。秀俊は、口をひらいた。

「友だちが、入院したんだ」

「男か？」

首を横にふる。

「ほう。お前の彼女か」

「違うよ。仲間」

ふうん、と九十九はつまらなそうに鼻を鳴らした。

「で、なんで入院したんだ？」

「……怪我をして。っていうか、させられて」

頭上で九十九が煙草を吸いこむ気配がした。

「ツッコミか？」

「え？」

「強姦《ごうかん》だよ、強姦。無理やりチンコつっこまれて犯されたのかって訊いてんだ」

あからさまな物言いに衝撃を受け、とっさに言葉が出なかった。美月の父親は「乱暴された」と言い、美月は「襲われた」と言った。しかしどんなに遠回しに表現しようと、陽菜乃がされたことは同じ——まさに九十九が言った通りのことなのだ。

改めて怒りがこみあげる。視界の隅が黄色く染まるようだった。

「で？ つまり、探しだして欲しいってのは、やった奴か」

秀俊がうなずくと、九十九は再び鼻の先で嗤《わら》った。

「やめとけ。よけいな首をつっこむな。そういうのは警察にやらしときゃいいんだ」

「だめなんだよ、それじゃ」

「ああ？」

「犯人がわかっても、逮捕されないかもしれない」

「なんだそりゃ」

「その子のおふくろさんが、頑固っていうか……やった奴を訴える気はないって言ってさ」

九十九が強く吐きだした煙が、風に吹かれて秀俊の顔にかかる。見れば、眉根《まゆね》に深々と皺《しわ》を寄せていた。

「どういうことだ。相手が知り合いだったりすんのか？」

「そうじゃなくて。ただ、娘がそういう目に遭ったってことが、噂になるほうが困るって」

「ははん。なるほどな、ま、そういう考え方もあるわな。じゃあしょうがねえ、それが親の方針だ。ほっとけ」

「やだよ」

「ヒデ？」

「やだって言ったんだ。冗談じゃないよ」

ともすれば激してしまいそうになるのを、懸命に押さえこむ。

「かわいそうだろ……あいつにそんな酷《ひど》いことしたやつを、なんで野放しにしとかなきゃいけないんだよ。自分がやったことのツケはきっちり払わせてやる。そうでなきゃ気が済まないよ」

「誰の気が済まねえってんだ。お前のだろ。お前の勝手だろ」

「……でも、」

「仇《あだ》討《う》ちでも気取るつもりかよ」

「俺だけじゃなくて、他の仲間も許せないって言ってるよ」

「ガキどもが」

唾でも吐き捨てるように言い、九十九は向き直った。

「いいか、お前らはいっちょまえに義憤とやらに燃えてるんだろうが、世の中、それっくらいの不幸話なんざザラに転がってんだよ。それこそ、この川原の石ころみたいにごろごろとな。なあヒデ、お前だって身をもって味わってきたはずだろ？　おふくろのイロにさんざん殴られて、当のおふくろにも見捨てられて、血のションベンも出ねえほどあれもこれも搾《しぼ》り取られてよ。考えてみろよ、お前のほうがよっぽど不幸じゃねえか」

「俺なんか……。だって、女の子だよ。酷すぎるよ」

九十九は、くっと息が詰まったかのように笑った。

「なに言ってんだ。たいしたことじゃねえよ。どうせいずれは使う穴だ、ちょっとばかし早いか遅いかの違いだろ」

あまりの言いぐさに睨《にら》みつけると、九十九は、なおも笑いを大きくした。

「なあ、おい、ヒデよ。お前、その子が好きなのか」

「ちが、」

「惚《ほ》れてるんだろう」

「違うってば」

「嘘をつくな。でなきゃ、お前がそこまで必死になるもんかよ」

奥歯を嚙みしめる。陽菜乃の顔が浮かんだ。ほんわかと呑気《のんき》な笑顔。おっとりとした喋《しゃべ》り方。この先もう一度、彼女が同じように明るく笑ったり話したりできる日は来るのだろうか。そう思った瞬間、胸を刺し貫いた痛みの鋭さに、自分がこれまでどれほど彼女の表情や声に救われてきたかを思い知らされる。

〈先に列に並んだのはどっちか、ってことだよ〉

耳もとに、正木亮介の言葉がよみがえる。

〈後からお前が何を思っても、横入りとか、後出しじゃんけんとかは無しだからな〉

「……だったら、何だってんだよ」

呻《うめ》くような声になった。

「ふん。開き直ったか」

九十九の揶揄《やゆ》を無視して、秀俊は続けた。

「何も、そいつを消してくれとは言わないよ」

「ほう」

「ただ、思い知らせてやるのに協力して欲しいんだ」

「見当は付いてんのか？」

「全然。だからあんたに頼んでるんだろ」

九十九が初めて唸《うな》る。

「何をさせたいんだ、その野郎に」

「とにかく見つけだして、あいつが味わったのと同じくらい怖ろしい目に遭わせて、殺されるんじゃないかって恐怖の中で、助けてくれってひいひい泣かせて、土下座させて謝らせて、それで……それで……」

九十九の指先から、何かが弾けて飛んできた。目を落とすと、短くなった吸い殻だった。運動靴の足元、ごろ石の間に落ちたその先端が、消えずに赤く燃えている。極小の溶鉱炉のようだ。拾いあげて闇雲に自分の腕に押しつけたい衝動を、秀俊はこらえた。

荒ぶる怒りをどうやって抑えていいかわからない。

「その程度で、いいのか」

九十九が言った。

「その程度？」

「制裁の一部始終を、お前の彼女もその場に呼んで見せてやらなくていいのか？」

「彼女なんかじゃないって言ってんだろ！」

「ああ、はいはい」

「そ……その場へ呼んだりするのはかえって残酷じゃないかと思うけど……」

「ビデオに撮って、後から見せてやるとか」

「そんなのは、たぶん喜ばないよ」

「はっ、なんだよ、甘々だな。その程度で許せることなら、最初から仕返しなんかやめとけって」

からかうような口ぶりへの苛立《いらだ》ちに、思わず大声が出た。

「うるさいな！　じゃあ、どうすりゃいいって言うんだよ。黙って泣き寝入りしろって？　どうせ本人に訊《き》いたら、そんなことやめてくれって言うよ。けど、このままじゃ俺らの……俺の気が、どうしても済まないんだよ！」

ぎりぎりと睨みつける秀俊の視線を、九十九は平然と受けとめ、受け流した。

「やっと本音が出やがったな」

ため息をつき、いかにも気が乗らないといったふうにそのへんを眺めやり、再び秀俊に目を戻す。

「まったくくだらねえ話だとは思うが……なあ、おい。もしも俺が、お前のその頼みを聞いてやったとしたら、お前も俺の頼みを一つ聞くか？」

秀俊はひるんだ。頭の後ろで警報が鳴り響いている。九十九がわざわざ交換条件として出してくる〈頼み〉となれば、かなりの厄介ごとであるのはほぼ間違いない。

「うん？　どうだ、いやか？」

返事ができずにいると、

「ヒデ、お前なあ」九十九の声に険しさが混じった。「自分だけ頼み事しといて、後はしらばっくれるたぁどういう了見だ。これまで俺が、お前に悪いようにしたことがあったか？ それでいて、一度だって見返りを求めたか？ ああ？」

迷いながらも、秀俊は首を横にふった。

「そうだろ？ だったら、このへんでそろそろ俺の頼みを聞いてくれたっていいんじゃねえのか」

「……どんな、こと？」

「そいつは、今はまだ話せねえな」

「俺はちゃんと話したじゃん」

「切羽詰まってんのはお前の事情だろ。俺のほうは人捜しなんかしたくもねえし、頼み事をするにしたって、相手はべつにお前じゃなくてもいいんだ」

それでも秀俊が黙っていると、九十九は大げさにまたため息をついた。

「ったく、人の情けがわからねえやつだな。そう難しく考えるなよ。何だって、してもらいっぱなしじゃ気詰まりだろうが。お前の気を楽にさせてやろうって言ってるんだぜ」

その言葉を、信じたわけではない。警報はまだ鳴り止《や》まない。

だが、ほかに誰も頼れなかった。このままでは、自分も美月も、もちろん陽菜乃本人も、気持ちの持って行き場がなくなる。このさき一生、顔のない男を恨み、憎んで、後悔とともに生きていくことになってしまう。

「――わかったよ」とうとう言った。「それでいいから、頼む、そいつを見つけ出してよ」

手がかりがなくては探せない、今わかっていることだけでも詳しく教えろと言われ、昨夜の状況とともに、今朝がた美月が〈視た〉と電話で伝えてきた特徴を答える。赤いバイク、ナンバー、刺青《いれずみ》……。警察にはもちろん話していない。話したところで絶対に信じてもらえそうにない情報だ。しかし秀俊自身は、かけらほども美月を疑っていなかった。

ひととおり聞き終えた九十九が、

「わかった。しばらく待ってろ」

今度ははっきりと笑った。大きく口を開け、声をたてずに口角を引きあげる、あの独特の笑い方だった。

わざわざ打ち明けたりしないほうがいいのではないかと美月は言った。事件のことを、正木亮介に、という意味だ。

同じ班になり、これまで多くの時間をともに過ごしてきた四人の中で、亮介だけが今もまだ事件のことを知らない。次に顔を合わせたらどうする、と秀俊が相談した答えがそれだった。

「陽菜乃はおとといの晩、何もわかってないような状態だったから、見つけたのが私たちだってことにも気づいてるかどうか……。あのお母さんが、後で陽菜乃に言ったかどうかもわからない。でも、もし私たち二人が知ってるってわかったら、それだけでも陽菜乃、きっとどんなにか嫌だろうと思うよ。事件にするとかしないとかとはまた別に、陽菜乃自身の気持ちとしては当然、こんなこと誰にも知られたくなかったはず。私が陽菜乃だったら絶対そうだもん」

ぽつりぽつりと、美月はうつむいて話した。見たこともないほど悲痛な面持ちだった。

「私ね。あの晩、刀根くんに知らせたことをちょっと後悔してる」

なんで、と秀俊は言った。自分も陽菜乃を探し回り、サンダルを見つけたことで彼女を発見できたと思っていたぶん納得がいかなかった。

「それは確かにそうなんだけど……陽菜乃がいちばん知られたくなかったのはきっと刀根くんだと思うから。ある意味、お互いにそういうふうだからこそ、刀根くんがサンダルを見つけたのかもしれないけどね」

どういう意味かと重ねて訊いても、美月はわずかに首をふっただけで答えてくれなかった。

「だけど、現実問題として、亮介に隠しておけるとは思えないよ」秀俊は言った。「中村がいつ退院して学校へ来られるかはわかんないけど、それまであいつに何て言い訳する？　ただ入院してるなんて言ったら、絶対あいつ見舞いに行くぞ」

「……ちょっと重い病気だとか」

「何の病気」

「わかんないけど」

「そのへんのことは、学校に何て説明するかも含めて、あのおふくろさんと口裏を合わせなくちゃならないだろうけどさ。クラスの連中がたとえば何か疑ったり、へんな噂でも流しそうになった時、中村をかばってやれるのは俺らだけじゃん。亮介にだけ隠しておいて後でバレるより、ちゃんと打ち明けて、やつにも協力してもらったほうがいいと俺は思うけどな。べつに、俺ら三人が知ってるなんてこと、中村にこそ黙っておけばいいんだからさ」

結局は、亮介にすべてを話すほうに、美月もしぶしぶ同意したのだった。

事件から二日が経《た》っていた。朝からおそろしく湿度の高い日だった。鎮守の森に囲まれた境内でさえ、じっとしていても汗がにじみ出るほどの暑さで、石段に腰をおろした美月も秀俊も、顎《あご》を出して口で呼吸しながら亮介を待っていた。

「どっちから言う？」

「俺は嫌だよ」

「私だって嫌だ。男同士でしょ、刀根くんが話すほうがまだましだよ」

「男だからこそ言いにくいんだろ、こういうことは」

ひそめた声で押し問答をしているうちに、長い石段の下からのぼってくる人影が見えた。亮介はどんなときも時間に遅れた例《ため》しがない。それを言うなら陽菜乃もだった。その陽菜乃がなかなか来なかったから、あの夕方、美月は異状をさとったのだ。

石段の半ばあたりからこちらを見上げた亮介が、何やら不思議そうに首をかしげる。これだけ離れていても、いつもと違う空気が伝わるのだろうか。ようやくそばまでたどり着いた彼は、

「二人揃《そろ》って、何しけた顔してんの？」乱れた息を整えながら軽口をたたいた。「暑い、あー暑い……。あれ、中村はまだ？　珍しいね」

秀俊も美月も、どちらも返事をしなかったために、微妙な沈黙が流れた。

「なんだよ」さすがに怪訝《けげん》そうに亮介が言う。「どうしたんだよ、二人とも」

まだ朝も早いというのに、頭上から蟬時雨《せみしぐれ》が降り注いでいる。アブラゼミ、ミンミンゼミ、ツクツクボウシ。神経が張りつめているせいだろうか、鳴いている蟬の数を正確に言いあてられる気がするほど、耳が、聴覚が、尖《とが》っている。キーン、と耳もとに近づいてくる羽音を手でふり払う。風をよけて目の前をふわりと飛んだ蚊が、隣に座りこむ

美月のふくらはぎにとまった。彼女は身動きもしない。

いったいいつまで夏なのだ。長すぎる。

血を吸ってぽってりとふくらんでゆく蚊を眺めやりながら、秀俊は、とうとう口をひらいた。

＊

中学生の小遣いで買える花束など、たかが知れていた。

いいのだ、と亮介は思う。豪華な花束や籠盛《かごも》りの果物なんかより、こういうときは小さくて慎《つつ》ましいもののほうがかえって効き目があるはずだ。テレビドラマの中で、野良《のら》仕事をする父親から手渡された千円札が、泥まみれであるからこそ観《み》る者の胸を打つように。

病院の廊下は、消毒薬の匂いがした。受付で中村陽菜乃の名前を告げ、面会者カードに自分の名を書く。秀俊と美月には、とりあえず遠慮してもらった。彼らでは母親の態度に激して何を言いだすかわからない。綿密な計算とともに事を運ばなくてはならない今は邪魔なだけだ。

二人の話では、こうして窓口で面会を申し込んだ時点で面会謝絶だと言われたそうだが、今日はなぜかすんなり通してもらえた。たまたま受付の人への申し送りがなされていなかっただけかもしれない。こちらにとっては好都合だ。

呼び止められないうちにとエレベーターに乗り込む。逸《はや》る気持ちを抑え、おばあさんの乗った車椅子《くるまいす》を押す女性のために閉まりかけたドアを押さえて、かわりに行き先階のボタンを押してあげる。きちんとふるまわなければ、どこで誰に見られているかわからない。

背筋に力を入れて隅っこに立っていると、おばあさんが花束を見てにっこり笑った。意を強くして、会釈《えしやく》とともに三階で先に下りた。

昨日、にわかには受け止めがたい話をひととおり聞かされたとき、正木亮介の胸を過《よ》ぎったのは、驚きより何より、怒り、だった。

どうして自分だけがすぐに知らされなかったのか。陽菜乃を襲った災難、今の彼女の心情を思うよりも先にまず、蚊帳《かや》の外に置かれていたことに対する憤《いきどお》りがこみあげてくる。

「ごめんね」と、美月が目を伏せて言った。「陽菜乃を探しに出た時点ではまだ、まさかここまでひどいことになるとは思ってなかったし……」

「でも、刀根には知らせたわけだろう?」

「だって家が近くだから」

そういう問題かよ、と思った。

美月がそう判断したのはまだ仕方がない。だが、彼女から連絡を受けた秀俊までがこちらに知らせてこなかったのには腹が立った。同じ日の午後、自分が陽菜乃と二人で水族館へ行ったことを、彼だけは知っていたのだから。

「じつはさ、あの夕方、中村と偶然会ったんだ」

当の秀俊の言葉に目をむく。

「どこで」

「川原の堤防んとこ。ほんと、たまたまだったんだけどさ。もうちょっと長く話してれば、その後のことも全部変わってたかもしれないのにな」

二人きりでいったい何を話したのだろう。自分には見せなかった顔、明かさなかった本心を、秀俊にだけは見せたのではないか。以前、秀俊と陽菜乃を、堤防の上から見かけた時のことが思いだされる。遠目にも陽菜乃はリラックスして見えた。自分とは水族館で半日ゆっくり一緒に過ごしても、あんなふうには打ち解けてくれなかったのに。

「で、中村はどうしてる？」

なんとかそれだけ口にすると、秀俊が黙って首を横にふった。隣から美月が補足する。

「それが、まだ会えてないの。お見舞いに行っても、本人が誰にも会いたくないって言ってるからって、受付で断られてしまって」

「そうか。まあ、無理もないよな」

「でも、わからないよ。お母さんが勝手にそう言ってるだけかもしれない」

石段に座りこんだ美月は、悔しそうに言いながら脚をぽりぽりと掻《か》いた。白くて形のよいふくらはぎにうっすらと爪《つめ》の跡が浮かびあがる。

どうしてこいつではなかったのだろう。酷い考えだと思いながらも、想像せずにいられなかった。同じ日、同じくらいの時間に同じ場所を歩いたのは美月かも知れなかったのだ。もし襲われたのが彼女だったとしたら——たとえ親に反対されようと、犯人を訴えると言ったのではないだろうか。

「中村の、ほんとの気持ちを聞きたいな」

呟《つぶや》くと、秀俊が目を上げた。「うん？」

「中村自身が、ほんとに僕たちに会いたくないって言ってるのか。それと、自分をそんな目に遭わせたやつを、本気でそのままにしとくつもりなのかってことをさ」

「けど、どうやって？　あのおふくろさんのガードはかなりきついぞ」

「わかるけど」

「誰かが注意を引きつけてる間に、陽菜乃の病室に滑りこむっていうのは？」

と美月が言う。

「いや。それだとバレた時が厄介だよ。そういうことすると、このさき何があってももう二度と会わせてもらえなくなる」

うーん、と唸ってうつむく級友たちを、亮介は見おろした。うっすらとだが優越感が戻ってきた。こいつらはまだ、まったくの子どもなのだ。大人から見て自分らが子どもでしかないという事実を、利用する術《すべ》も思いつかないほどに。

「僕がやってみるよ」

「どうやって？」

けげんそうに訊く美月に、亮介は言った。

「わからないけど、家じゅうの鍵《かぎ》がしまってるなら、玄関の呼び鈴を押すしかないんじゃないかな」

302——目指す病室は、廊下の突きあたり近くにあった。入口の名札を確かめる。二人部屋のようだが、手前のベッドは空いていた。母親の姿は見えない。昼時だから、食事にでも立ったのかもしれない。

奥のベッドはカーテンに囲われている。迷っていると、通りかかったナースが覗《のぞ》きこんできた。

「ご面会ですか？」

「いえ。あ、えっと、そうなんですけど……家族の人を待ってからにします」

留守の間に勝手に入っちゃうのもあれなんで、と言うと、好意的な微笑《ほほえ》みとともに、廊下を曲がった先のラウンジを教えてくれた。

壁際にある公衆電話で、髪の白いおじいさんが誰かと話している。目顔で会釈をしてから、亮介は隅のほうの椅子に腰掛けた。窓の下を見やる。広い駐車場にはひっきりなしに車が出入りし、それぞれに具合の悪そうな人々が誰かに付き添われて、あるいは一人で、病院に入ってくる。

陽菜乃は、保護された時どんな様子だったのだろう。秀俊も美月も、そのあたりについては言葉を濁して多くを語らない。つまりは、そうとう酷い有り様だったということだ。

強姦、という言葉が脳裏に浮かんだ。史上最低の気分に突き落とされる。なまじ本を読むせいで、もっといやな表現も知っている。穢《けが》される、とか、辱められる、とか、陵辱される、とか。

陽菜乃を、好きだと思った。あの柔らかな、いたいけな雰囲気。守ってやらなくちゃ、と思わされて、彼女のそばにいると自分が強くなった気がする。互いの距離が近づいた時など、触れてみたい、あわよくばキスしてみたいと思ったことだってある。

だが、それもこれも相手もそれを望んでくれたなら、という前提があってのことだ。

自分たちがこれから時間をかけてそっと分けいってゆくはずだった未知の場所、いわば新雪に覆《おお》われた静かな世界を、いきなり見も知らぬ男によってめちゃくちゃに踏み荒らされたのだ。抱えてはおけないほどの怒りに、吐き気さえ覚えた。

手の中の花束を握りしめそうになり、指をゆるめる。空気の動く気配に目を上げると、ちょうどラウンジに一人の女性が入ってきたところだった。

ひと目見ただけで陽菜乃の母親だとわかった。険しい表情を別にすれば、とてもよく似た母娘《おやこ》だ。

立ちあがり、頭を下げる。

「すみません、勝手に押しかけたりして」

言われるより先に言った。できるだけ声を張って、礼儀正しく聞こえるように努める。

「中村さんと同じクラスで委員長をしています、正木亮介です」

「委員長?」母親が眉を寄せる。「どういうこと? まさか、学校で何か噂にでもなってるの?」

「いいえ、代表で来たとかじゃなくて……僕ら、桐原さんや刀根くんと四人組で同じ班なんです。クラスでは中村さんと班別学習やグループ研究を一緒にやっていて。なのに僕だけこんなにお見舞いが遅れてしまって本当にすみません」

「お見舞いなんて頼んだ覚えはないわ」

「わかっています」

「そっとしておいて、って何度言ったらわかるの」

「それも聞いています。ただ、僕ら、話し合ったんです」

　母親の眉根の皺がますます深くなる。

「……何をよ」

「夏休みが終わって、中村さんが学校へ出てこられるようになったら、何をおいても僕らが中村さんをフォローしようって。もちろん、噂になんかさせません。絶対に誰にも何も言いません。できるだけ早く、中村さんが今までどおりの学校生活を送れるように……僕らが助けなくちゃって、そう約束したんです。三人で」

　値踏みするかのように、母親が半眼でこちらを見る。注がれる視線の険しさは、少しも和らぐことがない。

「あなたたちなんかに何ができるっていうの。子どものくせに」おそろしく冷たい声で、母親は言った。「と言うより、むしろぜんぜん子どもらしさがないわね、あなた」

「それ、時々言われます」眉の端を下げ、ひどく困った顔を作りながら、亮介は床に目を落とした。「すみません。僕自身、そういう自分があんまり好きじゃないんです。でも、今はかえってよかったと思ってます」

「意味がわからない」

「なぜって、こういう性格のおかげで、他の二人より、いえ、クラスの誰より冷静な判断ができるからです。中村さんが学校に復帰したら、いつもそばにいられるのは同じ生徒の僕らだけです。中村さんの家族も、学校では彼女を守れません」

再び、値踏みされる。前より無遠慮な視線が、より長い時間にわたって注がれる。内臓までも透かし見られているかのようだ。こういう母親と暮らしていて、どうして陽菜乃はあんなにおっとりと明るくいられたのだろう。今さらながらに感心する。

公衆電話で話していた老人が、こちらの様子を横目で窺《うかが》いながらラウンジを出ていった。陽菜乃の母親がゆっくりと息を吸いこみ、吐く息とともに何か言おうとする前に、

「あの、これ」亮介は花束を差しだした。「こんなのしか買えなくてすみません。よかったら、中村さんに渡して下さい」

「……あの子が要らないって言ったら？」

「その時は、お任せします。家にでも飾って下さい。お母さんへのお見舞いってことでもいいです」

「はあ？」

「看病する人がいちばん大変なんだって、前にうちの母親が言ってました。父方の祖母を看取《みと》った時ですけど」

差しだされた花束を黙って見下ろす母親に、無理に手渡すのはあきらめて、亮介はそ

れを傍らのテーブルに置いた。

「また明日、来ます」

「え」

「今日は、会わずに帰ります。中村さんが僕らになら会ってもいいって言ってくれるまで、待ちます。無理に会っても、何にもいいことない気がするから」

じゃ、と頭を下げ、ラウンジを後にする。呼び止めてくれるだろうか、いや、くれないだろうなと思ったら、やはりその通りだった。仕方がない。初日から結果が出るとは考えていない。何日か続けて通って、こちらの本気を信用してもらうところまで漕《こ》ぎ着けて、すべてはそこからだ。すれ違ったさっきのナースに礼を言い、エレベーターに乗り込む。

――ぜんぜん子どもらしさがない。

その通りだ。生まれてこのかた、子どもらしい子どもだった例しなどない気がする。ものごころついてからというもの、常に他人の目を意識してきた。人からどう見えるか、こう言えば人がどう思うか、必ず計算した上で自分の行動を決め、口に出す言葉をコントロールしてきた。

そんな自分にも、コントロールしきれないものがあると知ったのはごく最近だ。これまで理想としてきたとおり、冷静に、冷徹に考えるならば、十代前半で見知らぬ男から〈蹂躙《じゅうりん》〉された少女など正直、手に余る。〈陵辱〉を受けた体の傷は癒《い》えても、心の傷までは簡単に癒えるわけがないし、互いの間でそれがしこりになってゆくであろうことはわかりきっている。そんなふうな小説やドラマをいくらも目にしたことがある。

それなのに、理屈ではどうしようもないのだった。これほど何もかもを計算ずくで考えられるはずの自分が、中村陽菜乃のことになると平静ではいられないのだった。

守ってやりたい、と思う。すべてを知られてしまっているという事実は、初めのうちは陽菜乃を辛《つら》くさせるかも知れないが、いつかそれが逆転して楽になれるといい。どうせこのひとには何もかも知られているのだから、これ以上失うものはないのだと、心の底から安心してもらえるといい。

もう、誰にも傷つけさせない。正木亮介のそばにいる限り、絶対に安全なのだと思わせてやりたい。他の誰でもない、この自分のそばに、だ。そう——決して刀根秀俊のそばなんかではなく。

予想に反して、陽菜乃の母親は三日目には折れた。

その日は登校日だった。美月がどうしても一緒に行くと言い張るので、三人で訪ねたのだが、三階に上がると、ちょうど病室から出てきた世志乃がどこかほっとしたような表情で言った。

「いいところに来てくれたわ」

亮介は思わず、秀俊たちと顔を見合わせた。

「今さっき、あの子がね。もしまたあなたがたのうちの誰かが来たら、病室に通してほしいって」

「ほんとですか？」

「ちょっとここで待ってて」

病室へ入っていった世志乃が、白いカーテン越しに「陽菜乃《みはの》」と呼びかける。美月がびっくりしたように目を瞠る。その声があまりに優しかったせいだろう。

「お友だちが来てくれたわよ。入ってもらってもかまわない？」

ややあってから、世志乃はカーテンを少しだけ引き開け、こちらに頷《うなず》いてよこした。入れ替わりに、自分は黙って病室を出てゆく。四人だけにしてくれるつもりらしい。陽菜乃にそう頼まれたのかもしれない。

亮介は、まず美月を促した。秀俊を見ると、お前が先に行けとばかりに顎をしゃくってよこす。

ずいぶん余裕だな、と思いながら、それならと先に立った。病室の空気は濃く、同時に薄かった。三人ぶんの靴底のゴムが、床にこすれて音を立てる。カーテンを揺らして中へ一歩入った美月の、姿勢のいい背中がはっと強《こわ》ばった。

「陽菜……」

その肩越しに見た光景に、亮介もまた息を呑《の》んだ。

彼女は、ベッドに上半身を起こして座っていた。ほんの五日の間にひどく痩《や》せてしまっていて、一緒に水族館へ行った日から比べると別人のようだ。布団の上に投げだされた腕も指も白く干からびて、落ち窪《くぼ》んだ目の下にはまるで痣《あざ》のような青黒いくまが影を落としている。

それなのに、

「……久しぶり」かすかな微笑みさえ浮かべて陽菜乃は言った。「ごめんね……心配かけて」

「やだ、なに水くさいこと言ってんの」

美月が、無理やり気を取り直して明るい声を出す。けれど後が続かない。それは亮介も、すぐ後ろに立つ秀俊も同じだった。あの夜のことに、どう触れていいかわからない。いきなりその話をするわけにもいかず、かといって今さら知らないふりをするのも不自然すぎる。

ベッドサイドに据えられたキャビネットの上には花が飾られていた。亮介が持ってきたものだ。カーテン地を通して届く光のせいでどの花も白っぽく見え、まるで蠟《ろう》細工の作りもののようだった。

「ありがとうね。お花」

目を戻すと、陽菜乃が亮介を見ていた。

「あ、いや……。ごめん、それくらいしかできなくて」

「ううん。きれい」

もし会わせてもらえたなら言おうと考えていたセリフなど、すっかり頭から飛んでしまっていた。何を言っても、陽菜乃のこの小さな体に襲いかかった出来事の過酷さには届かない。

「美月ちゃんも、刀根くんも、ありがとうね。一緒に探してくれたって」

乾いて皮の剝《む》けた唇からこぼれる言葉は切れぎれで、声もかすれている。陽菜乃のほうからその話題を口にしたことに、亮介は驚いた。見てもいない場面が、脳裏をいっぱいに満たす。無理やり押さえつけられる少女、響く悲鳴、ふさがれる口。息苦しくなってくる。いま彼女はいったいどれほどの精神力で平静を保っているのだろう。

ちらりと秀俊のほうを窺うと、彼はベッドの上掛けを睨んだまま、無言で拳《こぶし》を握りしめていた。指の節が白い。

「なんか……ほんとごめん」

かぼそい声がくり返す。

「なんで陽菜乃が謝るのよ」

「だって……こんなことになっちゃって。今だって、気にさせちゃってるでしょ。なんて言葉をかけようとか、これから私にどう接すればいいんだろうとか」

図星ではあった。隣に立つ美月が、こみあげる感情に泣きそうなのが亮介にもわかった。

「どうしてあの時、油断しちゃったのかなあ。私がもうちょっと、ちゃんと気をつけてればよかっただけなのに」

「違うよ、それは。いくら気をつけてたって、そんなの同じだよ。どうにもならなかったよ」

白い顔でうつむいた陽菜乃が、黙ってかぶりをふる。

「だってさ、気をつけてどうにかなることとならないことがあるじゃない。おばさんから何言われたか知らないけど、無理なことは無理だよ」

「桐原」

亮介の制止をふりほどくように髪を揺らし、

「陽菜乃は、悪くない」美月は強い声で言った。洟《はな》をすすり上げて続ける。「何にも悪いことしてない。謝る必要も、自分を責める必要もこれっぽっちもないよ。謝んなきゃいけないのは、責められなくちゃいけないのは、陽菜乃をこんな目に遭わせたやつでしよ！」

陽菜乃の細い指が、上掛けをきゅっと握っている。なおも何か言いかける美月を、亮介は押し止《とど》めた。

「中村はさ」

ぴくっとその指がふるえた。

「本当は、どうしたいの？」

「……どうって？」

「おうちの人の考えは、前と変わってないのかな。中村のお母さんは、大ごとにしたくないから訴えたりもしないって言ってたけど、お父さんも同じ考え？」

「父さんは……。わかんない。会ってないし」

「え？」

「最初の晩、私が点滴で眠ってる間に様子を見に来ただけで、そのあとは来てないの。なんか、どう触っていいかわからないみたい」

またも、ひどく申し訳なさそうな顔をする。彼女自身が味わった苦しみに比べれば、周囲に味わわせている辛さや気まずさくらい取るに足りないことのはずなのだが、陽菜乃にとってはそのほうが気にかかるのだろうか。

「私は反対だけどね」美月が言い放つ。「そんなやつを、そのままにしといていいはずがないじゃない」

「桐原には訊いてない」

「何それ」

「いいからちょっと黙ってなよ」

気圧《けお》されたように美月が口をつぐむ。

亮介は続けた。

「中村はさ、周りを気にしすぎだよ。何にも悪くないんだから、もっと堂々としてればいいんだよ。そこは、桐原の言うとおりだと思う。いま考えなくちゃいけないのは、どうするのがいちばん、中村自身が納得できるかってことでさ。もちろん納得なんかどうやったってできるわけないんだけど、少しでも気が済む方法っていうか……いや、気が済むはずもないんだけど」

陽菜乃が、微苦笑を浮かべた。

「わかるよ、正木くんの言ってること。ありがとね」少し黙った後に、ぽつりと付け足した。「でも、お母さんがかわいそうだから」

「どういうこと？」

「まわりから何か言われるの、すごく気にする人だし」

「そんな、陽菜乃の気持ちはどうなるのよ」

美月が言うと、

「だから、私はそれがいちばんいやなの。お母さんのいいようにするのがいいと思う」

本当に中村はそれでいいのか。自分に酷いことをした男が憎くないのか。逮捕してもらって、訴えて、思い知らせてやりたくはないのか。

さすがの亮介にもそれ以上は訊けなかった。今の陽菜乃にはあまりにも残酷な問いのような気がしたのだ。

あまり長居もできず、母親が戻ってきたのを機に病室を出る。

亮介は、隣を歩く級友を見やった。彼はとうとう、一言も口をきかなかった。

*

あと十日で学校が始まる。残暑はまだ厳しいが、夕暮れの風は一時期よりも確実に穏やかになっている。

美月は、あの空き地の前に佇《たたず》んでいた。どれだけ目をこらしても、新しく視《み》えてくるものはもう何もなくて、木々の梢《こずえ》に透ける空の色がただ物悲しかった。陽菜乃は明日、退院するらしい。始業式にははたして出席できるのだろうか。

ふいに自転車のブレーキの音が響き、ぎょっとなってふり返ると、刀根秀俊が片足を地面についたところだった。

無言でこちらを見つめてくる。色褪《いろあ》せたTシャツに、洗いざらしのジーンズ。傾きかけた太陽を背中にしょっているせいで、全身の輪郭が黄金色《こがねいろ》に縁取られて見える。

「もしかして、うちに来ようとしてた？」

秀俊がひとつ頷き、またがったままの古ぼけたママチャリのハンドルから両手を離して、顔をごしごしこする。思いきったように言った。

「見つかった」

「え？　何が？」

「だから、中村を……」

途切れた言葉の先を理解するのに時間がかかった。

突然、心臓が大きく跳ね、どっどっと暴れだした。何か言おうとするのになかなか声が出ない。

「……警察が？」

ようやく訊くと、秀俊は首を横にふった。

「ちょっと、知り合いがいてさ。でも、確かだと思う。警察よりも」

歯切れが悪い。意味がよくわからない。

「いいんだ、それは」

「よくないよ」

「いいんだって。桐原に相談したかったのはその先でさ。そいつを、どうするかってこと」

美月は、ますます混乱して秀俊を見あげた。

ここまで懸命に漕いできたのだろう、浅黒く灼《や》けた額に汗の粒が光り、こめかみをつたって顎の先まで流れ落ちている。Tシャツの胸も濡《ぬ》れて色が濃く変わり、見るからに汗臭そうなのに、それを少しもいやだと感じていない自分に気づく。狼狽《うろた》えて目を落とす。彼のジーンズの裾《すそ》と、いいかげん履き込んだスニーカーとの間に覗くくるぶしが猛々《たけだけ》しい。ああ、ほんとにいったい何を考えているんだろう。まったくそんな場合じゃないのに。

「どうする?」

と、再び秀俊が言う。

「どうするって……まずは、警察に言わないと」

「無駄だろ。法律がどうなってんのかは知らないけど、中村の親サイドが訴えなけりゃ、そいつが何の罰も受けない可能性だって充分あるって。そんなことになってもいいのかよ」

「だって、他にどうすればいいの」

「復讐《ふくしゅう》するんだよ」

「えっ」

耳がとっさに理解を拒否した。考えまいとして、心がばたばたと抵抗する。

「復讐、してやるんだ」

自分に言い聞かせるように、秀俊はくり返した。おそろしく低い声だ。

「このままじゃ済まさない。絶対に」

「刀根くん……」

名前を呼ばれて、彼がようやく美月の目を見おろす。思いのほか静かな瞳《ひとみ》の奥にある、憑《つ》かれたような決意の色に、美月は身震いした。

「止めたって無駄だよ。俺一人でもやるから」

「何をしようっていうの」

「わからない。詳しいことはまだ……でも、とにかく思い知らせてやるためだからさ。大丈夫、犯罪とかそういう、おかしなことにはならないよ。向こうもそう言ってるし」

「だから、向こうって誰」

「それは言えない」

「刀根くん!」

「ごめん」

どれだけ食い下がっても、答える気はないのだとわかった。

「中村がこれをどう思うかはわからない。知らせたほうがいいかどうかも俺にはわからないから、それに関しては桐原に任せるけど……どうする？」

「何が？　知らせるかどうかってこと？」

「いや、その前に、桐原はどうする？　一緒にやる気、ある？」

「だから何をよ！」

「あとは、亮介にも訊かないとな」

美月は、自分の動悸《どうき》を聞いた。暴れ回る心臓が、しんしんと冷えて凍え、硬くなっていく。

こんな秀俊は見たことがなかった。彼がどれほどの激しさを抱え、意志の力でそれを押さえこんでいるかは知っているつもりでいたけれど、その奥にこんな鋭利な狂気が潜んでいるとは思ってもみなかった。落ち着いて見えるのがよけいに怖《おそ》ろしい。怒りにまかせての言葉なら、何を馬鹿《ばか》なとたしなめることもできるのに。

「刀根くん」ようやく言った。「お願いだから……一人では、何もしないで」

「つまりそれ、桐原もやるってこと？」

答えられずに秀俊を見つめる。

「いいよ、気が進まなければそれで。俺だって、巻き込みたいわけじゃない」

そうじゃなくて、とかぶりを振ろうとすると、固くこわばった首の筋がごきりと鳴った。

わずかな間に、夕陽はどんどん傾いていく。家々の屋根の上にひろがる雲が、見る間に赤みを濃くしていく。それにつれて、空を背にした秀俊のシルエットも黒さを増す。まるで血に染まった幕に、人型の穴ぼこが空いているようだ。

美月は言った。

「わかった。一緒にやるよ」

声が、震えた。

＊

真円の月が出ていた。木々や建物の影は濃いが、隣にいる仲間たちの表情は見て取れる。

「ここ、だったのか？」

亮介が言った。まだ誰も来ていないのに、ささやくような声だ。

「何が」

訊き返す美月の声も緊張している。

「だからその、中村が見つかった場所ってさ」

美月が答えなかったので、秀俊は仕方なく答えた。

「そうだよ」

奥のほうにプレハブの倉庫が見える。あちこちに積まれたブロックやU字溝などはどれも古く、丸太の山は朽ちかけている。ほとんど放置されているようだ。

あの夜、陽菜乃の持ちものは無造作にあたりに放りだされていた。スポーツバッグの中の財布には金がそのまま残っていて、犯人の目的がただ体だけだったことを示していた。秀俊にはそれが、物盗《ものと》りのついでという以上にやりきれなかった。そんな下劣な奴《やつ》にもてあそばれ、ボロ雑巾《ぞうきん》のようにうち捨てられるために、陽菜乃はこれまで生きてきたわけじゃない。彼女のおっとりとした話し方、柔らかな笑顔、瞳の奥に宿る思いのほか強い光。それらが失われてしまったことがあまりにも口惜《くや》しい。

あの日の夕方、川原で会ったとき、もしも自分があとちょっとでも長く話していたら。想《おも》いを呑みこんだり、言葉を面倒がって省略したりせずに、もっとちゃんと向かい合って話していたなら——陽菜乃が家に帰るのはもう少しばかり遅くなり、美月からの電話は誰もいない部屋に鳴り響き、やがて切れただろう。そうすれば、陽菜乃が神社へ向かう道を歩くことはなく、もちろんあんな目にも遭わずに済んだだろう。

口には出さなかった。出せば、そのつもりはなくとも美月を責めるかのように響いてに違いない。美月自身、おそらく数えきれないほどの回数、あの日の電話を悔やんでいるに違いないのだ。その種の後悔を感じずにいられるのは、夕方も早々に陽菜乃と別れた亮介だけではないのか。それを思うと、彼がここに一緒にいることに、ささくれのような違和感を覚える。

が、もう引き返すわけにいかない。協力する、と言った美月には、ビデオカメラを家から持ちだすように指示し、亮介にはその操作を任せてある。

〈そんなの陽菜乃は観たがらないと思うよ〉

自分が思ったのと同じことを美月も言ったが、九十九に揶揄《やゆ》されるまでもなく、犯人が泣いて詫《わ》びて身も世もなく懇願する様は押さえておきたい気持ちがあった。後にも先にもただ一回の、再現不可能な現場なのだから。俺一人でもやる、などと嘯《うそぶ》きながらも、正直なところ、まだどこかに躊躇《ちゅうちょ》はある。友人たちをこの計画に巻き込んだのは、どうにも引き返せないところへ自分を追い込みたかっただけなのかも……。

「遅いな」亮介が腕時計を顔に近づけ、月明かりで時間を読み取る。「ほんとに九時って、」

「しっ」

美月が遮る。

互いに強ばった体を寄せ合い、積みあげられた丸太の陰に隠れていると、ほどなく砂利を踏むタイヤの音が聞こえてきた。

ステーションワゴンが一台、空き地に入ってくる。プレハブ小屋の陰に停まり、エンジンの音が止《や》むと同時にヘッドライトが消され、ややあってドアが開いた。目をこらす。三つの人影が吐き出される。そのうちの一人は地面に突き転ばされ、呻《うめ》き声をあげながら芋虫のように暴れた。どうやら何かで口をふさがれ、後ろ手に縛られているようだ。

月の光が建物の白っぽい壁に反射する。秀俊たちのいる場所からはかすかな逆光となり、人影はどれも輪郭が銀色に浮きあがって見える。

と、カチリ、シュボ、と音が響き、ひときわ強い明かりが小さく点《とも》った。ライターの火にぼんやりと浮かびあがるシルエットで、秀俊にはそれが九十九だとわかった。車のボンネットに腰掛けるようにして事態を眺める、その冷淡な表情まで見える気がした。

そばに、背の高い男が佇んでいる。近藤だろう。九十九自身は手を出す気がなさそうだ。黙って煙草《たばこ》を吸っているだけで、場の空気をすみずみまで支配している。彼の存在感が、見えない鉄の檻《おり》となり、その鉄格子《てつごうし》があたりを囲っているのだ。

縛られて地面に転がされた男は、しばらくの間、まるで殺虫剤をかけられた蛆《うじ》のように激しく暴れていたが、車のタイヤにぶつかるとすがるようにして上半身だけ起こし、そこで動かなくなった。

秀俊たちの隠れている物陰から、距離にして十メートルくらいだろうか。そうとう怯《おび》えているとみえ、荒い息遣いと何かを嘆願するような呻き声が夜気を縫って聞こえてくる。頭には布袋のようなものまでかぶされているらしく、月明かりに時折浮かびあがる逆光のシルエットが四角く見えるのが、たちの悪い冗談のようだ。

思いのほか静かな、穏やかと言ってもいいほど静かな時間が過ぎてゆく。

「さてと」

やがて九十九が言った。煙草を一本、吸い終わったのだった。もたれていた車のボンネットから離れ、一歩、二歩と進み出る。

「どうしてこんな目に遭ってるか、わかるか？」

感情のない、淡々とした口調だった。

黒い大きなかたまりになった男が、息を喘《あえ》がせ、肩を揺らす。おそらくガムテープか猿ぐつわで口をふさがれているせいで、訊《き》かれても答えられないのだ。

「心当たりがある人ぉー」

見おろしながら、九十九はなおも言った。

秀俊の背筋に鳥肌が立った。言葉そのものはふざけているのに、物言いはまったく平板で、まるで痛覚を持たない拷問係《ごうもんがかり》が罪人《ざいにん》をもてあそぶかのようだ。

はたして九十九自身は、これまでの人生において、底なしの恐怖に押しつぶされそうになった例しがあるのだろうか。今となっては行方の知れない南条から、さんざん殴られ首を絞められた時よりも、こうして感情のない九十九の声を聞いているほうが何倍も怖ろしい。

　隣で、亮介が唾《つば》を飲みこむ。美月の呼吸が、痙攣《けいれん》するように震えている。と、何か合図でもあったのか、近藤の影がつと動いて、転がされた男の頭から袋を剝《は》ぎ取った。

「そんなにびびってねえでさ」面倒くさそうに九十九が言った。「ちったあ落ち着いて、周りをよーく見てみな」

　ひゅう、ひゅう、と喉《のど》の鳴る音が大きくなる。

「ほら。この場所、見覚えあんだろ？」

　男が今、どれほど怯えた表情をしているかはわからない。見届けてやりたい気持ちももちろん無いではなかったが、当初想像していたほどではなかった。むしろ嫌悪《けんお》のほうが勝っている自分に、秀俊は内心、狼狽えた。

「因果応報って知ってるか？」相変わらず淡々と、九十九が続ける。「お前、そうとうなバカだろうから教えてやるわ。簡単に言うと、自分のしたことの報いは必ず自分に返ってくるってことだな。うまいことちょろまかせたように思えても、そうは問屋が卸さない。神様仏様は、ちゃあんと見ていなさる」

聴き取りにくい濁声《だみごえ》のせいで、かえって耳をそばだててしまう。事情を知らずに聴けばありがたい説法のようだ。

「なあ、おい。常習犯のお前としては、たかだか通りすがりの子どもを強姦《ごうかん》したくらいで、なんでこんな目に遭わなきゃならないんだと思うだろ」

男が、ようやく自らの置かれた状況を理解したのか、激しく身じろぎする。

「じつはなあ。あれは、うちの親分さんの大事なひとり娘だったんだ。――とかいうならまあ、わかりやすいんだけどなあ」九十九は乾いた声で、ははは、ははは、と笑った。

「残念ながら、そういうわけじゃねえ。ただの中学生だ。ごく一般のお嬢ちゃんだ。だがな、そのお嬢ちゃんに代わって、どうしてもお前に復讐したいって言うやつがいるんだわ。どうやら野郎、そのお嬢ちゃんにぞっこん惚《ほ》れてたらしくてな」

秀俊はぎょっとなって息を呑んだ。

亮介が、暗がりから無言でこちらを見るのがわかる。

「違う」小声で打ち消した。「勝手に言ってるだけだよ、あんなの」

亮介が何か言うより先に、

「なあ、おい。アホらしいよなあ、仇討《あだう》ちだってよ」九十九が続ける。「そんな話に乗ってやってる俺も俺だが、まあ、いろいろと事情ってもんがあってな。悪く思わんでくれよ、な」

と、いきなり、

「おい。お前ら、出てきな」

明らかにこちらへ向けて声が飛んできた。

「ああ、女は邪魔だ。そこに置いて、こっちにこい」

思わず三人、顔を見合わせてしまった。いつもなら、あんなことを言われれば冗談ではないと色めきたつはずの美月が、今は怖《お》じけたように無言で頷く。おとなしくここに残る、という意味らしい。

「どうする」

亮介が急《せ》いた声で囁《ささや》く。秀俊は言った。

「行くしかないだろ」

腹に力を入れていないと声が震えそうになるのが情けない。

「わかった。じゃあ、僕も」

「無理すんなよ」

暗い中、亮介がこちらを睨《にら》んだのがわかった。「行くって言ってるだろ」

「早くしろ！」

焦《じ》れた九十九が怒鳴る。

「お願い、気をつけてよ。無茶しないで」

美月に向かって頷き、秀俊は丸太の陰から足を踏み出した。

月明かりにさらされたとたん、心許《こころもと》なさに背中の皮膚がひくりと収縮する。後ろから亮介の足音がついてくるのを聞きながら、歩調をゆるめることなく男たちの方へ向かう。

九十九が、射るようにこちらを見ているのを感じた。そばまで行くと、よりいっそう張りつめた空気に感電しそうになった。地面に転がっている男から発散される恐怖で、空気が帯電している。

いっぽう、そばにいた近藤は、場違いな中学生二人の出現にあきれた苦笑いを浮かべていた。暴力の場そのものには慣れっこなのだろう、こんな茶番はさっさと終わらせて帰りたい、といった気分までが伝わってくる。

「おう、いいモノ持ってきたなあ」

九十九が、人の悪い口調で言った。

手ぶらの秀俊が戸惑いながら横を見ると、亮介がビデオカメラを手にしていた。自分が頼んで美月に家から持ってきてもらったものだが、緊張のあまりすっかり忘れていた。思いのほか落ち着いている友人に驚く。もしかすると彼のほうが冷静かもしれない。

九十九が車の中から懐中電灯を持ち出して男を照らし、道路側に光が向かないよう注意深く地面に置いた。

「俺らを撮りやがったら、ただじゃおかねえぞ。こいつだけを上手に撮りな。ほら、回せよ」

亮介が頷き、ぎこちない手つきでビデオを構える。

進み出た近藤が、転がっている男に近づき、腰を思いきり蹴《け》りあげる。ぐうっとくぐもった呻き声。それがゴングだった。

肉や骨に、拳や靴先が埋まる音。耐えがたい苦痛による唸《うな》り声。――くり返されるそれを、間近に聞き、見る。思い描いていた、いや、望んでいた光景には違いないのに、秀俊の胸を満たすのは満足とは程遠い感覚だった。自分の上に馬乗りになって、嬉《うれ》しそうに笑いながら拳をふるい続けた南条を思いだす。水を満たした革袋を殴りつけるような音は、自らの痛みの記憶に直結している。気分が悪くなる。

もう、いい。それくらいで充分だ。

たまらずにそう言ってしまいそうになるたび、秀俊はすんでのところで言葉を呑みこんだ。この程度では、陽菜乃の味わった痛みにも恐怖にも届かない。まだ全然足りない。復讐にも何にもなっていない。

そう思うのに、目の前の男はすでに、何度も車に轢《ひ》かれた猫のようだ。このままでは死んでしまう。百回殺しても足りないほど憎いが、まさか本当に殺すわけにはいかない。たとえこちらの気が済んでいなくても、陽菜乃の苦しみととうていバランスが取れていなくても、どこかの時点で制裁をやめなくてはならない。それがいつなのかがわからない。

隣では亮介が、黙々とビデオカメラを構え続けている。横顔からでは感情が読み取れない。モニターの光を反射する白眼の部分が青く鋭く光っている。取り憑かれたようなまなざしだ。

と、突然、殴る蹴るがやんだ。近藤が、ほとんど息を乱さずに元の位置に戻り、腰の後ろで手を組む。運動会で終了の笛と同時に玉入れを終え、引きあげるのと大差ない。

「さあて」と、九十九が言った。「なあ、おい。これで済ませてやる気じゃないよな?」いつものように「ヒデ」と名前を呼ばないのは、用心のためなのだろうが、おかげで宙ぶらりんに突き放されたような心許なさを覚える。それだけ九十九に依存している自分が嫌でたまらない。

「お前たちの番だぜ。殴ってやりたいんだろう? こいつを」

秀俊は、答えに窮した。まさに、そのとおりだったはずだ。犯人の行方を捜してくれと九十九に頼んだ時には、自らそうして手を下してやらなくては絶対に気が済まないと思っていた。

「ほら、やれよ」

それなのに、どうしたことだろう。未《いま》だに手足を縛られ、口をガムテープでふさがれたまま、すでに息も絶えだえの男を前にすると、心は萎《な》えるばかりなのだ。

「なんだよ、意気地がねえな」

　そうではない。意気地の問題ではない。これがたとえば殴り合いだったら、話はまったく違っていた。しかし相手は自由を奪われていて、すでにボロ雑巾も同然なのだ。どれほどの憎しみが心に渦巻いていようと、ここまで無抵抗な相手に暴力をふるうというのは……。

　ところが、九十九はどうやら違うことを考えたらしい。

「ああ、素手じゃ怪我《けが》するか。お前ら、素人《しろうと》だもんな」

おもむろに車の後ろのドアを開ける。取りだしたのは、バットほどの長さの鉄パイプだった。

「いや、そうじゃなくて、九十……」

「呼ぶな」

　怖ろしい声で凄《すご》まれた。

「ごめん。あの、そうじゃなくて、もう……」

「ああ、そうか、顔が見えてるとやりにくいか。——おい、もいっぺん袋かぶせてやれ」

　近藤が機敏に動いて、もはやろくに反応もしない男の頭に、元通り布袋をかぶせる。たったそれだけで、人間が物体になる。

九十九が、鉄パイプを差しだしてよこす。目が合うと、片方の眉《まゆ》だけを吊《つ》り上げ、不敵に笑った。

いったいどういうつもりなのだろう。どうでも手を下させたいのか。こちらが頼んだことには違いないのだが、秀俊には、九十九からの誘導がどこか不自然に思えた。誘導というより、これはすでに圧力だ。

なおも躊躇《ため》い、冷たく硬そうなそれを受け取りかねていると、九十九が、け、と小馬鹿にしたように言った。

「なんだよ、その程度だったのかよ。がっかりだなあ、おい。口じゃ言えねえような酷《ひど》い目に遭わされたその子に、お前がぞっこん惚れてると思えばこそ、こんな茶番にも協力してやったのによ。いざとなると怖じ気づいたか。やれやれだぜ」

違う、と言いかけた時だ。

横合いからすっと手がのび、九十九の眼前に突き出された。亮介だ。下ろしたビデオカメラを左手に持ち替え、右手を九十九に差しだしている。

まじまじとその顔を見た九十九が、例によって、声をたてずに口を開けて笑った。

「へえ。優等生みたいなツラして、見所あるじゃねえか、オニイチャン」

鉄パイプが手渡される。秀俊は慌《あわ》てた。

「お、おい亮介」

「呼ぶなよ」

と言われて、口をつぐむ。

どうすればいいのだろう。今さらのように、こんなはずでは、という思いが突き上げてくる。

亮介が、手にしていたビデオカメラを秀俊に押しつけてよこした。空いた両手で、剣道の竹刀《しない》のように鉄パイプを構え、慎重に上下に振る。激情とは無縁のその顔は青白く、目には思い詰めたような光があった。

「なあ、やめろって」

「うるさいな。今さら何言ってんだよ。復讐に協力しろって言いだしたの、お前じゃないか」

「そうだけど、もう充分だろ」

「全然」

突き放すように、亮介は言った。

「あいつの気持ちになってみろよ。死ぬより辛い思いしたんだぞ。それを、何だよ。俺らは手も下さないで、ただ見てるだけでいいってのか？　お前の復讐なんてたったそれだけのもんか？」

「そうだそうだ、もっと言ってやれ」横合いから九十九が茶々を入れる。「思いっきりやってやんな、オニイチャン。お前さんたちの大事な友だちにさんざんつっこんだチンコも、その鉄パイプでぶっ潰《つぶ》してやれ」

言いながら、仰向《あおむ》けに転がっている男の頭を布袋ごとひっつかみ、上半身を引き起こして座らせる。

緊張のあまり耳を後ろへ引き絞った亮介が、鉄パイプを頭上高くふりあげる。狙《ねら》っているのは膝頭《ひざがしら》か脛《すね》のようだ。

「やめろって！」

聞く様子もない。

振り下ろされると同時に、秀俊は思わず顔をそむけた。

いやな、音がした。

奇妙な間があった後、

「あーらーらー」

九十九が素《す》っ頓狂《とんきょう》な声をあげた。

見ると——男は、前へと倒れて自身の膝の上に突っ伏していた。頭にかぶせられた布袋から、見る間にどす黒い液体がしみだして地面に広がってゆく。どうしてこんなところに頭があるのか。亮介が鉄の棒を振り下ろしたところへ、わざと九十九が手を放したとしか思えない。

「やーれやれ」と、あきれたように九十九が言った。「ちょっとは手加減しろよ、オニイチャン」

空気が薄い。息が、うまく吸えない。

秀俊ばかりではない。こういう場面には慣れているはずの近藤までが、固唾《かたず》をのんで沈黙している。その中で、九十九と亮介だけが冷静だった。

いや──違う。亮介の様子がおかしい。秀俊がそれに気づくのと、九十九が動くのとは同時だった。数歩の距離を滑るように近づいた九十九は、亮介から鉄パイプを受け取ろうとした。

「放せや、オニイチャン」

低く促す。

亮介は、倒れた男を凝視したまま動かない。

「ほら、よこせって」

それでも反応がないのを見て、九十九は苦笑をもらした。しょうがねえなあ、とつぶやきながら、硬直している亮介の両手の指を一本一本引きはがし、取り返した鉄パイプを近藤に渡した。

とたんに、その手が大きく振り上げられ、手首がしなり、亮介の頰に炸裂《さくれつ》する。張り飛ばされた亮介が背中から秀俊にぶつかってくる。もろともに転びそうになるのを危ういところで支えて踏みとどまった。今は転ぶことさえ恐怖だ。

ようやく我に返った亮介が、秀俊の二の腕をひっつかむ。爪《つめ》が食いこむ痛みに思わずふりほどく。鉄パイプもこの力で握っていたのか。

足下に転がる黒い影は微動だにしない。頭にかぶせられた布袋はすでに、すっかり濃い色に変わっている。

九十九がかがみこみ、袋を無造作にめくりあげると、二本の指をその耳の下あたりにあてがった。ややあって、ふう、とため息をつく。

「やっちまったなあ、オニイチャン」

指先を男の服になすりつけてから再び立ちあがり、向き直ったときにはしかし亮介ではなく秀俊の目を見据えていた。咎《とが》める言葉つきとは裏腹に、薄笑いに似た表情を浮かべている。

「なんでここまでとことんやっちゃうのよ。後始末が大変になっちゃったでしょうよ」

言いながらも、秀俊から視線をそらさない。

九十九のそんな物言いは聞いた例《ため》しがなかった。三年にわたる付き合いの中で初めて目の当《ま》《あ》たりにする九十九の一面に、秀俊は、戦慄《せんりつ》した。睾丸《こうがん》が縮みあがる。膝が震える。止めようとするとなおさらひどくなる。隣の亮介の肩が触れた。彼もまた震えている。

おもむろに、九十九がポケットから煙草を取り出した。一本くわえて火をつけ、吸いこみ、吐き出す煙とともに言った。

「どうすんの、これ」

相変わらず秀俊から目をそらさないまま、足もとを指さす。答えずにいると、そこで初めて亮介に視線を移した。

「なあ。どうすんだって訊いてんだよ」

「ど……」

どうするって、言われても。

答える亮介の声が、音にならない。息が情けなく漏れるだけだ。

「ここへ転がしとくか？　あ？」

亮介が、喘ぐような吐息を絞り出した。「びょ……病院へ」

「病院ン？」九十九は大げさに声をひっくり返した。「あほか、お前。今さらコレを医者に診せてどうなるってんだよ。死亡診断書でも書いてもらうつもりか？」

ぐらりと視界が揺れ、秀俊は前にのめりそうになった。耳の奥できぃぃんと不快な金属音が響く。

「……し……ぼう？」

亮介がつぶやいた。幼児並みに舌足らずなその口調に、九十九の物言いも、嚙《か》んで含めるかのごとくに変わる。

「あのなあ、オニイチャン。人間の頭ってのはな、固いようで案外と柔らかくってな。スイカ割りなんかと大差ねえのよ。さっきあんたがやったみたいに、よりによって鉄パイプなんかで思いっきり殴りゃあ、そりゃあもう簡っ単にイッちまうのよ。そんくらいのことはさあ、幼稚園坊主《ぼうず》じゃねえんだから、やる前にちゃんと自分で考えてくんないとさ。ったくよう、なんだかなあ。していいことと悪いことの区別もつかねえかなあ」

秀俊の二の腕に触れている亮介の肩先が、かくかくかくかくと、おかしいほど大きく震えている。

「し……死ん、でるの？」

かすれ声で亮介が訊く。

「はああ？　なんですかあ？」クッと笑いをこらえるように喉を鳴らし、九十九は再び秀俊を見た。「面白ぇ友だち連れてきたなあ、おい。『し、死んでるの？』だとよ、ずいぶんとすっとぼけてやがる。自分から鉄パイプで思いっきり殴り殺しといて、『し、死んでるの？』とは、厚かましいにも程があるぜ」

はははは、と笑う声がひどく愉《たの》しげに響く。

頭の中で、さっきまでの耳鳴りの代わりに、ざくんざくんと音がしていた。脳から血が引き、その全部が足もとへ落ちてゆく。こめかみが冷たい。寒い。にじみ出た脂汗《あぶらあせ》を夜風が冷やす。

「なあ、ヒデ」

名前を呼ばれて驚いた。聞かれて困る者はもういないのだった。

「どうすんだよ。お前らでコレ始末するか？」

激しくかぶりを振った。できるわけがない。何をどうすればいいのかもわからなければ、わかったところで実行に移す力もない。自分が子どもであることを、これほど思い知らされた例しはなかった。

「ふうん。じゃあ、どうする。助けて欲しいか？」

問われて、何度も頷《うなず》く。

「そうか。なら、ちゃんと頼めよ」残忍な笑みに口元をほころばせながら、九十九は言った。「人に頼み事をするときには、それなりの態度ってもんがあるだろ」

隣の亮介が、横目でこちらを窺《うかが》う。切羽詰まったまなざしだ。この暗がりでも白眼が血走っているのがわかる。秀俊は、喉に絡《から》まる唾を飲み下した。

「た……助けて」

「ああ？」

「……助けて欲しい、です」

「何だそりゃあ。『助けて下さい』だろ」

「助けて、下さい」

「何でもするか？」

「え」

「この茶番にとりあえず付き合ってやるってだけでも、お前は俺の言うことを一つ聞くって約束したんだ。そうだったよな」

「う……うん」

「それが、たまたまこういう結果になっちまった。こんなクズ野郎でも、ふざけたことに命は命でなあ。はは、おめでとう。これでお前らは、立派な人殺しとその共犯だ。素晴らしいね」

素敵な夢を語るかのように目を輝かせ、両手を広げてみせながら、九十九は続けた。

「ま、このままいけば間違いなく少年院行きだぁな。過失致死なんかじゃねえからさ。誰がどう見たって用意周到な計画犯罪なんだから、そう簡単にゃ出てこられねえ」

亮介の喉が、ひゅう、と鳴る。それとも秀俊自身の喉だったろうか。

「うん？　どうしたヒデ、何が言いたい？」

「だ……だけど、俺ら……」

「何だよ。言ってみろよ。俺ら、自分らだけでやったんじゃないんです、って？　ヤクザに協力頼まなきゃ、中坊の自分らにゃ犯人を見つけることもできなかったはずです、ってか？」

先回りされて秀俊が言葉を呑《の》むと、はっ、と九十九が嗤《わら》った。

「なーに言っちゃってんだか。ヤクザとつながってる、協力してもらってるってぇ時点で、まったくもって普通じゃあねえだろうがよ。おまけに息子が人殺しだって知ったら、親はきっと悲しむわなあ？　特にオニイチャン、あんたみたいな真面目《まじめ》そうなお坊ちゃまの親御さんたちにゃ、世間体ってやつもあるだろう。自慢の息子が一生を棒に振るとなったら、そりゃあもう、泣いて悲しむわなあ？」

亮介が地面にへたり込む。呼吸がどんどん浅く、疾《はや》くなっていく。今にもひきつけを起こしそうだ。

秀俊は、とうとう言った。

「……わかったよ」

「ああ？　もっとはっきり言えよ、はっきり」

「わかったから！　何でも、する。します。だからお願いです、助けて下さい！」

九十九が、鼻を鳴らした。秀俊の声が震えたのを嗤ったのか、ただの了解のしるしかはわからない。おい、と声をかけると、近藤が動いた。

ワゴンの後ろを開けて黒っぽいシートを取り出し、さっきからぴくりとも動かない男の骸《むくろ》を転がすようにしてくるみ、抱え上げるときだけ九十九の助けを借りて、車の荷台に押し込む。人間を扱う手つきではない。生ゴミの袋でも積むかのようだ。

「あの、どうするんですか」たまりかねたように亮介が訊いた。「その人をどこへ……」

「おいー、ヒデよう」あきれた目で亮介を眺めやりながら、九十九は言った。「このウスい奴をどうにかしてくれよ。まさか、葬式を出せってんじゃねえだろうな。それともこっから先、俺らのやることを見物にでも来るつもりか？」

今さらのように、背筋がぞうっとした。全身の毛根という毛根がぶつぶつと粟《あわ》だち、産毛《うぶげ》も髪も逆立ってゆく。

懐中電灯を拾い、最後にワゴンの後部ハッチを閉じると、近藤は、両手をぱんぱんと払い、運転席に乗り込んだ。

「お前らに今夜できることは、もう何もない」九十九が言った。「ああ、いや、一つだけあるな。家へ帰って親の顔を見ても、いつもと同じ態度でいろ。自信がないなら帰るな。万一この秘密が漏れるようなことがあれば、お前らを、殺すぞ。伊達《だて》や酔狂で言ってるんじゃねえ。本当に、冗談抜きで――殺すぞ」

と、ふいに、生ぬるい異臭が鼻をついた。まぎれもない尿の匂《にお》いだ。秀俊は慌てたが、違った。漏らしたのは自分ではなく、足もとにへたり込んだままの亮介だった。

ほぼ同時に九十九も気づいたらしい。鼻の頭にしわを寄せ、傍らに唾を吐く。

「いいか、心して聞け。コトはもう、子供だましの仇討ちごっこじゃ済まされなくなったんだ。そこんとこを、あっちに隠れてる女にもよーく言い含めておけよ。お前らのことは見張っとくからな」

吸い終わった煙草を靴のかかとで踏み消し、車に乗り込む。来たときと同じく静かに、車が空き地から滑り出てゆく。

あとには静寂が残った。亮介の荒い息づかいがやけに耳につくと思って初めて、秀俊は、自分が呼吸を止めていたことに気づいた。

夜道を遠ざかるエンジン音さえも完全に聞こえなくなってから、大きく息を吐く。積まれた丸太のそばの暗がりから、そろりと美月の影が現れた。こちらへ来ようかどうしようか迷っているようだ。秀俊は手をあげ、来るなと押しとどめた。

「とにかく行こう」

促したが、亮介は動かない。

「な、行こう。ここにいちゃまずい」

「先行けよ」

「え？」

「桐原と、先に行っててくれ。僕は後から帰るから」

「何言ってんだよ、早く行かないと」

「いいから！　恥をかかせないでくれよ！」

小声だが、鞭《むち》で払い落とすかのような鋭さだった。

（恥？）

失禁のことを言っているのだと、ようやく思い当たる。たった今、故意にでないとはいえ人ひとりを殴って死なせた彼が気にするのが、濡れた自分の股《また》ぐらのことなのか。ずれている。

「亮介、お前……今はそれどころじゃないだろ」

「うるさい」

「これだけ暗いし、桐原にはばれないよ」

「うるさい、うるさい！　ほっといてくれ」

「ほっとけるわけが」

ないだろ、と続けようとした矢先、

「お前のせいだ」

地底から湧《わ》くような声で、亮介が遮った。

「何だって？」

「お前のせいだよ、刀根。そうだろ？　お前が復讐だとか仕返しだとか言い出すからこんなことになったんだ。さっきだって、あの鉄パイプはお前が受け取るはずだったのに、土壇場《どたんば》で怖じ気づいたりするから、僕があんな……あんなことする羽目になったんだろ」

「だけど、ああなったのはただの偶然じゃないか。お前は脚を狙っていたのに」

秀俊は懸命に言った。おそらく偶然などではなく、九十九は故意に頭を殴らせたのだろうが、いずれにせよ、この期《ご》に及んで自分だけが復讐したがっていたかのように言われるのは心外だ。

けれど、亮介はゆっくりと首を振った。

「わかったふうなこと言うなよ」まだ声が震えている。「口ばっかでさあ、いざとなったらびびってるだけのお前に何がわかるってんだよ。なあ、まだ、手に感触が残ってんだぞ。あんなこと、するつもりじゃなかったのに……ほんとに、なかったんだよ、殺すつもりなんてなかったんだ。絶対そんなつもりじゃ……」

座り込んだままうつむき、背中をふいごのように波打たせている亮介を、秀俊は、なすすべもなく見つめた。

彼の言うとおりだ。先に鉄パイプを受け取ったのが自分だったなら、状況はまったく変わっていただろう。たとえ亮介と同じように頭上高くあれを振り上げ、振り下ろしていたとしても、タイミングがほんのわずかでもずれていれば、あの男は死なずに済んだかもしれない。あるいは、人殺しが自分になっただけかもしれない。それはわからない。わかるのはただ、時は巻き戻せないということだけだ。柔らかな頭蓋《ずがい》に鉄パイプがめり込む感触が、亮介のてのひらから消えてなくなることはこの先もないだろう。すでに起こってしまったことは、二度と元には戻せない。たとえ死んだ強姦魔の肉体が九十九たちの手によってこの世から消え失《う》せたところで、陽菜乃の負った心身の傷が消えたりしないのと同じように。

向こうで心細そうにうろうろしていた美月が、たまりかねてこちらへ来ようとするのを、もう一度手をあげて押しとどめ、秀俊は言った。

「とにかく、離れててかまわないからついてきてくれ。頼むよ。このままお前一人をここに残してくなんてこと、できるわけがない。逆の立場を考えればわかるはずだろ」

返事をしない亮介のそばを、あえて離れる。身を揉《も》むようにして待ち構えている美月のもとに近づく。

「桐原……」

「言わないで。わかってる」

「見えてたのか」

否定も肯定も返ってこなかった。

気がつくと、美月は声もないまま泣いていた。顎《あご》の先から滴《したた》り落ちる透明なしずくが、月の光を受けて光った。

＊

隣を、秀俊が無言で歩いている。時おり後ろをふり返るたび、浮きあがる首の腱《けん》に蒼《あお》い月の光がぎらりと光る。

反対方向へ帰っていった亮介を気にしてのことか、それとも別の何かを気にしているのか、美月にはわからなかった。

〈待ってろよ。そこまで桐原を送ってから、俺も一緒に帰るから〉

秀俊がそう言うのに聞こうともせず、亮介は感情のない声で答えた。

〈人のことより自分のことを心配しろよ。じゃあな〉

穴ぼこのような目をしていたが、あんなことをしでかしてしまった後にしては、取り乱しているように見えないのが不思議だった。

もし自分だったら、と想像し、美月は身震いした。人を一人、殺してしまったのだ。死なせてしまった、と言い換えても現実は変わらない。振り下ろした凶器が人間の頭蓋を砕いて割ったりしたら、とても冷静でなんかいられない。恐怖と後悔でパニックを起こし、叫び声が止まらなくなってしまうかもしれない。

月明かりの下、秀俊と二人分の足音が耳につく。行く手でふっと止む虫の音が、背後でまたすぐに響き始める。現実感がまるでなく、すべて夢の中の出来事のような気がして、本当にそうだったらどんなにいいだろうと思った。

神社の石段の下まで来ると、秀俊はようやく口をひらいた。

「桐原……。今さら言ってももう遅いけど……ごめんな」

「何が？」

と訊くと、彼はひどく苦しそうな顔をした。

「巻き込むべきじゃ、なかった。俺が、協力しろなんて言ったせいで……」

「違うよ」美月は懸命に言った。「刀根くんはそんなこと、ひとことも言ってない。私が自分で決めたんだよ」

秀俊はゆっくりと首を横に振り、全部俺のせいだ、とつぶやいた。

そうではない。そうではないのだ。

何が起こり、結果としてどうなるか、じつのところ美月は、その場にいた二人よりもほんのわずかに早く〈視《み》て〉いた。亮介が手にした鉄パイプを振り上げた時――いや、あの男がつかんでいた犯人の頭からふっと手を放そうとする間際《まぎわ》、丸太の陰から思わず制止の悲鳴をあげたのだが、間に合わなかった。

今夜あの空き地へ行くよりも前の、どの時点でもかまわない、断片でいいから視えていたなら、たとえそれきり秀俊に嫌われたとしても全力で止めていたのに。何の役にも立たない自分の能力を、これほどまでに疎《うと》み、憎んだのは初めてだった。

「とにかく、気づかれないようにしないと」秀俊は言った。「いつもどおり普通にふるまえよ」

「わかってる。刀根くんこそ、大丈夫なの？」

「俺は、もちろん。おふくろはどうせ何も気にしないし」

「そうじゃなくて、あの人たち……」

秀俊は、痛みをこらえるように眉間《みけん》に皺《しわ》を寄せた。

「それは、桐原が気にしなくていいから」

帰ってゆく彼の背中が暗がりに消えるまで見送り、美月は石段を上り始めた。泥水を吸ったように重たい体を一歩一歩押し上げ、裏口の扉に手をかける。

その瞬間、ぎょっとなった。

カメラ。

ビデオカメラが、ない。

一気に心拍が跳ね上がる。どこへやったのだろう。はじめは亮介が現場を撮っていて、途中で秀俊に手渡して……でも、帰りは二人とも手ぶらだった。

急いで秀俊を追いかけようとしたが、思いとどまる。たったいま人が殺された現場をうろつくのに、男はいないほうがいい。万一見とがめられた時、男のほうが疑われる。

一人で行くのは怖いけれど……ほんとうに怖くてたまらないけれど、秀俊を、それこそ巻き込みたくない。

扉をそっと開けて、家の中の気配を窺う。静まりかえっている。両親は何も気づいていないようだ。

意を決して棚の上の懐中電灯をつかむと、石段を下り、再び空き地まで戻った。傾きかけた月明かりを頼りに、真っ暗なところは懐中電灯をつけて目をこらす。見たくもない血痕《けっこん》を発見し、思わず飛びすさって嗚咽《おえつ》した。震える手であたりの泥をかき集め、色の変わった地面の上にかぶせる。どれだけ探しても、カメラは見つからない。

やがて、うっすらと夜が明けてきた。これ以上、とどまるわけにはいかない。涙も涸《か》れ果てて立ち上がり、かすむ目をふと上げたときだ。

躯《からだ》が石になった。空き地の入口付近、ちょうど丸太の積まれたあたりに、一台の乗用車が停まっていた。いつからそこにいたかはわからない。捜し物に夢中で気づかなかった。

後部座席の黒っぽい窓が、かすかなノイズとともに下がる。顔を覗《のぞ》かせた男が、美月を手招きする。

抗《あらが》えなかった。見えない釣り糸に巻き取られるかのように、車のそばまで近づいてゆく。

膝の震えをこらえながら、ドアから少し離れて立つ美月を見て、男は、声をたてずに口を開けて笑った。そうして、窓から黒い塊を差しだしてよこした。ビデオカメラだ。手を伸ばしただけでは届かない。もう一歩、いや二、三歩、車に近づかなければ受け取ることはできない。

怖い。黒い車の後部座席、下ろした窓からじっとこちらを見ている男の、笑みが、怖い。さらに、運転席には別の男がいる。まっすぐ前を睨んでいてこちらを見ようともしないが、さっきまで淡々と暴力を振るっていた当人であることはわかる。いったい、ステーションワゴンと死体はどこへやったのか。なぜ、別の車でわざわざ戻ってきたのか。

息を呑んで立ちすくんでいると、男は、飽いたのか目をそらし、手にしたビデオカメラを引っ込めようとした。

「あ、」

思わず一歩近づく。視線が美月に戻ってくる。

あたりはまだぼんやりと薄暗い。ようやく表情の判別がつく程度だが、男の考えが読めないのはそのせいばかりではない。

カメラの中に、まだビデオテープが入ったままなのが見て取れる。もう一歩、前に出る。おそるおそる手を差しのべる。

男が、また笑った。

　とたんにドアが開き、腕をつかまれて車内に引きずり込まれた。ようやく悲鳴が漏れたのは後部座席に転がされた後だ。抵抗しようと振り回す腕を、男はいとも簡単に封じ、片手で美月の両手首をまとめてつかんだまま、もう一方の手で座席の下からビデオカメラを拾い上げた。

　仰向けにされ、頭上で手首をシートに押しつけられる。ひんやりとした革の感触が手の甲に伝わってくる。ジィィ……と音がした。テープが回り始めたのだ。

「こっち向けよ」初めて男が言葉を発した。「おいこら、こっちを見ろと言ってるんだ」

　美月が頑《かたく》なに顔をそむけていると、手首をつかむ力が強くなった。締めあげられ、声が漏れる。

「お前だけ、逃げようってか？」

　低い濁声が言う。痛みに身をよじりながらも思わず、え、と横目で見上げた美月に、男は続けた。

「あの二人に責任押しつけて、自分だけばっくれようったって、そうはいかねえぞ。なあ、見てたんだろ？　さっきあそこで何が起こったか、全部見てたんだよな？　お前だけ安全な場所に隠れたまんま」

　シートに押しつけられた後頭部が、しん、と冷えた。怒りだ。

　逃げようなどとはみじんも思っていない。女は置いてこい、と言ったのはこの声ではなかったか。だからとどまったのに。秀俊たちと一緒に行っていれば、亮介を止められたかもしれないのに。

しかし一方では、あのとき確かに安堵《あんど》した自分を覚えていて、それが悔しく、後ろめたい。肝心の時に〈視る〉ことができなかったばかりに、最悪の事態を招いてしまった。自分のせいだ。

「こっちを向けよ」男はくり返した。「逃げねえように、お前の顔を撮っといてやる」

美月は、そむけていた顔を戻した。奥歯をかみしめ、まっすぐにレンズをにらみつける。カメラをかまえている男が、意外そうに片方の眉を上げた。

「へえ。気の強い女だな」

カメラがぐっと近づく。小さなモニター画面と美月の顔を見比べながら、男がにやりとする。

「怖くないのか」

怖いにきまっている。

「ふん。ガキのくせに肝が据わってやがる」

気に入った、とつぶやくなり、男はカメラを放り出し、覆《おお》い被《かぶ》さってきた。ぎゅっと目をつぶり、再び顔をそむけた美月は、その瞬間、息を呑んで硬直した。まるで肉食獣が獲物《えもの》を食らうかのように、男が美月の喉に歯を押し当てたのだ。

大きく開けた口。歯列の堅牢《けんろう》さを、皮膚が感じ取る。

喉笛をやわやわと咬《か》みながら、男がささやいた。

「子ども相手に興奮するような趣味は、俺にはないはずなんだがな。お前を見てると、妙な気分になる。なんでヒデの野郎はお前を選ばないんだろうな」

言われて、いったいどんな顔をしてしまったのか自分でもわからない。よほどわかりやすかったのだろうか。

「なんだあ？　お前、ヒデにホの字か」

心臓が止まりそうになり、慌てて首を横に振る。

「なのに、他の女のための復讐《ふくしゅう》ごっこに巻き込まれたのか」

必死になってかぶりを振り続けても通用しなかった。

「かわいそうになあ」

男は笑った。心底、愉しそうな笑い声だった。

美月の手首を放し、体を起こす。足もとに放り出してあったカメラを拾い、横蓋《よこぶた》を開けてテープを取り出すと、

「これは、俺が預かっとく。わかってるだろうが、洗いざらい写ってるからな。よけいなことは喋《しゃべ》るなよ。やつらにもそう言っとけ」

いきなりドアが開き、引きずり込まれた時と同じように腕をつかまれ、カメラととも

に勢いよく車外へ放り出された。それこそ、ビデオの逆回しのようだった。

エンジンがかかり、排気ガスを噴き上げながら車が走り去ってゆく。

砂利混じりの地面に手をついたまま、美月はそれを見送った。

けたたましいカラスの声に目を上げると、頭上の電線にとまった二羽が獲物を奪い合っていた。いつのまにかあたりがずいぶん明るくなっていることに気づく。

今ごろ震えがきた。

＊

退院などしなければよかった。

病院にいた間は、むしろ他人の目にさらされているぶんだけ、今より自由だった。決められた面会時間が過ぎれば、いくら母親の世志乃でも帰らざるを得なかったからだ。

それが、こうして自宅に戻ってからは、片時も母の目が離れることがない。心配してくれているのはわかるのだが、常に監視されているようで陽菜乃は息が詰まりそうだった。

たったひとりでひらけた場所を歩いたり、男の人とすれ違ったりするのはまだ怖い。他人からいきなり危害を加えられるなどという可能性は、通常ならば限りなく低いとわかっていながら、本能的に体がすくむのをどうすることもできない。だからべつに、外出したいわけではない。ただ、ほうっておいて欲しいだけだ。腫《は》れ物に触るような扱いも、過剰な心配も、どちらもあの忌《い》まわしい体験を遠ざけるのとは逆の方向に働く。思い起こしたくもない。

それなのに、忘れることなどできない。

たとえば本を読んでいるときや、たまたまついていたテレビを観《み》ているときなどに、しばらく思い出さずにいる時間はある。けれどそれも、ほんのつかの間だ。本から目を上げるか、ＣＭがはさまるかすると、とたんに記憶の残像が軀の内側を満たす。あるいは、誰かの口にした単語――〈バイク〉とか、〈空き地〉とか、もっと露骨に〈レイプ〉〈強姦《ごうかん》〉〈乱暴〉などといった言葉が耳に飛び込んでくると、呼吸が乱れ、息苦しくなった。〈ごめんね〉はとりわけ駄目だった。

「事故みたいなものだから」

病院で診てくれたカウンセラーの先生は言った。

「あなたは何も悪くないのよ。自分を責めたりしないでいいの。ほんとに出合いがしらの事故みたいなものなんだから、あまり重く考えないようにしていこうね。難しいとは思うけど、少しずつでいいから」

はい、とおとなしく頷きながら思った。無責任なことを言わないでほしい。ならばあなたは、出合いがしらの事故に遭って大怪我をしても忘れられるのか、と。

何も悪くない、自分を責める必要はない、ひとからそう慰められるたびにむしろ、お前が悪い、自分を恥じろと言われている気がしてたまらなかった。母親のようにはっきりと咎めてくれたほうがまだましだった。

「だからあれほど言っていたのに」

陽菜乃が憔悴《しょうすい》しきっていた間は珍しくおとなしかった母親だが、ようやく食事が摂《と》れるようになった頃からは、愚痴のような独り言のような口調で、また同じ言葉をくり返すようになった。

「性犯罪なんかに遭うのは、本人に隙《すき》があるからよ。あんな遅い時間にひとりでふらふら歩いていたら、さあどうぞ襲って下さいと自分からアピールしてるも同じことじゃないの。こんな子どものうちから疵物《きずもの》にされて、世間様に知れたらどう思われるか。顔を上げて外なんか歩けないわ」

陽菜乃の退院の日には、わざわざ空のトランクを病院へ持ってきて、着替えなどをそれに詰め込んで持ち帰った。隣近所に見られて何か訊《き》かれたら、娘がここしばらく留守だったのは交換留学生として海外に行っていたからだと説明するためだった。

二階の自室の窓から、母親の言う〈世間様〉を見下ろす。午後の強い日射《ひざ》しの下、隣の庭先で洗濯物が揺れている。その向こう、堤防へと続くまっすぐな道には陽炎《かげろう》が立っていた。

こんな炎天下に犬を散歩させている人がいて、かわいそうに、あの犬の足裏は火傷《やけど》状態だろうと陽菜乃は思った。灼熱《しゃくねつ》のアスファルトの上を、自分も裸足《はだし》になって歩いてみればいいのだ。当たり前の想像力を持ち合わせない人々のなんと多いことか。

夏休みもあと数日で終わる。いよいよ学校が始まるのだと思うと、掌《てのひら》に汗がにじんだ。

クラスの噂《うわさ》にはなっていないだろうか。今はまだ大丈夫でも、誰か一人が知ればまたたくまに広まる。止めることなど出来ない。

〈僕たちがついてるから〉

退院の前日、また一人で見舞いに来てくれた時、亮介は請け合った。

〈そんなことはないと思うけど、ちょっとでも変な噂が立ちそうになったら、中村の耳に届くより前に全部つぶしてやるから。だからさ、安心していいよ。中村のことは、僕らがちゃんと守るからさ〉

けれど陽菜乃自身はといえば、正直なところ、亮介の男っぽい手足の骨格に対して、かすかとは言えない分量の嫌悪《けんお》を感じてしまったのだった。もちろん、とうてい口には出せない。自分のためを思ってここまで言ってくれる友人を、あの男と重ねるなんて申し訳なさ過ぎる。

この先、みんなと会っても何を話せばいいのかわからなかった。これまでは集まるたびに何を喋っていたのか、どうしてあんなに笑い合えたのか、不思議でならない。たぶん他愛《たわい》のないことだったはずなのだけれど、どうしてもうまく思い出せない。

ふと、階下が静かなことに気づき、陽菜乃は部屋を出て、階段の上から耳を澄ませてみた。

昼ご飯の後片付けをする母親が、さっきまではしきりに物音を立てていたのだが、いまは足音も水の音もしない。気配さえも消えている。

そろりそろりと一段ずつ下りてゆく。

キッチンには誰もいなかった。伸び上がってみると、居間のソファに腰を下ろした母親が新聞を膝に広げていた。眼鏡もはずさず、背もたれに頭をもたせかけたまま、うたた寝をしているようだ。

陽菜乃は、息を殺して後ずさりした。

二階へ財布などを取りに上がるのは危険だ。階段が軋《きし》む音で目を覚ましてしまうかもしれない。廊下まで戻ると、そのまま玄関で靴を履き、何も持たずに外へ出た。そっとドアを閉め、門扉《もんぴ》を開け、自転車を押して出る。漕《こ》ぎ出して角を曲がるとようやく、ふつうに息が吸えるようになった。

家を脱走してみたからといって、用事もなければ当てもない。行きたいところさえとくに考えもしなかったのに、気がつけばまるで当たり前のように、たった一度通っただけの道をたどっていた。

堤防の下の日陰をゆっくり漕ぎ進む。先細りのサドルが脚の奥に当たるのがひどく厭《いと》わしく感じられる。自分のその部分を抉《えぐ》り取って何もかもなかったことにしてしまえるなら、迷わずそうするだろう。

いつかの薬局を横目に通り過ぎ、やがて、あの小さな児童公園にたどり着く。陽菜乃は自転車を降り、日陰に停めた。

あえて日ざらしのブランコに腰を下ろす。二つ並んだブランコは、どちらも足もとの土が深く窪《くぼ》んでいた。

ぎい、きいぃ、と金属の軋む音が奥歯に響く。尻《しり》の下の板が熱い。焼き印でも捺《お》すかのように、あの部分を強く押し当てる。この熱が、消毒してくれないだろうか。あの男に穢《けが》されたところを焼き尽くしてくれればいいのに。

足先を見下ろす。退院するときに、あの日履いていたサンダルの代わりに母親が買ってきてくれた紺色のデッキシューズは、金具の飾りさえもない地味なものだった。そのつま先に大きな黒い蟻《あり》がよじ登ってくる。

この公園の砂の上、ぷっと吐き出されたプラムの種を思い出す。濡《ぬ》れて転がった種に、あの日も蟻がたかっていた。同じ夏のはずだ。それなのに、何万年も、何億年も経《た》ったように思える。

どれくらいの間、うつむいてぼんやりしていたのだろう。自転車のブレーキの音に、陽菜乃は目を上げた。

あまり、驚かなかった。こうなるとわかっていて、ここへ来た気がする。

「堤防の上から見えたから」

自転車から降りながら、秀俊は言った。

堤防の上は当然、かんかん照りだ。グレーのTシャツの胸にも背中にも黒っぽく汗がしみこんでいるのを、けれど陽菜乃は少しも嫌とは感じなかった。亮介に対しては、たとえこざっぱりと清潔にしている時でさえ、あの男と同じ種類の嫌悪を覚えてしまうのに、いったい何がどう違うというのだろう。

陽菜乃の自転車の隣に古ぼけたママチャリを平然と並べて停めた秀俊が、そばへやってきて目の前を横切り、隣のブランコに腰を下ろす。彼の起こしたかすかな風が頰にかかったとき、ああ、と沁《し》みるように思った。

好きだ。自分は秀俊のことが好きなのだ。彼だけが例外なのはそのせいだ。

紺色のデッキシューズの先が、乾いた土埃《つちぼこり》にまみれている。太陽に炙《あぶ》られながらあたりを這《は》いまわる蟻たちを、陽菜乃はじっと見おろした。

キイィ、と隣のブランコが軋む。秀俊はさっきから黙ったきりだが、どうしてだろう、ひたひたと寄せてくるのは気遣いばかりだ。

（——好き）

その想《おも》いを、再び嚙みしめる。柑橘類《かんきつるい》に歯を立てたかのように、きゅっと心臓が収縮する。

どうして今まで気づかなかったのだろう。もうずっと、こんなにも好きだったのに。

でも、言えない。もう永遠に言えなくなった。この身に起きたことを、本来ならばいちばん知られたくない相手である彼に、何もかも逐一知られてしまっているのだから。

いや、たとえ彼が何も知らなかったとしても、黙っているのは嘘《うそ》をついているも同じことだ。この軀はもう汚れてしまったのだと、愛される価値などないのだと、どうせ自分からは言い出せないのなら、すべて知られている今の状態のほうがまだましなのかもしれない。いつまでもいじましく、よけいな期待を抱かずに済む。

「……なんか、久しぶりだな。こうして話すの」

ぽつりと秀俊が言った。なおもさんざん躊躇《ためら》い、言葉を選んだ末に付け加えた。

「だいじょうぶか？」

あやうく泣きだしそうだった。鼻の奥がつんときな臭くなり、喉《のど》の奥が狭まる。そのひとことに、秀俊の気持ちのすべてがこめられているように思えた。

揺れる気持ちを懸命に抑えこみ、呑み下す。

「うん。だいじょうぶだよ」

できるだけ平気そうに答えたはずなのだが、秀俊は言った。

「……ごめん」

「え？」

「いや。くだらないこと訊いたなと思って。ほんとごめん」

陽菜乃は、黙って首を横にふった。彼が謝ることなど何もない。こうして気遣ってくれるだけで、たまらなく嬉《うれ》しい。

「そんなこと、気にしないで。大丈夫だってば。もう、怪我《けが》とかはほとんど治ったし、べつに痛いとこもないし」

「いいって、無理しなくて」

「無理なんかしてないよ？」

「だから、いいって」小さく苛立《いらだ》ったように、秀俊は言った。「痛いとこ、ないとかさ。そんなわけないじゃん」

「でもほんとに、」

「怪我だけのことなんか言ってないよ」

なおも否定しようとして、陽菜乃は口をつぐんだ。秀俊の目が、まっすぐこちらを見ていた。すぐにまたそらされて地面に落ちたものの、思わずひるんでしまうほどの強い視線だった。鼓動が疾る。

秀俊の声は低い。もうすっかり大人の男と変わらない。その声で、彼は言った。

「ひとつだけ、訊いていいかな」

「どうぞ」

「あれから後、警察とかからは何も言ってきてない？」

意外な質問だった。

「たぶん、ないと思う。お母さんからは何も聞いてないけど」

「その……事件っていうか、犯人のことも？」

「そうだね。とくには」

「一応、捜査とか、続いてはいるのかな」

「わかんないけど、うちのお母さんからは何も聞いてないよ。訴える気はないって刑事さんにははっきり言ったから、それっきりじゃないかな。たぶん」

「……そっか」

ブランコが、引《ひ》き攣《つ》れるように軋む。秀俊のスニーカーの靴底が、ざり、と土の上で音を立てる。

「うみ」

と、唐突に彼が言った。

「え、なに？」

「江の島の、海さ。あれ、楽しかったなあ」

とたんに、目のさめるようなブルーが陽菜乃の脳裏に流れこんできた。空と、海と、入道雲。ものの輪郭が白く飛んでしまうくらいにまばゆく照りつける太陽。歩いても歩いても行く先に現れる逃げ水。じりじりと焦《こ》げてゆく肌の痛み。

「そういえば中村、あの時クラゲに刺されたんだったよな」

「そう、めちゃくちゃ痛かった。死ぬかと思った」

「脚、腫れあがってたもんな」

「だよね。私って、何かと災難に遭いやすい体質なのかな」

冗談のつもりで言ったのだが、今ひとつだったらしい。秀俊が黙ってしまうのを見て、陽菜乃は急いで言葉を継いだ。

「いろいろ、美味《おい》しかったよね」

「ああ。よく食ったな」

「とくに美月ちゃん」

「あいつの胃袋はバケモノだわ」

そう言って、秀俊が苦笑する。浅黒い横顔を、陽菜乃は目の端で愛《いと》おしんだ。あれもまた同じ夏だったのだ。そう思うと、今度こそ涙がにじんでしまった。

洟《はな》をすすり上げたりしては、秀俊を気まずくさせてしまう。込みあげるものが少しずつ落ち着き、やがて通り過ぎてゆくのを、そっと口で息をしながら待つ。

「──なあ」秀俊が言った。「なんで、こんなとこにいんの」

うまく答えられなかった。家を抜け出したかったから、というのがほんとうのところだが、何も行き先がこの公園である必然性はない。自分でも、どうしてここへ向かったのかわからないくらいだったのだ。そう、さっき、秀俊への気持ちに気づくまでは。

「おふくろさん、よく出してくれたな」

「……うん」

「ちゃんと言ってから出てきたんだろ？」

それにも答えられずにいると、彼は、おいおい、と再び苦笑を漏らした。今度のは、ため息まじりの苦笑いだった。

「あんまり心配かけるなよ」

「わかってるけど」

そう、わかってはいるけれど、息が詰まりそうなのだ。口に出すより前に、

「まあでも、ずっとあの調子じゃ息が詰まっちゃうよな」と秀俊が言い、そのまま言葉を継いだ。「あのさ、中村」

「うん？」

「……いや、いい」

「大丈夫。気を遣わなくていいよ。なんでも訊いて」

「うん……。つまり、この先もしも、さ。もしも警察から、何かこう、訊かれたり、連絡とかあったら、一応教えてくれないかな」

「え、どういうこと？」

「どういうことでも。亮介とか桐原にもそのうち言うとしても、できれば最初は俺に、直接」

「もちろん、かまわないけど……」

——でも、どうして？

そう訊こうと思ったが、結局やめた。

「わかった」と、陽菜乃は言った。「すぐ伝えるようにするね。まずは刀根くんにだけ」

ありがとう、と、やはり低い声で彼は言った。

「でさ、中村」

「なに？」

「この先、たとえ何があっても、絶対に中村のせいじゃないから」

「——え？」

「そのことだけは覚えといて。中村はぜんぜん関係ない。もし誰かに何か訊かれたら、ぜんぶ俺に振ってくれればいいから」

どういうことかと、今度はさすがに訊いたのだが、秀俊は、万一そういう時が来たら話すからと言うだけで、頑として答えてくれなかった。

「そろそろ、帰んな」

「……でも」

「わかるけど、おふくろさんの気持ちにもなってみなよ。あんまり心配させちゃ可哀想《かわいそう》だろ。俺も、道場へ行かなくちゃだし」

秀俊が勢いよく立ちあがると、ブランコがいやいやをするように揺れた。

それぞれ自転車を押しながら、堤防の下の道を秀俊と並んで歩く。財布ひとつ持っていない陽菜乃に、秀俊が自動販売機でジュースを一本買ってくれて、飲み終わると空き缶を受け取って捨ててくれた。

何も期待してはいけない。勘違いしてもいけない。そう思う一方で、いや、そう思うからこそ、一分一秒が、彼と並んでの一歩ずつが、かけがえのないものに感じられる。永遠に家に着かなければいいのにと願ってしまう。

昼下がりの道は静かだった。互いの足音と、チキチキチキと鳴る自転車の音、ほかには風の音だけが聞こえている。

ふだん、神社から帰ってくる時の分かれ道まで来ると、秀俊が足を止めた。自転車のチキチキも止《や》む。

「じゃあな」まっすぐに陽菜乃を見おろして、秀俊は言った。「次は、始業式かな」

「……うん」

「元気に来いよな」

「わかった。ちゃんと行く」

自転車の向きを変え、来た道を引き返しかけた秀俊が、きゅっとブレーキをかける。日に灼《や》けた首をねじってふり返った。

「っていうかさ。俺、朝、迎えに行くわ」

えっ、と思わず声が出る。

「なんか心配だし。亮介のやつが来るって言ったら行かないけど、そうじゃなければ」

「え、いいよ、大丈夫だよ」

「中村が大丈夫なのはわかってるよ。俺が勝手に心配なの」

じゃあな、ともう一度言って自転車にまたがり、さっさと漕ぎ去ってゆく。

大きな背中を見送りながら、どうしてくれるのだと思った。彼のほうはただ、友だちとして心配してくれているだけだ。わかっているからよけいに苦しい。生まれて初めて、せつない、という気持ちのほんとうの意味を知った気がする。

自転車には乗らず、押したまま、家までの道をたどる。

母親はきっとうたた寝から覚めて、さぞかし怒っているだろう。あの母の場合、心配して怒るという以上に、娘が自分の言いつけを守らなかったことに対して怒るに違いなかったが、今はおとなしく叱《しか》られておこうと陽菜乃は思った。家を抜けだしたからこそ、宝物のような時間を得られたのだ。たった一時間ほどではあったけれど、この先もきっと一生忘れないと思えるひとときを。

最後の角を曲がり、目を上げて、はっとなった。家の前に立つ人影――てっきり母親かと思ったのだが、違った。今まさに門扉の横の呼び鈴を押そうとしていた彼が、こちらに顔を向け、手を止める。

「あ、中村」ざらりとした声で、亮介は言った。「出かけてたんだ?」

「うん。ちょっと」

「どこ行ってたの」

「どこってこともないんだけど……ジュース飲みたくて」

手ぶらの陽菜乃を、亮介は落ち着かない目つきで見ながら「ふうん」と言った。

顔色がひどく悪い。夏空の下にはおよそ似つかわしくないほど表情も暗い。暗いというより、何かよくないものでも取り憑《つ》いているかのような、ずるりと重たい感じがあった。いつも明るいはずの彼と比べると、顔だけよく似た別人のようだ。

「どうしたの。調子悪い?」

おそるおそる訊くと、亮介は大儀そうに笑いを浮かべてみせた。

「調子？　べつに、悪くないよ」

皮膚は蠟《ろう》細工のような土気色《つちけいろ》で、唇は乾き、ところどころ皮が剝《む》けて血が滲《にじ》んでいる。

「あのさ、中村んとこにさ。あのあと警察から何か連絡あった？」

いきなり秀俊と同じことを訊く。

「——どうして？」

用心深く訊き返すと、彼は焦《じ》れたように言った。

「あったかどうかって訊いてんの」

「……とくには何もないと思うけど」

「そう」

あからさまに安堵した様子で、亮介は息を吐いた。

「もし、何か連絡とかあったらさ。刀根や桐原には言わないで、僕にだけ教えてほしいんだけど」

少し迷ったものの、陽菜乃は言った。

「ごめんね、それはちょっと約束できないよ。刀根くんや美月ちゃんにもすごく心配かけてるもの、黙ってるわけには……」

それ以上は言えずに息を呑《の》んだ。目の前の亮介の顔が、おそろしく気持ちの悪い歪《ゆが》み方をしたのだ。真夏の路上で全身に鳥肌が立った。

「中村は、優しいなあ」棒読みのような口調で亮介が言った。「そういうとこも可愛《かわい》いな、とは思うけど、できればもうちょっと、僕にだけ優しくしてほしいなあ」

「……ねえ、どうしたの？」

「うん？」

「正木くん、なんだか今日、変だよ？」

「変、か。まあそうかもね」

表情の重苦しさとはまるで裏腹の楽しげな口調に、ますます背筋が寒くなる。

「あのさ、中村ってさ。もしかして刀根のことが好きなの？」

ぎょっとしたあまり、

「まさか、そんなわけないじゃない」

慌《あわ》てて打ち消し過ぎたかもしれない。

「んー、そうかな。でもさ、悪いけど、あいつに渡すつもりはないから」

「ちょっ……ねえってば、さっきから何言ってるの？」

「中村のことは、僕が守るって決めたから」

「待ってよ、何それ」

「いやなんだ？」

「そういうことじゃなくて、」

「誰に何をされたかとか、僕はぜんぜん気にしないから。仇《かたき》はちゃんと取ってやったしさ」

「――え?」

意味が、わからない。わかりたく、ない。

茫然《ぼうぜん》と見つめる陽菜乃に向かって、亮介は、紙に描いて貼《は》りつけたような笑みを浮かべた。

陽菜乃は、ここまで押してきた自転車のハンドルをきつく握った。その手の甲を、降り注ぐ夏の陽射しが灼く。

誰に、何をされたかとか……気に、しないから……。

あの夜起こったことは、確かにそういう類《たぐい》のことには違いないのだろうけれど、秀俊ならきっとそんなふうには言わなかった。さっき「事件」について話している間も、陽菜乃の心と体に関わる部分だけは注意深く避けて、労《いたわ》るように話してくれた。

わかるわかると同情を示してくる相手よりも、男の自分にはわからないことだからとあえて触れまいとするひとのほうが、より深くこちらの気持ちに寄り添ってくれている気がするのはどうしてだろう。

「中村はもう、何にも考えなくていいよ」亮介が、紙の笑顔のままどんどん続ける。「僕が、ぜんぶ終わらせてやったから。刀根なんかが何言ったって、仕返ししてやったのはこの僕だから」

「お願い、やめて」

思わず遮った。押し入れの襖《ふすま》に指で穴を二つ開けたかのような亮介の目が、たまらなく恐ろしい。

「なんで？」亮介が、さも不思議そうに訊く。「犯人があれからどこでどうしてるか、知りたくないわけ？」

「そんなのどうでもいい。知りたくなんかないよ」

「嘘だろ？　どうでもいいわけないだろ？　仕返し、したかっただろ？　だって、あんなことまでされたんだからさ」

「やめてよ！」

大きな音がした。気がつくと、自転車が路上に倒れていた。陽菜乃が両手で耳をふさいだせいだ。

倒れる自転車をかろうじてよけた亮介が、

「危ないなあ」淡々と言った。「やっぱり中村には、誰かがついててやらないと駄目なんだな」

「やめてったら、なんでそんなふうに言うの？　私のことはほっといてよ」

「ははは、ほっとけるわけないじゃん」

「お願いだからもうやめて」

「いいから落ち着けって。大丈夫、僕がついてるからさ。中村のこと、これからはもう二度と独りにしたりしないから、安心しな。な?」

話が、通じない。

あの男に押さえつけられた時を思い出す。何を言っても通じなかった。決して、今と同じではない、けれど——怖い。

かがみこみ、自転車を起こした彼が、黙ってハンドルを差しだしてよこす。受け取ろうとおそるおそる手をのばした陽菜乃は、彼の指を見て息を呑んだ。

前歯で嚙《か》んだのだろうか。どの爪《つめ》もひとつ残らずぎざぎざにささくれ立ち、肉ののぞく指先からは血まで滲んでいた。

＊

満月の夜を思いだす。

何も感じない。自分で自分が不安になるくらいだ。

あの夜、どれだけ殴る蹴《け》るを目にしても、肉のひしゃげる音を耳にしても、亮介の心は麻痺《まひ》したかのように動かなかった。カメラを覗いていたせいだろうか。レンズ越しに進んでゆく出来事がことごとく、自分とは関係のない作りごとのようにしか感じられなかった。

それだけに、

〈これで済ませてやる気じゃないよな？〉

あの物騒な男がそう言ったときも、ここはてっきり秀俊が行くものだと思って、彼にカメラを向けた。自ら手を下さなければ〈復讐〉になどならない、やつなら真っ先にそう言うだろうと。

それなのに、促されても彼は動かない。男がステーションワゴンの後部座席から鉄パイプを取りだし、わざわざ渡してよこしてもなお、臆《おく》したように固まって尻込みをしている。

〈なんだよ、その程度だったのかよ〉男は嘲《あざけ》るように言った。〈がっかりだなあ、おい。口じゃ言えねえような酷《ひど》い目に遭わされたその子に、お前がぞっこん惚《ほ》れてると思えばこそ、こんな茶番にも協力してやったのによ〉

考えるより先にカメラを下ろし、亮介は男に向かって手を差しだしていた。

何が〈ぞっこん〉だ。何が〈復讐〉だ。ふざけるな。

こちらを見る男の表情が、みるみる面白がるような色に変わってゆき、ふいに声もなく笑った。

——あの時、刀根がもっと強く自分を止めてくれていたなら。

あとになって、何度そう思ったかしれない。

思い返せば、月の光があまりに禍々《まがまが》しかった。一種のトランス状態だったのかもしれない。どうしてあんな馬鹿《ばか》なことをしてしまったのか、どうして躊躇いもしなかったのか、いくら考えてもわからない。鉄パイプで狙《ねら》いを定めたのは転がった男の膝《ひざ》だったが、そもそもそれ自体がおかしい。殺す気はなかったなどという前に、そこまでの暴力を自分がほんとうにふるおうとしていたことが今では信じがたい。

〈あーらーらー〉

煙草《たばこ》の男のふざけきった声が、今も耳について離れない。

〈やっちまったなあ、オニイチャン。なんでここまでとことんやっちゃうのよ。後始末が大変になっちゃったでしょうよ〉

——後始末。

その言葉が、一縷《いちる》の望みまでも奪い去っていった。

漏らした尿で濡れそぼったジーンズは、秀俊や美月と別れて家に帰り着く前に、穿《は》いたまま川に入ってごまかした。

〈家へ帰って親の顔を見ても、いつもと同じ態度でいろ〉

あの男に言われた時はとうてい無理だろうと思ったのに、やってみると何のことはなかった。濡れたジーンズをこっそり風呂場《ふろば》で洗い直して干し、それが乾く頃には、それこそすべてが夢だったかのように思えた。

ただただ気持ち悪いのは、てのひらに残るあの感触だけだ。それを打ち消したくて、ごまかしたくて、気がつくと深く深く爪を嚙んでしまっていた。生爪をはぐような痛みと出血がほんのひととき、スイカを叩《たた》き割るような感触を消してくれる気がするのだ。

〈やっちまったなあ、オニイチャン〉

またた。またあの声が甦《よみがえ》る。

どうして自分だったのだろう。どうして自分だけがこんな思いをしなくてはならないのだろう。刀根だってよかった。刀根が殴っていたほうがずっと自然だったのに、どうして、どうして、どうして。

ぎりぎりと爪を嚙む。嚙んでいないと落ち着かない。

食欲など少しもなかったが、出されたものは無理やり口に押しこみ、飲み下した。気持ち悪くても、あとからトイレで吐けば、胃のむかつきはいくらか楽になる。便器にかがみ込み、指を喉の奥深くつっこんで今食べたものを吐き戻すたび、食道を逆流してきた胃液が爪の周りの傷にしみて鋭く痛んだ。

そんなにまでして〈いつもと同じ態度で〉いるというのに、親というのは厄介なものだ。何を誤解したか、見当違いの心配を向けてくる。

ゆうべなど、食べ終わって席を立ったところを、

「待ちなさい、亮介」

父親に呼び止められた。横からせっついてそう仕向けているのは母親だった。

「あ、ごめん」亮介はとっさに先回りをした。「ごちそうさまって言うの、忘れてた」

ごちそうさま、と学芸会の劇のように朗らかに言ってみせたのだが、父親は首を横にふった。

「そうじゃない。お前、このところどうしたんだ。何かあったんじゃないか？」

ぎくりとする。

「何かって？　別に何もないけど」

「じゃあ、何なんだ、その爪は」

「爪？　ああ、これ」わざと気まずそうに苦笑いをしてみせた。「みっともないよね。わかってるんだけど、なんか、噛む癖になっちゃって」

「悩んでることでもあるんじゃないの？」

と、たまりかねた様子で母親が訊く。父親に口火は切らせたものの、任せておけなくなったらしい。

「もしかして、勉強のこと？　思うようにいかなかったりしてストレスが溜《た》まってるんじゃない？　そういう時は誰にでもあるんだから、あんまり思い詰めなくていいのよ。

なんなら一度、塾の先生に相談してごらんなさい」

「いや、そんなんじゃないよ」

「ほんとに？　ねえ亮ちゃん、正直に、本当のことを言ってね。勉強じゃないなら、学校のお友だちのことで悩んでるとかは？」

お友だちのこと――には違いなかったが、母親の心配はおそらく、いじめとかそういった類の話だろう。ニュースかワイドショーで、自殺する子どもの話題でも耳にしたのかもしれない。

ここでもし自分が、〈正直に、本当のこと〉を話したならどうなるんだろう。勉強でもいじめでもなくてさ、僕、じつは人を殺したんだ。鉄パイプを振り下ろして、頭をカチ割って……。そんなふうに話したところで、どうせたちの悪い冗談だと思われるにきまっている。父親など、ふざけるな、と激昂《げきこう》するかもしれない。

皮肉なものだ。本当のことを言ってほしいと口にする人たちこそがいちばん、本当のことを聞きたがらない。

「全然、ほんとに、何でもないよ」

なおも明るく言ってみせる。

「亮介……」

「もう、爪なんか嚙むのやめる。考え事する時とか、ちょっと癖になってただけだよ。

へんな心配させてごめんなさい」

夏休みの宿題がまだ残っているからと言って、ゆうべはそのまま自室に戻った。両親の耳が気になってトイレで吐けなかったから、一晩じゅう胃のむかつきがおさまらなかったが、ついさっき、朝の食事もきちんと平らげてみせた。父を送り出した母親が朝の連続ドラマに気を取られている隙に、トイレで逆さになり、喉の奥に三本の指をつっこんだ。

もっと分厚い仮面をかぶらなくては。数日後には学校も始まるというのに、このままではいけない。中村陽菜乃を守ってやるためには、自分がもっとしっかりしなければ。

陽菜乃のどこを、いつから好きになったのか――改めて考えると、なんだかぼんやりとしてよくわからなかった。正直なところ、ほんとうに今でも好きなのかどうか、確信が持てないほどだった。

おっとりとした笑顔がいいなと思って水族館に誘ったものの、それほど会話が弾んだ記憶はない。もしその晩に彼女があんな目に遭わなければ、今のように、どうでも自分が守らなくてはいけないという気持ちにはなっていなかったかもしれない。

だがいずれにせよ、今さら引っ込みはつかない。陽菜乃本人に、自分がそばにいると宣言してしまったのだから。

（とりあえず、刀根のやつにだけは渡さない。ぜったいに）

机の引き出しを開ける。ごちゃごちゃと見慣れたものばかりが並ぶその奥、ふと、四角いプラスチックのケースが目に留まった。小学校の時の図工で使った彫刻刀のセットだ。

透明な蓋を久しぶりに開け、六本並んだ中から、刃が斜めに尖《とが》った一本を取りだす。小さな刃先を見つめていると、周りの音とともに、深爪の痛みが遠のいていった。

机に置いたノートの上に、左のてのひらをひろげてみる。親指と人さし指の間に、そっと彫刻刀の刃を立てる。人さし指をまたいで、元へ戻る。次に、中指までまたいで、戻る。薬指、そして小指までまたいでは、戻る。なかなか素早くは動かせない。スピードを上げてゆく。うっかりすると指に刺さりそうになる。だんだん慣れてくる。ノートにたくさんの小さな穴があき、その穴の浅さが許せなくて、一回一回もっと強く突き立てる。

これは、特技にすればクラスで自慢できるかも。

痺《しび》れた頭の隅でそんなことを思った瞬間、うっ、と息を呑んだ。親指の股《また》、水かきのような薄い肉の端が切れ、みるみるうちに赤い血の玉が盛りあがってゆく。ずきずき、する。貫通しなかったことに安堵《あんど》しながらも、いっそ手の甲に切っ先を突き立ててしまいたい衝動にも駆られる。自分が二つに引き裂かれてしまいそうだ。

無数の穴があいた白いページの上に、ひとしずくの血が垂れる。その深紅を、右手の人さし指でぬるりと塗りひろげる。あの晩、男の頭にかぶせた布袋にじわじわと浸《し》みていったものを思いだす。血というのは、こんなふうに赤いとばかり思っていた。布に包まれた中で、割れた頭はどんな有り様だったのだろう。マンションの三階にあるこのベランダから逆さに落ちてみれば、もしかして、同じようになるだろうか。この、自分の頭も。

ふいに、呼び鈴が鳴った。

ややあってから、スリッパを履いた足音が近づいてきた。

「亮ちゃん？」

遠慮がちな声がかかる。

血に汚れたページを急いで閉じ、ティッシュで押さえた傷口を机の下に隠しながら返事をすると、ドアが開き、母親の顔が覗《のぞ》いた。

「勉強してた？」

「あ、うん。なに？」

「お友だちが来てるわよ」

「え？」

「刀根さんって男の子と、あと女の子が二人。自由研究のことで、亮ちゃんに相談があるそうだけど」

驚いて、すぐ行くからと答えた。

血は、ほとんど止まっていた。ティッシュを丸めてポケットにつっこみ、玄関を出てみると、まず美月と目が合った。その隣に陽菜乃。二人の後ろに秀俊。三人とも、それぞれ心配そうに亮介を見ている。

互いに出方を窺《うかが》うような微妙な沈黙のあとで、

「……大丈夫？」

美月が小声で言った。

何をもって大丈夫と言えるのだろう。

答えられずにいると、

「これから、ちょっと出られないかな」美月は言葉を継いだ。「ちょっとっていうか――できれば今日一日」

江の島の海は、少しも変わらずそこにあった。

砂の眩《まぶ》しさも太陽の熱も、水平線の蒼《あお》さや雲の白さもみな予想していた以上にあの日のままで、おそろしく長く思われた夏が実際はあっという間に過ぎたことを思い知らされ、海沿いの道を歩きながら四人ともほとんど口をひらかなかった。

景色の中で変わったものと言えば、海の家の数が減ったことくらいだ。八月の終わりともなればさすがに海水浴客も減る。

あさってには学校が始まる。陽菜乃はふつうに登校できるのだろうか、と亮介は思った。家に閉じこもり、カーテンを引いた暗い部屋でうずくまっていてもおかしくはない。そうだとしても誰も彼女を責めはしないだろう。

しかし陽菜乃は懸命に、いや必死に、日常を取り戻そうとしている。おそらくそれは、事件によって傷ついた様子を見せれば、美月が自身を責めると思ってのことに違いなかった。

混みあう駅の雑踏を歩くだけでも、そうとうの気力をふりしぼっていることは感じられる。そばに男性が近づくたび、体をがちがちに強《こわ》ばらせて青ざめている。

そのつど美月がさりげなく間に入ってかばっているが、これが学校ならそうしているほうが目立ってしまう。悪気こそないが乱暴なクラスの男子たちが、前のように気安く陽菜乃の肩をつかんだりしたらどうなるのだろう。

ゆっくりと波打《なみう》ち際《ぎわ》を歩く。女子二人は靴を脱いでぶら下げ、打ち寄せる波を蹴ちらしながら時折笑い声をあげたりしているものの、どこか無理やりな感じがあった。

先をゆく二人との距離が少し離れたとき、亮介は、秀俊をふり向いた。

「なあ」

「うん？」

「なんで今日、こういうことになったんだよ」

秀俊は、微妙な肩のすくめ方をした。

「なんでってこともないけど……桐原のやつが、急に心配だって言いだして」

「何が。僕のことが？」

「まあ、うん。そうだな」

亮介は、美月の後ろ姿を見やった。確かに、今日こうして家から連れ出されていなかったら、何かおかしなところへ足を踏み入れてしまっていたような気もする。誰の手も、誰の声も届かない暗がりへ。

「あの晩のこと……中村に、話したのか？」

秀俊は、黙って首を横にふった。

「そっか」

だとすると彼女は、このあいだ自分のぶつけてしまった〈仕返し〉とか〈仇は取った〉という言葉を、どう受けとめているのだろう。訊《き》いてみたくても、この青空の下にはとうてい似合わない話題だ。

遠ざかる二人の背中に、

「またクラゲに刺されても知らないぞ」

声をはりあげると、美月も陽菜乃も、どこかほっとした顔でこちらをふり返った。

「こんな浅いとこにはいないんじゃない？」

と、美月。

「いるいる、きっとうじゃうじゃいる」

くすっ、と陽菜乃が笑う。

その横顔を見た時、亮介もまたほっと息をついた。やはり自分は、ちゃんと彼女を好きなのだ。そう思えたことに安堵する。

よかった。そうでなければ、あまりにばかばかしいではないか。好きでもない少女のために、人ひとり殺しただなんて。

ぽつりと残っていた海の家から、パラソルとシートだけ借りて浜辺にひろげた。昼ごはんは美月の持ってきた砲弾のようなおにぎりと、陽菜乃が自分で焼いたというマフィンだった。

「お母さんに教わりながら作ったの」

陽菜乃は照れくさそうに言った。

「こないだから、晩のおかずも一緒に作ったりしてるんだ。少しずつでも覚えると、お料理って面白いね。私がそうしてると、お母さんも安心してくれるみたいだし」

ふんわりと甘く香ばしいマフィンは、オレンジのような香りがした。

「夏蜜柑《なつみかん》。近所の人にもらったの。絞った果汁と、皮もおろして混ぜ込んでみたんだけど」

「うまいよ、これ。すっげえうまい。俺、甘いもん苦手だけど、これならいくらでも食える」

口いっぱいに頬張った秀俊が言う。

ひどく嬉しそうな陽菜乃の横顔を、亮介はただ黙って見つめていた。

秋が過ぎ、冬が過ぎ、やがて一年半が過ぎていった。

中学の卒業式を迎えたその日、正木亮介は、下駄箱《げたばこ》の並ぶ昇降口で陽菜乃を待っていた。もう一度だけ、自分の気持ちをちゃんと伝えておきたかった。

あの夜の事件のことは絶対に陽菜乃に話すな、と秀俊からは言われていた。聞けば陽菜乃はすべてが自分のせいだと思って気に病む。それはもう間違いないから、彼女にだけは絶対に話しちゃいけない、俺たち三人で墓場まで持っていくんだ、と。

そんなことは、わざわざ言われるまでもなく、亮介にもわかっていた。だからこれまでずっと、懸命にこらえ、踏みとどまってきたのだ。秀俊こそ何もわかっちゃいない。あれからの日々を耐えてやり過ごすのが、どれほどきつかったか。

死ねば楽になれるのだと思った。手首なんか切ってもどうせ失敗するだけだ。睡眠薬は簡単には手に入らない。高いところから飛び下りるか、電車の前にでも飛びこむか。変に勘ぐられないように、受験勉強を苦にしたかのような遺書でも残して死ぬのがいいかもしれない。秀俊も、美月も、案外ほっとするのではないか。そんなことばかり考えた。

それでも、みんなで海へ行った後、食べ物だけは口にできるようになった。陽菜乃の焼いてきてくれた夏蜜柑のマフィンを、ふつうに食べられた——吐かなかった——のがきっかけだった気がする。

新学期が始まり、まずは傷ついた陽菜乃の心を周囲からそっと守ることこそ急務だった時期が、自分を含む三人の回復を促した部分もあるかもしれない。陽菜乃自身も何かこれまでと違うものを感じてはいたはずだが、それも含めて自分のせいだと思うのか、何も尋ねようとしなかった。

身辺には拍子抜けするほど動きがなかった。一日一日は何ごともなく過ぎてゆき、やがてそれが一週間になり、ひと月になり、数ヶ月になっていった。

人間とは、いいかげんなものだ。人ひとり殺しておいてさえ、一時のような危機感が去ってみると、そのことを忘れて過ごす時間が増えてゆく。

この二年ほどの間、陽菜乃のことは本当にずっと好きだった、と亮介は思う。最初に彼女を水族館へ誘って以来、二人きりでどこかへ出かけることはなかったものの、想《おも》いはむしろ深まっていた。精神的に参っていた時期、いわゆる〈傷もの〉になった彼女のことは自分が守ってやらなくてはと病的に思い詰めたのとはまた違って、だんだんと穏やかな心で陽菜乃を大事にしたいと思うようになっていった。はにかむような彼女の笑い方、のんびりとした話し方、それらのすべてが自分だけのものになったらどんなに嬉しいかと思った。

陽菜乃のほうもまた、まんざらでもなさそうだった。見ていると、秀俊に対してはどこか遠慮しているかのように距離を置いて接するのに比べて、自分とならば話しやすそうだ。美月と秀俊が憎まれ口をたたき合っているのを眺めながら、亮介と目を合わせて微笑《ほほえ》みかけてくれることもある。

通じ合っているのだと思った。だからこそ、あらためて想いを告げておくために陽菜乃を待っていたのだ。それなのに――。

「……ごめんなさい」

陽菜乃はひどくすまなそうに言ったのだった。卒業証書の筒をぎゅっと握りしめた細い指の節が白くなっているのを、亮介はぼんやり見おろした。

「どうして？」

と、ようやく訊いてみる。

「どうしてって……」

「どうして、僕じゃだめなの？　他に、好きな奴《やつ》がいるの？」

　陽菜乃はうつむいた。

「もしかして、刀根？　中村って、やっぱ刀根のことが好きなの？」

　答えてくれない陽菜乃に焦れた。否定しないことこそが答えだとわかるだけに、苛立《いらだ》ちが一気に募ってゆく。

　あたりを見回した。うららかな陽の射《さ》す昇降口の外、少し離れたあたりにはまだ、それぞれの親と一緒の生徒たちがかたまっている。

「わかったよ」

　亮介がそう言うと、陽菜乃はおずおずと目を上げた。

「中村の気持ちはわかったけど、僕は僕で、ちゃんと話しておきたいこともあるからさ。悪いけど、あとでちょっとだけ時間取ってくれないかな」

「……話しておきたいことって？」

「だから、後で話すよ」

　不安そうな陽菜乃に、亮介は駄目押しをした。

「大丈夫。中村のこと、へんに困らせたりはしないから。話を聞いて、それでも中村が僕じゃ駄目だって思うようなら、いさぎよく引き下がるって約束するから」

「でも……」

「二年間もずっと、中村のこと想い続けたんだしさ。まあそれも僕の勝手だって言われればその通りなんだけど、せめてほんのちょっと話を聞いてくれるくらいは、何て言うかこう、ブシノナサケってやつじゃないの？」

無理に冗談めかして言ってみせると、陽菜乃もようやく微苦笑といった感じで表情をゆるめた。

「……どこで、何時ごろ？」

「そうだな。あとで家へ行くよ。僕は中村のおふくろさんにはウケがいいみたいだし。ちゃんと玄関の呼び鈴押すから、そしたら、ちょっとだけ家の外で話したい」

こくん、と頷《うなず》く陽菜乃のつむじを見おろしながら、亮介は、自分の冷静さを確認していた。決して嫉妬《しっと》で頭に血がのぼってるわけじゃない。今の自分はあくまでも冷静で、脳の隅々まで覚醒《かくせい》しきっている。

いったん家に帰り、普段着に着替え、夕方近くなってから陽菜乃の家を訪ねた。ほぼ誰に対しても生硬な顔しか向けない陽菜乃の母親だが、この一年半の間に、亮介にはほぼ普通に話をしてくれるようになっていた。

すぐそこの堤防にいます、とことわってから、陽菜乃を連れ出す。二人きりで並んで歩くなど、これまでをふり返っても数えるほどしかなかった。彼女を促し、石段を川原へと下りる。お互い、四月から通う高校は別々で、何か約束を交わさない限りこうして会うことはもうできないだろう。

「座って」

亮介は言った。

わずかに躊躇《ためら》ったものの、陽菜乃が堤防のコンクリートに腰をおろす。スカートの裾《すそ》を気にかける様子が愛おしい。

「あのさ。これから話すことは、僕にとっても言いにくいことだし、聞かされる中村のほうもきついだろうとは思うんだけど、ごめん、それについては先に謝っとく。ただ、どうしても話しておきたかったし……今話さなかったら、この先はなかなか機会がないかもしれないからさ。それでもいい？ 聞いてくれる？」

その物言いから、いつもとは様子の違うことに気づいたのだろう。陽菜乃はこちらを凝視している。

亮介もまた、見つめ返した。引き返すなら今が最後の機会だ。それでなくとも想像を絶する苦しみを負わされてきた彼女の心に、これ以上の傷を植えつけてどうする。聞かせてしまえば二度と後戻りは出来ない。そう、今が最後だ。〈なーんちゃって〉と笑ってみせればいい。改めて話すことなんてほんとうは何もなくて、ただ、好きだった子と最後の思い出が欲しかったから時間を取ってもらっただけなんだ……。

「聞いて、くれる？」

重ねて問うと、陽菜乃はいったん足もとのゴロ石へと目を落とした。ややあって視線を上げた。無言で頷く。

「ありがとう。じつは、〈あの時〉のことなんだ」

ひくり、と陽菜乃の眉根《まゆね》が震えた。四人の間で〈あの時〉と言えば一つにきまっている。

「嫌なこと思いださせて悪いんだけど……あの時さ、中村んちのおばさん、訴えようとしなかったじゃん。そのせいで、〈事件〉にはならなくて、警察も捜査とか全然しなくてさ。犯人、捕まらないままだったじゃん」

陽菜乃の視線は再び川原の石へと向けられていた。

傾いた陽の光が、広い額や丸みを帯びた頬のあたりを金色に照らしている。もう少し近づいて目を凝らせば、輝く産毛《うぶげ》まで見えそうだ。

「中村はさ、あの犯人に、ほんとはどうなって欲しかったとか、ある?」

「……どういうこと?」

陽菜乃がようやくまた目を上げた。

「だってさ、何の罰も喰らってないわけじゃん? ほんとだったら、何もなしじゃ済まされないはずなのに。だからたとえば、捕まって死刑になって欲しかったとか、いろいろあるじゃん」

陽菜乃が苦笑いをした。

「たとえ捕まっても、死刑にはならなかったと思うけど」

およそ十五歳には似つかわしくない老成した笑みだ。

「そりゃそうだろうけど、たとえばの話さ。どうせ死刑にならないなら、いっそのこと自分が復讐《ふくしゅう》してやりたいとか思わなかった？」

珍しく、陽菜乃は苛立ったらしい。体を左右に揺すって座り直す。

「どうしてそんなこと訊くの？　なんでわざわざ今ごろになってそんな話を蒸し返すのか、よくわからない」

「大事なことだからさ。正直に教えて欲しい」

黙りこんだまま、長いこと眉間《みけん》に皺《しわ》を寄せていた陽菜乃が、やがて重たい口をひらいた。

「そんなこと、考えたってしょうがないじゃない。どうせ、あいつが……あの男が、今さら見つかるわけないんだし。考えれば嫌な気持ちになるだけでしょ。思いだしたくなんか、ないよ」

「わかってる。それは、ごめんってば。だけど、」

「ねえ、なんで思いだしたくないかわかる？」

「……なんで？」

「思いだすと震えが止まらなくなるからだよ」

「……うん。そりゃそうだよな、怖かったよな」

「ちがう。ううん、怖かったよ、めちゃくちゃ怖かったけど、いまだに震えるのはそういうことじゃなくて……」

考え考え、陽菜乃は続けた。ひどく苦しそうだった。

「〈憎い〉んだと思う。たぶん」

「たぶん？」亮介は思わず訊き返した。「たぶんって？」

「だって今まで、ほかの誰かに対してこういう気持ちを持ったことがないから……初めてだからよくわかんないけど、でもたぶんこれが、〈憎い〉っていう感情なんだろうなって」

「どうしてそうだと？」

陽菜乃が、下唇を白くなるほど嚙む。言葉を手さぐりしてから言った。

「殺してやりたいって思うから」

息を吞んだ。最も期待していた返事であるはずなのに、こうして聞くと、予想していたのとは違って響いた。

「もしもあの時、ナイフとか包丁とか持ってたら私、絶対に刺してた。拳銃《けんじゅう》持ってたら撃ってた。ぐっちゃぐちゃにしてやったよ」

いつものおっとりした陽菜乃とはまるで別人だった。声は掠《かす》れ、言葉は叩きつけるように激しい。

「ねえ、なんで？　なんで私があんな目に遭わなくちゃいけなかったの？　何か悪いことした？　お母さんは隙《すき》があったからだって言うけど、隙ってなんなの？　夕方、友だちの家へ行くのに歩いてったこと？　スカートはいてたこと？　困ってる人を助けようとしたこと？　あいつは、私じゃなくても誰でもよかったんでしょ？　なのにどうしてそのことを私が責められなきゃいけないの？」

「……中村」

「おんなじようなバイクを見るたびに怯《おび》えて、アロハシャツを見かけると吐き気がして、〈ごめんね〉って言葉も大嫌いになって。ねえ、なんでこんな思いをしなきゃなんないの？　教えてよ」

亮介は、陽菜乃を見つめた。うつむきがちの顔は今や、夕陽に晒《さら》されていてさえ白さのほうが際立つ。

「学校にいる時、正木くんや刀根くんや美月ちゃんが大事にかばってくれてたのは、本当に感謝してる。おかげで何とかこうして卒業もできたし、高校ではまた一から新しく始められるし。ほんとにありがたいと思ってるよ。だけどね、結局、わかんないと思う。私が、あれからもうずっと、どんなふうに苦しくて、ほんとはどれほど残酷なひどいこと考えてたか、正木くんたちには、絶対、わかりっこないよ」

陽菜乃が口をつぐむと、あたりが急に静かになった。

思いのほか大きな声を出していたことにようやく気づいた彼女が、気まずそうに目をそらす。呼吸が荒いのは、息継ぎもなく喋《しゃべ》りすぎたせいだろう。

薄い肩を喘《あえ》がせている陽菜乃を、亮介は、初めて見るかのような想いで見つめた。おとなしいとばかり思っていた少女の身の裡《うち》に、これほどの激しさが隠されていたのかと驚く。いや、不思議はないのかもしれない。強姦《ごうかん》事件のあと初めて病室で面会したときの彼女が、見事なまでの冷静さを保っていたのは、この激しさと靱《つよ》さがあったからかもしれない。

「ずっと……」地底から響くような声で、陽菜乃は続けた。「もうずっと、ずっと、ずっと！　本当に、殺してやりたかったよ。警察に逮捕なんかされるより、私が直接あいつを見つけ出して復讐したほうが、うんと酷い目に遭わせられる。何度も夢にまで見たよ。動けないあいつを、めちゃくちゃに刃物で刺してるところ。うなされて飛び起きてもまだ、人の背中とかおなかの肉を刺した時のリアルな感覚がてのひらに残ってて、いくら洗っても消えなくて……気持ち悪くてげえげえ吐きながら泣いて、泣きながらまた吐いた。胃袋がひっくり返ってねじれるくらい」

「中村、僕……」

「そんなのって、言っちゃ悪いけど、正木くんたちには絶対わかんないでしょう」

「中村」

「わかんないくせに、簡単に訊かないでよ。〈犯人にどうなって欲しかった〉って？

そんなの、決まってるじゃない」

「いや、うん……ごめん。でも僕、わかるよ」

「軽々しく言わないでったら！」

「ちがうって。中村の気持ち、僕には本当にわかるんだ」

陽菜乃が怪訝《けげん》そうにこちらを見る。

「って言うかさ、中村の言ってることをちゃんとわかるやつは、この世で僕だけだと思う。僕にだけはわかる。正確に」

「……正木くん？」

「〈なんで？〉って、訊きなよ」

眉根を寄せたまま亮介を凝視していた陽菜乃の唇が、ようやくかすかに動く。

「――なんで？」

亮介は、大きく息を吸いこんだ。

ゆっくりと吐き出す。

思いきって言った。

「僕は、ほんとに、殺したから」

　さぞかし驚くだろうと思っていたのに、陽菜乃は返事をしなかった。何かこう、忘れたものを思いだそうとしているかのように首を少しかしげ、唇を〈え〉の形に半開きにして亮介を眺めている。

　そんな場合ではないのに、可愛《かわい》い顔だと思ってしまった。彼女のどんな表情をも自分だけが見つめていきたい。彼女のすべてを、この先も未来永劫《えいごう》、自分だけのものに──。

「僕が、中村の代わりに殺してやったから」

　亮介はくり返した。自身の声もまた、地獄の底から響くようだ。

「な……に言ってるの？」陽菜乃の唇が、震えながら動く。「代わりに殺したって……それ、どういう意味？」

　川から吹いてくる風にかき消されるほどの囁《ささや》きだった。

　頭上はるか、西日に照らされて輝く雲の間を、ヒバリが細くて甲高い声で鳴きながら飛んでいる。

「どういう意味も何もさ」と、亮介は言った。「〈殺した〉は〈殺した〉だよ。そのままの意味だけど」

　信じあぐねる様子で、陽菜乃がこちらの顔色を窺う。何かの比喩《ひゆ》だとでも思っているのだろうか。うっかり真に受けてしまって、あとから勘違いとわかった時に気まずい思いをしたくない、とか。その気持ちはわかる。

「残念だけど、僕一人でやったわけじゃないんだ。協力してくれた人がいたんだけど、でも、頭の上に思いっきり鉄パイプ振り下ろしたのは僕だから。中村がさっき言ってた、てのひらにリアルな感覚が残っちゃってて消えないっていう、その感じはすごくよくわかるよ。僕がまさにそうだったもん」

「待って」

陽菜乃に遮られた。

表情が、がらりと変わっていた。ふだんは柔和な目尻《めじり》が、針と糸をかけて引っぱったように吊《つ》り上がっている。

「お願い、ちょっと待って」

「いくらでも待つけど」

「ねえ、嘘《うそ》だよね？」

「何が」

「鉄パイプだなんて、う……嘘でしょ？」

「そんなばかばかしい嘘をつくほどガキじゃないよ」

「じゃあ……本当にそれ、正木くんがあの男を殺したっていう意味で言ってるの？」

「それ以外に何がある？」

陽菜乃の瞳《ひとみ》が大きく揺れた。

相手が狼狽《うろた》えれば、逆に冷静になれることがわかった。もっと、取り乱してほしい。この正木亮介が、中村陽菜乃という一人の少女のために、あの晩どれだけだいそれたことをしでかしたか。寸分の狂いもなく思い知って、取り返しがつかないほどの罪悪感を覚えて欲しい。

ごめんな、と亮介は言った。

「刀根たちからは、中村には絶対言うなって口止めされてたんだけど」

「えっ。まさかそのこと、あの二人も知ってるの？」

「っていうか、現場にいたしさ。もともと、犯人の居場所をつきとめて強制的に連れてきてくれたのは、刀根の知り合いの人だったんだ」

「警察の人ってこと？」

「いや、それはうちの伯父さんでしょ。そうじゃなくて、ヤクザ」

陽菜乃の顔がさっと翳《かげ》るのを見て、「なんか、刀根とは親しそうだったよ」とわざわざ付け加えてやる。

「で、その人たちが、あの男を縛りあげて連れてきてさ。どうして居所がわかったか知らないけど、中村の事件のこと問いただしたらものすごい怯えてたから間違いない」

すでに一年半ほどの時が経《た》ったとはいえ、言葉にすれば記憶はくっきり甦る。夢の中より、あるいは頭に映像を思い浮かべるときより、こうして言葉で語るほうがはるかに生々しい。淡々と、他人事《ひとごと》のように語ろうと思ったのに、意に反してところどころで声が震えてしまう。

「でも、安心していいよ。それからも、一度も警察に疑われたことはないし、ヤクザに脅されたりもしてない。だから、ただ、これだけ覚えておいてほしいんだ。中村のことを傷つけた男はもう、この世にいないから。僕がこの手で殺してやったし、死体はあいつらがどこかへ運んでいったきり……」

ようやく言葉を切って、亮介は陽菜乃を見つめた。

ちゃんと聴いていたのだろうか。本気にしてくれたのだろうか。陽菜乃は、頷きさえしない。伏し目がちの白い顔がどことなく、いつか修学旅行で見た観音像のようだ。

「……中村」

呼びかける声が、情けないほどかすれた。全部打ち明けてしまったとたん、心許《こころもと》なさに不安でたまらなくなる。

「なか、む……」

陽菜乃がようやくこちらを見る。

その目に、涙はなかった。咎《とが》めるような色もなかった。ただ、青白く透き通るような哀《かな》しみと、深い同情だけが浮かんでいた。

「正木くん、毎晩、うなされた？」

声が震えている。

亮介は頷いた。

「うん」

「思いだして、吐いたりした？」

「……何度も」

ややあって、ふいに手の甲がひんやりとした。

見ると、自分でも知らぬ間に握りしめていたこぶしを、陽菜乃のちいさな手が包んでいるのだった。亮介のこぶしよりも、春の夕暮れの空気よりも、彼女の手のほうがずっと冷たかった。

第四章

暑いのが苦手だ。昔から。

木陰に置かれたビールケースに腰をおろし、近藤宏美は煙草《たばこ》に火をつけた。

寒ければ重ね着をすればいいが、脱ぐほうは限界がある。柄入りの体では、季節が逆戻りしたようなこの暑さでも腕まくりひとつ迂闊《うかつ》には出来ない。

スミを見せびらかすなど三下のすることだ。まともな極道はそんなことはしない。秘める。近藤の刺青《いれずみ》は両の手首足首まで全身に及んでいるが、付き合いの長い堅気《かたぎ》の人間の中にも、彼がスミを入れていることをいまだに知らない者がいるほどだった。

こがこがと肉の焼ける匂《にお》いがする。懇意にしているバーが主催するバーベキュー……とは名ばかりで、ほんとうは組が仕切ってのイベントだ。ふだん世話になっている、つまり持ちつ持たれつの関係にある不動産屋や金融業などの社長連中、それに企業舎弟であるＩＴ関係者などを招いての、毎年恒例の懇親会だ。やれ、と九十九会長がひとこと言えば、あとは若衆がてんでに動く。今日のために、極上の肉と酒が山のように用意されていた。

ひととおり飲み食いして腹のふくれた連中が、あちこちで賭《か》け事を始めている。サイコロが丼《どんぶり》に跳ねる音、花札を叩《たた》きつける音が入り混じる。九十九会長も、煙草をふかしながら遊びに付き合っている。

「遅くなりまして申し訳ありません」

また新しい客がやってきた。金貸しの社長とその若い愛人だ。

「ようこそおいで下さいました」

「お招き頂きましてありがとうございます。……ほら、話しただろう、こちらがあの近藤さんだ。挨拶《あいさつ》しなさい」

促されて、美人だが頭の足りなそうな女がだらしない会釈《えしやく》をする。相好《そうごう》を崩した社長が、太鼓腹を揺らして言った。

「若頭、このたびはおめでとうございます」

近藤は眉《まゆ》を寄せた。

「何の話です？」

「聞きましたよ。九十九会長が今度、砂川組と肩ぁ並べて、G会の直参に、って話」

うなじがかっと熱くなるのを感じた。

「いったいどこからそんな」

「いやあ、それはまあ、いいじゃないですか。とにかく、おめでとうございます。これで『真盛会』もいよいよ安泰ですなあ」

得々と喋《しゃべ》る社長の口を引き裂いてやりたかった。

確かに今、そういう話は出ている。が、上部組織からの正式な決定を待たずして、まるで自ら言いふらしているように受け取られては事だ。上へ上へとのし上がってゆくために、必要と思われることは迷わず行動に移してきたのが、九十九誠という男だ。その九十九にとって長年の望み、いや積年の野望であったプラチナの座が、万が一にも流れてしまうような危険は何としてでも排除せねばならない。

「そういう話は、どうか胸に納めておいて下さい」

「いやいや、まあまあ、おめでたい話なんですから」

笑っている金貸しを、

「いいですか、社長」近藤は、まっすぐに睨《にら》み据えた。「二度と口に出さんで下さいと、お願いしています」

相手の目に、狼狽《ろうばい》が走った。

「も、もちろんですよ。もちろん、他所《よそ》では絶対に言いませんとも。絶対に」

「……わかって頂ければいいんです」脂汗《あぶらあせ》をにじませる社長とその愛人に、近藤は笑いかけた。「ゆっくり遊んでって下さいよ」

座る場所を空けさせるよう若い者に命じる。ようやく息をつき、再びあたりに目を配った。

風向きによって、炭火の煙がこちらへ寄せてくる。しみる目を瞬《しばたた》かせながら煙のもとを見やる。横長の大きなバーベキューコンロの前に立ち、うちわを片手に、もう何時間も黙々と肉や野菜を焼き続けている男。本業のほうで壁を塗っている時なども、あれくらい無表情で無口なのだろうか。

にわか仕立てのバーベキュー会場は、組系列の産廃業者の駐車場だ。集まっているのは気の荒い連中ばかり、酒が入ればなおさらだ。

「おう、こっち肉が足りねえぞ！　早く焼けよ早く！」

「酒だ、酒持ってこい、何ボヤッとしてやがる！」

いちいち喧嘩《けんか》腰の怒号が飛び交う。

隅のほうに据えられた炭火コンロの前に立つ秀俊は、しかし顔色も変えずに次から次へと肉の包みを開けては焼き続けていた。いくつもの島に分かれたテーブルを見渡しては、どこに何が足りていないかを見て取り、焼きあがった肉の皿を若衆に手渡しながらさりげなく指示を出す。噴き出す汗は、首にかけたタオルでいくら拭《ぬぐ》おうと追いつくものではない。シャツが濃い色に変わり、体に貼《は》りつく。

近藤は、目を眇《すが》めた。

まだ小学生だった秀俊を川原で拾った時、九十九はまだ三十そこそこの若頭補佐、自分など二十歳にもならないチンピラだった。

やがて九十九は若頭へと出世し、四十代半ばで『真盛会』の二代目に収まった。それを機に彼の組であった九十九興業を引き継いだ後も、近藤は、ずっと変わらず右腕として立ち働いてきた。〈宏美〉という女名前を呼ぶことができるのは、昔ならいざ知らず、今では九十九ひとりだけだ。それ以外の他人には絶対に苗字《みょうじ》でしか呼ばせたことがない。

この歳《とし》になり、この立場にもなってみると、何が起こっても簡単に動じるわけにはいかない。動じなさを身につければ、引き替えに心の感覚が鈍磨する。それでもどういうわけか、近藤の中で、九十九と刀根秀俊の因縁にまつわる記憶ばかりはどれもこれも色鮮やかなのだった。一つひとつがまるで先週か先月にでも起こったことのようだ。

いま、大勢の男たちの中にあっても、秀俊の体格の良さは際立《きわだ》っている。やけっぱちで川に石を投げ込んでいた小学生が、こうしてむくつけき漢《おとこ》へと育ち上がる間に、正直なところ、近藤の胸には何度か同じ疑念が兆《きざ》した。いちばん最初は、柔道場の師範・木原が秀俊についてこう評した時だった。

〈あれは、筋がいい。動体視力が半端《はんぱ》じゃないし、技のキレも鋭い。九十九先輩が目をかけるのも無理はないですよ。だって、見れば見るほど、往年の先輩の柔道にそっくり

なんですから〉

——と、ふいに携帯が鳴った。発信者は、原田。組の顧問弁護士だ。耳に当て、用件だけを聞いて話を終える。

肉を焼く秀俊のほうをもう一度見やると、近藤はきびすを返し、木陰に座る九十九のもとへ近づいていった。

もう、四半世紀も昔のことになる。どうしようもない糞《くそ》ガキを自認する当時十四歳の近藤を、なぜか年の離れた弟のように可愛《かわい》がって連れ回し、一から売りを手ほどきしてくれたテキ屋の男がいた。

山田、下の名前はシゲオといったか。粗野だが、しかし人情味のある男だった。左の頬、目尻《めじり》から口の端にかけて引《ひ》き攣《つ》れたような深い傷跡があった。

その後、十六歳になった近藤は、相手がヤクザと知らずにトラブルになり、あわや海に沈むかという土壇場《どたんば》で、初代『真盛会』の幹部だった九十九誠に助けられ拾われた。あの山田シゲオが同じ代紋の人間であることを知ったのは、自ら組を持つ九十九の〈子〉として事務所に出入りするようになった後のことだ。

あまり良い再会とはならなかった。同じ『真盛会』の中にあっても、近藤が忠誠を誓うこととなった九十九誠は、若頭補佐の立場にありながら、当時の若頭・佐々木幸三に対して対抗心と敵意をむき出しにしていた。山田シゲオは、その佐々木幸三の若い者だったのだ。

後にわかったことだが、九十九には悪い癖があった。気に入った相手を、苛《いじ》めずにいられないのだ。

子どもの頃に飼っていた犬は、九十九に蹴《け》られて死んだそうだ。

〈こっちは可愛がってやってんのに、さっぱり懐《なつ》かねえもんだから、しょっちゅう腹を蹴り上げてたら、ある日いきなり気持ちの悪い声をあげて痙攣《けいれん》しやがってな。あっけなかったぜ〉

つまらなそうに九十九は言った。

付き合う女に対しても同じだった。その時々の愛人のところへ送り迎えするのは近藤の役目だったが、優しくしているのを見た例《ため》しなどまずない。行為で責め、言葉で苛《さいな》み、それでもついてくる女しかそばに置こうとしない。たとえ孕《はら》もうが、頓着《とんちゃく》せず抱いていればたいていは流れた。

もとより、家族には恵まれなかったようだ。母親の記憶はなく、父親は覚醒剤《かくせいざい》中毒者だったと聞かされたことがある。

九十九のような男には、極道の世界こそはどこより楽だったのかもしれない、と近藤は思う。愛情表現にさえ暴力の入り混じる彼にとって、愛のない相手への残虐《ざんぎゃく》行為に躊《ちゅう》躇《ちょ》などあるはずがないからだ。

しかしそれだけに、川原に佇《たたず》む傷だらけの少年を拾い、飯まで食わせてやるのを見たときは驚いた。出会いは、じつはまったくの偶然というわけではない。九十九はその十年以上も前からたびたび母親の江利子がいる店に出入りしており、子どもの存在も知っていたらしい。

ともあれ、あの日、たらふく食わせてファミレスを出る頃には、九十九は少年のことを「ヒデ」と呼ぶようになっていた。

秀俊もよほど寂しかったのだろう。左官屋だった父親は二年前に死んだというから、男親の愛情に飢えきっていた部分もある。最初のうちこそ警戒していたものの、一旦《いったん》心をひらくと後は早かった。砂漠をさまよう旅人が水を求めるように、自分に向けられる九十九の同情を必死になって飲み干そうとした。しばしば覗《のぞ》かせる強がりと相まって、それはもう憐《あわ》れなほどだった。

「あのガキを、どうしようっていうんです？」

家の近くまで送り届けてやったあと、近藤はバックミラー越し、後部座席の九十九と目を合わせた。

「いくら何でも、ゲソつけるにはちょっと早すぎやしませんか」

「ばかたれ」九十九は苦笑した。「組とは関係ねえよ」

「たまには善行を施さねえと、みたいな感じですか」

「へえ。えらく難しい言い回しを知ってんじゃねえか」

「真鍋の会長の受け売りですけどね。それともオヤジ、まさかあの江利子ってあばずれに本気で……」

「ばかな」

ふん、と鼻を鳴らす。ややあってから、九十九は言った。

「女や犬を飼うより、よっぽど面白そうだと思ってな」

ひとつの傷が治りかけたかと思えばまた次の傷を作ってくる少年に、九十九が柔道を習わせ始めたのは出会ってからすぐあとだ。柔道着から袋まで一式用意してやると、中学時代の柔道部の後輩・木原の道場へ連れて行った。

「細かいことは詮索《せんさく》するな」九十九は言った。「稽古《けいこ》代は俺が持つし、時々は様子を見に来る。俺が来られなくてもこの近藤がな。とにかく、厳しくしごいてやってくれ。手加減は要らんからな」

「それは構いませんけど」木原は怪訝《けげん》そうに言った。「なんで先輩が自分で稽古つけてやらないんですか」

「俺なんざもう、技も身体《からだ》も錆《さ》び付いちまったよ」

「何言ってんですか。〈殺しのツクモ〉がよく言いますよ」

近藤が思わず見やると、九十九はふっと顔を歪《ゆが》ませた。

「また古いことを。いや、無理だな。俺が教えると、へたすりゃほんとに殺しちまう」

木原の顎《あご》が強《こわ》ばるのがわかった。

「……悪い冗談は」

「マジで言ってるんだ。お前だってよく知ってるだろう」

当の秀俊はといえば、そばできょとんとしていた。

木原に予告したとおり、九十九は、組の用事の合間を見ては道場に立ち寄り、稽古の様子を眺めた。どうしても行けない日が続くときは、近藤が代わりに行かされた。

年齢も境遇もばらばらの少年少女たちがそれぞれに汗を流す中、秀俊は、誰とも交わろうとしなかった。休憩ともなれば道場の隅にきちんと正座して汗をぬぐい、ほかの誰かが型を習ったり乱取りしたりする様を真剣に見つめていた。早く、とにかく一刻も早く強くなりたいという意志が、目の光ににじみ出ていた。

オヤジにもあんな時代があったのかと近藤は思った。

それにしても、取るに足りない子どもひとりがどうしてこうも鬱陶《うっとう》しいのだろう。年に似合わぬふてぶてしさが気に障《さわ》るからか。いや、そうではない。引っかかるのは子どものほうではなく、九十九の目つきだ。利用価値のありそうな相手を値踏みするような、それでいて個人的に気に入った女をいたぶり苛む時にも似た——。

歓迎すべきこととは思えなかった。この稼業《かぎよう》、最も命取りになるのは〈油断〉と〈執着〉だ。ことに後者は、ひとたび生まれてしまうと律するのが難しい。女であれ家族であれ道楽であれ、愛しても溺《おぼ》れるな。そう教えてくれたのは、当の九十九ではなかったか。

当時、九十九が若頭補佐を務めていた『真盛会』は、広域指定組織G会の下部団体だったが、上部組織からは義理かけや警備などで容赦なく招集がかかり、また花会と呼ばれる賭場《とば》もひんぱんに開かれていた。テラ銭はむろんすべて主催した側のものになる。祝儀《しゆうぎ》とあわせて莫大《ばくだい》な金が動くわけだ。

秀俊が生まれて初めての試合に出たのは、九十九や近藤らが上の組の警備当番に駆り出された翌日だった。酒など一滴たりとも飲めるはずはなく、ひと晩たっても神経は磨《す》りへったまま。正直、ふらふらだった。

それでも、九十九は朝早くから起き出した。少年を迎えに行き、試合会場まで送って行くためだ。近藤は、黙って車を回した。

小規模なローカル試合だったが、それでも多くのジュニアたちの中で秀俊は健闘し、準々決勝まで進んで敗れた。身体二つぶん大きい相手から一本背負いを決められての負けだった。

試合のあと、歯を食いしばり涙を浮かべて悔しがる少年を、九十九はひと言も慰めなかった。ただ、帰る途中でいつかのようにファミレスに寄り、好きなものを好きなだけ頼めと言った。食欲は今ひとつのようでも、皿が並べば胃袋は正直だ。腹がくちくなったせいで眠気に襲われた少年は、帰りの車の中で静かになり、近藤がバックミラーを見るともう眠っていた。

後部座席の九十九は窓の外を眺めている。その隣で、寄りかかるように眠る子どもは、こめかみや頬、半開きの唇の端にも擦り傷や痣《あざ》のあとがある。どう見ても今日できたものではない。

「なあ、宏美」

はっとなった。ミラーの中、九十九がこちらを見ていた。

「お前に、話したことあったかな。俺の中学時代のことだがよ」

「そうですね。柔道をやってたって話は聞きましたけど」

いつもより声を落として答えると、九十九は笑った。

「気にすんな。雷が落ちたって起きやしねえよ」

近藤は、わずかに肩をすくめた。

「今思うと自分でも信じられないんだがな」九十九は続けた。「じつを言うと、あのころ一時期、ポリ公になろうって考えてた」

「はあ？」声を落とすどころか、裏返ってしまった。「冗談ですよね？」

「いや、マジでな。うちの親父《おやじ》がとんでもねえシャブ中で……って話はしたか」

「あ、はい」

「意味不明の言葉をわめき散らして暴れてさ。わかるだろ、人間ですらなくなったような有り様で……シャブなんかやる前はただおとなしいだけの父親だったから、そんなふうにした側の人間が心底憎らしくてな」

「それで、取り締まる側にってことですか」

「ああ。金もなけりゃ、勉強もできねえ。どうせ大学なんか行けっこねえし、行く意味もねえ。高校出たらすぐ警察学校に入って、俺みてえな思いをする者が少しでも減るように、連中を片っ端から取り締まってやる。本気でそんな青臭いことを考えてた」

「――そんなの、初めて聞きましたけど」

「だから、初めて話すんだよ」

「はあ」

「まさかそれが、こんなヤクザもんになっちまうとはなあ。人生いろいろってやつだぜ」

自嘲《じちょう》気味に呟《つぶや》く九十九の様子を、近藤はミラーを見上げ、注意深く窺《うかが》った。

「そもそも、いったいなんで俠《おとこ》を売る道に」

「さあ。なんでだろうな」再び窓の外へ視線を投げる。「あえて言えば、中学でまあ、ちょっとあってさ」

「ちょっと？」

「俺が柔道部の主将を務めていた時だったよ。隣町の中学と練習試合をした。向こうもけっこう強くてな。意地と面子《メンツ》をかけての戦いになったわけだ」

「目に浮かびますね」

「勝ち抜き戦でな、最後に出てった俺が負けたら終わり、そういう勝負だった。これがしぶとい相手でよ、さんざん取っ組み合った末に、かなり無理矢理の背負い投げをかまして、ようやく一本よ。場内大歓声、大拍手よ。なのに、畳の上に仰向《あおむ》けになった相手の中学のやつが、いつまで待っても起きあがってこねえ。仰向けんなったまんま、駄々こねてやがるのかと腹が立ってよ。そばへ行って『おい、ふざけんな』つって揺すぶっても、ぴくりともしねえ」

相手方の主将、そして指導教諭が駆け寄ってきて顔色を変えた。試合は中止になり、すぐさま救急車が呼ばれて、ぐったりした生徒を担架に乗せて運んでいった。後から届いた報《しら》せは最悪のものだった。脊髄《せきずい》損傷。首から下の一切が動かないと診断されたのだ。

「もう一生、車椅子《くるまいす》生活だよ。まだ中学生だったのによ。けど、未成年の俺は、責任を問われなかった。監督不充分ってことで、たしか学校側が賠償責任を負う形になったんじゃねえかな、よく覚えてねえわ。しかし、周囲の目ってのは冷たくてよ。結局俺は、柔道部もやめたし、学校行くのもやめちまった。で、おきまりの裏街道をひた走った末に、気がつけばポリ公じゃなく極道になってたってわけだ。……どうだよ宏美、笑えるだろ？」

「……いえ」

「笑えよ」

そう言って、九十九は自分でくつくつと笑い声をたてた。

「ちなみに、そん時の相手方の中学の柔道部主将。誰だと思う？」

「さっぱりわかりません」

「オカ」

「は？」

「三島署のデカの、岡崎、いるだろう。あいつだよ」

「えっ」

九十九は呵々大笑《かかたいしよう》した。

「何を思ったか、あの野郎こそポリ公になっちまった。やれやれだぜ。こんな馬鹿《ばか》っ話、あんまりアホらしくて真鍋のオヤジにも聞かせたことはねえ」

近藤は、ブレーキを慎重に踏んで、前の車との距離を取った。会長にも話したことのない秘密を自分にだけ打ち明けてくれた――それを聞いて、手放しで喜べるほどお人好《ひとよ》しではなかった。九十九は、無駄なことはしない。

「その坊主《ぼうず》を、どうする気ですか」

「さあなあ」

にやりと笑う。秀俊の頭は車の振動に合わせてぐらぐらと揺れ、今にも隣の肩に付きそうだ。汗ばんだこめかみに残る真新しい傷跡を、九十九が人さし指でぐいとつっつく。目を覚ます様子はない。家ではあまり落ち着いて寝られないと言っていたから、久しぶりの深い眠りなのかもしれない。

「気にくわねえんだよなあ」

と、九十九がつぶやく。

「誰がです？」

「江利子のイロに決まってるだろ。ったく、人の持ちもんに勝手に傷をつけやがって」

「そんなに可愛くなっちまいましたか」

「うーん、そういうんじゃねえんだが」九十九は、くっと口を歪めた。「ま、物事には時ってもんがあってな。野郎には、いずれ思い知らせてやるさ。今じゃねえ」

まもなく近藤は、二十一で結婚した。相手の妊娠がきっかけだった。

おとなしく情のある年上の女だったが、こいつでなければというほどの思いがあったわけではない。妻にするにはそのくらいがちょうどいいと思った。どこがいちばん気に入ったかと言えば、近藤以上に九十九をきちんと立て、組へも配慮の出来る頭の良さだった。

すぐに息子が生まれた。近藤に似ていた。目鼻立ち、仕草、時折はにかむように笑う表情がそっくりだと人にも言われた。

愛《いと》おしいと思えば思うほど、必要以上に抱くことをしなかった。

〈俺が独りだからって、気兼ねしてるんじゃないだろうな〉

九十九には言われた。

〈もっと抱いてやれよ。お前は俺みたいに、女や赤ん坊が可愛いからってくびり殺したくなったりはしないだろ〉

しない。だからこそ怖かったのだ。執着は避けたかった。

おのれの弱さなど、はなから自覚している。何も、組に入って始まったことではない。イケイケの若衆だった頃から、いや、遡《さかのぼ》れば子どもの頃からそうだった。仲間や下の者たちから怖《おそ》れられる裏側で、生身の自分がどれだけ情に脆《もろ》く、易《やす》きに流されやすいか。対人恐怖症の人間がせめて伊達《だて》眼鏡で自分を護《まも》ろうとするのに似ているかもしれない。冷徹や酷薄は、近藤にとって、二代目『真盛会』若頭として表へ出るためにどうしても必要な仮面であり鎧《よろい》だった。

これまでの人生で、鉄壁の防御を崩した人物は二人だけ。

一人は、九十九。もう一人は――。


肉が焼ける匂いをずっと吸い込んでいるせいか、ろくに食ってもいないのに胃がもたれる。かといって酔うわけにもいかない。組のバーベキューくらい若い者に任せて飲んでもかまわないのだろうが、仕方がない、性分だ。

「会長」

そばへ行って声をかけると、九十九が花札から目を上げた。

「おう。どうした」

近藤は、手の中の携帯を示してみせた。

「今、原田さんの奥方から連絡がありまして」

「ああ？　なんだ、またか」

「はい。今日は体調がすぐれないようなので、とても行かせられないと。会長さんにくれぐれもよろしく、とのことでした」

九十九は舌打ちをした。

「ったく、何がよろしくだ」

組の法律関係の問題は、すべてその原田弁護士に相談しているのだが、六十代も半ばを過ぎ、いささか体にガタが来ているらしい。

「あの女め、いちいちでしゃばりやがって。どうせ本人は来る気満々だろうに、いつだってドクターストップの前にワイフストップだ。腹の立つ」

近藤は黙って頷《うなず》いた。

そろそろ、原田の次を見つけなくてはならない。目星はつけてあるが、ことは組全体に及ぶだけに、慎重の上にも慎重を期して運ぶ必要がある。

皆、そろって歳をとる。順番に表舞台から去ってゆく。九十九でさえ、すでに五十四。極道として最後の勝負をかけるなら今しかない。

「とにかく、わかった」苦い顔で九十九は言った。「そういうことなら仕方ない。ま、今日は仕事の話をするようなアレでもないしな」

「何か見舞いでも送っておきますか」

「いらん。癖になる」

それより、と近藤の背後へ顎をしゃくる。

「ちょっと行って、やつにそろそろ誰かと代わるように言ってやれ。昼からずっとあの調子だ。どうせ自分はろくに食ってないんだろう」

誰の話かはわかっていたが、近藤はあえてふり返り、秀俊のほうを見やり、再び九十九に目を戻した。黙って見下ろす。

「何だ」

「……いえ」

きびすを返し、言われたとおり秀俊に近づいてゆく。

「おい、刀根」

声をかけると、彼は汗と炭にまみれた顔を上げた。

「会長が、誰かに持ち場を代われとおっしゃってる」

「いえ。結構です」

即答だ。

「まあそう言わずに、少しは座れや。向こうで何か食ったらどうなんだ」

重ねて促してもなお、頑固にかぶりを振る。

「すいません。自分は動いてるほうが楽なんで」

近藤は早々にあきらめ、秀俊にどうせ飲まない缶ビールを一本押しつけただけで九十九のもとへ戻った。

「野郎、どうでも肉が焼きたいようですよ」

「ふん。こっちで博打《ばくち》に混ざるほうがかえってしんどいってか」

「そういうことでしょうね」

言葉を切って見下ろすと、九十九もまたこちらを見上げてきた。

「何だよ、さっきから」

「いえ、何も」

「ま、お前の言いたいことはわかってるがな」

そうですか、と近藤は言った。どうだか、と思った。

もう二十年も前のあの夜を、近藤は今でもよく思いだす。忘れられない、と言ったほうがいいだろう。

こんな稼業にあっても、目の前で人が撲殺されるなどそうざらにあることではない。中学生を三人も巻き込んでとなればなおさらだ。九十九が刀根秀俊という少年一人にこだわりすぎているのではないか、という近藤の懸念《けねん》が、最悪のかたちで表れた格好だった。

その発端となった強姦《ごうかん》事件について聞かされたとき、近藤は思った。そのくらいのことが何だというのだ。もっと幼い頃から性の奴隷《どれい》のように扱われて育った女たちを幾人も知っている。命を取られたわけでもない、たまたま出くわした狂犬に咬《か》みつかれた程度のことで、何が復讐《ふくしゅう》だと片腹痛かった。

しかし、九十九は秀俊の頼みを聞き入れた。手を尽くして強姦魔の居所をつきとめ、くだらない復讐劇の舞台を用意してやったあげくに、事態は殺しにまで発展してしまった。オヤジの罠《わな》にはまったとはいえ、あんな間抜けなガキなど、かばってどうする。当時は、十四歳ならばたとえ捕まっても少年院送りになるだけで刑事罰は科されなかったが、組織が絡《から》んでいたと知れれば、話はこちらにとってはおそろしくややこしくなる。それくらいのことは当然、九十九もわかっていたはずだ。

近藤にはもはや、九十九が秀俊という少年の人生を完全に手中に収めるために、見えない鎖を幾重にもかけてたぐり寄せているようにしか思えなかった。この命を投げだしても従うと決めた人物だが、理由のわからない執着だけは傍目《はため》に薄気味悪いほどで、あの晩も、駆り出されはしたが気乗りのしないこと甚だしかった。珍しく不注意でもあったかもしれない。そうでなければ、あんなことになる前に事態を止められていたのではないかと思うと、いまだに後悔が胸をよぎる。忘れてしまえないのはそのせいだ。

物体と化した男をワゴン車に積みこみ、苦労して後始末の算段をつけたあとのことだ。夜明け近く、九十九は近藤に、当時の愛人のマンションへ向かうようにと言った。事件による昂揚《こうよう》が欲望に結びつくのは道理だ。

しかし、送り届けるべく、防弾ガラスのはまったセダンを走らせていた近藤に、後部座席から独特の濁声《だみごえ》が言った。

「気が変わった。もういっぺん現場に寄ってみてくれ」

現場。訊《き》き返さずとも、血の跡の残るあの資材置き場に決まっている。近藤は、黙ってハンドルを切った。

ややあって、濁声はなおも言った。

「初めに気がつくのは誰かな」

「は？」

見上げるバックミラーの中、後部座席は闇《やみ》に沈んでいた。たまに街灯の下を通り過ぎる時だけ、横顔が白々と閃《ひらめ》く。

「気がつく、とは？」

「こいつのことさ」

再びミラーを見上げる。九十九が手にしている黒い物体に目を凝らす。

「――結局、取りあげたんですか」

「人聞きの悪いことを言うな。落としものを拾っといてやったんだ」ほくそ笑むような気配があった。「気がついて探しに来るとしたら誰だと思う？　今ごろ、ヒデあたりが暗がりを這《は》いずり回ってるかもしれねえな。こんなもの、他人に拾われたらえらいことになると思って必死んなってよ」

「そんな、他人事《ひとごと》みたいに」思わず咎《とが》めた。「ほんとにそんなことになってたら、俺らのほうがやばかったじゃないですか」

「なあに、どうせ何も写っちゃいねえ」

「え？」

「俺は横からちゃんとチェックしてたんだ。録画中は赤く光るはずのとこが緑のままだった。あのガキ、撮ってるつもりがボタンを二回押してたってわけさ。かわいそうに、緊張してたんだろうなあ」

九十九は声をたてずに笑い、現場が近づいてくると、静かに行け、と命じた。

こんな時間にまず車など通りかかることのない切り通しの道を、じわりじわりと進んでゆく。アスファルトに浮いた砂をタイヤが踏む音までがあたりに響きそうで、なおもスピードを落とす。ヘッドライトも消し、行く手の暗がりに目を凝らす。夜明けにはまだもう少し間があり、月明かりだけが頼りだ。

資材置き場となっている空き地の入口近辺には、太い丸太が積まれていた。子どもらが初めのうち身を隠していたのがその場所だった。

「停めろ」

「エンジンは」

「切れ」

そろりと停車し、言われたとおりにすると、いきなりシンとなった。濃密な静寂が押し寄せてくる。

数時間前に犯人の男を取り囲んでいたのは、空き地のもっと奥、プレハブ倉庫の際のあたりだ。目を凝らしても、暗くて何も見えない。

かわりにキーを一段階だけ回し、助手席の防弾ガラスを少し下ろして、耳をそばだてた。思いのほか虫の声が大きい。

九十九が、ふっと笑った。降りると思ったが、背もたれによりかかったままだった。深い呼吸が聞こえる。時折の満足げなため息も。

闇の中、向こうの地べたを這いずり回って探しものをしているのが誰かはわからない。秀俊かもしれないし、もう片方の少年かもしれない。話し声は聞こえないから、おそらく一人きりだろう。こちらが車を停めて様子を窺っていることには気づいていないようだ。ほんの時たま小さな懐中電灯が点《とも》るのが見えたが、人目に付くのを怖れてか、そのつどすぐに消された。

近藤は、何やらひどく酸《す》っぱいものを鼻先に突きつけられた気分になった。中学二年生など、まだまだ子どもだ。今ごろ、夜明けとともに世界が終わるかのような恐怖と絶望で気が狂いそうになっているに違いない。

その夜明けが訪れるときが来た。あたりのものの輪郭が浮かびあがるのと、ささやかながら鳥が鳴き始めたのはほぼ同時だった。

敷地の向こうで、人影がゆらりと立ちあがるのがわかった。

「ははん」ずっと無言でいた九十九が、初めて口をひらく。「よりによって、なあ」

「どうします」

「待ってりゃいいさ」

ほどなく少女はこちらの車に気づき、硬直したように立ちつくした。

九十九が後部座席の窓を下ろそうと手をのばすのを見て、近藤は急いで再びキーを回した。スモークガラスが下りると、九十九はゆっくりと手招きをした。

逃げても意味はないと悟ったのだろう、おそるおそる近づいてきた少女が、九十九の差しだしてみせたビデオカメラを凝視する。受け取ろうと手をさしのべた、その瞬間、九十九はドアを開け、常日頃ののっそりとした身ごなしからは信じがたいほどの敏捷《びんしょう》さで引きずり込んだ。

暴れて抵抗する少女を押さえつけ、ビデオを回す。バックミラーでその様子を窺い、九十九が口にする脅しの言葉を聞きながらも、近藤はあたりに気を配っていた。空き地の中でもここは奥まっており、道からはほとんど見えないが、これ以上明るくなればどうかわからない。見とがめられるのは極力避けたい。

「お前だけ、逃げようってか？」

九十九の低い声が囁《ささや》く。

「あの二人に責任押しつけて、自分だけばっくれようったって、そうはいかねえぞ。なあ、見てたんだろ？　さっきあそこで何が起こったか、全部見てたんだよな？　お前だけ安全な場所に隠れたまんま」

と、少女が突然、暴れるのをやめた。そのかわりに、後部座席からふくれあがるように寄せてきたのは、怒気。十三、四の少女のものとは思えないほどの、強烈な怒りのエネルギーだった。

近藤は、思わず首を捻《ひね》ってふり返った。

仰向けに転がされ、頭上のシートに手首をひとまとめにして押さえつけられている少女の顔は真っ白だ。長い髪が頬にかかり、唇にも一筋はりついている。

九十九がなおも囁く。

「こっちを向けよ。逃げねえように、お前の顔を撮っといてやる」

ますます追い詰められるはずの言葉に、しかし少女は、そむけていた顔を戻してレンズを睨みつけた。

ばか、そんなことをしたら、と思うより先に、

「へえ。気の強い女だな」案の定、九十九が悦《よろこ》んだのがわかった。「怖くないのか」

少女は答えない。

「ふん。ガキのくせに肝が据わってやがる」

気に入った。そう言って、九十九はカメラなどそっちのけで覆《おお》いかぶさり、ほっそり

とした喉元《のどもと》にかぶりついた。

ひ、と息を吸いこみ身体を強ばらせた少女が、目を見ひらく。恐怖のあまり瞳孔《どうこう》がひらいているのが間近に見て取れる。薄紫の夜明けの空気に、黒目と白目の対比がくっきりと美しい。

近藤は、同じく呼吸を忘れた。意味もなくハンドルをきつく握りしめたまま、彼女の顔から視線をそらすことができずにいた。

「子ども相手に興奮するような趣味は、俺にはないはずなんだがな。お前を見てると、妙な気分になる。なんでヒデの野郎はお前を選ばないんだろうな」

聞き取れないほどかすかな、吐息のような声が、彼女の口もとから漏れる。その瞬間だった。近藤は、急激に湧《わ》き起こった自身の変化に、痛みすら覚えて呻《うめ》いた。信じがたい思いで股間《こかん》を見おろす。何なのだ、これは。相手は八つも年下の子どもじゃないか。

狼狽《うろた》えた。自分をご立派な人間とは思ってもいない。秀俊らの年の頃にはもう生きるのに必死で、足もとの危うい者に狙《ねら》いを定めてはどん底へ突き落とし、たまらずにすがってくる相手の弱みをさんざん利用した。法に照らし合わせて許されるかどうか以前に、人として許されない類《たぐい》の所業を山と積みあげてきた自覚がある。それでもさすがに、あの強姦魔には反吐《へど》が出た。ほんの二年前まで小学生だった少女の口をふさぎ、一物を突っ込んで好き放題に犯した男。それを愉《たの》しいと思える神経がわからなかったし、勃起《ぼっき》できるなどなおさら信じられなかった。ほんの数時間前、その男があっけなく命を落とす羽目となったについても、だから面倒とは思いこそすれ心はさほど痛まなかったのだ。なのに、その自分がなぜこんな――。

後部座席の九十九が、録画したテープを抜き取り、空のビデオカメラともども少女を車から放りだす。砂利まじりの土の上に倒れた彼女は、長い髪を乱しながら必死に起きあがり身構えた。

「出せ」

九十九に言われてエンジンをかけ、車を出す。バックミラーにはしばらくの間、朝まだきの地面に手をついてこちらを見送る少女の姿が映っていた。

「気になるか」

言われて後部座席に目を戻す。ミラーの中、九十九は、真意のつかみにくい笑いを浮かべて近藤を見ていた。

言葉を選んで返す。

「子どもが秘密を守れるとは思えません」

「ま、そこだよな」

抜き取ったビデオテープを手の中で弄《もてあそ》んでいる。そこに事件の現場は、じつのところ写っていないと九十九は言う。かわりに写っているのは、いま撮ったばかりの少女の顔だ。恐怖におののきながらもカメラを睨み返したあの表情。——下半身がまた、不穏な感じに凝《こご》る。

「宏美」

「はい」

「見張っとけ」

「……はい」

「お前だけでガキ三人は難しいだろ。二人でいい」

「秀俊と、あと一人は？」

「いや。ヒデ以外の二人」

え、と九十九を見つめ返す。

「大丈夫だ。ヒデの野郎はほっといたって絶対に他へは漏らさねえ」淡々とした物言いからも、相変わらず真意は読めない。「いちばん世話が焼けるのは張本人だろうな」

「あのヒョロスケですね」

苦い笑いを浮かべた九十九が、ふっと真顔になる。

「あいつは、危ねえ」

「……はい」

「よぉく気をつけとけ」

「はい」

「あのあばずれも、別の意味でいささか気がかりだ」

「あばずれ？　今の、あのガキがですか」

「ああ」

「おぼこに見えましたけどね」

「立派なあばずれだよ。この俺を正面切って睨みつけやがった」

末怖ろしいぜ、と呟く横顔がどこか愉しげだ。

九十九が少女を組み伏せながら口にした言葉がよみがえる。

〈なんだあ？　お前、ヒデにホの字か〉

訊かれた瞬間、それまで手負いの小動物のようだった少女から勢いが消え失《う》せた。かわりに、まるですがるような弱々しい表情で目をそらした。

思い返すと近藤は、胃もたれに似た気分になった。

事件に関わった秀俊以外の二人の身元を探りあてるまでは簡単だったが、見張るのは、大人が相手の場合よりもはるかに難しかった。夏休みの間はまだしも、いざ学校が始まってしまうと、同じ年格好の子どもばかりが集まる世界に保護者でもない若い男が紛れ込むのは不可能に近い。どうしても、通学の行き帰りにそれとなく見張る以外なくなる。

妙な気分だった。なにが悲しくて中学生など見張らなくてはならないのかについてはもう、仕方がない。起こってしまったことは元に戻せない。ただ、強姦魔の脳天をかち割った当の正木亮介など、どれだけ苦しそうに見えようといかなる感情も動かないのに、もう一方に関してだけはなぜこうも心が波立つのか。

桐原美月――それが少女の名前だと知った時は、なんと似合いの名だろうと思った。昼学校の帰りに、彼女が自宅である神社への道筋をたどる様子をたびたび窺った。昼ななお薄暗い切り通しを抜け、原っぱ沿いの歩道から苔《こけ》むした石段をのぼって鎮守の森へと吸いこまれてゆく、そのほっそりとした背中を何度も見送った。

数ヶ月がとりあえず何ごともなく過ぎてゆき、順応に長《た》けた子どもたちがそれなりの日常を取り戻したのを見届けてから後も、近藤は、美月の見張りだけはやめずにいた。九十九には言わなかった。

定例会の警備や電話番に駆り出される日々の合間に、まるで野鳥観察にでも出かけるかのように自然に、少女を眺めに出かける自分がいた。こうなるとすでにストーカーの域だな、と思ってもやめられなかった。いつしかそれは近藤自身の日常となってしまっていた。

やがて、高校に上がった美月は、自宅近くのコンビニエンスストアでアルバイトを始めた。

あの事件のあった夜明け、後部座席で九十九に組み伏せられた時の彼女はおそらく、身を護るのに必死で運転席にいる男の顔など見もしなかったはずだ。少なくとも、視線が合った記憶はない。

何度も迷ったが、誘惑に負けた。

自動ドアが開くなり高らかに鳴り響いた電子音のメロディに、近藤はびくりと立ちすくんだ。もはやどんな怒号にも平然としていられる自分が、「いらっしゃいませ」という少女の声にびびるなど信じられなかった。

意味もなく店内を物色し、結局何も手に取らずに、美月の待つレジへと向かい、いつもの煙草《たばこ》を指差した。

予想していた通り、彼女は近藤を覚えてはいないようだった。ただ、何を感じたのだろう、釣り銭を渡すときに視線が合うと、ふっとどこか遠くを見るかのようなけげんそうな表情をした。

黒目と白目の境は、相変わらずくっきりと美しかった。

＊

秀俊の携帯電話のアラームは、毎朝、遅くとも五時には鳴る。

夏の間は夜明けも早かったが、これからはどんどん日が短くなってゆく。常夜灯の薄明かりの中、枕元《まくらもと》の携帯をまさぐり、鳴り響くアラームを止める。

耳を澄ますと、庇《ひさし》がばらばらと音を立てていた。

（……雨か）

寝ていても頭が痛かったのはそのせいだろうか。うんざりと枕に突っ伏す。湿気を含んだ敷布団《しきぶとん》が冷たい。

今日の現場は……と、寝る前の記憶を辿《たど》る。そうだ、今日からしばらくはえらく遠いのだった。つねづね仕事を回してもらっている元請けの『堀川《ほりかわ》左官』から流れてきたファックスには、わかりにくい地図と、輪をかけてわかりにくい指示とが汚い字で書き殴られていた。いつものことだが腹は立つ。現場で動く人間が何を必要とし、どんな情報を知りたいかを、もう少し想像した上で書くだけの頭はないのか、と思う。

今日の工事は外壁だ。いっそもっと激しく降れば中止にできるのだが。唸《うな》り声を漏らし、秀俊は寝返りを打って身体を起こした。

くらりと天井が回った。とっさについた手が敷布団からはみ出す。あやうく畳に顔面を打ちつけるところだった。

こみあげる吐き気を飲み下す。そろりと立ち上がる。一歩前に出たところで腰が砕けた。膝《ひざ》から崩れ落ちそうになり、襖《ふすま》にすがって身体を支える。

ようやく異常を悟った。

（何だ、これ）

部屋が大きく回転している。遊園地で真帆と乗るのさえ辞退したコーヒーカップのようだ。

目玉が裏返りそうになり、秀俊はきつくまぶたを閉じた。視神経の奥が焼き切れるかのように熱く痛む。

いいかげん疲れが溜《た》まっているのは確かだ。先週は現場作業が押していて休めず、今週は九十九の組が主催するバーベキューイベントに駆り出された。朝早くから仕込みをし、昼から晩まで七時間もぶっ続けで肉を焼き、日もとっぷり暮れてから後片付けをした。

さらにその前、先々週の日曜が、美月と真帆の母娘《おやこ》と一緒に行った遊園地だ。もう一ヶ月近く、まともに休んでいない。とはいえ、その程度のことならこれまでにもあった。それがこんなにこたえるというのは、立て続けにハードな現場ばかりが重なったからか、それともうっかり風邪でもひいてしまったか。

萎《な》えそうになる膝頭に力を入れ、揺れる視界をかき分けるようにして洗面所へ向かう。天気予報によると、雨は午前中にやむという。休めない以上、動くしかない。

運転している間は、いくらかましだった。現場まで、コンビニの握り飯をお茶で飲み下しながらの一時間半。下手な地図を頼りに、やっとのことで八時前にたどり着く。思っていたよりは大きな家だった。庭もそこそこ広い。隣とよく似た建売住宅を、外回りだけ改装したいというのが施主《せしゅ》の意向だ。

白い門扉《もんぴ》を入ったところに簡易ガレージがあり、車のかわりに今は子どもの自転車が二台置かれている。建物までの間の庭は色とりどりの花で埋め尽くされ、玄関ドアの脇《わき》には黒板に白墨で書きつけたウェルカムボードが立てられていた。以前はサイディング張りだったという外壁をレンガタイルに替えたいというのは、この庭が映える背景をと考えてのことらしい。

古いサイディングはすでに取り去られ、防水シートがあらわになっている。秀俊は、鉄パイプで組まれた足場を見上げた。小屋裏まで部屋にしてあるのか、引き違いの小窓がついた破風《はふ》の下まではけっこうな高さがある。

「おはようございっス」

ふり向くと、今日から応援を頼んであったラス屋出身の職人だった。

「おう、ハッちゃん。ごめんね、こんな遠くまで」

おそらく向こうが三つ四つ年上だが、秀俊のほうが職人としては年季が入っているせいで、微妙な物言いになる。

「いやあ、呼んでくれて助かりましたよ。自分ここんとこあんまし仕事入ってなくて、やばくて」

八田《はった》というのだが、みな〈ハッちゃん〉と呼ぶ。付き合いはけっこう長いわりに、下の名前を知らなかったし、訊く気もなかった。知らなくて不都合の生じないことは、むしろ知らずにいるほうが互いに具合がいい。

「ここんとこって、しょっちゅうそんなこと言ってない？」

「いや、最近マジでやばいんスよ。こないだなんか携帯の支払いができなくて、とうとう止められちゃって」

「はあ？」

「しょうがなしに払ったら、やっとまた使えるようになりましたけど」

「それでなかなか連絡つかなかったのか」

へへ、と味噌《みそ》っ歯をむき出して笑う。一事が万事こんな調子だ。

「ここ、施主いるんスか？」

「いや、しばらく旅行で留守だって聞いてるけど」

「あー、世間と時期ずらして遅い夏休み取ったとか、そういうことっスかねえ。いいなあ、子連れで帰省でもしてるんだろうなあ。じゃなきゃ海外旅行とか」

「帰ってくるまでに仕上げろってことだわな」

「で、あれでしょ？　久しぶりの我が家を見上げて、『まあ、何ということでしょう』

みたいな」

秀俊は苦笑した。いい気なもんだよなあ、とハッちゃんがぼやく。

「金持ちが遊んでる間、貧乏人の俺らばっかし働かされてさ。やってらんないスよね」

「ま、やるしかないけどね」

準備をしている間に、予報どおり雨は上がった。

午前中いっぱいかかって、まずは土台となるラス網を外壁に貼《は》っていく。細かい菱目《ひしめ》の金網を、ハンマータッカーでばつんばつんと打ち付ける。

雲が晴れ、日が出ると、十月とは思えないほど気温が上がりだした。汗でTシャツが胸や背中に貼りつくのに、ひどく寒気がする。

めまいも、おさまっていなかった。何度もふいに視界が揺れて、秀俊は足場板の上でよろけた。ふだんならば高さを気にしたことなどまずないのだが、今日ばかりは自分の足もとが信じられず、数時間がおそろしく長く感じられる。

現場監督の若造がやってきたのは、十時を大きくまわった頃だった。こちらが最初に現場を検分してとっくに把握済みのことを、今ごろしつこく指図してくる。

「悪いけど、そういうことはさ」たまりかねて、秀俊は遮《さえぎ》った。「朝、作業が始まる前に来て、互いに確認するべきでしょうが。何か行き違いでもあったらどうすんの」

「はあ、すいません。道が混んでて」

「混む前に出てくればいい話でしょ。げんに俺らはそうしてる」

「はあ」

「っていうかね、ほんとうは昨日までの時点で、お宅さんが先に来て現場を確認した上で、ファックスでなり元請け宛《あ》てに指示を送っといてくれたら、こちとら必要のない材料をあれもこれもって念のために積み込んでこなくて済んだんだけどね。そもそもそれがお宅さんの仕事でしょうよ」

おそらくまだ二十代の半ばくらいだろう、秀俊に反論こそしないが、はあ、すみません、はあ、とくり返す若造は不服そうな面持ちだ。大学の建築科を出てすぐ工務店に入り、現場を監督する立場につくと、指示をする相手はみな自分よりはるかに年かさの職人ばかりということになる。当然、ナメられる。結果、卑屈になる。大学出の坊ちゃんがどれほど偉いかは知らないが、ベテランの言うことに耳を傾けてくれないのでは困る。

「あー、すっきりした」

帰っていく車を見送りながら、ハッちゃんが言った。

「いやあ、さすがだわ刀根さん。俺なんか、言いたいことがあったって、バカだから言葉になんないもんね」

「俺だってべつに、言いたかったわけじゃないよ」

よけいな波風は立てないに限る。言わずに済ませられるならそのほうがいい。ただ、あまりの杜撰《ずさん》さに黙っていられなかっただけだ。あとで元請けから嫌みの一つも言われるかもしれないが、知ったことか。

昼食は二人とも、コンビニで買った弁当と、味噌汁代わりのカップラーメンだった。鶏《とり》の唐揚げも鮭《さけ》の塩焼きも、つくねのようなハンバーグもがんもどきの煮付けも、もはや一生見たくないほど食べ飽きたが、ボリュームのわりに安いので結局同じものばかり買ってしまう。考えるのが面倒というのも理由の一つだ。

ようやっと口に押しこんだものの、味がしなかった。一服つけて日陰でひと息入れたあと、午後の作業にかかる。

軽トラックから新たに道具を下ろし、大きなバケツに攪拌《かくはん》用のスクリューをつっこんで、外壁タイルの下地となるモルタルを練る。粗塗り用のモルタルは肌理《きめ》も粗い。砂混じりの重たいそれを左手のコテ板にのせては、ざりざりとコテで塗りつけてゆく。腕が、重くて上がらない。

「刀根さん、調子悪そうっスね。弁当残してたし」

そうかな、と秀俊はとぼけた。

「なんかさっきから、息も荒いっスよ。動くたんびにふうふう言ってる」

風邪かなんかですか、というハッちゃんの声がひどく遠い。

「暑いだけだよ」

いや、寒い。背中がぞくぞくして、冷たい汗が流れ落ちる。

少し前から、指先が痺《しび》れていた。一度など、コテを取り落とした。泥がついたままでは使えない。庭の隅へ行き、バケツに溜めた水で洗う。熱い手に冷たい水が心地よいかと思えば、骨に響き、皮膚がひりひり痛むばかりだ。

「なんかふらふらしてますよ。俺、何ならあとやるから、刀根さんちょっと休んでてよ」

「いや、大丈夫」

「大丈夫じゃな……あっ、ほら！」

立ち上がるなり、ぐらりとよろけた。そばの壁につかまる。

まいったな、と秀俊はつぶやいた。

「やっぱ風邪かな。ちきしょう、情けない」

「また無理ばっかしてんでしょ」

働かずに電話まで止められた人間に言われるのは納得がいかないが、もはや反論する気力もなかった。

「じゃあ、申し訳ないけどちょっとだけ」

「いやいや、ほんと、無理しちゃダメっすよ」

「悪いね」

答えながら、無理をしないでいったいどうやって暮らしていくのだと思った。

少し休んだ後、再び立ち上がる。モルタルを小分けにした中くらいのバケツをぶらさげて、渡した足場板の上に立つ。足もとが少し心許《こころもと》ないが、慣れた作業だ、気をつけていれば問題ない。

バケツを置き、コテ板のモルタルをすくっては壁に塗りつける。下の花壇にはとりどりの花が植えられていて、その色彩のせいでよけいにめまいがする。モルタルをぼたぼた落としたりしないよう、ふだん以上に気を配る。

何度目かでバケツにかがみこみ、立ち上がりざま壁のほうを向こうとした瞬間、それは来た。

天地が逆さまになった。よろけて足を踏みしめようとしたところには板がなく、両手の道具を放す間もないまま後ろ向きに落ちた。足場を支える単管に頭をぶつけ、背中から地面に叩《たた》きつけられる。身体《からだ》の下敷きになった左腕に激痛が走り、思わず声をあげた。

「やべえ！」

慌《あわ》ててハッちゃんが下りてくる。大丈夫だ、急ぐな、あんたも落ちる。止めてやりたいのだが、背中を強く打ったせいで息が出来ない。

「大丈夫っスか、聞こえますか！」

覗《のぞ》き込まれ、答えようとして、かわりに笑いが漏れた。青空を背景にしたハッちゃんの顔は悲壮なのに、黒々とした味噌っ歯が滑稽《こっけい》だったのだ。

「なに笑ってるんスか。頭打ったんスか」狼狽えた彼が、作業着のポケットから携帯を取り出す。「ちょっと待ってて下さいよ、いま救急車呼びますから」

「……ら、な……」

声が、出ない。

「え？　何スか？」

「いら、な……呼ぶ、な。だい、じょ……だ」

「大丈夫じゃないっスよ。何言ってんスか、ぼろぼろじゃないスか」

「スカスカ、言うん、じゃないよ」やっと息が吸えて、かすれ声が出た。「現場に、救急車なんか、呼んでみろ。験《げん》の悪い。元請けに、迷惑がかかる」

「知ったこっちゃないっしょ！」

「次の仕事も、来なくなる」

「そんな……」

「俺は大丈夫だから。一応、まともに喋ってるだろ。ただ、ごめん。悪いけど、どっか病院連れてってくれ」

「当たり前でしょ。頭、血ぃ出てるっスよ」

「そっちはどうでもいい。ただ、左腕が……」

げ、とハッちゃんは言った。

足場から落ちた翌日、秀俊は現場を休まなかった。処方された強力な痛み止めは熱冷ましにも効いて、身体は前日より楽になっていたし、ギプスさえはめていればだましだまし作業できないわけではない。むろん能率は落ち、ハッちゃんにも気を遣わせたが、一応なんとかなったのだ。

それを二日間続けたのち、今日がようやくの日曜だった。いったん床につくと起き上がれなくなった。

寒い。

寒い。寒い。寒い。

この時季に電気ストーブをつけてみてもなお、部屋が雪原のようだ。どれだけ着ても、布団にくるまっても、震えが止まらない。

左腕の肘《ひじ》から先はギプスで固められている。中で折れている箇所もずきずきするが、手首をある方向へ動かすとさらなる激痛が走る。

さっきから携帯が何度も鳴っては切れている。這っていって覗く気力さえない。

やがて、またとろとろと眠ったらしい。気がつけば、鳴っているのは携帯ではなく玄関の呼び鈴だった。無視していると、呼ぶ声がした。それでもどうしても起き上がれなかった。声が遠くなってゆく。

次に意識が戻った時——覗き込んでいたのは、味噌っ歯のハッちゃんではなかった。

「何なのよ、その顔」

情けない声で、美月が言う。

「お前こそ」

そこで初めて、どうして美月がここにいるのだと目を見ひらいた。

「心配したからにきまってるじゃない」

枕元の畳に座った美月は、不機嫌そうに言った。

「何回電話しても出ないし、ドアのすぐ外から電話したら中で鳴ってるのは聞こえるのに返事がないし。死んでるかと思った」

「そうじゃ、なくて」

声ががらがらにしわがれる。

美月が水の入ったグラスを差し出す。自由のきく右手で受け取ったはいいが、上半身を起こそうと思えば左腕で身体を支えなくてはならない。その左腕が頼みにならない。困っていると、美月が枕との間に手を差し入れ、頭をもたげるのを手伝ってくれた。

触れられた部分の頭皮がずきずきと痛む。毛根の一つひとつに針状の電極でも差し込まれているかのようだ。ようやく水をひとくち飲み下し、秀俊は続けた。

「そうじゃなくて……どうやって入ったんだって訊いてる」

「もっと飲んどいた方がいいよ」

「いや。いい」

「駄目だよ、きっと脱水症状おこしてるし」

「痛いんだ」

「どこが」

「喉……っていうか、食道が、焼けて」

「うそ。今みたいに水飲むだけで痛いの？」

秀俊が頷くと、美月は眉《まゆ》をひそめながらグラスを受け取り、枕元のトレイにのせた。そろりそろりと秀俊の頭を枕へと戻してくれる。

「じゃあ、あんまり食べられてないのね？」

あんまりどころの騒ぎではなかった。この三日間、固形物をほとんど口にしていない。昼間の作業中も、いつものコンビニ弁当などとうてい喉を通らなかった。揚げ物など見るだけで吐き気がこみ上げる。仕方なく、一日分のビタミンが含まれているとかいう触れ込みのパウチゼリーを買って絞り出しながら飲んだ。柔らかいゼリーなのに、鉛の塊でも飲み下すかのように喉や食道が痛み、ビタミンCの酸味がきりきりとしみた。

「で？」

どうやって部屋に入ったのかと重ねて訊くと、

「大家さんに事情を話して鍵《かぎ》を開けてもらったの」美月はため息まじりに言った。「びっくりしたよ。布団からはみ出してウンウン呻きながら寝てるし、揺り起こしたらワケのわからないうわごとばっかり言うし。おまけに、よく見れば腕はとんでもないことになってるみたいだしね」

ギプスで固められた左腕へと顎《あご》をしゃくる。

「折れてるの？」

「そうらしい」

「いったいどうしてそんなことになったのよ」

「まあ、なんというか、なるべくしてなった」

何それ、と美月が唸る。

「大丈夫だ。すぐ治る」

「は？　何言ってんの、そんなわけないじゃない」

「いや、腕のほうはしばらくかかるけどな。とりあえず、熱はすぐ下がるさ」

「刀根くん」美月の表情が険しくなる。「げっそり痩《や》せたそんな顔で言われても、ぜんっぜん説得力ないんですけど」

「痩せた、かな」

「ゾンビみたいだよ」

「大丈夫だって。三日くらい食べなくても死にゃしない」

「刀根くん！」

「怖い声、出すなよ」

「出すよ！」

　上から叱《しか》りつけられ、秀俊は思わず眉をしかめた。

　いつもは心地よい美月の声が、ずきんずきんと頭に響く。音だけではない。蛍光灯の光も、彼女の着ている白っぽいシャツの色も、すべての刺激がまるで見えない千枚通しのように脳髄を突き刺す。

　まぶたを閉じてこらえていた秀俊は、突然、はっと目を開けた。

「今日、何曜だ？」

「え？　やだ、何言ってんの？」

「いいから何曜かって」

「日曜日だけど」

　ふうっと力が抜ける。もしや、寝込んでいる間に週が明けてしまったかと思った。

　何時だと重ねて訊くと、美月が腕時計を覗いた。

「七時過ぎ。一応言っとくと、夜のだからね」

だとすれば、そんなに長くは眠っていないということか。昼過ぎに我慢できなくなって小便に立ち、水だけ無理矢理飲んで再び昏倒《こんとう》した。そのあとが、ドアの外から呼ぶ美月の声だ。他のことは一切覚えていない。大家に頼んで鍵を開けてもらったと言うなら、部屋に入ってからのやりとりも少しはあったのだろうが、まったく記憶になかった。

「七時か。……真帆は？」

「おばあちゃんたちに預けてきたから大丈夫」

「そうか。すまん、心配かけて」

まったくよ、と美月が言った。

「っとにもう。電話、してもしても出ないんだもん」

「それはわかったから。何の用事だったんだ」

べつに、と美月の口もとが尖《とが》る。

「なんていうか……虫の知らせっていうか」

秀俊は、苦笑した。美月のそれには慣れている。助けられたことも、何度もある。

「ありがとな」

ようやく顔を見てそう口にすると、彼女は狼狽えたように目を落とした。

「いいけど。とにかく、明日はお医者行って、ちゃんと休んで治さなくちゃね」

「いや、無理。それより、もう起きないと」

「はあ？」

「明日の材料の積み込みをしとく。今の現場、遠いんだ。朝積み込んでるんじゃ間に合わない」

言いながらも、身体が動かない。起き上がるだけの力がまるで入らない。荒い呼吸を整える。息をするたび、肺がひゅう、ひゅう、といやな音を立てる。

「あのう、言ってる意味がわからないんですけど」美月が、とうとう口をひらいた。

「そんな身体で、明日も仕事に行くつもりじゃないでしょうね」

「行くさ。当たり前だ」

「ば……」大きく息を吸い込む気配がした。「ばかなこと言わないでよ！」

秀俊は、右手でこめかみを押さえた。

「頼む。大きい声を出さないでくれ」

「ほーらごらん。この程度で文句言うくらい頭が痛いんでしょ？　起き上がることもできないんでしょ？　腕もそんなで、仕事なんか行ったって何ができるって言うの」

「できるさ。げんにこの二日間、これで凌《しの》いできたんだ。大丈夫だから、もう俺のことはほっといて帰れ。真帆が待ってるんだろ」

美月のまなざしが、揺れた。

「何言ってるのよ。ほっとけるわけがないじゃない……」語尾までが揺れる。「刀根くんってば、いっつもそう。肝心なところでひとのこと拒んで近寄らせてくれない。どうしてそうなの？　これだけ長い付き合いなのに、私、そんなに信用されてないわけ？」

声が、揺れるだけでなく湿ってゆく。美月のことだからまず泣きはしないだろうが、ぎりぎりのところでこらえているのは伝わってくる。

面倒なことになったと秀俊は思った。余力のある時ならば付き合って相手もしてやれるが、今はそれだけの元気がない。逆さに振っても出てこない。

「すまんな」相変わらずの掠《かす》れ声で言った。「そういうんじゃないんだ、べつに。知ってるだろ？　俺は、誰に対してもこうなんだ。お前に限ったことじゃない」

なだめるつもりで言ったのだが、なぜか逆効果だったらしい。互いの間の空気が、ぴりっと帯電するのが感じられた。

「わかってるよ、それくらい。誰も特別扱いしてほしいなんて言ってないし」先ほどまでよりもずいぶんと低い声だ。「そうよね。私に限ったことじゃなくて、刀根くんは誰に対してもそうなんだよね。相手が誰であろうと本質的に信用しないし、自分の内側には入れようとしない。何でも一人で抱えこんで、一人で解決しようとする」

否定したほうがいいとわかっているのだが、いかんせん、何ひとつ否定できる要素がない。仕方なく黙っていると、

「ねえ、どうしてそんななの？」

美月は食い下がってきた。

「ひとの力を借りるのは恥だとでも思ってるわけ？　ほんとに辛《つら》いときや困ったときに、身近な誰かを頼るのはそんなに悪いこと？」

棘《とげ》のある言葉が降ってくる。どれもがこちらを思いやってのものであることくらい重々わかっていても、今はただしんどい。たとえは悪いが、ぎゃんぎゃん吠《ほ》える犬に壁《かべ》際《ぎわ》へと追い詰められている心地がする。

深いため息をついて、秀俊は言った。

「頼むから、もう責めないでくれ」

「責めてなんかいないよ！」美月の膝が、焦《じ》れたように布団ににじり寄る。「ただ、もうちょっと力を抜いて、たまには寄りかかってほしいって言ってるだけ」

「無理だ」

「なんで決めつけるの？　今まで、ひとに甘えたことないんだったら、いい機会だと思って試しに私に寄りかかってみればいいじゃない。それで失うものなんか何もないでしょうよ。私が裏切るとでも思ってんの？」

秀俊は、枕の上でかすかにかぶりを振った。ほんの少し頭を動かすだけで、砕けそうに痛む。

違うんだ、わかってくれ、と言いたかった。

弱っている今、こうして心配して駆けつけ、親身に看病してくれる美月が、こちらに害をなすなどとはみじんも思っていない。そういう意味では、自分がこの世で一番信頼を置いているのは彼女かもしれない。そもそも、美月と真帆の母娘には、これ以上ないほど癒《い》やされているし、依存もしている。依存を寄りかかると言い換えるなら、もうすでに充分すぎるくらい甘えてもいるのだ。

それでも、秀俊にはどうしても、相手との相互了解のもとに自分を預けるという芸当ができないのだった。こちらが心密《ひそ》かに依存するならまだいい。が、決してそれを相手に知られたくない。後になって互いの関係が壊れる瞬間が訪れたとき、恨みたくないからだ。どんな人間関係もどうせいつか失われる。遅かれ早かれ訪れるその時に備えて、ひたすら身構えてしまう癖がついている。期待などさせないでほしい。今度こそはこれまでとは違うのじゃないか、などと勘違いして、あとから失望させられるのはまっぴらだ。

「お前に限ったことじゃないんだ」秀俊は、目を閉じてくり返した。「これが俺なんだ。直らないし、べつに直す気もない」

頭上から、おそろしく深くて長いため息が押し寄せてきた。重たい無言の時間があったのちに、

「わかった。それはもういい」美月は平板な声で言った。「だけど、明日仕事に行くの

だけは絶対に反対」

　秀俊は、ふっと笑った。

「お前が反対しようが賛成しようが関係ない。俺は行く」

「駄目だってば。明日は朝からお医者さん行こ。病院まで車で連れてくから」

「休めないって言ってるのがわかんないのか」

「刀根くんこそ、どうしてわかんないの？　そこまでの怪我《けが》をして、高い熱出して、ついさっきまでぶるぶる震えてたのはどこの誰よ。それほどの不調を押して休んじゃいけないなんて言う人がいる？　誰だって病院へ行く権利くらいあるはずでしょ」

「そういう問題じゃない」

「どうしてよ。私にもわかるように説明してよ」

　こみあげる苛立《いらだ》ちを抑えこんで、秀俊は言った。

「とにかく、無理なものは無理なんだ。いま俺が休んで左官の仕事が一日でも遅れれば、タイル屋にしろ足場屋にしろ、この後のほかの連中の作業に影響が出る。こっちの都合で工期を延ばすわけにはいかないんだよ」

「じゃあ、こう考えてみてよ」美月がまだ粘る。「病気で倒れたり事故に遭ったりして、救急車で運ばれて入院したとする。そしたら、いやでも休むことになるわよね」

「そりゃ、本当に入院すればな」

「いっそ入院したことにしちゃえばいいじゃない」

「ばか言え。ガキの仮病じゃあるまいし、嘘《うそ》なんかつけるか」

「ねえ、何を意固地になってるの？　いざ休んでしまえば、あなたの代わりは誰かいるはずでしょ」

代わりは誰かいる。

簡単に切り捨てられた気がして、ついに我慢の限界がきた。

「あああもう、うるさい！　いいから黙ってろよ！」

美月が息を呑《の》むのがわかった。

「はっきり言ってやろうか？　金がねえんだよ。腕の骨やっちまってからのこの二日間、本来は初日だけであとは来る予定のなかった応援の職人に、追加で手伝いを頼んでる。せめて明日からもだ。その日当ぶんは俺の自腹で、月末には払ってやらなきゃいけない。せめて月が明けて先月の稼ぎが振り込まれない限り、俺がのんびり医者にかかってる金なんかどこにもないんだよ」

「刀……根く……」

「俺ら貧乏人はなあ、ぶっ倒れるまで働くしかないんだ。世の中がそういうふうにできてる」

これまで出したことのない声が出ている。気づいても止まらない。

「どれだけ働いたって、たいした儲《もう》けにはなりゃしない。それでも何とか稼がなきゃ暮らしていけないんだからしょうがないだろう。ただでさえ少ない日当を分け合って、安いだけでクソまずい弁当買って、そうやってギリギリのカツカツで凌いでるんだ。どんなにしんどくたって休むわけにいかないんだよ」

喉《のど》が灼《や》ける。頭が痛い。寒い。――寒い。

「何度も想像したさ。いっそ、この高い足場から逆さに落ちて死ねば楽になるかなって。うっかり助かって後遺症なんか残ったらかえって目も当てられない、落ちるならできるだけ高いとこからひと思いに落ちなきゃな、って。その次にマシなのは、ちょうど入院できるくらいの怪我だな。元請けがしっかりしてる現場なら、事故に遭っても労災が下りる。病気じゃたいして見込めなくても、怪我なら多少はな」

美月の両目に満々と水が溜まっている。今にも溢《あふ》れそうだ。それだけひどい言葉をぶつけている自分に嫌気がさすのに、反比例のように残酷な気持ちがつのってゆく。

「そんなこと考える生活がどんなもんか、お嬢さん育ちのお前にわかるかよ。わからないなら、よけいな口を出すな」

美月の目の縁でぎりぎりまで持ちこたえていた水が、ついに堤防を乗り越えるように溢れた瞬間、秀俊は視線をそらした。視界の隅に、美月が頬を片方ずつ拭《ぬぐ》う様子が映る。洟《はな》をすする音が一度。

傷つけるとわかっていて、半ば傷つけたくてぶつけた言葉だったが、今さらのように罪悪感がこみあげる。心配して来てくれた幼なじみに八つ当たりするなど、それこそ甘え以外の何ものでもないではないか。

ずいぶん長い間、美月は黙ったままでいた。

沈黙に耐えかねたのは秀俊のほうだ。枕の上で頭をめぐらせ、見上げる。視線が絡《から》んだ。彼女の目に涙はすでになかった。

「……ごめん」

呟《つぶや》くと、美月がかすかに首を横にふった。

「こっちこそ、ごめんなさい」

「いや」

迷った末に、左腕を動かそうとして、骨を縦に裂くような激痛に遮られた。指先だけがぴくんとはねる。

この腕がギプスに固められていなかったら、と秀俊は思った。いまごろ自分は、美月の手を握っていたはずだ。そうすれば、何かが変わっていたのだろうか。ため息を、少しずつ呼吸にまぎらせて吐き出す。

「お前の言うのが正しいことくらい、わかってるんだ」秀俊は言った。「ただ、いまは聞きたくない。正論なんか糞《くそ》の役にも立たない」

「わかった。あなたの事情はわかったから」

美月の声は相変わらず低かった。

「でもね。だったらよけいに言うよ。この際、思いきって一ヶ月、休みを取って。それがどうしても駄目ならせめて一週間でも。正論が必要ないって言うなら、刀根くんこそ、嘘でも何でもついて自分を守ればいいじゃない。入院したって言えば、先方には言い訳が立つんでしょ？　あとはお金の問題だけでしょ？」

「簡単に言うなよ」

「お金のことなら、一ヶ月くらい、私が何とかする」

「はあ？　何を言いだす」

「それくらいの蓄えはあるよ」

「そんなこと訊《き》いてない」

「いいじゃない。私だってべつに、ずっと養ってあげるなんて言ってないよ。その、他の職人さんへの日当とかなら立て替えておくよって言ってるだけ。後できっちり利子つけて返してもらうし」

「馬鹿《ばか》言え。そんなわけにいくか」

「頑固だなあ、もう。意地張るのもいいかげんにしてよ。刀根くんのためになんか言ってない。ただ――真帆が、泣くから」

ぐっと詰まった。その名前を出されると、言葉が出なくなる。

「お願い……」美月の語尾が再び震えた。「お願いだから、いっそ高いところから落ちてみたらどうだとか、哀《かな》しいこと言わないでよ。そんなことになったらあの子がどれだけ泣くかわかってるでしょ？　刀根くん、あの子を傷つけたい？　なついてるなんてものじゃない、あの子にとって刀根くんはいま、神様みたいに大きな存在なんだよ？」

「やめてくれ、そんな大げさなもんじゃない」

「本当にそうだもの。男の意地とかプライドとか、どうだっていい。それこそ糞の役にも立たない。私はあの子を悲しませたくないし、そのためだったら何でもする。だから刀根くん、せめて今月いっぱいは仕事を入れないで。私の言うこと聞いて」

「だから……」

言いかけた時だ。枕元の携帯電話が鳴った。鋭い音が脳髄に響く。

眉根を寄せながら、美月の差しだしてくれたそれを受け取り、開いてみると、かけてきたのは元請けの『堀川左官』だった。

『おうヒデさん、大丈夫か。腕を怪我したそうだな』

「誰から聞きました？」

ハッちゃんには口止めしておいたはずだ。

『いや、田辺《たなべ》の若造から電話があってな』

田辺。このあいだ説教を食らわせた、あの現場監督だ。

「あいつが、何て？」

『まあ、うん。〈お宅の職人が、腕の骨折ったのに仕事してる〉ってな』

思わず舌打ちがもれた。何を言いつけてくれるのだ、小学生じゃあるまいし。

「たいしたことないですから」

かたわらで美月が顔をしかめるのを無視して、秀俊は続けた。

「医者が大げさにギプス巻きやがっただけです。仕事には支障ない」

嘘つけ、と堀川が言った。

『わざわざハッちゃんに応援頼んでるそうじゃないか。ろくに動けないんだろう？　なんで休まない』

「いや、だって、俺が休んだら現場に迷惑が」

『大丈夫、大丈夫、気にするな。この際ゆっくり休め。無理すんな』

「堀川さん？　ちょ、待って下さい、何言ってるんですか」

『体も本調子じゃないみたいだし、そんなときに無理してどうする。いっそギプスが取れるまで、まとめて休み取ったらどうだ？』

耳から離した携帯をまじまじと見る。画面には、間違いなく堀川の名前と番号が表示されている。再び耳にあてた。

「もしかして、そっちで労災を使って頂けるってことですか？」

『うーん、そういうわけにも、まあ、いかないんだけどもな……』

たちまち歯切れが悪くなる。常日頃、理由をつけては支払いを渋る時と同じ口調だ。

『じつは、隠しとくのも何だからその、はっきり言うとだな。施主からクレームがついたんだと』

「は？」

『田辺の若造んとこへ電話がきて、〈あんな怪我をしてる職人を平気で働かせる工務店というのはいかがなものか〉ってな。まあ要するに、見てて気分が良くないってところだろ』

「おかしいな」秀俊は言った。「施主は、家族旅行で留守のはずですけど、いったいどこで見たって言うんですか」

『知らんよ、そんなことまでは。とにかく田辺がそう伝えてきた以上、こっちは黙って言うこと聞くしかないだろう』

「言うこと聞く、とは？」

堀川は、電話の向こうでひとつため息をついて言った。『〈職人を代えてくれ〉ってことさ』

秀俊は絶句した。

『腕に怪我をしてるような左官職人のする仕事は信用ならんから、他の誰かをよこしてほしい、と。まあな、施主としてはそう言いたくなっても無理ないしな。仕方がない。向こうがそう言う以上、こっちは聞くしかないんだ』

どうやら田辺監督様の恨みを買ったらしい。

「わかりました。じゃあ、今すぐギプスはずしますよ。どうせ見てくれの問題でしょ。俺だってこんな邪魔なもん、無いほうがありがたい」

『無茶言うな、そんな簡単にいくもんか』

「今から行ってはずしてきますから」

『あのなあ、ヒデさんよ』堀川の声が大きくなる。『もともとはあんたの不注意だ。あんまりわからんことを言わんでくれ。だいたい、骨折してまだ三日やそこらだろ。はずしたとたんに何も出来なくなるぞ。日常生活さえもな』

秀俊は、布団《ふとん》の上に起きあがろうとした。のんびり寝てなどいられなかった。空いている左腕は相変わらず使えない。萎えた腹筋の力をふりしぼって体を起こすのを、美月が慌てて手伝ってくれる。

『な、頼むよヒデさん、わかってくれ』堀川は続けた。『とにかくまあそういうわけだから、ここは、その、あれだ。しっかり休んで早く治せ。な？　ただ、あの現場に限ったことじゃないんでな、おたくへは、悪いがしばらく仕事を回さないでおくからそのつもりで』

「堀川さん、それは！」

『しょうがないだろう。折れた骨がちゃんとくっついたと、医者が太鼓判を押してギプスを取ってくれたら、まあ様子見て連絡もらえるか。その時また考えるから。な、頼むわ』

あまりにも一方的な言い分に茫然《ぼうぜん》としていると、

『もしもし？』堀川が声を張りあげた。『もしもーし。聞こえてんの？』

聞こえてますよ、と秀俊は言った。

『ま、そういうことだ。どうもね、悪いね』

まったく悪びれた様子もなく、堀川は電話を切った。

手の中の小さな画面が暗くなる。入れ替わりにふつふつと込みあげてくるものを抑えきれず、秀俊は唸《うな》り声とともに携帯を思いきり足もとへと叩きつけた。掛け布団の裾《すそ》で跳ね、壁にぶつかって畳の上に転がる。

美月が黙って立ち上がり、拾って持ってきた。

「充電器、どこ」

返事など期待していなかったのだろう。部屋を見回し、炬燵《こたつ》テーブルの上に充電器を見つけてセットする。

「駄目でしょ、投げたりしちゃ。モノに当たったってどうするの」

「うるさい」

「いいかげんに観念しなさいよ。こんなこと言うと刀根くんまた怒るだろうけど、こうなったらもう、かえっていい機会だと思って開きなおるしかないって」

堀川との話が漏れ聞こえていたらしい。あの野郎、〈その時また考える〉などと、嘘にきまっている。要するに、切られたのだ。

「とにかく今は寝て。ほら、まだ熱も高いんだから、まずはそっちを治さなきゃ」

促すように肩に置かれた手を振り払う。それだけでめまいに襲われ、秀俊は美月に背を向けて横になった。掛けられた布団も蹴《け》り飛ばしたかったが、さすがに子供じみているので堪《こら》える。軀《からだ》の内側に、誰に対するとも知れない怒りが渦巻いている。

と、頭の上で水音がした。美月が洗面器に浸《つ》けてあったタオルを絞っているのだった。

「ちょっと、ひやっとするよ。いい？」

返事をせずにいると、こめかみに冷たいものが押しあてられた。あまりの心地よさに、身体が勝手にそちらを向く。美月は、秀俊の額に畳んだ濡《ぬ》れタオルを載せ、てのひらで上からそっと押さえた。

耳の奥で煮えたぎる溶岩が、わずかずつだが鎮《しず》まってゆく。覚えているとも思わなかった幼い頃の記憶がよみがえる。母親の江利子が、こんなふうに看病してくれたことがあったような気がする。継父の真一郎が生きていた頃だ。あの江利子にも、人生のうち少なくとも数年間は、心穏やかな時代があったということか。

ぬるくなったタオルが取りのけられ、水音がして、また冷たいそれが戻ってくる。我知らず、深いため息が漏れた。全身が弛緩《しかん》してゆく。

「美月」

「うん？」

言いかけたものの迷っていると、

「なあに、おなかすいた？」優しい声が応《こた》えた。「何でも作ったげるよ。お雑炊とかなら食べられる？」

「美月」

「ここにいるよ。どした？」

「──あのな。充分、甘えてるよ」

「え？」

「お前さっき、甘えろって言ったけど……俺、もう充分甘えてる。こんなとこ見せられる相手なんか、他に誰もいない。美月だけだもんな」

彼女は答えない。

「ごめん。八つ当たりして」

返事のかわりに、ひそやかな息遣いが降ってくる。

再びタオルが取り去られても、秀俊は目を閉じたままでいた。水音のあと、戻ってきたタオルは、額だけでなくまぶたの上までも覆《おお》うように載せられた。熱くなっていた眼球の芯《しん》が冷やされてゆく。

美月の立ちあがる気配がした。

ややあって、部屋の隅から、小さく洟をかむ音が聞こえた。

＊

今に始まったことではない、と美月は思う。中学で初めて知り合った頃から、刀根秀俊という男の本質は変わっていない。昔も今も、人に頼るのが極端にへたな男だった。誰かに頼ろうと思えば自らの窮状を打ち明けなくてはならない。それはすなわち、他人を信用して弱みを見せるということでもある。彼はおそらく、自身の弱点を知られるのが怖いのだ。自己防衛本能の強さは野生動物なみだった。

その夜は、アパートに泊まりこんで看病をした。幼い娘の真帆を預けている両親に電話をかけ、仕事が長引きそうなので今夜は泊まらせてやってほしいと頼むと、母親は二つ返事で引き受けてくれた。

電話口に出た真帆に、じいじとばあばのいうことをよく聞いてお利口さんにしてるのよ、と告げると、ん、わかった、という返事のあとで、

『あのね、きょうね、おひるねのとき、とねのゆめをみたの。おっきなおけがをしてね、おちゃわんをもつほうのおてが、いたいいたいってないてるの。だいじょうぶかなあ』

心配そうな娘に、だいじょうぶよ、と請け合った。

「刀根くんは強いんだから。お怪我なんてすぐ治っちゃうよ」

もう一回ばあばにかわって、と真帆に言い、すみませんけどよろしくと頼んで電話を切った。

フリーのライターをなりわいとしている美月の場合、芸能人や時には政治家のインタビューなど、超多忙な相手からとんでもない時間を（しかも直前になって）指定されることはままある。自分の都合はいちばん後回しにしなければこなせない仕事だけに、毎回喜んで孫を預かってくれる両親に頼る部分は大きい。

思春期の頃は、神社の宮司を務める父の厳格さが疎《うと》ましく思えることもあったものだが、今ではもうそんなこともない。父娘《おやこ》の関係性が変化したのはいつからだったろう。たぶん、陽菜乃の行方がわからなくなったあの晩、父親がすぐさま車を出して一緒に探しまわってくれたのがきっかけだった気がする。いつもはただ鬱陶《うっとう》しいだけの父が、あ

のときは本当に心強く思えた。父自身も、娘とその友人への気遣いを珍しくまっすぐに表してくれていた。

人と人の関係というものは、変わる余地があるのだ。ひとつの出来事を境に、互いの心の垣根が取り払われるということがありうる。

今回の怪我や〈休暇〉がきっかけとなって、秀俊がもっとこちらに心をひらいてくれるようになるといい。どんなに献身的に看病したところで、この期《ご》に及んで彼から女として見てもらえるなどとは考えていない。ただ、唯一無二《ゆいいつむに》の友人として、他には明かせないようなことも隠さず打ち明けてほしい。こちらをもっと無条件に信頼し、安心して心を預けてほしい、それだけだ。だけ——などと言いつつ、秀俊の性格を考えるとそれは、男と女の関係になりたいと願うよりもはるかに欲張りな望みかもしれなかった。

一夜明けても、熱はほとんど下がらなかった。

「言っただろう。医者なんかにかかってる余裕はないんだ」秀俊は強情に言い張った。「だいたい薬とか嫌いなんだよ。仕事も休むしかなくなったんだし、風邪なんか黙って寝てりゃ治る」

「風邪の熱じゃなかったらどうするのよ」

「だとしたら骨が折れたせいだって」

「何言ってんの、骨折するより前から熱は出てたんでしょ？ もう、ごちゃごちゃ言わない！」

図体《ずうたい》のでかい子どものようにごねてばかりの秀俊を、なんとか説き伏せて着替えさせ、近くの総合病院へ連れていった。急だったので朝いちばんで電話をしても予約は取れず、待合室で診察の順番が来るまで待つ間、秀俊は不機嫌そうな顔でぐったりとベンチの背に寄りかかっていた。病人の集まる中にあってもなお目立つほど顔色が悪かった。

ようやくの診察のあと、注射器何本ぶんかの採血があり、それぞれ検査に回される。

「弱ってる病人の血を次から次へと抜きやがって。もうちょっと遠慮しろよ。来た時よりふらふらだぞ」

待ち時間は昼を越え、ようやく結果が知らされたのは午後になってからだった。

本人の後ろから、有無を言わせず一緒に診察室へ入っていった美月を、担当医がちらりと見る。

「血液検査の結果ですが」椅子《いす》にかけた二人に、担当医は言った。「熱が続く、という部分で懸念《けねん》されていた病気に関しては、現時点では一つを除いてすべて陰性でした。肝炎、膠原《こうげん》病の類《たぐい》もです。ただ……」

医師は再び美月を見やった。

「失礼ですが、ご本人とはどういった？」

「姉です」

平然と言い切る。秀俊は隣でわずかに身じろぎをしたが何も言わなかった。

「では、もう少しプライベートなお話をしても大丈夫ですか？」

と、これは秀俊に向けて訊く。あきらめたように、彼は頷《うなず》いた。

「はい」

そうですか、と医師はパソコン上のカルテに視線を移した。

「じつはですね、ＨＩＶに関してなんですが……」

秀俊の指が、ぴくりと膝《ひざ》の上で跳ねる。美月は思わず隣を見やった。頰の削《そ》げた横顔からは何も読み取れない。

「今日のスクリーニング検査で、陽性反応が出てしまったんです。ただ、これはまだ、あくまで可能性があるということに過ぎません。さらに確認検査をして、その結果を待ってみないことには確かなことは言えませんし、その結果、ＨＩＶではなかったという場合も充分あり得ます。それで――どうでしょう、これは一応伺っておきたいんですが、何かこう、思い当たるようなことはありますか？」

いくらかの間があった。

「お答えになりにくければかまいませんが」

再度促されて、秀俊がようやく口をひらく。

「正直……心当たりが、まったくないとは言えません」

鼓膜がひやりとした。美月の予想もしていない答えだった。

そうですか、と、医師は淡々と言った。血液検査の数値表をもう一度上から確認する。マウスに添えられた色白で柔らかそうなその人差し指を、美月はぼんやり見つめた。内科医らしい指だと思った。秀俊の、傷だらけで節高なそれとはまるで違う。

「では、まず確認検査を受けて頂きましょうか。たとえその結果HIVではないとわかったとしても、今のように発熱やだるさの続く原因が何であるかは調べなくてはなりません。現時点では数値に表れなくても、別の良くない病気が隠れていて、発熱がその予兆だという危険性も否定できませんから。可能であれば続けて診察に通って頂きたいんですけどね」

「いや、その……仕事が忙しくて、なかなか思うようには休めないんです」

「そうですか」医師がため息をつく。「ま、とりあえずは薬を出しますので、それを飲んで様子を見て下さい。このあと受けて頂く確認検査の結果については、もし何か気になる値が出た場合だけ、こちらから御連絡さしあげましょうか？　一週間たっても何も連絡がなければ、とりあえずHIVに関しては大丈夫だったと考えて頂く、というようなな」

「いえ、あの、すみません」美月は横から口をはさんだ。「結果については、ちゃんと聞きに伺います」

「おい」

秀俊の抗議を無視して続ける。

「弟の都合がどうしてもつかなかった場合は、私が代わりに伺おうと思うんですが、そういうことは可能ですか？」

医師は、美月と秀俊を見比べた。ずいぶん仲のいい姉弟《きょうだい》だと思っているのか、あるいは、全然似てないなとでも思っているのだろうか。

「ええ、可能ですよ。患者さんご本人さえよろしければ、ですが」

「じゃ、そうさせて下さい」

と、美月は言った。

診察室を出て一階に降り、処方される薬を待っている間、秀俊は再びベンチに腰掛けたまま黙っていた。よほどつらいのか、浅い息をつきながらまぶたを閉じ、時折ポーンと呼び出し音が響くたび大儀そうに目を開けて、番号の表示される電光掲示板を見上げる。

意外だった。勝手に話を決めてしまったことについてはもとより、弟扱いへの文句くらい言われると思っていた。おそらくそれどころではないのだろう。

〈心当たりが、まったくないとは言えません〉

ポーン、とまた音が鳴って、呼び出し番号が掲示板に表示されてゆく。だんだん順番が近づいている。患者同士の会話や、薬について説明する薬剤師の声が、ひとつの大きなざわめきとなってあたりを満たす。

「美月」

まぶたを半眼に閉じたまま、秀俊が言った。

「うん？」

「ゆうべからのことは、感謝してる」

「べつにそんな」

「けど、もう、俺に構うな」

「刀根くん？」

「よくわかったろ。お前とは住んでる世界が違うんだよ。真帆のことだってある。もし本当に俺がそうで、あの子にうつったらどうする気だ」

「またそういうことを……」

「頼むから、俺のことはほっとけ。真帆を守るのは、親であるお前の責任だろ」

「ねえ刀根くん、あのね」

体ごと隣に向き直って、美月は言った。

「あなた、ちゃんと知識があった上で言ってるの？　万が一あなたがそうだったとしても、そんな簡単にうつる病気じゃないんだよ。ウイルスとしての感染力はとても弱いの。

ふつうに生活しているぶんには、一緒に暮らしてる家族にだってまずうつらないんだから。だいたい、結果も出てないうちから気にしすぎ。言っとくけど、今日はこのあと、うちへ来て頂きます」

「は？　何を言いだす」

「さっきの先生だって、検査結果を見る限り、ほかに感染する心配のあるような病気はないって言ってらしたじゃない。とりあえず熱が下がって、その腕のギプスが取れるまでは、居候《いそうろう》してもらうからそのつもりで」

「お前、何をばかなことを……」

「真帆にもう、あなたがしばらくうちに泊まるって言っちゃった。ものすごい喜びようだったよ。あの子、あなたの腕の怪我のこと心配してたから」

「ばか、そんなことまで話したのかよ」

「話してない。夢に見たんだって」

秀俊が、口をひらきかけ、つぐむ。

「いいからもう、ぐだぐだ言わないで。ほっとけ、なんて言われて、ほっとけるわけないじゃない。それとも私に、毎日あの子を預けてアパートまで通わせるつもり？」

そんなこんなの押し問答が、さらに山ほど交わされた末に、秀俊はようやく折れたのだった。いや、無理やり拉致《らち》してきたと言ったほうが事実に近い。

それでも、いざ真帆の喜ぶ顔を前にすると、さしもの秀俊も仏頂面《ぶっちょうづら》を保っているわけにはいかないようだった。

夕食は、真帆の好きなハンバーグを作ることにした。弱った秀俊の胃には負担だろうと思ったのだが、俺に構うな、真帆には好きなものを食わせてやってくれと彼は言った。美月は結局、秀俊にだけ、洋風リゾットを柔らかく煮てやった。少ししか食べられないのはわかっていたが、からっぽの胃に薬だけ放り込んでは体に毒だ。

「とねー、どうしてハンバーグたべないの？」と真帆が訊く。「おいしいのに」

「うーん、今日はちょっとな」

すると真帆は、ミッキーマウスのフォークにハンバーグのかけらを突き刺し、テーブル越しに差しだした。

「はい、あーん」

「いや、俺は……」

「いいから、あーん。すききらいはいけませんよ」

「真帆。刀根くん今、おなかこわしてるから、ね」

ええー、と不服そうに唇を尖らせる少女を、秀俊は愛《いと》おしさをてんこ盛りにした苦笑いで見つめた。ひょいと自分のフォークをのばし、彼女の皿にあった一片を突き刺すと、口に放りこむ。

「ああっ、とねってば、ずるーい！」

「こっちのほうがデカい」

うまそうに咀嚼《そしやく》する秀俊を見ていると、胸の締めつけられる思いがした。そんなに気にしなくたって、同じフォークからひと口食べたくらいでうつりはしないのに。

真帆は真帆なりに、いつもと様子の違う秀俊を気遣っているようだった。

「ちゃんとたべないと、おけがもびょうきもよくなりませんよー」

おしゃまな口をききながらも、秀俊が何やかやと受け答えしてやるたびに、はしゃいだ笑い声を響かせる。

上気した娘の横顔を見守りながら、美月は、こんなふうな時間が毎日当たり前のように続けばいいのにと願わずにいられなかった。幼い娘にかこつけて、じつは自分こそがそれを望んでいることを、どうか秀俊に気づかれませんようにと祈る。この男独特の鈍さが、今はありがたい。

夕食が終わると、北側の小部屋を彼のためにざっと調えてやった。ふだんは納戸《なんど》として使っている部屋だ。〈クリスマスツリー〉〈ひな人形〉などと書かれた段ボール箱を壁際に寄せ、もしもの時にとひと組だけ用意してあった客用布団を敷く。もしもの時というのがこんな時だとはさすがに思いもよらなかった。

長く押し入れにしまってあった布団は、わずかだが湿気を含んでいた。布団乾燥機の風でふくらんだ掛け布団に、真帆が歓声をあげてダイブする。

「あっ、こら真帆」

「うわあ、くものうえにいるみたい」

「だめだってば、お布団乾かないじゃない」

娘を抱き起こして引き剝《は》がしながら、秀俊をふり返る。

「ごめんね刀根くん。ごはんの用意より先に敷いておけば良かったね」

「いや、大丈夫だから」

「だってもういいかげん、起きてるのしんどいでしょう。ちょっと向こうのソファで休んでて。二十分もあればふっくらすると思うから」

「俺のことは気にすんな」

真帆の手前、元気そうに声を張ってはいるが、もちろん大丈夫であるわけがない。熱のある身体《からだ》で、昼間はえんえんと病院の検査を受け、横になることもできなかったのだ。少しでも早く寝かせたい。

娘を風呂《ふろ》に入れ、自分は浸かるのもそこそこに出て、ドライヤーで髪を乾かしてやる。汗の引いた小さな身体にパジャマを着せようとすると、真帆は言った。

「じぶんでできるよ」

く目を開けた。

「おきがえ、ひとりでできるから。ママは、とねのこと、してあげて」

涙ぐみそうになった。

温風で乾かした布団を、最後に送風で少し冷まし、リビングにいる秀俊を呼びに行く。ひとりになると気が緩むのだろう、ぐったりとソファに寄りかかって目を閉じていた彼は、美月の後ろから走ってきた真帆が大きな声で「おやすみなさい」を言うと、ようや
「え？」

「おう、おやすみ」

「とね、あしたもいるよね」

すぐには答えない彼に、覆い被《かぶ》せるように真帆は言った。

「まほがあさおきたら、とねってば、いつもいなくなってるでしょ。でも、きょうはちがうってママいったよ。あしたも、あさっても、しあさってもおとまりするって。まほがねてるあいだにかえっちゃったりしないって、ママ、そういったよ」

あまりに真剣な顔付きだった。たまりかねて、美月は言った。

「大丈夫、おけがと病気が治るまではうちにいるから。だから安心して寝なさい」

こっくり頷いた真帆がリビングを出てゆく。その頼りない背中へ、秀俊が言った。

「ちゃんと布団掛けて寝ろよ。あとで見に行くからな。その時まだ起きてたら、帰っち

やうからな」

「ねるよ、いますぐねるってば」

慌《あわ》てた返事が聞こえてくる。

「あなたも人のこと言えないんだよ」美月は、腰の両脇《りょうわき》に手をあててソファを見おろした。「ちょっとでも早く休まないと。さ、ほら、しんどいだろうけど頑張って動いて。洗面所に歯ブラシとタオル用意しておいたから。今日はお風呂は入っちゃ駄目だからね」

秀俊が、疲れきった顔でくすりと笑う。

「そういえばお前、あのころ保健委員だったよな」

「は？　何よ急に」

「いや。そういうかっこでそういうこと言われたら、なんかふっと思いだしてさ」

大儀そうに立ちあがる。

「何か手伝うことがあったら声かけてね」

「大丈夫。片手でも歯は磨けるし、ケツも拭《ふ》ける」

「そんなこと訊いてないから」

あきれたため息をついて、流しの前に立つ。あとから苦笑いがこみあげてきた。

汚れた皿をすすぎ終わる頃になって、居間に秀俊が戻ってくる気配がした。どうかしたかとキッチンから顔を覗《のぞ》かせ、ぎょっとなる。

「すまん、こんなかっこで」ジーンズに上半身だけ裸の男が言った。「背中、濡れタオルで拭いてもらってもいいかな。悪い」

不意打ちはやめてほしい。暴れる心臓をなだめながら、軽口で応じる。

「さすがに片手じゃ拭けないってわけね」

「っていうか、そもそもタオルが絞れない」

よくもまあそんな身体で二日間も左官の仕事ができたものだ。

秀俊によれば、ギプスの上から養生用のビニールをぐるぐる巻きにして濡れないようにしていたとのことだった。材料に水を加えてこねるところまでは仲間に頼んだが、壁に塗りつけてゆく作業は、無事だった右手にロボットのような左手を添えてこなしたらしい。それも熱を押してだ。無茶にも程がある。

ダイニングの椅子に浅く座らせ、美月は、熱い蒸しタオルで秀俊の身体を拭いてやった。背中ばかりでなく、首筋から肩、腕にかけてを丁寧に拭き、あとは自分でできると言うのを黙らせて、胸から脇、腹部も拭ってやる。鎧《よろい》のような筋肉の感触が、タオル越しにも伝わってくる。意識するまいと思えば思うほど、指先に電気が走るかのようだ。

新しいTシャツに着替え終わると、秀俊は大きく深呼吸をした。

「ああ、さっぱりした」

「寒気とか、ない？ 熱は？」

「薬飲んどくかな」

すまん、面倒かけて、と秀俊は言った。

グラスに水をくんで目の前に置いてやり、美月は彼を残して真帆の様子を見に行った。

寝室は六畳間の和室だ。このさき真帆の成長に合わせてどうとでも対処できるように、母娘《おやこ》二人、ベッドではなく布団を並べている。寝付くまでは一人きりになるのを怖がる娘は、開け放した廊下からの仄明《ほのあ》かりと耳に馴染《なじ》んだ物音に安心しきった様子で、すでに深く眠っていた。そっと部屋に入り、蹴り飛ばしていた上掛けをお腹《なか》にかけてやる。

ふと、手もとが翳《かげ》った。入口に秀俊が立ったのだった。

どんなまなざしで真帆を見おろしているかは、見なくてもわかる。黙って立ちあがり、秀俊の脇をすり抜けて廊下に出た。どうして今夜は、彼との距離の近さをこんなに意識してしまうのだろう。

「お疲れ。長い一日だったね」

いつもと同じ調子を心がけながら、美月は、秀俊の顔を見ずに言った。

「とりあえず、今夜は何も考えずにゆっくり寝てね。夜中にまた熱が出て苦しくなったら、いつでも起こしてよ」

「わかった」

「真帆はいっぺん寝たらまず起きないんだから、遠慮なんかしないで」

「わかったって。なあ、美月」

「あ、あと、明日の朝は真帆を幼稚園へ送るのにちょっとばたばたするかもしれないけど、物音で起こしちゃったらごめんなさい。無理に起きてこなくていいからね。あの子だってちゃんと事情は理解してるし、わがままなんて言わないはずだから。刀根くんはよけいなこと考えないで、とにかく今は身体を休めることに専念してね。いい？」

「わかったから、なあ、美月って」

はい、と目を上げると、思いがけない視線にぶつかった。

慈《いつく》しむような、懐《なつ》かしむような、惜しむような。そんな優しい目をした秀俊は初めてだった。違う、その目が真帆に向けられるのは何度も見たことがある。ただ、まっすぐ自分に向けられたのは初めてだった。

廊下の壁が、急に両側から迫ってくる。秀俊のほうがリビングに近い側に立っていて、美月には洗面所と玄関以外に逃げ場がない。

やっとの思いで、

「……なに？」

問いかけると、彼は、黙って右手を差しだした。

「な……なによ」

「ありがとな、美月」

「いいけど、それ、何なのよ」

「握手には見えないかな」

「は？」

「手を握ったくらいじゃ、うつらないんだろ？　たとえ俺が、そうだったとしても」

握手。──冗談で言っているのではないらしい。

戸惑いながらも、美月がおずおずと応えて差しのべた手を、秀俊は、ゆっくりと握った。

次の瞬間、引き寄せられていた。前のめりになったとたんにぱっと手を放され、かわりに太い右腕が美月の首を抱きかかえる。

後頭部にあてられたてのひらに、力はこもっていない。逃れようと思えば容易なのに、美月は両手をだらんと垂らしたまま身動きひとつできなかった。息が、止まっていた。

「──ごめんな」目の上で、日に灼《や》けた喉仏《のどぼとけ》が上下する。「情けないけど、しばらく厄介になる。できるだけ早く治して出ていくようにするから……」

「そんな、」

「だから真帆にはもう、あんまり期待させるようなこと言うな」

「刀根くん？」

「感謝してる。美月にはほんとに感謝してる。けど、昼間も言ったろ？　お前たちとは、住む世界が違うんだ。再検査の結果がどう出るかには関係なく、俺は本来、お前たちのそばに居ていいような人間じゃないんだよ。わかってたはずなのに、これまでずるずる甘えてばっかりで……」

ごめんな、と繰り返す声は、掠《かす》れていた。

「世界が違うって、何よ？」ようやく秀俊の胸を押しのけ、言葉を押し出す。「中学からずっと一緒で、お互いのこと一番よく知ってて、おまけにあんな……あんなとんでもない秘密まで共有してるのに、今ごろ何言ってんの？　わけわかんない」

「そうじゃなくて」

「じゃあ何。今さら、私たちを置いて自分だけどこかへ逃げる気？」

「まさか。……いや、だからそういうことじゃなくてだな、」

「私たちから離れるっていうのは、そういうことなんだってば。刀根くんが、何か私たちに言えない事情を抱えてることくらい、とっくにわかってる。隠してることいっぱいあるでしょ。嘘《うそ》だって、いっぱいついてるよね。だけど、それが何だっていうの。あなたが、自分を守るための嘘なんかつくわけない。つくとしたら、それはぜんぶ私たちのためだよ。真帆と私じゃなければ、陽菜乃か正木くん」

「美月、」

「その中の誰かを守るためにしか、嘘なんかつかないし、隠し事もしないでしょ。それっくらいのこと、わからないとでも思ってんの？」

「美月、声が大きい」

はっと口をつぐみ、寝室の中を見やった。

真帆は、さっきと同じかっこうのまま眠りこけていた。起きはしないだろうが、念のため引き戸をそっと閉める。

「……来週、私が病院に行って検査結果をちゃんと聞いてくるから。話はそれからにしよう」

秀俊は黙っている。

「とにかく、今のあなたにできることは、おとなしく布団に入って目をつぶること。あとは毎日、食欲がなくてもちゃんと栄養のあるもの食べて、仕事だって、今日は行く、明日こそは行くだなんてバカみたいなわがまま言わないで、まずはしっかり身体を治すこと。私たちに心配かけて申し訳ないって思うんだったら、それくらいの努力はしてもらいます。わかった？」

「──わかった」

「それと、その間によーく考えておいて」

「何をだよ」

「あなたが私たちに隠してることの中で、今だったら話せるようなことが、一つでもないかどうか」

痩《や》せた顔がさっと強《こわ》ばる。

「昼間、お医者様から、私の居る前でもう少しプライベートなことを話してもいいかって訊《き》かれた時、刀根くん、頷いてくれたじゃない。それこそ一緒に育ってきたきょうだいみたいなものなんだから、遠慮することないじゃない。病気に関することじゃなくてもいいの。これまであなたが抱えてきた秘密の中で、今だったら打ち明けられるようなことはない？　みんなにとは言わない。せめて私にくらい、教えてほしいよ」

秀俊は、答えなかった。

沈黙の気まずさに、

「返事は、もちろん今でなくていいから」

小さな声で付け加える。

すると、秀俊がようやく口をひらいた。

「もし俺が……これまで隠してきたことをお前に話したら……」

躊躇《ためら》い、口をつぐむ。

話したら、どうだと言うのだろう。見守る美月に向かって、彼は言葉を継いだ。

「そうしたら、お前も、お前の秘密を打ち明けてくれるのか？」

え、と思わず息を呑《の》む。

「美月がこれまで誰にも言わなかったことを、俺にだけ打ち明けてくれるって言うなら、俺も考える」

何を指してそう言っているかは明らかだった。

いま閉めたばかりの引き戸の向こう、愛娘《まなむすめ》の寝姿を思う。薄くひらいた唇から、真珠のような前歯が覗く寝顔。誰からどれだけ問いただされても、断固として守ってきた秘密と、そのための嘘……。

「返事は、今でなくていいから」と、今度は秀俊が言った。「しばらくは甘えさせてもらうよ。じたばたしたところで、一朝一夕じゃ骨もくっつかないだろうしな」

答えようとするより先にてのひらが伸びてきて、
美月の頭のてっぺんをくしゃりとかき混ぜていった。

「おやすみ」

＊

近藤宏美は微動だにせず、部屋の隅に立っていた。

九十九会長が、焦《じ》れている。秀俊のやつが電話に出ないのだ。九十九は、いや近藤もだが、基本的に留守電にメッセージを残さない。相手が誰であれ、他人の留守録に自分の声が残るなどまっぴらだ。

だがそれでも、着信履歴が二回、三回と積み重なれば、秀俊はこれまで、いやいやながらも自分から折り返してきた。二日間に五回もかけてほったらかしにされるのはおそらく初めてではないか。

「どういうことだと思う」

いきなり問われた近藤は、すぐには返事をしなかった。ややあってから言った。

「左官の仕事が立て込んでるんじゃないですか」

「今日で四日目だ。いくら忙しくても電話の一本くらいかけられるだろう」

仏頂面の九十九に、ごくわずかに苦笑してみせる。

「反抗期、ですかね」

九十九が無言でゴロワーズを一本取り、すかさずライターを差し出した近藤の手を振り払い、自分で火をつける。なかなかつかないライターに苛立《いらだ》ち、つけばついたで長くもなっていない灰を落とす、その指先を見おろしながら近藤は言った。

「何をそう心配してやる必要があるんです。相手はもう三十幾つにもなった大人ですよ。たんこぶ作ってベソかいてた昔とは違う」

九十九は唸った。

「どこで何をしてるか、今すぐ調べろ」

「──オヤジ」

　ふだんはたいてい〈会長〉と呼ぶ。それを、あえて言った。

「明日のこともあるってのに、今、それですか」

　明日はまた上の組の義理ごとで、二代目『真盛会』も警備に駐車場係に電話番にと駆り出されている。

「だから何だ」と、九十九が噛《か》みつく。「お前一人が少しくらい別口で動いたからって、大勢に影響はねえだろうが。それともあれか。うちの連中は、一から十まで指図しなけりゃ何もできない幼稚園坊主《ぼうず》の集まりか」

「そんなことは言ってません。もういいかげん、放っといてやったらどうですか」

「ふん。珍しいな。お前があいつの肩を持つとは」

「肩なんか持ってませんよ。これ以上、あの疫病神《やくびょうがみ》と関わることに反対だってだけです」

「疫病神？」

　答えずに、近藤は別のことを言った。

「どうせ、佐々木のオジキでしょう。あの人もまた、なんであそこまで秀俊のやつを気に入ったもんだか。やつを送り込んで、また女を抱かせるつもりですか」

「だったら何だってんだ」

「オヤジの力をもってすれば、佐々木のオジキなんか適当に押さえ込めるはずだ。なのに、なんで嫌がる秀俊をわざわざあてがったりするんです？　俺には、オヤジがそこまであいつに執着する理由がわかりません」

「──執着、か」

九十九が、机越しに近藤を見据える。

こちらも引かない。まっすぐに受けて立つ。視線の圧は同じだ。

「ったく、お前は……」九十九がため息をついた。「俺を守るためなら、俺を殺しかねえな」

おかしな言い方だが、言い得て妙だと思った。

九十九が煙草《たばこ》の灰を落とす。

「いいから、調べろ」

近藤は唇を結んだ。意見しても聞き入れられなければ、あとは従うのみだ。

姿勢を正し、答えた。

「わかりました。秀俊のやつを見つけたら、どうします。ヤキでも入れてやりますか」

九十九がかぶりを振る。

「いい。とにかく報告しろ。今どこで、誰と何をしてるのか」

と、その時だった。机の上で、九十九の携帯が鳴った。画面に発信者の名前が浮かぶ。

「どっかで聞いてやがったか」

にこりともせずにこちらを見た九十九が、わざわざスピーカー・モードにして電話を受ける。そのままこちらが無言でいると、先方が先に口をひらいた。

『何度か連絡もらってたみたいで』

九十九は、黙って煙草を吸い、ゆっくりと煙を吐いた。それがため息にでも聞こえたのだろうか。秀俊が付け加える。

『遅くなってすみませんでした』

「何をしてた」

『何、というほどのことはないんですが』

「何ということもなしに、俺からの連絡をシカトしてやがったのか」

ゆっくり三つ数えるほどの逡巡《しゅんじゅん》があった。

『──ぶっ倒れてました』

「ああ?」

『熱を出して、ついでに怪我《けが》なんかもしたもんで』

「なんだそりゃ。子どもの言い訳かよ」鼻で嗤《わら》ったあと、九十九は訊いた。「怪我ってどんな」

『腕を、骨折しまして』

「あ？　マジか」

『はい。熱も高くて、ここ数日は朦朧《もうろう》としてほとんど前後不覚だったんです。すみませんでした』

「ふん。踏んだり蹴《け》ったりだな」

短くなった煙草を、九十九がもみ消す。代紋入りのクリスタルの灰皿は一撃で人を殺せそうな分厚さだ。

「で？　そっちの仕事にはすぐ戻れるのか」

『さあ』

答える声に、奇妙な逡巡が感じられた。逡巡——どちらかというと自嘲《じちよう》に近かったかもしれない。

「とにかく」と九十九が言った。「熱がマシになったらすぐに出てこい。腕が片方折れてちゃ左官の仕事は出来なかろうが、あっちの仕事ならたいした支障もねえだろう」

揶揄《やゆ》を感じ取ったか、電話の向こうで秀俊が沈黙する。

いつものことだ。不承不承でも結局は引き受けるくせに、決して二つ返事ではない、という意味合いのささやかな自己主張をする。そんな往生際《おうじようぎわ》の悪さも、九十九にとっては可愛《かわい》げの一つなのだろうか。

近藤が身じろぎしかけた時、答えが返ってきた。

『無理です』

耳を疑った。九十九も、近藤もだ。

「おい、ヒデよ。いま何て言った？」

『俺には無理だと言ったんです』

その理由を、彼ははっきりと口にした。


大通り沿いの路上パーキングに車を停める。料金のメーターがすぐに赤い点滅を始めたが、近藤は運転席に乗ったまま、それを無視した。

黒いリモコン受信機のイヤホンを耳に差し入れる。いつものようにスイッチを入れたとたん、かちゃかちゃと食器のぶつかる音とともに、

『……くんはねえ、ようちえんでいちばん、らんぼうなの』

幼い声が飛びこんできた。

『ぜーんぜんふつうのことでも、すぐおこったり、どなったり、あばれたりするんだよ』

『ふうん、困った子ちゃんだねえ。あ、真帆、そのお皿は重ねちゃだめ。裏のきれいな側にも油とかがついちゃうでしょ』

『はぁい。……あのね、でもね、ヒロくんがこわいのは、みんなのまえでだけなの。まほとふたりでいるときは、ひどいことといったりしないし、やさしいんだよ。ずうっとそうしてればいいのに』

受信機が拾う音声は、驚くほどクリアだ。マンションとの間に学校のグラウンドがあり、地面から空までぽっかりとひらけているおかげだろう。

もともとは猜疑心《さいぎしん》から、いや、猜疑心を払拭《ふっしょく》したいがために選んだ手段だった。玄関、リビング、寝室……素人《しろうと》には決してわからないように仕掛けられた盗聴器が、もう長年にわたって過不足のない仕事をしてくれている。

美月の部屋に仕掛けてある本体は、こちらの受信機のスイッチと連動して、オンまたはオフになる。オンにしている間しか盗聴電波を発信しない、ということはすなわち、より発見されにくいということだ。電源も、壁付けコンセントの裏側でAC１００Vに接続してあるから半永久的に作動する。美月は日々、その奥にあるもののことなど想像もせずに掃除機のコンセントなどを差しこんでいることだろう。

『どうしてそのヒロくんは、みんなに乱暴するんだろうね』

美月の声が言う。艶《つや》やかなアルトが好もしい。近藤の好きな音域であり声質だ。

窓を細く開け、煙草をくわえた。いっそのこと、この車の中に住みたい。

『しらない。きいたことないもん』

『真帆は、どう思うの？』

『うーん……わかんないけど、もしかしてヒロくん、さびしいのかなあっておもう』

『寂しい？ 寂しいと、乱暴するってこと？』

『なんかね、わやわやーって。ぐじゃぐじゃーって、なるんだって』

『ヒロくんがそう言ったの？』

『うん。むねのところと、あたまと、つめでひっかくみたいにしてそういってたよ。あのね、このごろね、ヒロくん、おとうさんかおばあちゃんがおむかえにくるの。まえはおかあさんがきたのに。ヒロくんのおとうさんとおかあさん、ちがうおうちでくらしてるんだって』

少しの間があった。

『そっか』

応《こた》えた美月の声は、どこか沈んで聞こえた。

『ねえ、真帆』

『ん？』

『もしかして、真帆も寂しい？』

『なんで？』

『うちも、お母さんとお父さん、二人揃《そろ》ってないでしょ』

『そうだけど……。でも、しょうがないもん』舌足らずなくせに、大人びた口調で言い切る。『だってまほのおとうさん、まほがうまれてくるまえにしんじゃったんでしょ？』

しばらく無音の間があく。

近藤は耳をすませた。美月はいま、どんな表情で娘の顔を見つめているのだろう。

『だいじょうぶだよぉ、ママ』慰めるように、幼い娘が言う。『まほは、ぜーんぜんさびしくなんかないよ。ママがいてくれるし、とねだっているもん』

食器の音が少し遠くなるとともに、水音が響き始めた。美月が立って洗いものを始めたらしい。

いまだに脳裏に焼き付いている。壁のタイルや、並んだ調味料や鍋《なべ》や、蛇口の形や、立ち働く美月の後ろ姿や……。

九十九の前ではしらを切り通したが、刀根秀俊がどこで何をしているかなど、今さら調べるまでもなかった。

やつならば、桐原美月のマンションにいる。これまでにも美月の部屋を訪れることはしばしばあったが、泊まるのはおそらく今回が初めてだ。ついでに言うなら、いま美月の名義になっているあのマンションは、もとはといえば近藤が金を出して購入したものだった。

八つも年の離れた美月を、我がものにした日を思いだす。大学生になっていたとはいえまだ十代、何より、住む世界のまったく違う堅気《かたぎ》の娘だ。頭がどうかしていた、と思う一方で、もう一度あの日に立ち返っても同じことをするに違いないという妙な確信もある。

例のコンビニで彼女がバイトしていた間、会話を交わした機会など数えるほどだった。せいぜい、近藤の顔を見ると、黙っていつもの煙草に手をのばす程度の気安さでしかなかった。

〈ありがとう〉

低く言うと、レジの中の美月はいつも、無駄な笑いのない生真面目《きまじめ》さでこちらの目の奥を見つめた。それが癖なのか、他の客にもそうしているのだろうかと観察してみたが、どうやらそういうわけでもないようだった。

一度、妙なことを言われた。

〈帰ったほうがいいです〉

釣り銭を受け取りながら近藤が、ぇ、と訊き返すと、青白い顔で繰り返した。

〈今夜は、いつもの場所にいないで、早く帰ったほうがいいです〉

どうして。

〈危ないから〉

どういう意味かと訊いても、自分にもよくわからない、と首を横にふるばかりだった。

〈すみません、変なこと言って。忘れて下さい〉

そうしようと思ったのだが、青ざめた顔と切羽詰まった口調が脳裏を離れなかった。以前、秀俊が九十九に話したことを覚えていたせいもある。近藤がハンドルを握る車の後部座席で、秀俊は、美月の話をしたのだった。あいつには不思議な力があって、人に見えないものが視《み》えるみたいなんだ。中村を襲った男のことも全部、あいつが夢に見て言い当てたんだ……。

九十九は例によって鼻で嗤ったが、近藤は、そういうこともあるかもしれないと思った。ふと、若い頃、自分を可愛がってくれた男のことを思い出した。

〈――この世ってのは、この世のもんだけで出来てるわけじゃねえのかもしれねえよ〉

頬に傷持つテキ屋の兄貴・山田シゲオの、それが口癖だった。

事務所に銃弾が撃ち込まれたのはその晩のことだった。パン、と音がした瞬間に、代紋の入ったドアのガラスが砕け散った。当時はまだ、どの組も事務所に堂々と代紋を掲げていたのだ。

車はすぐに走り去ったが、誰がやったかはわかっていた。はなから殺傷が目的ではない。言うなれば、反目する組同士の時間稼ぎのようなものだ。相手にしてみればカチコミをかけたというだけで顔が立つし、こちらも怪我人は出ていないから面子《メンツ》が丸つぶれというわけでもない。いずれは顔役が出てきて、しかるべき条件で手打ちとなる。それでも、ひとつ間違えば血を見る事態に発展していたかもしれない。近藤の指示で、事務所当番の連中が気を張っていたのは幸いだった。

翌日、コンビニに入っていくと、美月はあからさまにほっとした顔をした。詳細はともかく、おかげで助かったと近藤は言い、昨日の礼に食事でもどうかと誘った。予期していた通り、あっさり断られた。

初めて互いの間にレジカウンターを挟むことなく言葉を交わしたのは、美月が大学一年の秋。神社へと向かうあの道で、しゃがみ込んでいる彼女を助け起こした時だ。ベルトを腰の後ろで結んだトレンチコートと、肩からずり落ちたバッグ。車を路肩に寄せて停め、駆け寄って細い背中を抱き起こした。呼びかける男の声にびくりとした美月は、相手があの煙草の客であることに気づくと、身体から徐々に力を抜いた。

ここでは何だからと説き伏せ、助手席へ連れていって座らせた。安心できるようエンジンを切り、左側のドアは開けたままにしておいた。

そのドアから運転席の窓へと吹き抜ける秋風を、今でも覚えている。美月は、よい匂《にお》いがした。

近藤の渡した温《ぬる》いペットボトルの水をおとなしく飲み、ようやく口がきけるまでに回復すると、彼女は改めて礼を言った。顔色も少しずつ戻ってきていた。

こんなふうに急に気分が悪くなることはたびたびあるのかと訊くと、美月は首を横にふり、ためらいがちに言った。

〈こんなことを言うと変に思われるかもしれませんけど……たぶん、悪いものをもらってきてしまったんじゃないかと〉

〈悪いもの？〉

〈今日は、他の大学との交流イベントがあったんです。途中から、ぞくぞく寒気がするようなすごくいやな感じがして。私、前からそういうところがあるんです。何かこう、生身じゃないものまで引き受けてしまうというか、感じてしまうというか……巫女《みこ》体質、みたいな〉

〈神社の娘だけに？〉

間近に彼女を見つめ、その声に引き込まれていたせいだろうか。

うっかり口に出してしまってから、はっとなったが遅かった。

〈どうして、それを？〉

訝《いぶか》しむようなまなざしをこちらに向けてくる。答えられずに黙っている近藤を、なおもじっと見る。——視る。やがて、呟《つぶや》いた。

〈もしかして、あなたもあの晩、あそこにいた？〉

あの晩、も、あそこ、も、何を指しているかは明らかだった。

〈……わかった。今やっと思いだした。あの時、運転席にいたのはあなただった〉

もはや質問ではなかった。九十九が彼女を車に引きずり込んで押さえつけた時、視線があった覚えはない。何を手がかりに覚えていたというのだろう。

〈じゃあ、何？　あなた、あの男に言われて、いまだに私たちを見張ってるってこと？〉

〈いや……〉

〈バカじゃないの？　あんなこと、誰にも話せるわけないじゃない。どこへ逃げられるわけでもないし〉

たしかに、最初は見張っていたのだ。間違いない。それが、いつしかお前に惹《ひ》かれていった——などとはとうてい言えない。当たり前だ。言ったところで信じるはずもない。

けれど、続いて美月が口にした言葉は、近藤の予想とはかけ離れていた。

〈ねえ。あの人、九十九っていうんでしょ？〉助手席の背もたれから身体を起こした美月は、近藤に向き直った。〈前に一度だけ、刀根くんの口からその名前が出たことがあるの。あの男、九十九っていうのよね？　あなたのボスなんでしょ？〉

〈だったらどうした〉

〈——お願いがあるの〉

ひどく切羽詰まった様子で、美月は言った。

〈刀根くんから手を引いて。もうこれ以上、関わらないで。お願いだから〉

さしもの近藤もこれには面食らった。

お願い、などと言われても、自分には九十九の意思を左右する力などありはしない。頼む相手が間違っている。そう説明した。美月の体調を考慮して、そうとう穏やかに説明してやった。

納得、しなかった。

〈あなたから報告してくれればいいじゃない。私たち三人とも、あの夜のことなんか思いだしたくもないし、ましてや他人に漏らすなんてあり得ない。誓ってもいい。ずっと見張ってたんなら、あなたにもわかるでしょ？　そのことをもっとちゃんと伝えてくれれば、あの九十九って奴《やつ》だって考えを変えるかもしれない。お願いだから、刀根くんのことはもうほっといてあげてよ。これ以上、おかしな道に引っ張り込もうとしないで〉

〈ずいぶんな言いぐさだな〉とうとう近藤は言った。〈あの坊主がいったいどれほど、あの人の世話になったと思ってる。お前さんなんかよりよっぽど付き合いは古いんだぞ。例の事件の後始末だけじゃない、ほんのガキの頃から、ほとんど父親のようにして面倒見てきたんだ。感謝されこそすれ、非難されるいわれはないいな〉

〈父親？〉美月の声が、信じがたいというように裏返る。〈ふざけないでよ。あなたたちがあのことを楯《たて》にとって、刀根くんにあれこれ人に言えない仕事をさせてることはわ

かってるんだからね。自分の息子にそんな酷《ひど》いことをさせる父親がどこにいるっていうのよ〉

失笑が漏れた。

〈呑気《のんき》だなあ、お嬢ちゃんよ〉憐《あわ》れみをこめて言った。〈あんたはまだ、世の中のことを何も知らないんだな〉

美月の目に初めて、近藤個人への怒りが浮かんだ。

いい目だ、と思った。ぞくぞくする。

かつて、会うたび顔や身体に痣《あざ》を作っていた秀俊を思う。母親の愛情を奪われ、なけなしの生活費や小遣いを奪われ、家の中からすべての安息を奪われた少年に、九十九がどんな思いを抱いたのかは知らない。が、

――物事には時ってもんがあってな。

その〈時〉がいよいよ巡ってきたある日、あの男・南条は、長年にわたって愛人の息子に与え続けた痛みを、ひと晩かけて我が身で思い知ることとなった。

この世には、何ひとつ無いのだ。代償なしに手に入るものなど。

間合いを計る猫のように、美月が目をぎらつかせてこちらを睨《にら》みつけてくる。充分に堪能《たんのう》したのち、近藤は口をひらいた。

〈これは、あくまで仮定の話だがな〉

〈もし、あいつの自由を手に入れられると仮定した場合——あんたは、代わりに何を差しだす？〉

〈……何よ〉

形のいい眉《まゆ》がきゅっと寄る。

〈え？〉

〈え、じゃないだろう。まさか、何の交換条件もなしに、自分の要求だけ聞き入れてもらえるなんて思ってたわけじゃないよな？〉

〈そ、それは……ええ〉

〈だろう？　だったら答えてもらおうか。あんたは、引き換えに何を投げだすつもりなんだ？〉

答えが返ってこない。美月は、車のギアレバーのあたりに視線を落として押し黙っている。顔色はまだいくらか青白い。先ほどの貧血の名残か、突きつけられた質問のせいかはわからない。

煙草を一本取って吸い付け、助け船などあえて出さずに黙っていると、

〈教えて〉

やがて美月は言った。

〈何を〉

〈見当がつかないの。私がいったいどれだけのものを差しだせば、交換条件っていうのが成立するものなのか〉

〈自分で考えろ〉

〈考えて、わからないから訊いてるんでしょ。お金ってことなの？〉

〈金なら出せるのか？〉

〈正直言って、あなたたちの望むような金額はきっと無理だと思う〉

〈同感だな〉

美月が再び押し黙る。

〈あきらめろ〉近藤は静かに言った。〈子どもの小遣い程度でどうにかなるような問題じゃない。そもそも、秀俊にはそれなりに重要な仕事をさせてる。あんたじゃ代わりは務まらない〉

〈どんな仕事よ〉

〈ひとことで言えるか。その時々によっていろいろさ〉

まさに、いろいろだ。積み荷のわからない車の運転、みかじめ料の集金や闇《やみ》金融の取り立てなどの手伝い、果ては裏ビデオの男優まがいの行為まで……。すべてを知れば美月など、白目をむいて卒倒することだろう。

〈ま、だいたいはあれだ。俺たちがあまり表立って動くわけにいかないような場合にな〉近藤は言葉を濁した。〈たとえ嫌な仕事でも、そうして与えられた役目をこなすことで、あいつは九十九さんに利益をもたらし、過去の借りを返してる。まったくフェアな話だろう〉

〈弱みを握ってそういうことをさせてる時点で、フェアとは言えないでしょ〉

ため息が漏れた。

〈ずいぶんと見解の相違があるようだな。こっちだって例の一件ではそうとう危ない橋を渡らされたんだぞ、あの、いかれたヒョロスケのおかげで。本来なら、あんたら全員、死体ともどもあの空き地に拋《ほ》っとくところだ。それを、秀俊の頼みだから仕方なく最後まで面倒見てやった。今は、その貸しのぶんを身体《からだ》で返してもらってるだけだ。ったく、冗談も休み休み言え。ギヴ・アンド・テイクって言葉を知らないのかよ〉

美月のうつむいた顔に、長い髪が影を作っている。ギアレバーを睨んで下唇を嚙みしめている彼女に、とどめのつもりで言った。

〈あんた、あいつの代わりにその身体を差しだせるのか？〉

トレンチコートの薄い肩が、びくりと跳ねる。

〈出来やしないだろうが〉

だったらあきらめろ、と言葉を重ねようとした時だ。

美月が目を上げた。

〈……結局あなたも、そんなものが欲しいんだ〉蔑《さげす》みも露《あら》わに、彼女は言った。〈あの九十九ってやつと比べて、あなたはいくらかマシかと思って頼んでみたけど、勘違いだったみたい。よくも人の弱みにつけ込んで……。ヤクザなんだから当たり前か〉

何のこともない捨て台詞《ぜりふ》だが、美月に言われると腹が立った。とうに短くなっていた煙草を窓枠に押しつけてもみ消し、地面に叩《たた》きつける。

と、美月が外へ身体を傾けた。

下りるのかと思ったが、そうではなかった。ドアに左手をかけて引き寄せ、乱暴に閉める。開いていた窓を上げようとスイッチに指をかけるものの、カチカチといくら音を立ててもエンジンを切ってあるので動かない。苛立たしげに鼻から息を吐き、言った。

〈どこへでも行けば？〉

〈は？〉

面食らって見やると、彼女はまっすぐ前を睨んだまま繰り返した。

〈連れて行けばいいじゃない、ホテルでもどこでも。そんな覚悟もなしに、ヤクザに頼み事なんかしない。私をどうにかしたいんだったら、あなたの好きにすればいいでしょう。その代わり、仮定の話じゃなくて、刀根くんのことは、〉

〈アホか〉思わず遮った。心底あきれ返って言った。〈あんた、俺一人に抱かれる程度で、やつの身代わりになれると思ってるのか？　どれだけおめでたいんだ〉

〈……え？〉

舌打ちが漏れる。キーに手をのばし、一つひねって窓を上げる。きっちり閉まると、風の音がやんだ。ドアをロックし、再びキーを戻し、声を低めて言った。

〈客を、取るんだよ〉

〈客？〉

〈ああ。毎日毎日、服なんか着る暇もなしに裸で客を待って、次々に寝るんだよ〉

初めてほんとうに怯《おび》えた顔で、美月がこちらを見る。

〈狭くて暗い部屋のベッドで、知らない男の臭いチンコしゃぶらされて、濡《ぬ》れてもいないマンコに突っ込まれて、中で出されるんだ。どんな変態行為をされようが、どんだけ泣き叫ぼうが、誰も助けちゃくれない。精液まみれの身体をようやくシャワーで洗ったら、もう次の客がドアの外で待ってる〉

彼女の白い顔が歪《ゆが》むのを見守る。嗜虐《しぎゃく》の昏《くら》い悦《よろこ》びと、どこか父性にも似た情とに裂かれて、胸の奥が引《ひ》き攣《つ》れて痛む。

〈わかるか。女が身体を差しだすってのはそういうことだ。あんたにそれが耐えられるか？〉

いま口に出した言葉が、脳内でくっきりと像を結ぶ。男どもに組み伏せられ、ありとあらゆる体位で犯され穢《けが》される美月。——無理だ、俺が耐えられない。

気がつけば、彼女の白い頰を涙が伝わっていた。若いに似合わず、声をたてずに泣く女だった。

〈……あきらめろ〉繰り返した。〈交換条件も何も、そもそもナンセンスなんだ。九十九さんと秀俊との間柄は、誰かで代わりが務まるようなものじゃない。あんたが何を投げだそうと関係ないし、俺の報告くらいで変わるものでもない〉

美月は、頑《かたく》なに前を睨んでいた。かたちのいい顎《あご》の先、透明な雫《しずく》が落ちそうで落ちない。

〈安心しろよ、大丈夫だから〉柄にもない言葉が口をついて出た。〈九十九さんも別に、あいつを痛めつけようと思ってそばに置いてるわけじゃないだろうしな。俺も、出来る限り気をつけておく〉

迷ったのちに、付け加えた。

〈あんたがどれだけあいつに惚《ほ》れてるかは、もうわかったから〉

と、みるみる雫が膨れあがり、落下した。トレンチコートの生地に、黒っぽいしみが点々と増えてゆく。洟《はな》をすりあげる音が車内にこもるように響く。

慰める義理はなく、方法も知らなかった。いささか困惑しながら、黙って美月が泣きやむのを待つ。その間に、先ほど彼女がうずくまっていた歩道を、買い物帰りの主婦が自転車で通り過ぎていった。停まっている車にちらりと視線をよこしたが、とくに怪しんだ様子はない。ごくふつうの男女と思ったのだろう。

身代わりだの、条件だの、美月が気に病む必要はないのだった。実際のところ、あんな事件はとっくに闇から闇へ葬《ほうむ》られている。消された男の関係者からは後に捜索願が出されたようだが、出身が遠い他県だったし、遺体が見つかったわけでもないので事件にさえなっていなかった。この先も永遠に見つかることはないだろう。

秀俊の弱みにつけ込んでいると言われればその通りだった。九十九は確かに、あの事件を楯にとって、やつの人生を支配下に置こうとしている。

だが、自分は違う。ここ数年にわたって美月を見張り続けていたのは、あの事件とは関係がない。関係がないのだ。ほんとうに。

泣きやむのを待って、そう言おうと思った。

言えなかった。

何がどうなってか、それから時折、助手席に彼女を乗せるようになった。初めは大学からの帰り。駅から出てきた美月の前にすっと車を停めると、長い逡巡の後、黙って乗ってきた。

どういうつもりでいるのか、近藤は訊かなかった。それこそ弱みにつけ込んでいると受け取られるのは不本意だが、隠していた本心についてはやはり言い出せなかったし、かといって彼女と関わらずにいることもできなかった。あの時のビデオテープにじつは何も写っていないという事実も、何度か教えてやろうと思ったが言えないままだった。

抱いたのは、数ヶ月後だ。溺《おぼ》れた。これまで、妻がいるからと身を慎んできたわけではない。一夜の女はもちろんのこと、馴染《なじ》みの女も常に複数いた。けれど美月は他の女とは違っていた。女を抱くことにここまで執着したのも、抱いた女の隣でここまで無防備に眠ったのも初めてだった。

以来、近藤には、心の安まる暇がなくなった。こんな小娘になぜ、とあきれながらも翻弄《ほんろう》され、喉元《のどもと》に匕首《あいくち》を突きつけてくるかのような彼女のまなざしに怯《ひる》む。面と向かって交わされる言葉など信用できず、見ていないところで彼女が誰と何を話しているか、本心を知りたくてたまらない。その結果が、盗聴器というわけだ。

疚《やま》しさの権化《ごんげ》のようなあの小さな機械も、時代を経てさらに小型化され、精度が増した。いま美月のマンションに仕掛けてあるもので、もう何代目になるだろうか。合鍵《あいかぎ》ならば、ずっと護符のように持っている。

むろん、一日じゅう気配を窺《うかが》っているわけにはいかない。毎日必ず聴けるわけもない。この稼業《かぎょう》、そんな腑抜《ふぬ》けたことにうつつを抜かしているとあっという間にタマを取られる。ただ、ふと体の空いた一日の終わり、外の暗がりに溶けるかのように車を停め、かつて愛した女と我が娘とが交わす他愛《たわい》ない会話にそっと耳を傾ける、それくらいの罪はどうか許してほしかった。

いまだ一度もこの腕に抱いたことのない娘の名前は、真帆。四年半前、腹の中にいる赤子の性別がわかった時に近藤がひねり出した名前を、彼女はその後、ほんとうに付けてくれたのだった。彼が死んだ、という嘘を信じたまま。

〈近藤は、抗争に巻き込まれて死にました〉

電話で美月にそう告げたのは、妻だ。他の誰でもない、近藤自身が命じて言わせた。美月も生まれてくる子も、組や九十九といっさい関わらせたくなかった。

〈万一こういうことがあった場合には、一応そちらへお知らせするようにと、生前から申しつかっておりましたので。葬儀ですか。すでに内々で済ませました。いえ、そういったことも皆さまにご遠慮頂いております。故人のことは今後、どうぞいっさい御放念下さいますように〉

夫が愛人を何人囲おうが、いちいち目くじら立てるような女ではない。よけいな詮索《せんさく》を口にした例《ため》しもなかった。それが、電話を切った後にたったひと言、

〈あんな小娘に〉

そう言って、侮《あなど》るような目を近藤に向けてきた。それきり、妻を抱いていない。

『あっ』

ぎぎ、と椅子《いす》の脚が床にこすれる音がして、

『とねー、おはよう』

軽やかな足音がぱたぱたとこちらへ向かってくる。

『〈おはよう〉はおかしくないか？　外、真っ暗だぞ』

どうやら秀俊は、今まで別室で寝ていたらしい。

九十九の携帯にようやく連絡が入ってからすでに一週間が経《た》つが、具合はまだそうとう悪いのだろうか。

『よくねむれた？』

と、真帆が訊《き》く。

母親の言い方にそっくりだ。近藤自身、以前はしばしば耳にした。自分でも信じがたいほどの深い眠りから目を覚ますと、美月が覗《のぞ》きこんでいて、あの穏やかなアルトで言うのだった。

――おはよう。よく眠れた？

『ああ、眠れたよ』秀俊の低い声が答える。『すっかり寝過ごした』

『ばんごはん、さきにたべちゃったよ。とねってば、ママがおこしてるのにおきてこないんだもん』

『すまん、すまん。真帆は、ちゃんと全部残さずに食ったか？』

『くったー』

『とねがゆったんだよう』

はしゃいだ笑い声が響く。耳もとで話しているかのように近い。

『あ、刀根くん、起きた？』

背後の水音が一旦止《いったんや》んで、美月の声がした。

『ごめんね、先に食べちゃった。すぐ支度するからちょっと待ってて』

『いや、急がなくていいよ、全然。こっちこそごめん。どれくらい寝てたかな』

『ほんの二時間くらいじゃない？　どう、よく眠れた？』

受信機に手をのばし、ボリュームをいくらか下げた。

いったい俺は、と思ってみる。こんなことをいつまで続けるつもりだろう。

薄青い煙が、下ろした窓の隙間《すきま》からゆっくりと漂い出てゆくのを見送る。ひと頃に比べると夜気が冷たくなってきたようだ。近藤は、運転席の背もたれを倒した。

＊

込み入った話はやはり、真帆を寝かしつけてからでないとするわけにいかない。

秀俊は、美月の用意してくれた夕食に手を合わせ、片手で口に運んだ。心づくしの和のメニューはそれぞれひと口大に切り分けられていて食べやすく、隣に付き添った真帆が、時にはかえって邪魔になるような世話を焼こうとするのが微笑《ほほえ》ましかった。

左腕の骨折そのものの痛みはともかくとして、怪我をかばうがゆえの二の腕や肩などの筋肉痛は、最初の頃よりはだいぶましになっていた。足場から落ちて背中から地面に叩きつけられた際の打撲も、下が土だったおかげでそれほど酷くなかったようだ。

「助かったね、そのガーデニング好きの奥さんが鉄の柵《さく》とか立ててなくて」

と、美月は言った。

ここ数日そうしてきたように、美月がまず真帆を風呂《ふろ》に入れ、「刀根くん、お願い」と先に上がらせる。秀俊はバスタオルの片端を右手で持ち、もう片方の端を口にくわえてひろげ、清潔なお湯と石鹸《せっけん》の匂いのする小さな身体をくるんでやる。

本人では行き届かない背中などの水滴を拭《ふ》く手助けをし、ドライヤーで髪を乾かしている途中あたりで、頭にタオルを巻いて出てきた美月にバトンタッチだ。真帆も精いっぱいの努力を見せ、自分でパジャマに着替えて「おやすみなさい」を言いにくる。前立ての裾《すそ》のほうを先に合わせ、下から順にボタンを留めてゆくと失敗しないということを、彼女は最近、秀俊から学んだばかりだった。

「何か飲む？」

娘を寝かしつけてきた美月が、キッチンに立つ。寝室の引き戸は例によって、廊下の明かりが届くように少し開けてある。

「美月、お前まだ原稿終わってないんだろ？ 俺のことなんか構ってないで自分のことしろよ」

「だからコーヒー淹《い》れてるんじゃない。同じでいい？」

「充分だけどさ。もしかして、徹夜か？」

「ううん。あと二時間くらいで終わるから大丈夫」

ややあって、美月はトレイにマグカップを二つのせて、リビングのソファに掛けた秀俊のところまで運んできた。

「こんなに至れり尽くせりで面倒見てくれなくてもさ」

「何言ってるの。食後のコーヒーくらい、今に始まったことじゃないでしょ」

「いやまあ、たしかに」

「こっちこそ、すっかり真帆の面倒見てもらっちゃってごめんね。刀根くん今、普通の身体じゃないのに」

「妊婦みたいな言い方するなよ」

ぷ、と美月が笑った。

互いに、コーヒーをふうふうと冷ましながら啜《すす》る。あの夏の炎天下、真帆から電話をもらった午後のことを思い出す。あれから二ヶ月。これからはもうすぐに、熱い飲みものが恋しい季節になってゆくのだろう。

美月がカップを置き、向かいのソファに深く寄りかかった。静かで長いため息をつく。ぽつりと言った。

「よかった」

「――うん」

「とりあえずは、ほっとしたね」

「そうだな」

ありがとう、と心から告げる。

美月は首を横にふった。「私は何もしてないよ」

「ばか、そんなわけあるかよ。お前が俺のアパートの鍵ぶっこわして入ってきて、」

「壊してない」

「無理やり病院へ連れてってくれなかったら、今ごろはあの部屋で衰弱死してたかもしれない」

「まあ、それはそうかもね。すごい熱だったもの」

「今思うと、正直、かなりやばかった気がする」

「気がするどころじゃないよ。なのに意地張って、絶対休めないとか言っちゃってさ。いっそ縛り上げて引きずってってやろうかと思った」

「だって本人に病人の自覚がないんだもの、しょうがないでしょ」

「病人をかよ」

秀俊は肩をすくめた。これだけぽんぽん言われてもこたえないのは、体調がいくらか元に戻ってきた証《あか》しなのだろう。

「いや、冗談じゃなくてさ。今日だって、お前がかわりに結果を聞きにいってくれたから……。俺は、自分ひとりじゃとても行けなかった」

「どうして？」

何と答えようかと迷った。結局、正直に言った。

「怖くて、にきまってるだろ」

「最悪の結果を知らされるのが？」

黙って頷《うなず》く秀俊を見て、美月はもう一度深いため息をついた。

「私が、怖くなかったと思う？」

「……いや」

「誤解しないでね。もし刀根くんがそうだったらうつるとか、そんな意味じゃ絶対ないから。ただ……」言いかけた唇を半開きにしたまま、言葉を探すようにする。「ただ……怖かったの。あなたを失うのが」

「美月」

「想像しただけで気がへんになるほど、怖かったの」

こんな時、なんと答えを返せばいいのだろう。

「――ごめんな」

他に何も言えなかった。美月は再びかぶりをふった。

「ううん。私の側の勝手なあれだから」

曖昧《あいまい》な表現は、彼女にしては珍しい。

「ほんとに、偽陽性でよかったね。どうなるかと思った」

「俺もだ」

この一週間、生きた心地もしなかった。今日の昼間、〈姉〉として検査結果を聞いてきた美月から、携帯に報《しら》せを受けた瞬間の安堵《あんど》といったらなかった。彼女が帰りに幼稚園から連れて戻った真帆を、玄関先で何の遠慮もなく抱きしめたとたん、不覚にも涙がこみあげたほどだ。

〈結局のところ、過労による発熱なんではないか、としか今のところは申しあげられませんね〉

医者はそう言ったそうだ。

〈じつのところ、うちの患者さんにも何人かいらっしゃるんです。検査をしても原因のわからない熱がだらだらと長く続いて、何だろう何だろうと言ってるうちに、二、三ヶ月もするといつのまにか下がって治ってしまう。まあそれを、治ったと言っていいかどうかはわかりませんがね。ただ、先日もお話ししたように、まだ数値に表れていない怖い病気が隠れている可能性も無いとは言えませんから、忙しくて通えないようでしたらせめて数ヶ月に一度くらいは検査を受けたほうがよろしいでしょう、と。そう、弟さんに伝えて頂けますか〉

「あのね、刀根くん」美月が言った。「この際だから、ひとつ訊いていい？」

切れそうなほど真剣に響く言葉に、秀俊は、やはりきたか、と視線を上げた。

が、予想に反して美月のまなざしは穏やかだった。何もかもすでに見通しているかのように澄みきっていた。

「あのお医者の先生から感染の心当たりを訊かれた時……刀根くん、『正直、まったくないとは言えません』って答えたでしょう？　あれ、どういうことなのか、話してもらえる？」

秀俊は、目を伏せた。手の中のマグカップをローテーブルに置く。

「――どうしても？」

「もちろん無理にとは言わないけど、できることなら、ちゃんと聞いておきたい。これが他の人だったら訊かないよ。でも、刀根くんの場合に限っては、私も知っておかなきゃいけないことのような気がするから」

「俺の場合に限って、とは？」

「うまく言えないけど……私の知ってるあなただったら、何て言うか……そういう類《たぐい》の危険はおかさないんじゃないかと思うんだ。もしかして、あなた一人の意思じゃどうにもならないようなことがあって、それで、ああいう返事になったんじゃないかって」

勝手なこと言ってごめんね、と、美月もまた目を伏せる。まだ乾かしていない洗い髪が、ぱらりと落ちて頬にかかった。

目の前のそれに重なるように、脳裏を忌《い》まわしい残像がよぎる。ベッドの端に腰掛けた痩《や》せぎすの女。牝犬《めすいぬ》、の刺青《いれずみ》。あの女も、髪は長かった。

無理やり女を抱かされたのは、じつのところあの一度きりではない。ゴムの装着が許されるとは限らず、いつ、誰から感染したとしても不思議はなかった。秀俊自身、これまでにも何度か、自らＨＩＶや肝炎の検査を受けたことがある。それだけ心配だったのだ。日によって、佐々木のような変態野郎が絡《から》む時もあれば、趣味性の強いビデオなどを撮られることもあったが、どの場合も、間に入って命令してくる九十九自身がいちばん、秀俊を意のままにできる立場を愉《たの》しんでいるように思えた。

「……ごめん」美月が呟く。「つらいことなんだったら、無理して話さなくてもいいよ」

そう言う彼女のほうが無理をしているように聞こえる。

「つらそうな顔してるか、俺」

美月はうっすらと笑みを浮かべ、すぐにそれを消した。

「そうね。かなりね」

「たいしたことじゃない。気にするな。聞くほうにとっても気分のいい話じゃないしな」

「は？　何それ。誰も、気分よくなりたくて訊いてるわけじゃありませんけど」むっとしたのを隠しもしない。「ねえ、刀根くん。あなたにとってこれがしんどい話なのは、私だって最初からわかってるの。だけどね、ここまで関わらせてもらった以上、私には権利があるんじゃない？　せめてもう少しくらいはちゃんと、本当のことを教えてもらう権利が」

「そう怒るなよ」

「怒ってません」

秀俊は苦笑した。こういう時の彼女は、じつにわかりやすい。

「今回はたまたま、検査結果が偽陽性って出たからよかったけど、そんなの、言ってみればサイコロ振ったら丁か半のどっちかが出たっていうだけの話でしょ。それがどっちだっておかしくはなかった。二つに一つの確率で、私たち、今ごろこうしてのんびりコーヒーなんか飲んでられなかったかもしれないんだよ。違う？」

違わない。彼女の言うとおりだ。

「あなたのことだからどうせ、もしも自分がそうだとわかったら過剰に気を遣って、滅多なことじゃうつらないってわかってても、真帆との接触をできるだけ避けようとしたにきまってる。そうじゃない？ ねえ、そうでしょう？」

詰め寄られて、秀俊は渋々答えた。

「……まあたぶん、そういうことになってただろうな」

「ほらごらん。そうなったら、私と真帆のこれからの人生は思いっきり変わっちゃってた。ううん、私なんかまだいいよ、一応大人だから大概のことは飲み込んでみせるけど、真帆は、そうはいかないんだよ？ 大好きな〈とね〉が突然、抱きしめてもくれない、頬ずりさえしてくれなくなったら、あの子がどれほど傷つくか、あなた考えたことあるの？ 今だけは腕を怪我《けが》してるから抱っこを我慢しなさい、とかいうのとわけが違うんだよ？ そこんとこ、ほんとにわかってる？ ねえ」

何も言い返せなかった。正論という刃物はこんなにも、斬《き》りつけられると痛いものかと思った。

「……わかってはいるつもりだよ。俺なりに」

なんだその煮え切らない言いぐさは、と我ながら嫌になる。

「だけど、ちょっと買いかぶりすぎだとも思う」

「買いかぶる？ どういうことよ」

「たしかに真帆は、懐《なつ》いちゃくれてるけど、俺のことを本気で父親と重ねてるわけじゃない。なんて言うか、年の離れた友だちみたいなものでさ。他の子よりいくらか大人びてるぶん、今はああやって恋人みたいに世話を焼きたがるけど、このさき成長していく間には好きな相手なんかどんどん移り変わっていくのが普通だろ。離れたら、そりゃ最初のうちは寂しがってくれるかもしれないけど、しばらく会わずにいれば俺のことなんかすぐ忘れるって」

「……なんで、そんなこと言うの？」

　美月の声が硬くなった。

「いや、だってそうだろ。今回のことはともかくとしても、たとえば俺が何かの事情でこの土地を離れなきゃならなくなったら、どうしたって離ればなれになるんだ。お前たちにはいつも家族みたいにしてもらって、もちろん俺にとってはありがたいし嬉《うれ》しいことだけど、実際の俺らは夫婦でもなければ親子でもないんだからさ。どこかであきらめておくより仕方がないだろう」

「ちょっと待ってよ、ねえ。なんでいきなりそんなこと言いだすのよ」

　声ばかりか、表情まで硬い。心なしか顔が白っぽくなっている。

「いきなりじゃないさ」秀俊は、ゆっくりと言った。「俺は、いつだって考えてきた。そういう覚悟なしにお前たちと関わった例しなんかない。毎回、別れ際《ぎわ》に真帆が、何も疑ってないあの顔で『またね』って手を振ってくれるたびに、どう答えるべきか迷うよ。現実には俺なんかいつ会えなくなるかわからないし、前もって別れの挨拶《あいさつ》をしに来られるって保証もないんだから」

美月は、白い顔のまま黙っている。視線は秀俊がテーブルに置いたマグカップへと注がれているが、それを見ているわけではなさそうだ。

「薄情だと思うかもしれないけど、俺は……」言いかけたものの、やめた。「いや、思ってくれていい。たぶんその通りなんだ」

伏せられていた美月のまつげが震え、少しずつ持ち上がる。ようやく視線が合った。

「そんなふうに言わないでよ。刀根くんが薄情だなんて、思ったこともないよ」

声が、かすかに震えていた。風に向かって話すときのようだった。

「きっと、子どもの頃から、あなたにとって誰かと関わるっていうのはそういうものだったんだろうね。何も期待しないようにあらかじめあきらめて、終わる時を睨んで付き合う、みたいな。友だちなんかはもちろんだし、親であってもそう。突き放されても裏切られても、最初からそれが当たり前だと思っていれば傷ついたりしないし」

「……なんで、そんなふうに思う？」

美月は、微笑した。へなりと眉尻《まゆじり》が下がる。

「見てたもの」

「中学で同じクラスになった時から、刀根くんのことは気になってずっと見てたもの」

一瞬、言葉が喉につっかえて出てこなかった。

「……ええと」

「どうしてそう、露骨に困った顔するかな」あきれたような苦笑いで、美月は言った。

「安心して。告白なんかじゃないから。自分ではわからなかったろうけど、あの当時から、あなたはやたらと目立ってたの。だから私、気がつくとついつい見てしまってた。何なんだろうあの人、どうしてこんなとこにいるんだろうって。子どもの集団の中に一人だけ大人が混じってるみたいな、それどころか異星人が混じってるみたいな違和感があって、すごく浮いてたから」

「え？」

「大げさな」

美月が首を横にふる。

「でも、今思えばそれも無理ないよね。あの頃から刀根くん、あの人と付き合いがあったわけでしょ。クラスのみんなとは全然違う世界を知ってたんだもの、浮いてて当たり前だよ」

「あの人？」

訊き返すと、

「そう」美月は射るようにこちらを見た。「あの、〈九十九〉っていう人」

まさかその名前が彼女の口から飛び出すとは予想もしていなかったせいで、頭の中で正しく像が結ばれるまでに数瞬の間があいた。

「どうしてその名前を知ってる」

まさか九十九が美月に接触を図ったのかと思いかけたが、

「前に、刀根くんが自分で言ったじゃない。何かの拍子にぽろっと、昔から世話になってる人だって」

そうだったろうか。まるで覚えていない。

「陽菜乃の一件のすぐあとだった。私が夢に視《み》た男を、頼んで探してもらった時だと思う。刀根くんもさすがにヤクザだとまでははっきり言わなかったけど、そんなことは、あの晩のあの人たちを見れば察しはついたしね」

まさにその夜の光景をまざまざと思い浮かべたのだろう。美月はふと眉根を寄せ、痛みに耐えるかのように目を眇《すが》めた。

「助けてもらわなかったらどうなってたかは、もちろん私だってわかってる。殺すつもりなんかなかったけど人が一人死んで、それっきり今に至るまで事件にさえなってない。隠すのも嘘《うそ》つくのも決して正しいことじゃないけど、今さらどうしようもないし、とりあえずは私たちみんな、追われることなく暮らしていられる。それもこれも、あの九十九って人の力があったからだよね。それはわかってるの。だけど……」

大きく息を吸い込んだ美月が、呼吸を止めてこちらを見た。

視線がきつく絡み合う。目をそらしたいのに、できない。

「だけど、そんなことがまさか、タダでしてもらえたわけはないでしょう？」

秀俊が答えずにいると、美月は続けた。

「何の条件もなしにそこまでしてくれる人なんて、いるはずない。引き換えに何かを差し出せって要求されるのが普通でしょ。ましてやあの人たちは……」

はっと口ごもる。

「うん？」

「ううん。つまり……あの人は、そういう稼業の人なんだからよけいにそうでしょ、ってこと。刀根くん、これまで、無理やり悪いことさせられてきたんでしょう？　そういうこと全部、その九十九って人が関わってるんだよね？」

答えようとしない秀俊を、美月が焦《じ》れたようにかきくどく。

「お願い。正直に言って。もう今さら、何を聞いても驚かないから」

それはどうだろう、と秀俊は思った。人は皆、聞く前はどんなことにも驚かない。前もって何を予想しようと、自分の想像の及ぶ範囲のものでしかないからだ。

今回の一件とその裏にある事情については、美月自身すでにおおかたの予想はついているのだろうし、だからこそ訊いてくるのだろう。否定する気はない。しかし、十代の前半だったあの頃から今に至るまでに九十九から命じられたすべてを、あけすけに打ち明ける気持ちにはやはりなれなかった。彼女にはなるほど、知る権利があるかもしれないが、自分には、知らせずにおく義務がある。

大きく息を吐いて、秀俊は言った。

「お前には、ほんと参るよな」

美月が目で問うてくる。

「俺がどういうことをしてたかなんて、とっくにお見通しなんだろ？　それ以上、何を打ち明けろって言うんだよ」

「刀根くん……」

「確かに、組とは今でもつながってる。時々は、ちょっとした無理を言われることもあるさ。しょうがない。盃《さかずき》までは交わしていないにせよ長い付き合いだし、それだけ世話になってきたんだ。こっちからばっさり切るわけにもいかない」

「それって、どうしても？」

「ああ」

「何とかならないの？」

「ならないな」

美月の表情が曇ってゆく。

その肩越しに、秀俊は廊下の奥を眺めやった。半分だけ開いた寝室の引き戸が見える。あの部屋に眠る愛《いと》しいいのちこそ、何を犠牲にしても守らなくてはならない。今の自分にとって確かなことといったらそれだけだ。

「心配するな。大丈夫だから」美月に目を戻して言った。「何日か前に、九十九のオヤジと電話で話したよ。俺がしばらく電話に出なかったせいでえらく不機嫌だったけど、こっちは高い熱出して腕の骨まで折って、とにかくさんざんだったんだって話したら、まあ一応わかってはくれたらしい」

「本当に？」

「あれでいて、物分かりはいいんだ」

美月は、首を横に振った。まるで信じていない様子だった。

「何日か前って、一緒に病院へ行くより前ってこと？」

「いや、その後」

「じゃあ、例の件については？」

「話したさ」

「詳しい再検査の結果待ちだって？」

「そうは言ってない。調べたら陽性だったと言った」

「いや、嘘ってこともないだろ。最初の検査で陽性反応が出たのは事実だし、あの時点ではそれしかわかってなかったんだから」

確かにそうだね、と美月は言った。

「それで――今日の結果は、いつ報告するつもり？」

秀俊は、彼女を見つめた。

「今のところ、するつもりはない」

聞くなり、美月がほっと息をついた。よかった、と呟《つぶや》く。

「お願いだからそうして、って言おうと思ったの。嘘をつくのに、そういう病気を楯に取るのは不謹慎なんだろうけど、それで少しでも、あの人や組との関係が薄くなるなら、もう……」

そう単純にはいかないだろうが、ある種の依頼から解放されるなら、それだけでも前よりずっとましだ。そう、当面、佐々木の顔さえ拝まなくて済むならば。

「な、大丈夫だから」秀俊はくり返した。「俺だっていいかげん、組との付き合い方くらいわかってる。お前はさ、何かっていうと俺がお前たち母娘《おやこ》を守るために無理ばっかりしてるようなこと言うけど、そんなことはないから。俺は、自分のためにそうしたいからしてるだけだから。自分にとって大事なものを守りたいって願うのは当然だろ？」

するとうつむいた美月が、

「……っきは……」

怒ったように何か呟いた。

「うん？」

「……っきは……がないって」

「なんだって？」

「さっきはあきらめるよりしょうがないって言ったくせに、って！」

「誰が」

「あなたがでしょ？　どうせ私たちなんか家族でも何でもないんだから、離ればなれになってもあきらめるよりしょうがないんだって、そう言ったじゃない！」

「いや、そんなふうには言ってないだろ」

「言った。そういうニュアンスのこと言ったもん」

「もん、ってお前……」

ううう、と美月が子犬のように唸《うな》る。額や頬に落ちかかる髪の陰から、部屋着のワンピースの膝《ひざ》に落ちたものを見て、秀俊はぎょっとなった。

「ちょ、待て。何を泣く？」

「わかんないよ。自分でもわかんないけど……」

片手で目元を覆《おお》い、もう一方の手で膝頭を握りしめた美月が、また、うううう、と唸る。

秀俊は、困惑した。嗚咽《おえつ》を懸命に飲み下し、薄い肩をふるわせてこらえようとする幼なじみを、いったいどう慰めればいいものかわからない。何を言っても、かえって火に油を注いでしまいそうな気がする。

さんざん迷った末に、立ち上がった。ローテーブルを回り、向かいに座る美月のそばへ行く。ソファの足もとにあぐらをかき、下から顔を覗き込んだ。涙と鼻水でぐしゃぐしゃだった。

秀俊は慌《あわ》てた。三十もとうに過ぎた大人の女が、いやそれ以前にあの桐原美月ともあろうものが、まさかこんなふうに泣くとは思いもよらなかった。こんな……まるで置き去りにされた幼子《おさなご》のような泣き方は、彼女にはまるで似合わない。

美月の目の縁から溢《あふ》れた涙が、白い頬の上をでたらめに伝い落ち、顎の先で透明なしずくを形づくる。見ていると、脈が勝手に走りだした。心臓の落ち着きが悪い。困る。こんなのは非常に困る。

弱りきって、あまりいい方法とは思えないままに、

「……ごめん」

とりあえず謝ってみた。

案の定だ。口に出したとたん、濡れた瞳《ひとみ》で睨《にら》まれた。

「何がよ」

「いや、だから……俺、何か不用意なことを言ったみたいだし」

「『みたい』って何それ。わかってもいないくせに適当に謝らないでよ」

「すまん」

口にしてから、あ、と呟くと、美月はため息をついた。

「男って、ほんっと腹立つ」いらだたしげに言い捨て、短く洟をすすりあげる。「とりあえず謝っておけば機嫌直すだろうっていう根性が見え見え。やめてよね、そういうの。ものすごく馬鹿《ばか》にされてる気がするから」

わかった、ごめん、と言いかけて、危うく呑《の》み込む。どうしろと言うのだ。理詰めで落ち度を責められたなら申し開きのしようもある。だが感情で咎《とが》められてしまえば、こちらは謝罪する以外にないではないか。

「美月、あのな」これ以上、神経を逆なでしないように気をつけながら、秀俊は言った。「俺は何も、お前たちと離れるのが平気だとか、そんな意味で言ったんじゃないから。そこは誤解しないで欲しい」

「じゃあ、どういうつもりよ」

睨みつけてくる目の縁が赤い。目尻がきりきりと尖《とが》って、今にも血がしぶきそうだ。

こんな目で見つめられて、何をごまかせるというのだろう。伝わってくるのは怒りの感情と呼んで間違いないのに、胸が締めつけられる。困る、と再び思った。そんなにきつく締めつけられては、箱のふたがはじけ飛んでしまう。決して相手に中身を見せないように、自分でも見ないようにしてきた箱の中には、手に負えない柔らかな感情ばかりが詰め込まれているというのに。

「俺だって……そりゃ、ほんとはお前たちのそばにいたいさ」

秀俊は言った。仕方なく、正直に言った。

「そうできたらどんなにいいかと思うよ。お前は強い女だし、男の支えなんか必要ないかもしれないけど」

「強くなんかないよ」

遮るように、美月が呟く。

「そうか。俺の目には充分、そう見えるけどな」

「節穴なんだよ」

「そうかもな。でも実際、時には支えてやれたり、寄りかからせてやれたりしたらいいとは思ってる。真帆のことにしたって、お前一人じゃどうにもならないことだってあるだろうし」

「だったら、それでいいじゃない。あの子のそばにいてやってよ」

「だけど、お前にもうわかってるとおり、俺の後ろにはよけいなもんがいっぱいくっついてるんだよ。俺がそばにいるよりも、むしろ俺なんかいないほうが、お前たちに及ぶ危険はずっと少なくなる。もっときっちり距離を置いたほうがいい。いや、そもそも関わらないほうがいい。そんなことはいいかげんよくわかってるってのに……」

こみあげてくる感情に邪魔されて、言葉が出なくなる。

「……のに？」ささやくように美月が問う。「ねえ、ちゃんと言って」

観念して、秀俊は言った。

「わかってるのに、離れたくない」

口にしたとたん、耳が火照《ほて》った。くそ、と思わず目を伏せる。

「もうずっと、そうやってさんざんごまかしてきたんだ。今日が大丈夫だったから明日も何も起こらないだろう、いくらあの九十九だってこっちが刃向かわない限りはお前たちに害をなすようなことはないだろう、そんなことしたって何の得にもならないんだから……って。そうやって俺は、お前たちとの時間をずるずると貪《むさぼ》ってきたんだ。この部屋は、あまりにも居心地がよすぎるんだよ。ここにこうしていると、まるで自分がこっち側の人間みたいな錯覚まで起こしちまう」

「なによ、それ」美月が、悲痛な声で言った。「錯覚なんかじゃないよ。組に入ってるわけじゃないんだし。たまたま弱みを握られたせいであれこれ無理難題を押しつけられてるっていうだけで、刀根くんはもともとふつうにこっち側の人間でしょ」

「いや、違うな。弱みなんか握られるようなことをしでかした時点で、もう、ふつうとは呼べないだろ」

何気なく口にしてから、まさにそのとおりなのだと悟った。

そもそも、〈ふつう〉であれば、中学生のトラブルに極道が関与するなどあり得ない。母親の愛人から殴られて育ち、こんなやつ消えて欲しいと願う子どもは他にもいるだろうが、口にしたとたんそれが現実になってしまうとなれば話はまた別だろう。

秀俊は、目を上げた。

「お前と真帆を、守ってやれたらと思うよ。俺だって、できるならそばにいたい」

ソファから見下ろしてくる美月と視線が絡み合う。

「ほんとうに、心の底からそう思ってる。それでも、俺がいないほうがお前たちのためになるってことがもっとはっきりした時は……その時はもう、迷わない。きっぱり離れる覚悟はできてる。さっきのは、そういう意味で言ったんだ。家族じゃないから離れてもしょうがないなんてのは、俺が、俺自身を納得させるための言い訳でしかない」

美月の唇が、音もなく、〈とねくん〉のかたちに動く。

「ったく……それくらいのこと、言わなくてもわかれよな。いいかげん長い付き合いだろうが」

憎まれ口への抗議だろうか。美月の目から、新たに透明なものがあふれ出す。

「あなたは……真帆と私を巻き込んでしまうなんて言うけど、」声の震えを懸命に抑えながら、彼女は言った。「大事なことを忘れてない？　私は、部外者じゃない。あの事件の当事者なんだよ？　あなたと同じ運命を辿《たど》るのが当然であって、何もあなたのせいで巻き込まれてるわけじゃない。ヤクザに弱みを握られる時点でふつうじゃないって言うなら、私だってとっくに〈こちら側の人間〉じゃないってことでしょ。今さら自分だけ安全圏にいようだなんて思ってないから、それだけは覚えといて」

「けど、真帆は」

「え？」

「真帆はどうなんだよ。親の勝手で巻き込んでもいいってのか」

「だってあの子は……」

言いかけた言葉を、美月は、呑み込んだ。

「うん？」

問いかけにもかぶりを振り、うつむいて唇を嚙《か》む。閉じたまぶたに涙が押し出され、頰を伝い落ちる。

床にあぐらをかいているせいで、秀俊の目の前には、ソファにかけた美月の腿《もも》と膝がある。何かをこらえようとするたび、彼女は膝頭をぎゅっと握りしめる。指の節が白くなるほどの力で。

秀俊はやがて、自由のきくほうの右手をのばし、彼女の手の甲を包み込んだ。びくっとなって引っ込めようとするのを押さえる。すらりと長身の彼女の、手の指もこんなに長かったのかと驚く。それこそ長い付き合いだというのに、今さらそんなことに気がつく自分もどうかしている。

「……美月」

返事はない。まるで物陰に逃げ込んだ小動物のように、ひそめた息づかいが速い。

「なあ、美月」

もう一度呼ぶと、ようやく、

「なに」

吐息と変わらないほどの声が応《こた》えた。

いくら言葉を選ぼうが、伝えるべき思いなど他にないのだった。

「ごめんな」と、秀俊は言った。「ありがとな」

彼女が、ぷしゅ、と鼻を鳴らす。

「今の……」

「うん？」

「順番が逆だったら、この家から叩《たた》きだしてたかもしれない」

「だって、水くさいじゃない。ほんと、むかつく。男のくせにうじうじしちゃって、いいかげん腹くくりなさいってのよ」

「おいおい」

「美月」

「だから、なに」

「抱きたい」

「は？」

眉間《みけん》にけげんそうなしわを寄せて、美月が赤い目でこちらを見下ろす。

秀俊はくり返した。「お前を、抱きたい」

形のいい唇がゆっくりと半開きになってゆく。何か言おうとしながら、どうしても言葉が出てこない様子だ。

「駄目か？」

問うと、その唇が震えた。

「……何なの、いきなり」

「いきなりってわけでも、まあ、ないんだけどな」

「それ、本気で言ってる？」

「どういう意味だよ」

「だってあなたは、私のことなんか」

秀俊は、あぐらを解いた。膝立ちになって向かい合うと、目の高さが同じになった。

「今なら、どこの誰より安全だぞ。血液検査の紙、もういっぺん見るか？」

美月が思いきり嫌そうな顔になる。

「……誰がそんなこと気にしてるって？」

怒っている。そう、じつにわかりやすい。すまん、と秀俊は素直に謝った。

「なんかこう、うまく言えなくてさ。こういうことには慣れてない」

黒々とした瞳が見つめ返してくる。少しだけ、笑ったようだ。

「ほんと、ばかな男。うまく言う必要なんてどこにもないのに」

手を伸ばそうとして、左腕を吊《つ》ったままであることを思い出す。三角巾《さんかくきん》を首から抜いて放り捨て、ずしりと重たいギプスごと腕をさしのべて、抱きしめる。

美月は、驚いたことに、震えていた。小刻みな振動が秀俊の腕と胸に伝わってくる。ふと、むかし校庭の隅で飼われていたうさぎの姿が浮かんだ。抱きあげると寒くもないのにいつもふるふると震えていた柔らかな生きもの。

頬と頬を合わせる。まだ濡《ぬ》れていて、冷たい。

「美月」

そっと耳元にささやく。生まれて初めて呼ぶ名前のような気がした。

「なあ。……駄目か？」

美月の腕が、そろりと秀俊の背中にまわされる。

「だめじゃ、ないよ」

秀俊も、震えた。胃の底から心臓まで鋭く衝《つ》き上げてくるものが、同時に下腹にも伝わって、股間《こかん》が不穏な変化を遂げる。

「でも、お願いだから」か細い声が言った。「それを最後に私たちの前から姿を消したりはしないで」

ぎくりとした。

「私たちが眠っている間に、いなくなったりしないで。それだけは約束して。約束できないのなら、やめて。お願い」

頰を離し、間近に顔を覗《のぞ》き込む。切羽詰まった目をしているかと思ったのに、そんなことはなかった。両の瞳は、朝まだきの湖面のように静まりかえっていた。

その頰に、無事なほうの手をあてる。

「刀根くんってば、聞いてる？」

「わかった。約束する」

鼻の先をこすり合わせると、もう、限界だった。唇を重ねる。嚙みつくように貪り、舌を差し入れる。小さく声をもらした美月の指が、背中をおずおずとさまよった末に、頭を抱きかかえる。

「真帆は大丈夫かな」

そう訊く声も、「だいじょうぶ」と答える美月の声もかすれる。

「じゃ、行こう」

先に立ち上がり、美月を立たせ、手を引いて奥の部屋へ行く。途中、寝室を覗いて真帆の様子を確かめる一瞬だけ、美月の横顔は母親のそれになった。

敷いたままの布団《ふとん》の上に、彼女を組み伏せる。ギプスが邪魔くさい。互いのボタンを片手ではうまくはずせずにいると、美月が優しい苦笑を浮かべて手伝ってくれた。

「ねえ、安心してよね」

キスの合間に、彼女は低くささやいた。今日は安全日だとでも言うのかと思ったのだが、そうではなかった。

「こんなふうになったからって、勘違いしたりしないから」

「勘違い？」

「あなたがずっと誰を想《おも》ってきたのかは、私がいちばんよく知ってるから」

思わずまじまじと顔を覗き込んでしまった。

「いきなり何を言いだす？ よりによって、今それを言うか？」

「だって……そうだったでしょう？ まだ、終わってないでしょう？」

秀俊はため息をついた。

「……そもそも始まってもいない」

「いちばん厄介なケースよね」

厄介なのはお前だ、と言いたかった。

昔から、こいつだけはごまかせない。まっすぐにこちらを見つめてくる二つの黒い瞳には、今、いったい何が視えているというのだろう。

「あいつのことは、俺にはどうにもできない」観念して、秀俊は言った。「あいつが自分で選んだことだからな。それより、お前だよ」

「私が、なに？」

「お前は、俺でいいのかよ」

華奢《きゃしゃ》な身体《からだ》に乗りあがり、真上から見下ろす。枕元《まくらもと》に置いたスタンドの明かりを受けて、白目の部分が磨いた象牙《ぞうげ》のように光っている。

「俺は、このとおり自分勝手だからな。一度抱いたら、お前のことを自分の女だと思うぞ。それでもいいのか。こんな人間のクズと関わらなくたって、お前ならもっと他にいくらでも……」

初めきょとんとしていた美月が、じわじわと微苦笑を浮かべ、まるで哀れむような面持ちになった。

「あんまりつまんないこと言わないの」

「でも、」

「いいからもう、黙って」

不意を突かれ、秀俊は息を呑んだ。美月の冷たい指が、小さな蛇のようにそこに絡みつき、繊細な動きをする。信じられないほどの指遣いだ。誰から教わった、と訊《き》きたくて、聞きたくなかった。息が荒くなるのをどうしようもない。

導かれるまま、急《せ》くように自身をあてがい、侵入した。濡れている。熱い。美月が背中を反り返らせ、あえかな声をもらす。脳の血管がぶち切れそうになる。最奥《さいおう》まで到達した瞬間、名前を呼ばれた。何度も、何度も、ひどくせつなげにくり返されるその小さな声を聞くうち、ふいに鼻の奥がきな臭く痺《しび》れた。

なんだこの感覚は、と思ってから、ようやく気づいた。動きを止めて、どうにかやり過ごす。

涙など、いつからこぼしていないだろう。もう、泣き方すら思い出せない。

第五章

マイクを持つ手が震える。ぬるぬる滑るのは、てのひらに汗をかいているせいだ。こんなに緊張するのはずいぶん久しぶりだと思いながら、正木亮介は客席を眺め渡した。

「どうしてこんな高いところに上がる羽目になったものか……」

切りだすと、声が少し小さいことに気づいた。マイクに口を近づける。

「今さらですが、ちょっと後悔しています」

「まあそこは、僕を恨んで下さい」

すぐ下の最前列から声がした。同じくマイクを握った精神科医の川崎誠司《かわさきせいじ》だ。白髪混じりの頭を片手で撫《な》でつけながら、川崎は小太りの身体《からだ》をねじり、後ろの客席のほうをふり向いて続けた。

「正木さんにはね、僕から、たってのお願いってことで頼んだの。今日、皆さんの前で自分の体験を話してくれるようにね。定例のミーティングは、皆さんご存じのとおり月に二回やってるけど、こうして、よその団体とか学会の人まで集まる会はめったにないから貴重でしょ。彼だったら自分の個人的な体験や考えなんかを、客観的に語り直すことができると思ったから、それで頼んだわけです。――というわけで、はい、正木さん、あきらめて続けて下さい」

壇上の亮介が浮かべた表情に、客席にも好意的な苦笑がひろがる。おかげでいくらか話しやすくなった。

「川崎先生はああいうふうにおっしゃいますが、私のごく個人的な経験をお話しすることが、どれくらい皆さんの参考になるものかはよくわかりません。とくに面白い話が出来るわけでもないので、そこはどうかご容赦頂きたいと思います」

三百人収容の小ホールに、聴衆はまばらだ。関係者を合わせても百人に満たない。それでも多すぎるくらいだ、と壇上に一人座る亮介は思った。椅子《いす》のかたわらには白い布のかかった小さいテーブル。ラベルを取ったミネラルウォーターと紙コップが置かれているが、水にはまだ手を付けていない。いま気になるのは喉《のど》の渇きより、パイプ椅子の座り心地の悪さだ。

「皆さんにも経験がおありかもしれませんが、当初、私にはまったく自覚がありませんでした。たしかに、酒は飲む。時々はちょっとばかり量を過ごしてしまって記憶が飛ぶこともある。でもそんなのは誰だって経験することだし、決して酒が好きで飲んでいるわけじゃないんだから、やめる気になればいつでもやめられる、と……そんなふうに思っていました。だからこそ、医者からアルコール依存症だと言い渡されたときは信じられなかった。この俺がいわゆる〈アル中〉？　あり得ない、そんなみっともないものであるわけがないじゃないか、と」

言葉を選び、何がどう伝わるかを慎重に考えながら話すのは、予想以上に消耗する仕事だった。世話になっている川崎医師からの頼みとはいえ、やはり何としてでも断るべきだったかもしれない。

〈いや、あなたみたいな人はさ、僕にだけとか、少人数のミーティングの中でこっそり打ち明けるんじゃなくて、いっそのこと大勢の前で喋《しゃべ》るのが向いてると思うんだよ。実際、楽々と出来ちゃう人だと思うしね。あなた、もともとは目立ってナンボの人だったでしょ。学級委員長とか生徒会長とか、当たり前にやってきたんじゃないの？〉

その通りだった。

〈あなたが今みたいに地味で目立たない存在でいようと心がけるようになったのは、おそらく過去にそうするより他にどうしようもない事情があったからってだけでさ。本来のあなたは、人前で自分の能力を発揮できる機会を決して見逃さないはずだ。いや、何もあなたに限ったことじゃないな。誰だって、持てる能力は試してみたくなる。それが

人間のサガでしょ。月面着陸も、原爆投下も、あるいはスリの常習者なんかも、そのへんの原理は一緒だよね〉

緊張はいくらかゆるんだが、てのひらの汗はそのままだ。マイクを持ち替えた亮介は、ネクタイをゆるめようとして気づいた。堅苦しく見えるかと思い、今日はネクタイをしてこなかったのだった。

「自分で言うのも何ですが、子どもの頃からずっと優等生で通っていました。勉強も得意でしたから、将来は医者とか弁護士みたいな立派な職業につくものだと、周りも私も漠然とですが信じていました。両親がそれを望んでいることがわかっていただけに、自分の責務のように感じていましたし、そしてその計画はかなり順調に進んでいたんです。ある時までは」

ふと、最前列の川崎と視線が合った。その調子で続けていいよというふうに頷《うなず》く彼に向かって、亮介も一つ頷き返す。並びの席からじっと見上げてくる視線がもうひとつあったが、今はあえてそちらを見ないようにした。目が合うと、話すべき内容が頭から飛んでしまいそうだ。

「あれは、中学生の時でした。当時の私にとって、何というか、とても大事だった女の子が、ある事件に巻き込まれてしまったんです。今日はこういう場ですから、あえて言いますが、事件というのは要するに、レイプでした。その子は見も知らぬ男性によって、ここでさえ口にできないような類《たぐい》の乱暴を受けたわけです」

客席が静まり返る。間違いなく、そこにいる全員が今この瞬間に亮介を見つめ、固唾《かたず》を呑《の》んで次の言葉を待っていた。

「ご存じかも知れませんが、当時、強姦《ごうかん》は親告罪と呼ばれるもので、被害者側が訴えない限りは事件になりませんでした。結局、ご家族の強い要望で、その件は警察によって捜査されることもないまま、言ってみれば不問に付されることになりました。くり返しますが、当時、私は中学生でした。はっきり言って、まだ子どもです。物事の善悪もよくわからないままに、彼女のためにどうでも何かしなければと思い詰めました」

自らごくりと唾《つば》を嚥下《えんげ》する音を、マイクが忠実に拾う。水が飲みたかったが、手をのばすタイミングがわからない。

「この件について、これ以上詳しい部分に関しては、川崎先生にもお話ししていません。私だけの問題ではないというか、よそへも影響が及ぶことがわかっているので、お話しするわけにいかないのです。ただ——以来、私は悪夢にうなされるようになりました。眠れば必ず夢を見る、その夢が怖くて、眠れない。気持ちが悪くて、食べ物を受け付けない。成績はガタ落ちで、親からも教師からも心配される。自業自得《じごうじとく》とはいえ精神的にも肉体的にもふらふらで、何度も自殺を考えましたが……結局、死ねませんでした」

我慢できずに、マイクをいったん膝《ひざ》の上に置いた。ミネラルウォーターのキャップをねじ切り、紙コップに注ぎ、ひと口、ふた口と飲む。

一挙手一投足を会場じゅうから見られているのを感じつつも、亮介は、この時間がかえって話を盛り上げる絶妙の間になっていることに気づいて、ひどく醒《さ》めた気持ちになった。水を注ぐとき、もっと盛大に手を震わせてやればよかったかもしれない。

「とはいえ、人間というものは何というか――薄情で、いいかげんなものです。どれほど苦しかった記憶も、時が経《た》つうちにはだんだんと薄れていく。私もそうでした。とんでもない形で人を傷つけてしまったというのに、ふだんの生活がべつだん滞りなく進んでゆくと、忘れている時間のほうが増えていくんです。夢だけは変わらずに見てうなされるのに、悪夢は悪夢として独立したものになってしまって、それが現実に起こったことだとはあまり思えなくなっていきました。おかげでまあ、浪人することもなく大学へ進みましたし、それなりの会社にも入れた。このまま、過去は過去として葬《ほうむ》り去ることができる、ような、気がしていました」

会場を見渡す。後ろのほうは薄暗いものの、それでもぽつぽつと座る人々の表情は見て取れる。スーツを着ているのは学会の関係者だろうが、彼らでさえ、こちらの話に聞き入っている様子が伝わってくる。

「いまだに、何が引き金になったのかはわかりません。もしかすると、一時期、会社の人間関係がうまくいかなかったのがきっかけだったのかも知れませんが……とにかくそれは、あるとき急に起こりました。仕事をしていても、休みの日に外に出ても、そのへんの人がみんなしてこちらの噂話《うわさばなし》をしているかのように思えてしまうんです。そんな馬鹿《ばか》なことがあるはずはない、気にするまいと思っても、どうしても気になる。ひそひそ話が、ぜんぶ悪口に聞こえる。そうこうするうちに、もういいかげん馴染《なじ》んだはずの悪夢に性懲《しょうこ》りもなくうなされるようになりました。まるで本当に今そこにいるかのような、リアルな感触をともなった夢です。そうして、ある日、目が覚めたら……会社へ行く気が起きなかった。というか、ベッドから起きあがる気力もなかった。自分の意思では手も足も動かせなくて、まるで糸の切れた操り人形みたいな気分でした。それでも、妻の手前、その日は何とか家を出て、会社にも行きはしたんです。しかし、仕事に意欲がまったく持てない。しなければいけないことはわかっているのに実行に移せない。そんなことが続けば、当然、周りからの風当たりはきつくなってきます。俺のせいじゃない、好きでいいかげんにやってるわけじゃないんだ、と自分への言い訳を重ねるうちに――いつのまにか、飲む量が増えていきました」

視線を落とす。壇上の床、客席に向かって切れ落ちるぎりぎりの縁《へり》が、断崖《だんがい》絶壁のように思える。

「歩道の隅で意識を失っていて、救急車で運ばれたこともあります。その病院で、先ほどもお話ししたように、アルコール依存症と告げられたわけです。そんなに飲んだつもりはなかった。たまたま悪酔いしただけだと自分をごまかしていました。しかし、どんなに熱いシャワーを浴び、歯を磨いて出勤しても、やはり酒臭さはどうしようもなくて……そのうちに、周りの陰口が決して幻聴ではなくなっていって、それにつれて酒量もますます増えて、毎日、なじみの店をはしごしては二軒目か三軒目で記憶が飛ぶ。そんな日々が続きました」

深呼吸が必要だった。マイクを下ろし、ゆっくりと息を吸いこみ、再びゆっくりと吐き出す。

どう続けるべきか、迷った。メモ一つ持ってこなかったことが悔やまれたが、そのメモも、考えた末に用意するのをやめたのだった。もとより、理路整然と話せるような話題ではない。

沈黙の長さに、やがて客席がざわつき始める。

亮介は床から目を上げ、その視線を川崎の隣へと投げた。

（……立って）

口だけ動かすと、彼女は、え、と目を瞠《みは》った。

マイクに、低く囁《ささや》く。

「すまん。ちょっと立ってくれないか」

聴衆の目が、亮介の視線の先へと注がれる。

彼女は、戸惑いながら川崎と目を合わせ、促されておずおずと席から立ちあがった。

「私の、妻です」

亮介は言った。

小柄な彼女が、慌《あわ》てたように客席へと会釈《えしゃく》する。

「このひとに――私は、酔ってさんざん暴力をふるいました」

会場がざわめく。驚いた彼女が、首をねじってこちらを見上げてくる。何もそんなことまで、と言いたげな視線を黙って受けとめ、亮介はなおも続けた。

「何も覚えていなかった、とはとても言えません。ひどい言葉を投げつけていても、殴ったり、時には蹴《け》ったりしていても、そうしている自分をどこかで別の自分が見ている、といったような意識はうっすらとありました。ただ、止まらなかった。こうなったのを全部、妻のせいにした気がします。すべての感覚が遠くなって、自分が自分じゃないかのようで、どうしても抑えが利《き》きませんでした。しかし、何しろこんなに身体の小さい女性です。これ以上、飲む酒の量が増えていったら、いつかうっかり死なせてしまうんじゃないか。そう思ったら心底怖くなって、とうとう自分から病院へ駆け込みました。――川崎先生のことを知ったのは、とりあえずの治療を終えてそこを出た後。今から二年前のことになります」

目で促すと、彼女は再びそっと腰をおろし、目を伏せた。

ようやく退院したものの、最初に紹介された断酒会の集まりは亮介の肌に合わなかった。主宰者と馬が合わなかったと言うべきかもしれない。参加している会員たちから絶対の信頼を寄せられているらしき主宰者が、集まりの最後に全員に唱えさせる〈断酒の誓い〉が、まるで新興宗教の念仏のように思えてどうしても馴染めなかった。そういった経緯もすべて話した。

「あんなのはもうごめんだとは思ったものの、アルコール依存症ばかりは、ご存じの通り、一旦《いったん》酒を断てば完治というわけにいきません。誘惑はそこらじゅうにある。違法な薬物などと違って、酒は、家族向けのレストランでもメニューにあるし、スーパーに行けば棚に並んでいるし、道ばたの自動販売機でも買えるんですから。抑えても抑えても、飲酒への誘惑がよみがえる。何とかそこから脱するために、すがるようにして何冊かの本を手に取りました。その中の一冊が、川崎誠司先生のご著書だったわけです」

巻末には、彼の主宰するミーティングの情報が書かれていた。内容以上に著者に興味の湧《わ》いた亮介は、試しに一度だけと連絡を取り、会合に参加してみた。

「川崎先生については、ここにいらっしゃる皆さんのほうが、私よりもずっとよくご存じだと思います。それなりに古いお付き合いの方もいらっしゃるでしょうし」

会場にくすくすと苦笑いの波が伝わってゆく。

「正直なところ、これからもう一生、酒との関係をいっさい断って生きていけるかどうか、絶対の自信と言えるほどのものはありません。ただ、これだけは言えます。もう二度と、妻を殴りたくはない。そんなことをするくらいだったら、今度こそ、自分で死んだほうがましですから」

言葉を切り、迷ったもののマイクのスイッチも切って、サイドテーブルの上に置く。まばらに起こった拍手が、やがて会場じゅうに広がっていった。

亮介は立ちあがり、深く礼をした後、壇を下りていった。川崎医師に会釈をし、妻の隣に腰をおろす。

「……ごめん、巻き込んで」

低く囁くと、彼女が首を横にふる気配がした。

「お疲れさま」

と、陽菜乃は言った。

亮介と入れ替わりに、川崎医師が壇上に立った。短い講演とデータをもとにした報告がなされた後、聴衆との間の質疑応答があって、シンポジウムは終了した。

客席がふわりと明るくなる。亮介と陽菜乃が跳ね上げ式の椅子から立ちあがると、

「やあ、ご苦労さんだったね」

壇から下りてきた川崎は、まるで若い部下を労《ねぎら》う上司のような口調で言った。

七十代も半ばを過ぎた彼から見れば、実際、四十歳以上も年下の自分など若造も同然なのだろう、と亮介は思う。人を食った老人だが、年の功というのか、何を言っても憎めない。

「早いとこ控室へ戻ろう。ここにいて誰かにつかまるのも面倒でしょ」

革の鞄《かばん》をさげ、頭にひょいと中折れ帽をのせて歩きだす。

亮介はためらい、陽菜乃を見やった。無言の気遣いは伝わったらしい。彼女が薄く微笑《ほほえ》み、頷いてよこす。

「じゃ、少しだけ寄っていこうか。挨拶《あいさつ》だけしたらすぐ帰るから」

古い会館は、二階に大小のホールが一つずつ、一階に中くらいのホールと控室がいくつか、といった造りだった。喫茶室などという気のきいたものはない。昔懐《なつ》かしい水玉模様の湯呑みが、運営スタッフの手で運ばれてくる。

長テーブルをパイプ椅子が囲んでいるだけの控室には、初めのうち学会関係者らしき客が何人か入れ替わり立ち替わり挨拶をしに訪れたが、十分ほどもたつとそれも落ち着き、川崎とその女性秘書、亮介たち夫婦の四人だけになった。

「改めて、お疲れさまでした」腰をおろした川崎が言った。「やっぱり思ったとおりだったよ。頼んでよかった」

「あんな話でよかったんでしょうか」

「もちろん。僕が想像してた以上に、あなたは人前で話すのがうまいね」

「いや、そんなことは」

「そうやって謙遜《けんそん》するけどさ。ああいうふうにはなかなか話せないものなんだよ」

秘書の女性が、用事を思いだした様子で部屋を出てゆく。気をきかせて席を外してくれたのかもしれない。

「人前で自分のことを話すというのは、難しいものでね」川崎は、手にした帽子のつばを弄《いじ》りながら続けた。「身に降りかかってきた出来事だけじゃなく、そのとき湧き起こった気持ち、どうしようもなく堕《お》ちていった闇《やみ》、そこから這《は》い上がろうとする過程――そういったもののすべてについてのあれこれを、初めて聴く人にもちゃんとわかるように話すというのは、あなたが思ってるほど、誰にでもできることじゃないんです。たいていは、話しながら感情に流されたり、自己憐憫《れんびん》に陥ったりして、何の話をしてたんだか自分でもわかんなくなっちゃって支離滅裂になる。壇上で黙りこむとか泣きだすくらいならまだしも、依頼した僕を逆恨みしていきなり怒りだしちゃったりしてね」

亮介は苦笑した。

「なるほど。さすがにそこまでは」

「でしょ。正木さんはめちゃくちゃプライド高いから、そんなことには絶対ならない。だから頼んだの」

ぷ、と噴きだしたのは陽菜乃だった。慌てて口もとを覆《おお》う。

「おっと、ごめんなさいよ。僕、いま褒めたつもりなんだけど」

「いえ、わかっています。私こそすみません、つい」

「よく秘書にも叱《しか》られるんだ。『先生がどんなつもりで言ったかなんてどうでもいいんです、問題は相手の方にどう聞こえるかなんです』ってね。そんなこた知らないよ、って僕言うの。どう聞こえるかなんて、受け取る側の気分で変わるもの」

川崎が主宰する集まりは、〈断酒会〉という名称をあえて使っていない。彼自身、嗜《たしな》む程度には酒を飲むことを隠さない。

ミーティングの参加者が全員、過去にアルコール依存症を克服してきた人たち、あるいは克服しつつある人たちなのは、その前に亮介が参加した断酒会と同じだった。しかし漂う雰囲気はまったく違っていた。誰一人として、主宰者である川崎をあがめ奉《たてまつ》ってはいないのだ。もちろん尊敬し信頼しているのだが、一方で、しばしば発言の暴走する川崎を参加者の側がたしなめる場面さえあった。そのことに亮介はまず驚き、ここならば馴染めるようにも思えて、引き続き通ってみることを決めたのだった。壇上で述べた通り、もう二度と陽菜乃に暴力をふるいたくはなかったのだ。

飲み続けていると、酒への耐性は上がってゆく。以前ならば日本酒で二合、ウイスキーならロックで二、三杯も飲めば充分に酔うことのできたはずが、毎日飲み続けるうち、その程度では何も感じなくなる。いくら飲んでも酩酊《めいてい》の感覚を味わえず、自分が酔っているとは思わない。けれども実際には酒量に応じて脳は麻痺《まひ》しており、正常な判断ができなくなり、そうして飲めば飲むほどますます歯止めがきかなくなってゆく。

亮介がはまりこんだのも、この穴だった。酔っぱらうより前に泥酔《でいすい》しているとしか言いようのない、とんでもない状態が日常的に起こっていた。自分ではわからないが、日中も身体じゅうの毛穴から饐《す》えた酒の臭《にお》いがぷんぷん漂っていたと思う。周囲が自分の悪口を言っているという妄想は、もはや現実となっていた。

「自分を罰したいっていう願望を持ってる人には、わりとよくあるんだけどね。いい子の優等生として育ってきて、周りにもそう扱われてきたにもかかわらず、本人は自分のことをものすごく悪い子だと思ってる。実際はこんなに悪い子なのに周囲の信頼をずっと欺《あざむ》いてきた、ってことに負い目を持ってる。自分みたいな卑怯《ひきょう》で汚い人間は罰せられなければならない、そう考えるせいで、わざわざ自分が思ってるとおりの悪い人間になって、社会的な制裁を受けようとしてしまうわけ。いや、べつに正木さんがそうだとは言ってないよ、そういうケースがけっこうあるっていう話」

とくに真面目《まじめ》な人に多いんだよね、と川崎は言った。

どれだけ飲んでも酔えないはずなのに、途中からの記憶はいつも途切れた。時々、見知らぬ誰かに説教したり、暴言を吐いたり暴れたりしていたような覚えが無くもないのだが、はっきりしない。翌日いくらか我に返るとおそろしく後悔し、そんな情けない自分を否定したさに、また酒へと逃げる。絵に描いたような悪循環だ。

一度救急車で運ばれて以来、意識の喪失は頻繁に起こるようになった。行きつけのバーで酔いつぶれ、手を焼いたマスターが家に連絡を入れて、陽菜乃が迎えに来たことも何度かあった。いや、あった、らしい。覚えてもいない。ようやく気がつくともう朝で、昼はひび割れ、まばたきするだけで頭が割れそうだった。息を吸うことさえ辛《つら》いのに、会社はどうするの、などと心配そうに訊《き》く妻を、なんと罵倒《ばとう》したのだったか――。思い出せないのは自分のほうだけで、陽菜乃はそれらを全部覚えているのだろう。どんなことでも、彼女は微笑んで赦《ゆる》してくれる。いたたまれなかった。

「今日は、ことわりもなく妻を連れてきてしまってすみませんでした」

亮介は言った。

「いや、むしろ来てもらっててよかったんじゃないかな」川崎は、陽菜乃を見て頷いた。「で、さっきのあれは本当に、奥さんと相談してのことじゃなかったの？」

「え？」

「あなたが話している最中に、奥さんに立ちあがってもらうといったようなことはさ」

もちろんです、と亮介は言った。誰がわざわざ、打ち合わせた上でそんなあざとい真似《まね》をするものか。

「あの時は、どうにも先が続けられなくなって……苦しまぎれに救いを求めたようなものです。何やらこう、パフォーマンスめいてしまう気がして迷ったんですが」

「言う意味はわかるけど、誰もそうは受け取らなかったはずだよ」

「そうでしょうか」

「死にものぐるいで発した言葉というのは、どうしたってまっすぐ届くものだ」

——死にものぐるい。

はたからもそう見えてしまったかと思うと、尻《しり》の据わりが悪かった。

会館を出たあと、駅まで歩いた。朝から降っていた雨はあがり、濡《ぬ》れたアスファルトのくぼみにできた水たまりに青空が映っている。

すぐ隣に並びはしても、陽菜乃はほんの半歩であれ夫の前に出て歩くことをしない。古風であるとか気を遣っているということではなしに、性分なのだろう。

「ああ、もうすっかり秋だねえ」空を仰いで、彼女が呟《つぶや》く。「ついこの間までの空とはぜんぜん違うね」

「そうだな。うん」

頭の芯《しん》がまだ痺《しび》れている。微熱があるかのように身体もだるい。

自分はどうにか大役を果たしたと考えていいのだろうか、と亮介は思った。川崎から依頼を受けた当初は、断るつもりだった。煩《わずら》わしかったし、拭《ぬぐ》い去れない恐怖もあった。にもかかわらず承諾したのは、ある種の予感を覚えたからだ。長い、永い間、近しい誰にも話せなかったことを、見も知らぬ大勢の前に（もちろんすべてではないにせよ）さらけ出すとき、自分はもしや怖《おそ》ろしいほどの解放感を覚えるのではないか——。

予感は、わずかに当たっていた。望まれる役割をとにもかくにも務め終えたあとの、膝に力が入らないほどのこの脱力感は、強いて言うならばだが解放感と似ていなくもない。

「正木くん」

呼ばれて隣を見やると、陽菜乃が心配そうにこちらを見上げていた。

「大丈夫？」

「ああ。ごめん、ぼんやりしてた」

「さっき、立派だったよ」

「……そうかな」

「お世辞なんて言わない。堂々としてたし、すごく言葉を選んで話してたでしょう？　聴いてる人たちに伝わるような言葉を」

「伝わってたかな」

「もちろん」

「なら、いいけど。ごめんな」

「どうして？」

「きみには嫌な思いをさせただろうから。途中で立ってもらったことだけじゃなくて、その……」

陽菜乃は首を横にふって微笑んだ。

「だって正木くん、それについても考えてくれてたじゃない。ぼやかして、私のことだとは思われないように話してくれてたでしょ」

ちゃんとわかってるから大丈夫、と彼女は言った。

中学の頃から変わらず、陽菜乃は亮介を苗字《みょうじ》で呼ぶ。結婚した当初、夫を呼ぶのにそれはないんじゃないか、せめて下の名前に〈くん〉付けするのではどうだと提案してみたのだが、困ったような顔で、正木くんは正木くんだもの、と言うだけだった。

変わらないといえば、容姿についてもそうだ。もともと童顔だったところへいまだに化粧っ気がないせいで、年齢よりもずっと若く見られることが多い。肌は茹《ゆ》で卵をむいたようにつるりとしているし、化粧をしなくても充分といえば充分なのだが、口紅くらい引けばいいのに、というひと言を、なぜか亮介は一度も言いだせずにいる。

「おなかはどう？」

なおも気遣わしげに、陽菜乃は言った。シンポジウムが始まる前に控室で出された幕の内弁当を、亮介がほとんど箸《はし》も付けずに残したのを見ていたからだろう。

「どこかでお茶でもする？　それとも、早めの晩ごはん食べちゃう？」

いや、飯は家に帰ってからのほうが……と言いかけて、思いだした。小学校の教師をしている陽菜乃は、明日がたしか運動会で、朝はそうとう早かったはずだ。

「そうだな。食べて帰るのもいいな。きみもそのほうが楽だろ」

「私はどっちでもかまわないよ」

「いや、そうしようよ。考えてみれば腹も減ってきた気がするし」にこりとした陽菜乃が、ありがと、と言った。

仲のいい夫婦、なのだと思う。ここ数年にわたる地獄のような日々があってなお、今そう言えるのは、完全に陽菜乃のおかげだ。

高校は別々だったが大学は同じところに通い、就職三年目にあたりまえのごとく結婚した。長い付き合いなのは周りじゅうが知っていたから誰も異を唱えたりしなかった。

すべては、ある意味、亮介の計画通りだった。

中学の卒業式の後、夕焼けに染まる川原で、犯してしまった取り返しのつかない罪について陽菜乃に打ち明けてからというもの、亮介は、自分には彼女と一生をともにする以外に救われる道はないのだと思い定めていた。と同時に、すべてを聞いた上で受け容《い》れてくれた彼女の側にも、他の選択肢はなくなったはずだ。別の道を選ぶ機会を永遠に奪ってしまったことについては罪悪感があったが、そのぶん幸せにしてやればいい、いや、するのだ、と胸に誓っていた。

ただひとつ、まったく予想外だったのが酒だ。

あの頃はまさか、自分がいつかアルコールに依存するようになるなどとは想像もしていなかった。先のことを用意周到に計算して行動するたちの自分が、そんな無計画な人生を歩むはずがない。たとえ全知全能の神が目の前に現れ、お前はそうなる運命なのだと予言したとしても、絶対にあり得ないと笑い飛ばしていただろう。

駅ビルの中にある和食の店に入り、亮介は蕎麦《そば》と天丼《てんどん》のセットを、陽菜乃は女性向けの御膳《おぜん》を頼んだ。

料理が運ばれてくるのを待つ間、これといって話すことは見当たらなかった。学校の話題ならふだん家でも聞かされているし、今日のイベントについてはもうあまり思い返したくない。その気分が伝わったのか、陽菜乃のほうも何も言わなかった。あるいはただ、疲れている夫をそっとしておこうと思ってくれているだけかもしれない。

いずれにしても、常にこちらの気配を読んでくれるのはありがたいことだった。世の中にはかなりの割合で、夫の気分など一切おかまいなしに自分の都合を通す妻がいると聞く。

けれど、あえて言わせてもらうなら、そういう陽菜乃の気遣いがかえってしんどい時もしばしばあるのだ。気配を窺《うかが》われ、気分を読まれていると思うと、寛《くつろ》げない。いっそ何もかもお構いなしに自分は自分で好きなようにふるまってくれれば、こちらもかえってリラックスできるのに、と不服に思うことがある。そう、贅沢《ぜいたく》は承知の上だ。

隣のテーブルに、初老の男性客が通されて座る。メニューを見るより早く注文したのは、とりあえずの生ビールだ。すぐさま運ばれてきた黄金色《こがねいろ》の中ジョッキから、陽菜乃がさりげなく目をそらす。

そのあまりの〈さりげなさ〉にかすかな苛立《いらだ》ちを覚えながら、

「週明けに、行ってくるよ」

亮介は言った。

「どこへ？」

「ハローワーク」

＊

いまだに、あの日のことを夢に見る。中学二年の夏以来、ずっとだ。

現実に起きた出来事よりは夢のほうがまだましだろうと、人は思うかもしれない。しかし禍々《まがまが》しさはむしろ上だった。

なぜなら、終わらないのだ。ヘルメットの男に腹を殴られ、引きずられ、無理やりのしかかられ、二度ほど続けて射精された後に置き去りにされたはずなのに、夢の中では果てがない。何度も何度も、永遠に犯され続ける。

骨がたわむほどの力で押さえつけられ、異物が肉を押し分けて入りこみ、内壁はこすれて軋《きし》み、引《ひ》き攣《つ》れる。殺されるのではないかという恐怖も、神経という神経が引きちぎられるような痛みも、すべてがありありとよみがえり、果てしなく続く。自分の意思で目を覚ますことはできない。夢の中ではそれが夢だとわからない。怖くて、痛くて、惨《みじ》めで、辛くて、ようやくふりしぼった悲鳴で飛び起きるたび、荒い息の下、すくんだままあたりを見回す。そうして脚の間に手をやり、安堵《あんど》と悔しさのあまり泣きじゃくる。

それが、陽菜乃にとっての眠りだった。いくたび繰り返されても夢と現実の区別はつかず、したがって慣れることもなかった。怖くて、痛くて、惨めで、辛くて——終わらないのだった。

〈眠れば必ず夢を見る、その夢が怖くて、眠れない〉

つい先ほどまで、壇上から話していた亮介を思いだす。

〈精神的にも肉体的にもふらふらで、何度も自殺を考えましたが……結局、死ねませんでした〉

言葉を一つひとつ選ぶようにしていた夫は、いま、目の前で蕎麦と天丼のセットを食べている。死ねない以上、人は生きるしかない。生きるには、食べるしかない。わかっていても、どこか釈然としない。

蕎麦をすする音が妙に耳につく。天ぷらを咀嚼《そしゃく》する油っぽい口もとから、陽菜乃は目をそらした。

亮介から秘密を打ち明けられた、中学の卒業式の日。にわかには信じがたい告白を終え、震えながらうつむいた横顔の輪郭が、沈む夕陽に縁取られていたのを覚えている。そっと手を重ねた瞬間、びくんと跳ねた彼の指が、逆にこちらの手を握ってきた時の力の強さも。あれは、溺《おぼ》れる者の必死さだった。

同じだ、と思った。自分の見る悪夢と彼の見るそれとは、内容も意味合いも違うけれど苦しさは同じだ。自分が味わった苦痛の深さと、彼が犯した罪の重さは、ぴったりと対になっていて分かつことが出来ない。

だから、やっていける気がした。互いに理解し合えるというばかりではない。彼がこちらのためにしてくれたこと、いや、しでかしてしまったことの取り返しのつかなさを思えば、自分だけ逃げるなど許されるはずがない。二人ならやっていける、と言うより、この二人でやっていくしかないと思った。

なのに、

〈人間というものは何というか――薄情で、いいかげんなものです。どれほど苦しかった記憶も、時が経つうちにはだんだんと薄れていく。私もそうでした。とんでもない形

で人を傷つけてしまったというのに、ふだんの生活がべつだん滞りなく進んでゆくと、忘れている時間のほうが増えていくんです〉

今日、亮介の述懐を聴きながら、陽菜乃は耳を疑った。

〈夢だけは変わらずに見てうなされるのに、悪夢は悪夢として独立したものになってしまって、それが現実に起こったことだとはあまり思えなくなっていきました〉

茫然《ぼうぜん》として、頭の中がハレーションを起こしたように白くなった。

いったい、この地獄の数年間は何だったのだろう。毎日あんなに苦しそうで、会社へ行くのも辛そうで、酒を飲んで暴れては酷《ひど》いことを口にしたり暴力を振るったりして……それもこれもみんな、彼が過去から逃れられずにいるせいだと、かつて自分のために犯してくれた罪が元凶なのだから我慢しなくてはいけないのだと、そう思って耐えてきたのに。こちらはいまだに色褪《いろあ》せることのない悪夢に夜な夜な苛《さいな》まれ、目覚めている間も、似たようなバイクを見れば呼吸が乱れ、機械油の匂《にお》いを嗅《か》げば吐き気が込み上げる、そんな理不尽な恐怖を丸のまま抱え続けているというのに――

〈現実に起こったことだとはあまり思えなくなっていきました〉

裏切られた、気がした。

その程度の苦しみを紛らわすために、酒に逃げたというのか。彼にとってあの出来事は、忘れていられる時間のほうが多いくらいのものだったとでも？

いや、それより何より、

〈その子は見も知らぬ男性によって、ここでさえ口にできないような類の乱暴を受けたわけです〉

口にしてしまうのか、と衝撃を受けた。たとえ誰のことかはわからなくても、公衆の面前で、当の陽菜乃自身が聴いているあの場所で、それが口に出せてしまうのか。懺悔《ざんげ》であるにせよ、あまりに無神経だ。眼窩《がんか》の奥が熱を持ち、逆に胃袋の底はすうっと冷えるのを感じて、陽菜乃は、自分がおそろしく激しく怒っているのを自覚した。

そうして、初めてはっきりと、そもそもの選択が間違っていたのかもしれないと思った。自分のために人まで殺《あや》めてしまった亮介とは、一生を共にするしかないと思いこんで来たけれど、もしかして自分たちこそは、最も一緒にいてはいけない二人だったのではないか。

「腹、へってないの？」

はっと目を上げると、向かいから亮介が見ていた。

「え、なに？」

「腹はへってないのかって」

「そんなことないよ。どうして？」

「さっきからぼうっとしてるからさ」

この店に入る前とは逆だった。お互い、心ここにあらずだ。

「食欲ないの？」

どう答えようかと迷った。ないと言えば心配されるだろう。今はそれが重たい。陽菜乃は、困り顔を作って微笑んでみせた。

「おなかより、なんだか色々といっぱいいっぱいで。私にとっては、ふだんとだいぶ違う経験だったから」

「僕にとってもそうだよ」亮介が苦笑混じりに言う。「ほんと、ごめんな。無理言ってついてきてもらった上にあんな……。けど、おかげで本当に助かった」

「だったらよかったじゃない」陽菜乃は言った。「もう、謝らないで」

亮介はなおも何か言いかけ、口をつぐんだ。

隣のテーブルの客が注文したビールの中ジョッキが、すでに半分以上減っていることに気づき、陽菜乃は箸を動かすペースを速めた。三分の二ほど無理やり食べ終えたところで、隣の客が空のジョッキを持ちあげて店員を呼び、ハイボールを注文する。

亮介のこめかみがぴくりと動いたのを、陽菜乃は見逃さなかった。わかりきっているのにわざわざそれを確認する自分を、いやな女だと思った。

「ああ、もうおなかいっぱい」

あっけらかんと言ってみせる。

「もう食わないの？」

「ええ。ごめんなさい、お行儀悪く残しちゃって」

「じゃあ、出ようか」

すでに立ちあがりかけながら、亮介が伝票をつかむ。

「あ、いいのに」

慌てて伝票を取り返そうとすると、彼はそれを陽菜乃の手から遠ざけた。

「いいって。僕だってまだ無一文ってわけじゃない」

「そんなこと思ってないけど」

困惑する陽菜乃を、亮介は真顔で見おろした。

「どこかで旨《うま》いコーヒーでも飲んで帰ろう。そっちはおごってよ」

一瞬の逡巡《しゅんじゅん》の後、わかった、と陽菜乃は明るく言った。

これ以上、このひととテーブルを挟んで言葉少なに向かい合うのかと思うと、正直、気が重かった。

〈人生、酒でも飲まなきゃやってられないこともあるわけでね。それを絶対に駄目だなんて禁止されたら、生きてく楽しみがなくなっちゃうじゃないですか〉

先ほど、亮介と入れ替わりに壇上に立った川崎誠司の言葉だった。ユーモラスな口調に、これまで酒で苦しんできたはずの人々も、苦笑いを浮かべながら聴き入っていた。

〈飲んでも飲んでも満足できなくて、気を失うまで酔っぱらわずにはいられないってのも異常だけど、生涯一滴も飲みません！　なんて眦《まなじり》を決して歯を食いしばってる状態も、それはそれで異常だよね。そう思わない？　誰だって、ふつうがいいよ。みんなふつうの状態に戻りたいんであって、何もアルコールをこの世から撲滅するのが人生の目標ってわけじゃない。そうでしょ？〉

　そのとおりだ、と陽菜乃も思った。

　と同時に、理想論にしか聞こえなかった。酔って半分痺れた頭でもきちんと正常な判断を下すことができ、酒との距離を上手に取れる人間だったら、最初から依存症になどなっていない。周囲からの信頼を根こそぎ失った者は、自分でも自分を信じられなくなる。だから、それこそ眦を決して酒をきっぱり断つしかなくなるのだ。歯止めのきかなくなった自分が怖いから。

　実際、アルコールで身を持ち崩す人間は世の中にごまんといる。二日酔いで起き上がれない、身体《からだ》からは常に酸《す》っぱい匂いが漂う、酒が切れると手が震えて集中力を欠く……そういった症状以上にその人の信用を損なうのが、周囲に対する暴言や暴力だ。亮介もそうだった。

　酒が言わせせ、酒が暴れさせているのであって、当人にはおそらくどうしようもないことなのだろう。わかっていても、平静でなどいられなかった。心も、身体も、傷つけられればそのつど痛んだし、不信感は後々まで残る。当の亮介が覚えていないからといって、こちらまできれいさっぱり忘れ去ることはできない。それは、彼が酒を断った今でも同じだった。

妻である自分に手を振りあげ、頬を張り、床に蹴り転がし、口のきき方がなってない、目つきが気にくわないと言っては首を絞める。

〈ほんとは俺のこと、馬鹿にしてるんだろう〉

〈昔からそうだった。憐《あわ》れむような目をしやがって〉

〈何のために俺があんなことをしたと思ってるんだ。お前のためだぞ。お前なんか、俺がもらってやらなかったら一生寂しい女のままだったんだ〉

そんな翌朝には、首の周りに指の跡が赤黒く残っていて、夏でも襟の高いセーターを着るか、スカーフを巻いて出勤しなくてはならなかった。頬や目の下にできた痣《あざ》は化粧で隠す。まだ幼い生徒たちはともかく、同僚の教師たちの目をごまかすのは至難の業だった。

単なる暴力ならまだ耐えられる。酷い時には、組み伏せられた末に無理やり下着を引き下ろされることもあった。酩酊し過ぎていて挿入にまでは至らなかったが、その恐怖といったらなかった。夫婦の間でも強姦罪は成立するのだ。

けれど亮介は、翌朝になると泣いて謝るのだった。うっすらと記憶はあるらしく、どうか許して欲しい、もう二度としないからと、身も世もなく取りすがって謝罪の言葉を連ねる。

〈頼むから、見捨てないでよ。僕には陽菜乃しかいないんだ。陽菜乃に捨てられたら死ぬ〉

そう言って子どものように泣かれると、もう何も言えなくなった。

約束が違うではないか。絶対に傷つけないと、あれほど誓ったくせに。付き合っている学生時代、そして結婚が話題に上り始めてからも、亮介はくり返し言ったのだ。必ず大切にする、自分だけは決して中村に何かを無理強いしたりしないし、力で押さえつけたりしない、どうか信じて欲しい……。

まさか忘れたとは言わせない、と陽菜乃はひそかに思った。

憤《いきどお》りという感情は、全身にナイフの生えた異形の生きものだ。そのまま抱きかかえているにはあまりに辛くて、鋭い切っ先を一本ずつ撫《な》でつけ、なだめすかし、せめて哀《かな》しみという名の比較的おとなしい生きものに変化させることでどうにか飼い慣らす。

そんな作業を毎日、毎週、毎月……何年にもわたって続けているうちに、すべての感情は少しずつ鈍磨していった。喜びや愉《たの》しみさえもろくに感じられなくなり、陽菜乃にとってあらゆる表情は、演技と変わらないものになってしまった。

いや――亮介ばかりが悪いのではない。こちらにも、妻として落ち度があったのは否《いな》めない。

とくに最初のうち、陽菜乃は、亮介の男としての望みに応《こた》えることができなかった。好ましい異性に対して抱いて当然の、ごく健康的な欲求であることはわかっている。あの男の欲望とそれが同じものであるはずはないということも頭ではよくよく理解できるのに、いざとなるとどうしても身体がすくみ、拒絶してしまうのだ。

〈大丈夫、いつまでも待つから〉と亮介は言った。〈それが待てるのも、僕だけだと思ってるから〉

げんに、ふつうなら考えられないほど辛抱強く待っていてくれたと思う。だから、涙ぐましい試行錯誤の末にやっと、ほんとうにやっと互いの体をつなげることができた時は、何よりも安堵の気持ちがこみあげて涙が止まらなかった。亮介はそれを、自分に対する感謝と愛情によるものだと理解したらしい。それはそれでかまわない。感謝の思いはもちろんあったし、愛情よりは情愛と呼ぶほうが正しかったが、いずれにせよまるきり間違いではなかった。

幼い頃から、厳しい母親の前で、ほんとうの感情や思いを押し隠すのに慣れていたせいだろうか。夫に抱かれている間も、それがじつは苦痛でしかないということは上手に隠しおおせていたはずだ。生身のそれを挿入されることにだけはやはり耐えられなかったために、必ず、薄い隔たりを間に挟んだ上での行為だったが、それにはメリットもあった。潤滑剤のおかげで、陽菜乃自身がほとんど潤《うるお》わないことはさほどの問題とならずに済んだのだ。

堅い棒状のものが抜き挿しされる異物感さえ我慢して、亮介にしがみつき、時おり腰を浮かせてみたり小さく声をもらしたりしていれば、そのうちに苦行は終わった。事後はすぐさまシャワーを浴びたいところを、うかつに余韻を妨げて夫を不機嫌にさせないように、しばらく抱き合ったままベッドに留まる。その時間がまた辛かった。

人に言えない秘密を抱えた二人が身を寄せ合って生きてゆくためには、どうしても必要なことなのだ。そう思って、自身を納得させるよりほかなかった。夫に抱かれている間、あの男のことは絶対に思い浮かべないようにした。どんなに排除しようが、どうせ夢には出てくるのだ。

けれど、脳裏から締め出すことがひどく難しい顔はもう一つあった。

いま上にいるのが、もしもあのひとだったなら──。

自分は同じように、隔たりを必要としただろうか。同じように乾いたままだったろうか。そしてその時間は、同じように苦行でしかなかっただろうか。

お湯が沸いてゆく様をぼんやり眺めるのは、陽菜乃の癖だ。

耐熱ガラスのポットをガスコンロにのせ、弱火にかける。内側についていた細かな空気の粒がやがて消えてゆくと、かわりに底のほうから大きめのあぶくが浮かびだし、そのうちに水面が激しく暴れるようになる。しゅんしゅん、ちりちりとリズミカルに響く音を聞きながら、ポットの口から湯気が立ちのぼるのを眺めていると、心だけどこか遠くへ運ばれていくようでぼんやりしてしまう。こうして一人でいられる時であれば、そんな時間も悪くない。

一昨日は亮介がシンポジウムの壇上で話をし、昨日は陽菜乃の勤める小学校で運動会があった。身体の疲れ以上に神経が磨《す》りへった。今日が代休なのがありがたかった。夫はだいぶ前に、遅い昼食を済ませてから出かけていった。午前中に行くと言っていたはずのハローワークだが、その気にならなかったらしい。彼自身、ああして大勢の前で話した疲れが残っているのかもしれない。

今のご時世、再就職が簡単ではないのはもちろん理解できる。できるけれど、

(そこまで選り好みをしなければもう少し楽に決まるのではないの?)

そう言いたくなるのを、陽菜乃はずっと我慢している。これまでの貯《たくわ》えと妻の稼ぎに頼らざるをえない生活を、亮介こそがいちばん情けなく思っているのがわかるだけに、なかなか迂闊《うかつ》なことは言えない。

酒を断ってから後、亮介が暴力をふるうことはなくなったにもかかわらず、密室に二

人きりになり、たまたま互いの間の会話がふと途切れたときなど、どうしても身体が強《こわ》ばるのを感じる。彼が何かを取ろうとして伸ばした手に内心びくっとなるたび、ああ、自分はまだこのひとを許していないのだと知って気が滅入《めい》る。彼が出かける気になったのが今日で、かえって良かった。めったにない学校の平日休みだというのに、家にいてまで気を遣いたくはない。

コンロの火を消し、沸騰《ふっとう》していたお湯が静かになったとたん、ちりん、と携帯メールの着信音が響いた。

彼からだろうか。もしかして何か進展があったのかもしれない。

充電している携帯を手に取り、画面に表示された差出人を見るなり、気がふさいだ。

いつものとおりタイトルのないメールを、しぶしぶ開いて読む。

元気にしているの？

電話のひとつもよこさないで、

親なんかどうでもいいの？

たまには顔を見せなさい。

お父さんが心配しています。

まるで一編の詩のように改行されたメール。

重たいため息がもれる。このひとは、昔からこうだ。何か尋ねるときは常に詰問《きつもん》口調。して欲しいことを頼むにも、皮肉や厭味《いやみ》の形でしか口にすることができない。〈お父さんが〉心配しています──自分の弱さを見せるのがそんなにも嫌か。

可哀想《かわいそう》なひとなのだと思えるようになってからも、陽菜乃はやはり母親が苦手だった。親子の間にも、相性はある。

亮介とのここ数年を、だから両親は何も知らない。彼のアルコール依存とそこからの脱出も、その間にどんなことがあったかについても……それどころかもっと遡《さかのぼ》って、夫婦の間になぜ子どもが生まれないかについても、母親に打ち明けたことなどなかった。優しい共感など得られるわけがない。世間にありがちな無理解の数々を、煮詰めてエキスにしたような言葉を浴びせられるのが関の山だ。

返事を書く気持ちにはとうていなれないまま、携帯を握ってキッチンに戻り、紅茶を淹《い》れる用意をした。あらかじめ温めた丸いポットにアールグレイの茶葉を入れ、勢いよくお湯を注ぎ、ふたをして蒸らす。ポットを覆うブルーのティー・コゼは、陽菜乃が刺《し》繡《しゅう》をほどこして手作りしたものだ。そういう手仕事の一つひとつに、亮介は目ざとく気づいては、こんな細かい作業がよく出来るなと言っては感心し、可愛《かわい》らしい、女らしいと褒めてくれる。そう、優しいところもあるのは確かなのだ。

熱い紅茶のカップを手に、ベランダに面した居間へと移動する。吹き込んでくる秋風が心地よい。一人で家にいる時間がいちばん落ち着く。

けれど、ふと、人恋しくなってしまった。誰かと話したくてたまらない。

こういう時に思い浮かべるのは、昔から変わらず、桐原美月の顔だ。亮介の酒のことも、彼女にだけは打ち明けてある。母親との関係については、いざとなったらうまく言葉にできるかどうかわからないけれど、たとえ何ひとつ打ち明けられなかったとしても、会って他愛《たわい》のないお喋《しゃべ》りをするだけで気持ちが軽くなる。これまでもずっとそうだった。幼なじみなら相手は誰でもいいというわけではないから、美月はやはり特別な存在なのだろう。

思い立ったら矢も楯《たて》もたまらず、陽菜乃は携帯を取って耳にあてた。

〈メールとか、ラインとか、まどろっこしいのはパス〉

と美月は言うのだ。

〈用があったら電話して。なくても電話して。え、迷惑？　何言ってんの、陽菜乃の電話が迷惑なわけないじゃない。こっちがたまたま出られない時はあるかもしれないけど、その時はごめん、あとからきっとかけ直すから〉

そうは言われても、陽菜乃は電話があまり得意ではない。こちらの勝手な都合で相手の時間を邪魔している気がして、小さくなってしまう。

呼び出し音が二度、三度と鳴っている。もう切ったほうがいいのではないかと思いながら、用もないのに椅子《いす》を立ち、キッチンに戻ったところで、

『もしもーし』美月の声がした。『久しぶり！　やだもう、どうしてたの？　元気？』

おそろしく上機嫌な声だった。彼女の声は昔からよく通る。

「ん、元気よ。美月ちゃんは？」

『おかげさまで。何、今日は学校休みなの？』

運動会の代休なのだと陽菜乃は言った。

「美月ちゃん、忙しいんでしょう？　ごめんね、急にかけたりして」

『なーに言ってんの。私のほうこそ、しばらく連絡もしないままでごめん。何ていうかこう、さ……』

珍しく美月が口ごもる。彼女にしてみれば、夫婦の間にずかずかと踏みこむような真似はできなかったのだろう。察して、陽菜乃は言った。

「わかってる。ありがとね」

『で、どうなの、彼はその後』

「大丈夫。だいぶ落ち着いてきたと思うよ」

『ほんとに？』あからさまに疑わしそうな様子で、美月は言った。『陽菜乃ってば、すぐ無理して何でもかんでも背負いこんじゃうからなあ。お願いだからせめて私にぐらい

は気を遣わないで、ほんとのこと言ってよね。心配かけるんじゃないかとか思わずにさ。心配させてもくれないっていうのは、あれよ、冷たいよ。ちゃんと言ってくれないと怒るからね』

畳みかけるような口調に、思わず笑ってしまった。

「はいはい。わかってます」

『はいはいじゃないよ、そんなこと言っててすぐ溜《た》めこむんだから』

「美月ちゃんには、ちゃんと言うってば」

『ねえ、会いたい。いつなら大丈夫？　もしかして、今日これからは？　久々に顔見て話したいよ。だめ？』

陽菜乃はあっけにとられ、次の瞬間、ふっと泣きそうになった。狭いキッチンのカウンター、安物のティーポットに描かれた青い花模様が、胸に迫るほど愛《いと》おしく目に映る。

「ありがとう。嬉《うれ》しい」涙声にならないよう努力しながら言った。「私も、そうなったらいいなって思って電話してみたの」

『やっぱ、以心伝心だね』

と美月は笑った。

亮介は何時頃に帰ってくるだろう。自分が職を探しに出かけている間に妻がさっさと家を空ける、というのは男としてあまり面白くなかろうし、会う相手が旧知の美月であるというのも今の彼にとってはいささか複雑かもしれない。だが、後から彼の不機嫌を我慢してでも、いまは古い女友だちに会いたい。

美月が、沿線の駅の名前を言った。

『あそこの東口に新しくできたカフェ・レストランでね、カクテルも料理も美味《おい》しくて、大人の空間って感じなの。そこにしない？』

「私はもちろんかまわないけど、真帆ちゃんも一緒なんじゃないの？」

子ども連れで酒の店はどうだろうと思いながら訊くと、彼女はなぜか口ごもった。

『大丈夫。今日は、その、見ててくれるひとがいるから』

店の場所を説明してもらい、時間を決め、じゃあとでね、と電話を切る。

見まわす部屋の中が、まるで違って見えた。

＊

大型テレビの液晶画面、その左下隅に拭《ふ》き残しの曇りがある。気づいたものの、近藤宏美は表情を変えなかった。昨日の当番は誰だ。ぶったるんでやがる。

ぎし、と椅子が軋む。九十九会長が手を伸ばし、灰皿を引き寄せる。例の、代紋入りの分厚いクリスタル。九十九を怒らせた何人がこれで頭をかち割られたことだろう。

煙とともに、ため息が吐き出される。

「はらわたが煮えると、クソがしたくなるな」

温度のない声だ。近藤は直立不動のまま黙っていた。

九十九が何に腹を立てているかはわかっている。刀根秀俊の置かれている現状と、彼をそこへ追い込んだ張本人であろう佐々木幸三。自分の思い通りにならないことが、九十九は何より嫌いだ。

「ったく、あの腐れ外道が」

九十九が、くわえ煙草《たばこ》の端を嚙《か》みしめる。

「佐々木のオジキですか」

「他に誰がいる。あンの野郎、男も女もいけるそうじゃねえか。穴とみれば見境なく突っ込みやがって、おかげでこのざまだ」

「秀俊のやつも掘られたんでしょうかね」

「やめろ、馬鹿《ばか》」九十九は酸っぱい顔で言った。「想像したくもねえ」

「まあ、あいつのことですから死んでもあり得ないでしょうが」

「結局うつされてりゃ同じことだろ」

「これがほんとの〈同じ穴の狢《むじな》〉ってやつですか」

睨《にら》みつけられた。

「面白くもねえ冗談を言う暇があったら、あの変態クソ野郎を何とかしやがれ」

「始末するのは簡単ですが、後始末はそうでもないもんで」

怒り出すかと思ったが、

「確かにな」九十九はふっと頬を歪《ゆが》ませた。「だから、頭が痛い」

先日までの一時期、秀俊と、なかなか連絡が取れなかった。九十九が、あるいは近藤が、いくら電話をしても出ない。折り返しの連絡もない。

どこの誰ともわからなかったガキの時分から、会長がいったいどれほど面倒を見てやったかわかっているのか、と一時は近藤も思った。恩は、金と同じだ。借りれば返すものだ。ありがとうございましたのひと言で帳消しに出来るものではない。

が、やがて刀根の抱えていた事情を――例の手立てによって――知った後では、怒りは失《う》せてしまった。目の前の問題は、九十九の魂鎮《たましず》めだ。

「で、ヒデのやつは」

煙草が喉《のど》に絡《から》んだか、九十九が咳払《せきばら》いをする。ゴミ箱に痰《たん》を吐いてから続けた。

「ヒデのあれは、本当に本当なんだな」

「そのようです」

「ようです、じゃねえだろう。確かなのかと訊《き》いてる」

睨み上げるようにこちらを見つめてくる視線に、近藤は耐えた。

「ええ、残念ながら。病気を理由に、女や子どもとも別れるつもりのようですよ」

秀俊のためではない。母娘《おやこ》のための嘘《うそ》だ。

「ふん、知ったことか」九十九が舌打ちをする。「いや……なるほど、そうか。それだけの覚悟ということか」

苛立ちが、机を叩《たた》く指先に表れている。

「とにかく、あいつに関しては別の使い方を考えなくちゃならんな」

要するに、シモの仕事をさせるわけにはいかなくなったということだ。

「くそ、しかし治らんのか、本当に」

「今どきはかなりいい薬もあるようですが、完全に治す手立てはまだ」

九十九が唸《うな》る。近藤は、靴先に目を落とした。

まったく、なんと悪運の強い。ＨＩＶの疑いありと告げられた時点での本人はそれどころではなかったろうが、結果はセーフだったわけだし、同時にこれ以上はないほどの言い訳ができたてではないか。

しかし、秀俊と自分では立場が違う。これはまぎれもなく〈親〉への裏切りだった。美月と真帆のことは組には直接関係のない話だが、九十九に対して隠し事どころか嘘までつくのは、これが正真正銘、生まれて初めてだ。

以前、当の九十九に言われた言葉が頭をかすめる。

〈お前は、俺を守るためなら、俺を殺しかねねえな〉

今回ばかりは、守ろうとしているのは九十九の身ではなかった。

ヤクザについて、昔から言われる言葉がある。曰《いわ》く、〈馬鹿でなれず、利口でなれず、中途半端《ちゅうとはんぱ》でなおなれず〉。

いわんとするところはわからないでもないが、近藤の意見は少し違っている。よほどの利口者か、よほどの馬鹿かのどちらかでなければ、この稼業《かぎょう》はやっていけない。

自分が後者だという自覚はあった。が、九十九がいずれであるかは時々わからなくなる。この稼業を生きる者として決して許されないはずの行動を、折々に（多くは秘密裡《り》に）積み重ねた結果として、今の九十九がある——それを知っているからだ。

かつては、ヤクザの中にも今よりはっきりとした系列があった。博徒系、テキ屋系、愚連隊系の三つだ。終戦直後の街にあふれた愚連隊はともかくとして、博徒はばくち打ちであり、時に神農《しんのう》とも呼ばれるテキ屋は祭りの際に夜店の屋台などを出す者をいう。先代の真鍋盛吉はもともと、テキ屋系の『竹本一家』の出だ。

もう四半世紀も前になるのか。真鍋が新しく『真盛会』を旗揚げした当時、近藤はまだ十六。九十九に拾われて事務所に出入りするようになったばかりだった。当然ながら、雲の上の存在とも言うべき親分衆が集う大がかりな襲名式にひどく緊張していた。

どうやら自分だけではないらしいと知ったのは、佐々木幸三とその手の者が話すのが聞こえてきたからだ。自ら『佐々木組』を率いる幸三は、これを機に『真盛会』の若頭におさまったのだった。

〈このたびはおめでとうございます、アニ……じゃなくって、オヤジ〉

山田シゲオの声に、近藤はドアの外で立ち止まった。

まだ渡世の暖簾《のれん》をくぐる前、テキ屋の手ほどきを含めてあんなに可愛がってくれた山田が、よりによって佐々木幸三などに忠誠を誓っているというのがまだうまく呑《の》み込めなかった。

佐々木はそもそも、『竹本一家』において真鍋盛吉の兄弟分だった男に入門し、後に組長・竹本の盃《さかずき》をじかに受けた、いわばたたき上げの神農だ。が、九十九は、貫目《かんめ》では上のはずの佐々木のことを陰で屑《くず》だ外道だと言い、面と向かっても敵愾心《てきがいしん》を隠そうとしない。近藤にはわからなかった。九十九が正しいとするならば、そんな佐々木をどうして山田は慕い、祭り上げるのか。

〈しかし、あれですね。盃ごとってのはほんと、緊張しますね〉

いささか声の上ずる山田に、佐々木が苦笑気味に応じる。

〈ま、ただの跡目襲名披露じゃねえしな〉

兄弟分だった面々が第一線を引くと同時に、新たに『真盛会』を発足させた真鍋盛吉は、この時、男盛りの四十八歳。実力も人望も群を抜いていた。真鍋が会長の座におさまると同時に、佐々木とその下の者たちも盃を直し、親子関係を整然とさせて組全体が立て直されたのだ。

元々は親分同士の寄り合い所帯だった一家から、真鍋が立ち、こうしたピラミッド型の組織を再構成したのには理由がある。博徒系の有力組織であるG会とのつながりを得て、その下部団体におさまることとなったのだ。

〈G会砂川組真盛会、かあ〉山田が誇らしげに呟《つぶや》く。〈いよいよですね。血の滾《たぎ》る思いですよ〉

〈調子に乗るなよ、シゲ。てめえも盃直して、今じゃ俺の若い者なんだからな。これまでとは違うんだ。まずは『佐々木組』組長代行として、うちの組をまとめることを考えな〉

〈はい。しっかし、九十九の野郎、腹の立つ。アニ……じゃなかったオヤジと、いっちょまえに座布団《ざぶとん》並べていきなり直参ときやがった。若頭《カシラ》補佐ってえ役職も我慢ならねえ。先代の竹本親分の盃すら貰《もら》ってなかったくせしやがって。あいつの面《つら》ぁ見るたびに、この傷が疼《うず》きやがる〉

苛立ちも露《あら》わに山田が言う。この傷？　頬の傷のことか。

その時、近藤は背後に気配を感じてふり返った。

九十九が立っていた。声もなく笑いながら、黙って聞いとけ、と目顔で示してよこす。

〈こら、シゲ〉佐々木幸三が、山田をたしなめた。〈九十九は俺と兄弟分になったんだ。てめえにとっちゃオジキってことだぞ。口を慎め、馬鹿たれが〉

〈すみません〉

〈ま、それだけあいつに器量があるってこった。だいたい、やつはもともと真鍋盛吉の若い者なんだ。当然っちゃ当然の人事だろう〉

〈いや、わかっちゃいますがね。けど、いくらなんでも……〉

近藤はぎょっとした。後ろから追い越すように、九十九が部屋へ入っていったのだ。慌《あわ》てて戸口から中を覗《のぞ》くと、

〈つ……九十九のオジキ。ご苦労様です〉

狼狽《ろうばい》を見せる山田を露骨に無視して、九十九は、佐々木幸三に歩み寄った。

〈これはこれは、佐々木のアニキ。このたびは、若頭就任おめでとうございます〉

おう、と、瘦《や》せぎすの佐々木が鷹揚《おうよう》に応じる。

〈出来の悪いカシラだ。補佐、よろしく頼むぜ〉

〈いやあ、ご謙遜《けんそん》を。これからですぜ、『真盛会』は。なんせあのG会砂川組の傘下《さんか》なんだ、イケイケで頼みますよ〉

〈まあ、ほどほどにな〉

〈甘いなあ、アニキは。もうこのご時世、やったもん勝ちでしょ。義理だの人情だのに

いつまでも拘《こだわ》ってるから乗り遅れちまうんだ。なあアニキ、打って出る時だぜ。でないと何も始まらねえんだよ〉

〈出る杭《くい》は打たれるだけだぞ〉

〈望むところでしょ。ウチにゃ、命知らずが揃《そろ》ってるんでね。ご心配には及ばねえ〉

横から山田がいきり立って何か言いかけるのを、佐々木が片手で制した。口をつぐんだ山田の頬の上、ケロイド状に残った傷跡が赤黒く浮き上がっているのが見て取れる。ずんぐりとした身体が怒りにわななく。

〈だいたい、極道が揉《も》めるの怖がっててどうすんだぁ？〉九十九はなおも続けた。〈それにな、アニキ。出過ぎた杭は打たれねえっていうぜ〉

佐々木がため息をつく。

〈俺たちの根本は神農だ。なあ兄弟、それだけは忘れちゃいけねえよ〉

〈古いんだよ、アニキは。そんな甘いこと言ってたから他の組に茶碗《ちゃわん》まで取られちまうんだ。G会といえば博徒だぜ。いいかい、これからは渡世のお墨付きで賭場《とば》が開けるんだ。祭りで焼きそば売ってんのとはわけが違う。真鍋の会長はさすがわかってらっしゃるよ。爺《じい》さんたちの時代は終わったってことだ〉

〈なにい、てめえ黙って聞いてりゃ……〉

〈ああ？　なんだ三下！〉

まあ待て、と佐々木がなだめる。

〈シゲ、てめえは黙ってろ〉

〈しかし、〉

〈おい、九十九の。てめえもこの渡世に生きてんなら、先代の顔を潰《つぶ》すような言はやめときな〉

〈おっとっと、怖《こえ》え、怖え〉九十九は、大仰に後ろへ下がって両手を挙げた。〈ま、これからですよ、これから〉

そして、近藤をふり返った。

〈おい、宏美。帰るぜ〉

はいっ、と慌てて返事をし、きびすを返すその寸前、こちらを見た山田シゲオの顔が忘れられない。山田もまた、かつての可愛い弟分と袂《たもと》を分かつかのようなこの状況を、今もってうまく呑み込めずにいるのだと、その時初めて知った。

佐々木幸三――九十九会長より三つばかり上のはずだから、今年五十七、八歳になるはずだ。

どうしようもない悪食《あくじき》の色狂いだと聞くし、ずっと九十九に付き従ってきた近藤にとっては、頭の固い、およそ目障《めざわ》りなばかりの男という印象が強い。だが、それだけに不思議なのだ。そんな男になぜあの山田が……と、いまだに思えてならない。

「じつに目障りな野郎ではあるがな」こちらの頭の中を覗いていたかのように、九十九が言う。「甘く見ちゃあなんねえぞ。へたを打ちゃ、ヤマを返されるぜ」

「はい、わかってます」

「ちなみに、幸三自身は知ってんのかね」

「何を……ああ、例の病気のことをですか」

「女を間に挟んでにしろ、ヒデのやつにうつってるってことは、本人はもっと前からってことだろ？」

「さあ、どうでしょう」近藤は、慎重に言葉を選んだ。「自覚症状がないのか、それとも知っていて隠しているのか」

「だとすりゃあ、自爆テロも同じじゃねえかよ」九十九が舌打ちをする。「とんだ疫病《やくびょう》神《がみ》だぜ。ま、向こうにしてみりゃ、この俺こそが目障りなんだろうがな」

クリスタルの灰皿にゴロワーズの先を押しつける。

「ったく、いいかげんおとなしくしてりゃいいものを。いいか、宏美。あいつを押さえとけ」

「はあ」

「なんだ」

「いえ。あんな懲役ぼけのロートルを、どうして会長がそこまで気になさるのかと」

九十九が真顔になった。

「理由が必要か？」

「――いえ、すいません」

「とにかく、できるだけ早く身辺を調べ上げて報告しろ。何度も言うが、あいつには気をつけろよ。じつのところ、きな臭い噂《うわさ》も聞こえてきてる」

近藤は眉《まゆ》を寄せた。「どういうことです」

「どうやら、冷たいのをいじってるようだ」

驚いた。

「確かですか、それは」

「ああ、間違いない」

あの馬鹿……という言葉を、近藤は寸前で飲み込んだ。曲がりなりにも〈オジキ〉だ。口は慎まねばならない。

九十九の言う〈冷たいの〉とは要するに、覚醒剤《かくせいざい》のことだ。摂取した際の体感から来る隠語だけに、麻薬の類《たぐい》は逆に〈あったかいの〉と呼ぶ。

系列の組では、覚醒剤の扱いは表向き御法度《ごはっと》とされている。シノギを上げる手段として効率的ではあるだけに、上層部もわかっていながら黙認する部分が無いではないが、いざ明るみに出ればただでは済まされない。おおかたは破門、時を経てたとえそれが解かれても、第一線に返り咲いたという話はあまり聞かない。再び手を染める者が多いからだ。

ちなみに佐々木は、かつて『真盛会』の若頭となったほんの数年後に傷害罪などで実刑を科され、丸七年服役している。

「あれだけ懲役喰らって、まだ足りないんですかね」

「ある意味、こっちとしちゃあ好都合とも言えるがな」九十九は淡々と言った。「あとはどうやって尻尾《しっぽ》をつかむか、だ。ああ見えて狡賢《ずるがしこ》い男だからな」

「それもそうですが――」近藤は、考え考え言った。「やるからには、どこからも文句を言わせないだけの証拠がなくちゃいけません。さもなきゃ、オヤジの名前の疵《きず》になる」

「うん？」

「元兄貴分を型にハメた、なんて噂が立っちゃあ、後々のために良くない。言いたいやつらってのは、平気で火の無いところにも煙を立てますから」

すると九十九は、なぜか愉しげな表情を浮かべた。

「前から思ってたんだがなあ、宏美よ」

「……はい」

「お前は、極道にしちゃあ、ちょっと生真面目《きまじめ》すぎねえか」

できるだけ早く、と会長が言う限り、猶予《ゆうよ》はないと考えたほうがいい。近藤は、若衆の中でも目端の利《き》く者を選び出し、他言無用と言い含めて佐々木幸三の身辺を見張らせることにした。

二日が何ごともなく過ぎ、三日目の夕方になって、ひとりが報告に来た。前日は組関係のトラブルでろくに眠れなかった近藤が、事務所の応接室のソファで仮眠を取っていた時だ。しきりに恐縮するのをなだめ、しかし怠《だる》いので横になったまま先を促すと、直立不動の若衆はようやく言った。

「ついさっきまで、工務店のおっさんと会ってました」

「工務店？　なんでそうだとわかった」

「看板が出てたもんで」

脱力するようなことを言う。改めて見ると、若衆の髪や肩が濡《ぬ》れている。外は雨らしい。

「ドアの真ん前まではちょっと行けなかったスけど、すいません。小一時間して出てきた時、そのおっさんが外まで見送りに出たんで、自分、顔も確認しました。佐々木のオジキのほうは、そっからまっすぐヤサへ帰りましたけど。……あの、すいません、なんてことねえ話かもと思ったんスけど、一応報告を」

いや、それでいい、と近藤は言った。

「で？　場所は」

「西栄町の、駅前ビルの二階にある貸しオフィスです。『ヤマダ建設』って出てました」

近藤は起き上がり、床に足を下ろした。

「顔を見た、と言ったな」

「あ、はい」

「もしかして、ここんとこに……」

人差し指で左の頬を縦になぞってみせると、若衆は、そうです、そいつです！　と張りきって背筋を伸ばした。大物を釣り上げたかもしれない期待に目が輝いている。

「そうか。なるほど、よくわかった」近藤は言った。「そいつのことは、ほっとけ」

「……へ？」

「そいつは雑魚《ざこ》だ。この件には関係ない」

「え、そうなんスか」

「一応、俺も気をつけておくがな。ひとまず忘れていい。他に気になることがあったらまたいつでも報告しろ。俺が寝てようが何だろうが遠慮するなよ」

ご苦労さんだったな、と若衆の背中を叩き、励まして帰す。応接室のドアを内側から再びきっちり閉めてから、近藤は深々と息を吐いた。

俺は——どうかしている。

それどころではない。頭がおかしい。

かつて佐々木幸三の腹心であった山田シゲオは、もう二十年も前に渡世から足を洗った。ちょうど、佐々木が一般人に大怪我をさせ、傷害罪と銃刀法違反でパクられて重い実刑を食らった頃だ。九十九は佐々木の座を奪うように若頭となり、『佐々木組』は解体、多くの若い者は九十九の下へと拾われた。山田の引退は要するに、自分は佐々木幸三のほかには誰にも従わぬ、ましてや九十九誠の下になど決して付かぬという意思表示だったのだ。

去った者のことをあえて知ろうと考えたことはなかったが、近藤は折に触れて思い出すことがあった。小僧だった自分を、理屈も損得も抜きで可愛がってくれた兄貴分。いずれにせよ、工務店の社長となった山田に、佐々木が今さら何の用があるとも思えない。ロートル同士で旧交を温め合っただけ？　いや、おそらく何か、ある。

(――そいつは雑魚だ。この件には関係ない)

舌打ちをし、サイドボードに置かれた大理石の時計を見やる。午後六時過ぎ。黒い革ジャケットをつかんで応接室を出ると、それまで監視カメラの映像を横目で見ながら漫画など読んでだらけていた連中が、慌てて居住まいを正した。

「カシラ、お出かけですか」若いのが飛んでくる。「いま車を廻します」

「要らん」

玄関の内側、防弾用の鋼鉄の扉を開けさせ、さらにドアを開けて階段を下りる。

案の定、外は冷たい雨だった。車に乗り込み、隣町を目指す。滲《にじ》む景色をワイパーが拭《ぬぐ》う。停められる駐車場を探すのに手間取ったが、目当てのビルそのものはすぐに見つかった。一階が居酒屋、二階が貸オフィス。急な階段を上ってゆくと、狭い廊下に幾つか並んだドアのひとつ、はめ込みのガラスに屋号が書かれていた。

「ほう。こりゃあ驚いた。なんとまあ、近藤のカシラじゃねえですか」

奥の椅子からわざわざ立ち上がった山田シゲオは、記憶にあるより目方が増え、髪が減り、確実に二十数年ぶん歳《とし》をとっていた。かつて佐々木幸三の片腕だった極道とは思えないほど、一見、柔和な物腰だ。

「こんなむさくるしいとこへ、ようこそおいで下さいましたな」

言葉の通り、広くもない部屋に机が並び、書類やファイルが山と積み上げられている。事務員らしき中年女はこちらが客ではないことを見て取ると、無表情に会釈《えしゃく》だけして再びパソコンに向き直った。

近藤は、山田を見つめて腰を折った。

「ご苦労様です。ご無沙汰《ぶさた》しております」

「おっと、カシラにそんな言い方されちゃあ勿体《もったい》ねえ」

一歩控えた、ともすれば媚《こ》びた物言いにも聞こえるが、笑いながらこちらを見据える目の奥には笑みがない。近藤は、気を引き締めた。十四の祭りの晩に戻っている場合ではないのだ。

「勘弁して下さいよ」同じ笑みを浮かべてみせる。「とっくに引退されているじゃないですか。今さら渡世の貫目なんか……昔みたいに〈宏美〉で結構ですから」

山田が一瞬、真顔に戻る。

「ま、ここじゃ何ですな。ちょっくら出ましょうかい」

一旦《いったん》きびすを返した山田は、自分の机の上をざっとチェックし、もう帰っていいからと事務員に言い残すと、ビニール傘を片手に近藤を外へ誘った。

何のことはない、一階の居酒屋だった。

「まあ一杯おあがんなさいよ。遠慮はなしだ」

遠慮など、する必要もないほど小汚い店だ。車で来ているからと断ろうとしたが、それも通りそうにない。あきらめてビールを頼み、隣の山田に酌をする。

「安酒でも何でも、いいんだ酔えりゃ。晩酌はいつも一人でこんなもんでね」

おしぼりでごしごしと顔をこすり、目を瞬《しばた》く。しわがれた声に険はない。最初の警戒はいくらか解けたようだ。

「しかしな、このほうがいっそ気が楽だよ。若い頃は立ちんぼだぁ何だで飲めねえ、オヤジのお供だと酔えねえ。肩肘《かたひじ》張って、格好つけて、気ぃ遣ってよ。それが、今となっちゃどうだい。俺が酔い潰れて困るのはこの店だけだ。なあ大将」

寡黙《かもく》な主人が、苦笑いで頷《うなず》いてよこす。

「俺はな。心底、今の生活が楽なんだよ。負け惜しみと思うのは勝手だが……おおっと、もう結構」

近藤の注ごうとしたビールを断る。

「そいつぁ最初の一杯だけって決めてんだ。この歳んなると、どうも苦手んなった。腹がふくれていけねえ。神酒《みき》にさせてもらうよ」

日本酒を燗《かん》で、ついでにモツ煮とたたき胡瓜《きゅうり》も頼む。大将の手元から立ちのぼる湯気を見るともなく見ていた山田が、ぐい飲みを置いた。

「さてと。ぼちぼち本題に入るか」

近藤は身構えた。山田がカウンターに肘をかけ、体をこちらに向ける。その顔から、儀礼的な笑みまでが消えている。

「わざわざこんなとこまで、世間話をしに来たわけでもねえだろ。なあ、近藤のカシラよ。あんた、いったい何が訊きたい？」

＊

堤防の上の道からのこの景色を、もう幾たび目にしたことだろう。秀俊は、夕暮れの陽射《ひざ》しに目を眇《すが》めながら遠くを見はるかした。

二十年ほどの間に、家並みはがらりと様変わりした。似たり寄ったりの、新建材づくしの二階屋が軒を連ねる光景。昔懐《なつ》かしい木造の平屋など、今では探すほうが難しい。ただ川の姿だけがほとんど変わらずにある。

コンクリートの階段を下り、川原に立つ。あの頃はまだ、児童虐待《ぎやくたい》などという言葉も一般的ではなかった。母親の愛人から殴られ、蹴《け》られ、庭に投げられて、憂《う》さを晴らす相手はこの川しかなかった。

九十九に声をかけられたのは十一の時だ。旨《うま》いものを好きなだけ食わせてもらい、強くなりたいと言えば柔道を習わせてもらい、まるで親のように、いや実の親以上に面倒を見てもらった。秀俊自身、どこか途中の時点までは、得体の知れない近藤のことまでも、やや気難しい兄貴のように思っていた時期があったのだ。——いつまでだったろう。南条が消えたあたりまでか。それとも、あの事件の夜までだろうか。

早回しのようにして過去を思い返すと、昔の記憶のほうがむしろくっきりしていて、今現在の九十九の顔はなぜか印象が薄い。得体の知れなさがそうさせるのかもしれない。

気配に気づいて、秀俊は首を巡らせた。堤防の上に、当人が立ってこちらを見下ろしていた。九十九から見下ろされるのは、今ではもうこういう状況でしかあり得ない。背丈を追い越したのがいつだったかは覚えていない。石段を下りてくるのを待ってから、どうも、と低く言った。

「話ってのは何ですか」

「いきなりかい。無沙汰の詫《わ》びくらい、嘘でも言えねえのか」

苦々しげな濁声《だみごえ》が川風に吹き散らされる。あえて無愛想に答えた。

「事情は、お伝えしてあるはずです」

「この俺に向かってずいぶんな態度だな」

「愛想を振りまくような気分じゃないもんで」

九十九が真顔になった。

「お前がそんなもん振りまいた例《ため》しが一度でもあったかよ」

答えずにいると、結局、九十九のほうが先に焦《じ》れた。

「座れや」

堤防の斜面に、間ひとりぶん離れて腰をおろす。

夕暮れの川原にススキやセイタカアワダチソウが揺れているのも、あの頃と同じだ。いくつもの残像が脳裏をよぎる。痣《あざ》だらけの腕や脚。すりむいた膝小僧《ひざこぞう》にしみる悔し涙。真新しい柔道着、川原の石の間に飛んだ吸い殻、差し出された皺《しわ》一つない一万円札。

「で？　身体《からだ》の具合はどうなんだ」

秀俊はわずかに身じろぎした。

「今すぐに、どうこうというようなことは」

「変な熱が下がらなかったって？　気分が悪いとか、貧血とかはないのか」

「いいかげん、慣れました」

「仕事は」

「まあ、何とかなります。昨日やっとギプスから解放されましたし」

シャツの袖口《そでぐち》から覗く左手首の包帯を、ちらりと示してみせる。重たく堅い殻ははずれても、副木《そえぎ》と湿布はまだ必要だと医者は言った。利き手が無事だったのがまだしもの幸いだが、復帰にはどうしてもしばらくかかりそうだ。

「災難だったな」

意外なほど素のままの調子で言われ、胃がかっと熱くなった。

「災難？」眉を寄せ、九十九を睨《ね》めつける。「災難ってのは、誰にもどうしようもないことが天から降ってくるような状況を言うんだと思ってましたが、俺の勘違いですかね。ま、九十九さんに言われたとおり動いてたらこうなったって意味では、人的災害と言えなくもないのか」

「おい」たまりかねた様子で、九十九が遮《さえぎ》る。「お前、今だけでいいからその、わざとらしい敬語で喋んのやめろ。昔のままのタメ口でいい」

「まさか。九十九の大親分さんにそんな失礼なことが、」

「うるせえッ。いいから言う通りにしろ、鬱陶《うっとう》しい！」

怒鳴り声もまた、ひんやりとした秋風に吹き散らされてゆく。

対岸側の堤防の上を、老夫婦が小さな犬を連れて散歩している。どこかから聞こえる囀《さえず》りは、セキレイだろうか。斜めに射す西日が眩《まぶ》しい。川原の石の一つひとつ、ススキの穂の一本一本に金粉がまぶされたかのようだ。

「――ヒデ」こちらをじっと見て九十九は言った。「お前に、ぜひともやってもらいたい仕事がある」

「九十九さん、俺はもう、」

「そう言うなって。じつは佐々木のことなんだがな」

「だから勘弁して下さいよ」

「安心しろ。この期《ご》に及んであのクソ野郎の前でチンコおっ勃《た》てろとは言わねえ。むしろ、これがうまくいけば、二度とあいつの顔を見ないで済むようになる。な、わかるだろ、お前にしか頼めねえ仕事なんだ」

秀俊は、長いため息をついた。黒い瘴気《しょうき》が吐きだされた気がした。

「九十九さん。今日は、俺からも折り入って頼みがあって来ました」

「へーえ」

「これっきりの、一生に一度の頼みです」

「言ってみろや」

息を吸い込み、思いきって言葉にする。

「俺を——俺たちを、自由にして下さい」

はっきりと口に出した瞬間、めまいがした。今と寸分違《たが》わぬこの言葉を、いったいいつ切り出せば聞き届けてもらえるのか。あの事件から二十年間、同じ逡巡《しゅんじゅん》をうんざりするほどくり返して生きてきたのだ。

九十九ははじめ、面食らった顔をした。おおかた予想はしていたであろうに、切り出し方がストレート過ぎたせいだろうか。いくらかの間があって、言った。

「俺としては、お前が今まで一度もそれを口にしなかったことのほうが不思議だったがな」

「口に出せば聞いてもらえたんですか」

「馬鹿くせえ。通らねえに決まってるだろうが」

「九十九さん！」

「お前、俺にどれほどの苦労をかけたかわかった上で言ってんのか」

「昔のことはそりゃありがたいとは思ってますが、」

「ほう。昔、と言いやがったか」

「昔でしょう。おまけに、そのぶんの恩返しはもうさんざんさせてもらったはずだ」

「あのなあ、ヒデよ」

九十九が、じわじわと嫌な感じの顔になってゆく。大げさに嘆息し、憐《あわ》れみをてんこ盛りにした視線をこちらに向け、しまいに声のない笑いを浮かべる。昔から変わらない気持ちの悪い笑みだが、目尻《めじり》には皺が寄り、肌に艶《つや》もない。ここにも二十数年は流れたのだと思った時、

「恩返しってのはなあ、ヒデ」九十九が言った。「言ってみりゃ、詫びみたいなもんだ。相手の気が済んで、全部きれいに水に流してもらえるまで、誠意を尽くして謝り続けるのが本当の詫びってもんだろ。もうそろそろこれっくらいでいいんじゃねえかな、てな態度で、許されるとでも思ってんのか。え？」

「あんたの言う意味はわかります」呻《うめ》くような声になる。「けど、何にでも限度ってもんがあるでしょう。俺はあの頃からこれまでずっと、忠実な犬みたいに言いつけを守ってきた。あんたに言われてそうとう危ない橋も渡ったし、面倒な雑用も文句ひとつ言わずにこなしてきた。時には俺が流した情報が元で、思わぬ稼ぎをものにできたことだってあったはずです。違いますか」

「ま、違わねえな。それは確かだ」

「もういいかげん、充分でしょう。あんただって、いつまでも今のままではいられない

はずだ。いずれ引退して〈普通のおじさん〉になったら、たまには将棋の相手くらいしますよ。それ以外はもうお互い、貸し借りなしってことにしませんか」

九十九は答えず、スーツのふところから煙草を取りだした。一本くわえて吸いつけようとするが、風に煽《あお》られて火がつかない。

秀俊は、ジッポーを擦って九十九に差しだし、手を添えた。九十九の煙草の先に火をつけ、自分も煙草をくわえて煙を吐くと、箱とライターをポケットに滑りこませる。自分も吸っていいですか、と訊かずに吸い始めるのは、長い付き合いの中でもこれが初めてだった。組の若い者ならただでは済むまい。組織においては面子《メンツ》こそが命、ヤクザにとって最も重んずるべきは身内であり、身内から縁を切られることに比べればションベン刑を食らうことなど屁《へ》でもない。だからこそ、組の中での上下関係における礼儀やけじめはとことん徹底される。わかった上で、やった。

九十九がかすかに唇の両端を上げる。ことさらにゆっくりと煙を吐きながら言った。

「悪いが、呑めねえな」

うなじがしんと冷える。

「……なぜですか」

「そんなおっかない顔をしたって無駄だ。お前まさか、忘れたわけじゃねえだろうな。こっちには〈あの晩〉の一部始終を録画したビデオだってあるんだぞ」

「そんなもの！」秀俊は思わず牙《きば》をむいた。「死体だって見つかってないし、そもそも事件にさえなってないのに」

「その死体の後片付けをお前は誰にやらせたんだ？　人殺しに時効ってのはねえし、ビデオにはお前たちの顔もはっきり写ってる。何ならあのヒョロスケも呼び出してやろうか？」

言葉が、出ない。冷たい怒りが軀《からだ》の中でごうごうと逆巻く。

「ま、そうは言ってもよ。俺にだって、いわゆるホトケゴコロってやつが無いわけじゃねえんだ。お前があの髪の長い女とちっこい娘を守りたい気持ちは、痛いほどわかるさ。可愛《かわい》いさかりだもんなあ。誰だって、何の抵抗もできねえ女や子どもが悲惨な目に遭うのを見たくはねえよなあ」

奥歯が潰れそうだ。

九十九は涼しい顔で言った。

「な、ヒデ。あといっぺんでいいんだ。俺の言うことを聞け」

秀俊は、足もとに視線を落とした。右手の拳《こぶし》を堅く握りしめ、開く。もう一度握りしめ、また開く。左手はやはり、まだ思うようにならない。ようやく言った。

「何をさせようっていうんです。こんな、半端な病人に」

九十九は、大きな口を開けて笑った。上機嫌なのは、情状酌量のうえ極刑だけは勘弁してやったような気分でいるせいだろう。

「ま、俺も、鬼じゃねえ。今度の仕事を抜かりなくやりおおせたら、その時は、お前の望みを叶えてやる」

＊

いくら横文字風の名称に変えようが、結局のところ職安じゃないか――。

建物を出て階段を下りると、正木亮介はろくに左右も見ずに横断歩道を渡ろうとして、けたたましくクラクションを鳴らされた。危うく踏みとどまる。信号は赤に替わっていた。

車が行き交い始めても、周囲の視線は自分に集まっている。今どこから出てきたかも見られていたのだと思うと、一刻も早くここから遠ざかりたくなる。

何も知らない頃に漠然と抱いていた印象に比べれば、ハローワークの施設内はコンピューター化されて整然としており、一年じゅう冷暖房完備という快適さだが、訪れる人々はやはり様々だ。突然リストラに遭った。定年後も再就職をしたい。内定していた会社が倒産した。抱える事情はもとより、性別も年齢もそれぞれで、ぱりっとした格好の人々もいるかわり、中には垢《あか》じみた服を着て背中を丸めている者もいる。

だが、それらの誰と比べても、亮介には自分だけがおよそ浮いているように思えてならなかった。はたからもきっとひと目でわかってしまうに違いない。あの男は、自身のだらしなさのために職を失った——いや、人生を棒に振ったのだ、と。

今日も、空振りだった。百台ほども並んだパソコンの前で、職種、給料、保険や手当や休日など、こちらの求める条件を細かく打ちこんでは求人情報を絞り込んでゆくのだが、いくらもヒットするように見えても、その多くは情報の掲載が無料のハローワークにしか求人を出せない零細企業であるのが現実だった。一度など、求人票に「残業なし」と明記されていた会社にいざ面接に行ってみたところ、実際には残業は日常的にあり、ただ残業代は出せないので残業なしと書いた、と悪びれもせずに言われた。あるいはまた、めぼしい求人がようやくあったかと思えば、すでに受付が締め切られてしまっていることも多い。日曜に入力されたばかりの求人広告までもがなぜ月曜に締め切りなのかと窓口の担当者に訊くと、掲載申し込みの期限が前週の木曜なので、人気企業ともなれば情報が反映される頃にはすでに、ということがどうしても生じてしまうのだという話だった。

〈早くお決めになりたいのであれば、できれば毎日、せめて二日に一度は通って頂けるとだいぶ違うかと思いますよ〉

あたりまえのような顔をしてそう宣《のたま》う担当者を前に、危うくキレそうになった。そんなこっ恥ずかしい真似《まね》が出来るか！と怒鳴りつけたかった。ろくに苦労などしたこともない公務員のくせに、お前に何がわかる。

妻に言わせれば、職を探しに通うことを恥じる必要はどこにもない、のだそうだ。働こうという意欲があり、そのための努力をしているだけで尊い、のだそうだ。いかにも学校の先生が言いそうなことだと思った。彼女にさえ、俺のこの気持ちはわからないのだ。

こんなはずではなかった。こんなはずではなかった。こんなはずでは。

今からでも中学一年の頃に戻りたい。学校の勉強など余裕でこなし、塾の成績は常に一番、クラスでは当然のごとく委員長、教師からは頼られ、なのに誰にも嫌われず、落ちこぼれの連中からさえ一目置かれていた、〈正木くん〉。あの頃は、自分の器用さや有能さに酔っていた。それで何も困らなかった。人生は、はるか遠くまで平らかに見渡せる花の咲いた野原のようだった。ずっとこのまま、愚図な馬鹿《ばか》どもの頭を飛び石のように踏んで歩いて一生を渡ってゆくのだと思っていた。

それが、あの夜を境に変わってしまったのだ。可哀想《かわいそう》な陽菜乃のためにしたことのせいで。もっと正確に言えば、陽菜乃のためにやろうと刀根のやつが企《たくら》んだ、あの馬鹿げた計画のせいで。ということは要するに、陽菜乃と刀根の、せいで。

そうだ、刀根こそが諸悪の根源なのだ。四人グループの中に刀根秀俊という異分子が混ざった時点で、歯車のかみ合わせは微妙に狂い、いつ壊れてはずれてもおかしくないような不安定さを抱えるようになってしまった。

当時の陽菜乃が、刀根に淡い想《おも》いを抱いていたことは知っている。やつのほうもまた同じであったことも。

だが、あれから二十年——自分こそは、陽菜乃と二人でひとつの秘密を抱え合い、支え合って生きてきたはずだ。その秘密の共有が、互いを結びつける絆《きずな》であり、過去に傷を負った彼女を丸ごと背負うという選択は、いわば男の一生をかけた、ほろ苦くて甘やかな〈行《ぎょう》〉のようなものだと初めは思っていた。

甘くも何ともなかった。ただ苦く、重苦しいだけの荷物だった。同じ重さであっても、それが花や果実ならば耐えられもしようが、冷たい石では背負い続ける甲斐《かい》がない。陽菜乃はこちらが気づいていないとでも思っているのだろうか。長い時間を費やしてようやく彼女を抱くに至った後でもなお、決して心と体をひらいているわけでないのは明らかだった。妻からの拒絶——申し訳なさそうな、罪悪感に満ちた、悲壮な、けれどどこまでも頑《かたく》なな拒絶に出合うたび、亮介は何かこう、自分が石を運ぶだけの人夫にでもなった気がした。

本来ならばもうとっくに、夫婦の間に子どもが生まれていてもおかしくなかったはずだ。彼女がそれを拒まず、可愛い息子や娘に恵まれていたなら、自分だって酒なんかに逃げたりはしなかった。もっと意気揚々と働いて、疲労と充実とが背中合わせの日々を送ることができていたに違いない。

ようやく替わった信号を渡り、駅まで歩いた。地下鉄のホームへと続く長いエスカレーターに乗る。うつむいて足もとを見ると、革靴の曇りが気になった。自分もまた、傍目《はため》には垢じみて背中を丸めたほうのグループに仕分けされていたかと思うと、いたたまれなさに身震いがする。

どうして陽菜乃は、昨夜のうちに磨いておいてくれなかったのか。恨めしく思いかけ、ふと、昨日が小学校の運動会だったことを思いだす。そういえば今朝もまだ疲れた顔をしていた。文句は言えない。彼女が働いているおかげで、とりあえず夫婦二人、食べていくには困らずにいられるのだ。それがまた業腹《ごうはら》だった。

おまけに、先日のシンポジウム以来、何かがおかしい。言葉では亮介の話しぶりを賞賛さえしてくれたが、彼女の身にまとう空気がしんと冷えているのを感じる。わけがわからない。

(言いたいことがあるなら、はっきり言えばいいじゃないか)

舌打ちを漏らした時だ。

背後の高みから若い女の悲鳴が聞こえた。

「止めてえっ、お願い、止めてーっ」

ふり返り、見上げる亮介の目にとびこんできたのはカラフルなベビーカーだった。思わず亮介も叫ぶ。エスカレーターを一段一段、弾みながら落ちてくる大きなベビーカーに、無我夢中で手をさしのべる。スローモーションというより、コマ送りのようだ。身体で止めた、と思ったのも束《つか》の間《ま》、重く鈍い衝撃とともに背中から宙に投げだされる。

仰向《あおむ》いた目の奥に、天井灯のしらじらとした光が刺さった。

＊

「そういうこと全部、もっと早く打ち明けてくれればよかったのに」

話を聞き終えて、美月は思わず言ってしまった。

「お酒を飲み過ぎるだけかと思ってたら、まさかそんな……暴力までだったなんて」

向かい側に座る陽菜乃は、今日も清楚《せいそ》できれいだ。化粧など少しもしていないのに、慎《つつ》ましやかな草花が咲いているかのようにそこだけぽっかり明るく見える。今の今まで聞かされていた話とはあまりにも不釣り合いなほどだ。

「でも、ほら……話すとどうしても愚痴っぽくなっちゃうでしょう？」

陽菜乃は、申し訳なさそうに微笑《ほほえ》んだ。

「正木くんは美月ちゃんにとっても古い友だちだし、なんとなく耳に入れにくかったたっていうか……彼だって、自分の弱いところは知られたくないだろうと思ったし」

「それはわかるよ。それでなくてもプライド高いもんね。だけど、私ら女同士じゃない。いちばんしんどい時に何も言ってくれないなんて水くさいっていうかさ」

「うん。ごめんね」

「いや、違う、陽菜乃が謝ることないんだわ。こっちこそ、もっとちゃんと訊《き》いてあげなくてごめん」

「やだ、美月ちゃんこそどうして謝るの」

互いに苦笑し合い、黙りこむ。

性格はまったくと言っていいほど違うのに、どうして強情なところばかり似ているのだろうと美月は思った。

自分もまた、いちばん大きな秘密を、この旧友に打ち明けていない。それどころか、知りたがっている秀俊にさえ話していない。自分と近藤との間のことは、長い年月の間にだんだんと変質し、駆け引きや犠牲などとは遠いものになっていったけれど、秀俊はきっとそうは受け取らない。知ってしまえば彼は、女によって守られていた自分を恥じ、無用な責任を感じるだろう。この先も絶対に言えないことだった。

窓の外はすでに暮れ、早めの食事を楽しむ人々のお喋《しゃべ》りが虫の羽音のように柔らかく店内を満たしている。駅前ロータリーの一隅に新しく出来たこの店は洋風居酒屋といった趣で、内装はまるでパリの街角にあるビストロのようだ。店員から勧められた食後のデザートを断り、美月はコーヒーをブラックで、陽菜乃はミルクを添えた紅茶を頼む。

「そもそもね、男の側の事情までいちいち慮《おもんぱか》ってやる必要なんてないのよ」あえて無理やり話を戻す。「亭主の悪口ぐらい時々よそで吐き出したほうが、夫婦仲もかえってうまくいくんじゃない？ 溜《た》めこみすぎちゃうと絶対いいことないって」

ぽんぽん言ってやると、陽菜乃はふふっと目尻に皺を寄せた。

「なに？」

「ううん。そういうとこ、ちっとも変わってないなあって思って。歯に衣《きぬ》着せないっていうか」

「陽菜乃の前だからよ。仕事での顔はまた別。歯に衣どころか、奥歯に物のはさまった言い方とか、すっごい得意」

「それって、皮肉とか厭味《いやみ》とどう違うの？」

「人聞きの悪いこと言わない」

小声でたしなめると、陽菜乃は噴きだした。

「ねえ、美月ちゃん。今日は時間を作ってくれてありがとう」

「何よ、あらたまって」

「あらたまって言いたい気分なの。それくらい嬉《うれ》しかったから」

陽菜乃が、照れたように笑いながら手もとのカップに視線を落とす。北欧風のプリント模様のワンピースと丸首カーディガンが、いくつになっても少女のような雰囲気によく似合っている。そう言って褒めると、陽菜乃は柔らかく微笑んだ。

「美月ちゃんこそ、いつもお洒落《しゃれ》だよね。いいなあ、そういう格好が似合って。雑誌とか見て憧《あこが》れるんだけど、私にはどう考えても似合わないから……」

洗いをかけたデニムのGジャンに、スウェット素材のロングスカート、中は健康的なロゴ入りのTシャツ。そういう素っ気ないくらいの服装のほうがお前は色っぽく見える、と言ったのは秀俊だ。言われた時もそうだったが、陽菜乃の前で思いだした今も、つい鼓動が速くなる。

陽菜乃からの電話を切ってすぐ、急いでシャワーを浴び、着替えて出てきたのだった。幸いなことに娘の真帆は、幼稚園のあとそのまま隣に建つ教会施設でのお遊び会に参加する日だったから、夕方迎えに行く役目は秀俊に任せてきた。

ここ最近、彼との関係が変化したことも、まだ陽菜乃に打ち明けられていない。話すべきだとも、話すなら今日だとも思うのだが、切り出すきっかけがつかめないまま食事が終わってしまった。

いったいどう言えばいいというのだろう。あんなに苦労して、二十年以上もさばさばとした友人関係を保ってきたはずだったのに、突然、男と女になってしまった。ほんとうに突然ではあったけれど、そこへ至る道筋を考えると必然以外の何ものでもなかったようにも思えて、しかしそれを第三者にも伝わるように説明するのはとても難しいのだ。

中学の一時期、陽菜乃と秀俊の心の距離はとても近かった。あの頃は二人が視線を交わすだけで、互いの間に通う想いが熱を帯びた明るい色の帯となって視《み》えた。それがあまりにもくっきりとしていたからこそ、美月としてはその後も長い年月にわたって、秀俊に対する自分の気持ちを封じ込めるしかなかったのだ。

あれは、思春期独特の一時的な何かだったのだろうか。秀俊は、そもそも陽菜乃との間には何ひとつ始まってさえいなかったと言い切るし、今では美月と真帆のことを誰より大切に抱きしめてくれる。そして陽菜乃もまた、中学を卒業してから後は、秀俊の話題を聞いてもにこにこと微笑むばかりで動揺などかけらも見せなくなった。

今でも彼女は、美月の家のことをよく知っている。幼い真帆が秀俊に懐き、父親のように恋人のように慕っていることも、三人で一緒に夕飯を食べたり遊園地へ出かけたりするような付き合いであることも、かといって彼が、たとえ客間にせよ泊まっていった例しがないことも。

陽菜乃は、誰より真帆のために、秀俊の存在を喜んでくれていた。こうして女同士で会えば必ず、自分から彼との近況を訊くくらいだった。

そうだ——それなのに今日は、陽菜乃の口から秀俊の名前が一度も出ていない。会ってから食事中もずっと、亮介との間のあれこれについて話していたから、だろうか。それだけだろうか。

テーブル越し、旧友をそっと見つめる。昔だったらこんな時、黙っていても何かしらは視えただろうにと思うと、今さらながらに失われた時間を惜しむ気持ちがこみあげてくる。

目を凝らすとともに、耳まですましていたらしい。気がついたのは、美月が先だった。

「陽菜乃、携帯鳴ってるよ」

椅子《いす》に置かれた荷物を指さしてやると、彼女ははっとなった。

「いけない、正木くんかな」

フェルトに刺繡《ししゅう》の施されたバッグを引き寄せて中を覗《のぞ》く。慌《あわ》てた様子に、美月は思わず眉《まゆ》をひそめた。こうして二人で食事をしていることを、彼にはメールで伝えてあると陽菜乃は言っていた。それなのに、どうして電話一つでこんなに動揺するのだろう。職探し中の夫にいくら気を遣うとはいえ、行き過ぎてはいないか。

バッグから引っぱりだした携帯の画面を見て、

「お義母《かあ》さんからだ」陽菜乃がけげんそうに呟《つぶや》く。「正木くんの」

「あ、どうぞ出て」

「ごめんね、何だろ」

椅子を後ろに引きながら携帯を耳にあてる。もしもし、と立ちあがろうとしたその動きが、止まった。中腰のまま、みるみる蒼白《そうはく》になってゆく。

「陽菜乃？」

かくん、と座りこんだ。

〈視える〉どころか淡い予感さえもなかったことが、美月には幾重にもショックだった。これではまるで、接触の悪い電球のようだ。どうでもいい時にはこうこうと点《とも》るくせに、肝腎《かんじん》な時は何の役にも立たない。それさえも年齢を重ねるとともに間遠になっていて、ごくたまに作動するのは、ほんとうに大切な誰かに危険が迫った時だけだ。

その意味で言うなら、自分にとって正木亮介はさほど大切な存在ではなかったということなのか。中学の頃から一緒に過ごし、沢山の思い出と、誰にも言えない秘密を共有した友人であるのは間違いないというのに。しかも、いちばんの親友である陽菜乃の夫でもあるというのに。

病院へ駆けつけるタクシーの中で、陽菜乃は貧血を起こし、目を閉じて窓に頭をもたせかけていた。一緒に乗った美月が隣からその手にそっと触れると、すがるように握り返してきた。指先がひどく冷たかった。

再び陽菜乃の携帯が鳴ったのは、タクシーのナビゲーションシステムの画面上に目的地の印が見えてきた頃だ。何の電話か、今度こそは聞くより前にわかった。間に合わなかったのだった。

担当の医師によれば、亮介はエスカレーターで地下鉄のホームへと下りる途中で、ほとんどてっぺんに近い高さから落ちてきたベビーカーを受けとめようとして弾《はじ》きとばされ、後ろ向きに宙へ投げだされたのだという。金属製の段はどれも、踏面の角が鋭角になっている。それが命取りとなった。

「それで……その赤ん坊は？」

夜遅く、帰宅した美月から一部始終を聞いた後、秀俊がようやく口にしたのはその言葉だった。

「ん。奇跡的に無事だったみたい」美月は言った。「一緒に下まで落ちたけど、正木くんの身体がクッションになったらしくて……ベビーカーごと横倒しにまでなったのに赤ちゃんはかすり傷だけで済んだって」

病院の地下、安置された遺体を前に亮介の父親から聞かされた話だった。両親にとってみれば、とうてい飲み込むことのできない息子の死をどうにか受け容《い》れるための大きなよりどころだったのだろう。そのそばで母親はひたすらすすり泣き、陽菜乃はただただ蒼白だった。

秀俊が、長いため息をもらす。キッチンの明かりだけが点《つ》いていて、二人がいるリビングのソファのあたりはほとんど暗がりに沈んでいる。天井灯を点ける気になれなかった。光が目や肌に刺さるような気がした。

美月が病院から連絡をしたとき、秀俊はすでに真帆を迎えに行った後だった。美月の実家に預けることも出来ただろうが、結局そうはせず、二人してこの部屋で待っているほうを選んだ。

今、真帆はもう眠っている。大人たちの間に大切な話があると感じた日は、母親に添い寝をねだることもしない。

「行ってやらなくて、すまなかったな」

「どうして？」

「おまえ一人で……きつかっただろ。いろいろと」

美月はうつむいて微笑んだ。

秀俊が家で待っていることにしたのは、今から自分が駆けつけたところで、陽菜乃たち家族をかえって煩《わずら》わせることになるだろうと考えたからに違いない。正しい判断だったと思う。が、たしかに、一人であの場にいるのはしんどかった。亮介の両親と陽菜乃、それぞれの悲しみや憤《いきどお》りや悔いを吸いこんだ身体が、今もなお、だるくて重たくてたまらない。スポンジを絞るようにして、全部を吐き出してしまえないものかと思う。

頭がぼんやりしていたせいだろうか。

「陽菜乃は、あなたに来て欲しかったと思うけど」

言うつもりのなかった言葉が、つい口からこぼれてしまった。

「え？」秀俊がこちらに顔を向ける。「どういう意味で」

「何でもない」

「美月」

「ごめん。今のは忘れて」

間近からじっと見つめていた秀俊が、おもむろに美月の身体に腕をまわした。抱き寄せられるまま素直に寄りかかり、右肩に顔を伏せる。秀俊が左腕を骨折して以来、歩くのも座るのも、彼の右側が当たり前になった。ギプスがはずれた今もそれは同じだった。

「まさか……こんなことになるなんてね」

呟くと、ふいに嗚咽《おえつ》がこみ上げてきた。病院ではとうてい泣けなかった。現実を受け容れられずに茫然《ぼうぜん》としている陽菜乃の前で、自分が泣くわけにはいかなかったのだ。

すすり泣く美月の髪をゆっくりと撫《な》でていた秀俊が、

「あいつ……」何度もためらった末に言った。「ずっと、苦しかっただろうからなあ」

地を這《は》うように低く、しわがれた声だった。

美月は、黙ったままでいた。苦しかったのはみんな同じだと思った。あの夜、直接手を下したのは亮介だったけれど、秀俊には自分の浅慮が皆を巻き込んだという自責の念があったはずだし、美月にもまた、あんな夕暮れ時に陽菜乃を呼びつけてしまったことへの後悔と、予《あらかじ》め先のことを察知して男二人を止められたはずではなかったかという忸《じく》怩《じ》たる思いがある。むろん、事件のことなど何も知らされないまま亮介と一緒になった陽菜乃も、長い間、過去の傷をどうしても忘れられずにのたうち回ってきた。苦しまなかった者など、誰もいない。ただ、あえて言うのなら、亮介が自ら命を絶ったのでないことだけが救いだった。

「正木くんは……」

「うん？」

「人ひとり、救ってから逝《い》ったんだね」

髪を撫でる指が止まった。

「プラマイゼロだって言いたいのか？」

「そうじゃ、ないけど」

秀俊は黙っている。

「そんなに簡単じゃ、ないけど……赤ちゃんが助かって良かったって思う」

「うん」

「せめて、無駄死にじゃなかったっていうだけでも」

秀俊の指が、再び動き始めた。いかにも弱く小さな生きものを慈《いつく》しむように撫でてもらうだけで、どうしてこんなに癒《い》やされるのだろう。たくましい肩に額を押しつけ、美月は目を閉じた。今ごろ陽菜乃は、ちゃんと泣けているだろうか。

弔いの準備というものは、遺族を悲しみから引き剝《は》がすためにあるものかもしれない。

それからの三日間はめまぐるしかった。

家で書ける原稿は次々に片付け、頼める仕事は端から人にまわし、美月はできるだけ陽菜乃のそばにいて相談に乗った。亮介の両親が彼女に示していたあのよそよそしい距離感を思うと、そうせずにいられなかった。

働き盛りの年齢で亡《な》くなったにしては、通夜《つや》や告別式に訪れる者は多くなかった。亮介が前に勤めていた会社の上司は儀礼的に顔を見せたが、同僚はほとんど来ず、あとは中高の同級生や大学時代の友人くらいだった。

祭壇に向かって右側に並ぶ遺族の喪主席には、陽菜乃が座っていた。喪服のスーツが顔の白さを際立《きわだ》たせている。続いて両親、親戚《しんせき》と並ぶ中、焼香をする人々に向かってそのつど悲痛な面持ちでくり返し頭をさげる亮介の母親を、美月は、諦念《ていねん》に似た感慨をもって見やった。

——ひとり息子というものは、結局のところ母親のものなのだ。

喪主である陽菜乃よりも、また亮介の父親よりも、漆黒の着物に身を包み悲嘆に暮れる母親こそが葬儀のすべてを支配しているかのように目立っていた。

通夜の時と同じく、焼香の列の最後尾に秀俊と一緒に並ぶ。彼の喪服姿、いやスーツ姿でさえ、見たのは今回が初めてだ。まったく堅気《かたぎ》には見えなかった。手には大きな黒い珠《たま》を連ねた数珠《じゅず》があって、大げさだがこれしか持っていないのだと秀俊は言った。

先に並ぶよう促しても、首を横にふり、美月のすぐ後ろにつく。

〈陽菜乃は、あなたに来て欲しかったと思うけど〉

嫉妬《しっと》とも恨み言ともつかないことをぽろりと漏らしてしまったのはこちらの落ち度なのに、秀俊はそれを、言わせてしまったのは自分だと考えたらしい。こうして背中を守るように立っていてくれるのも、彼なりの意思表示なのかもしれない。

遺影の中の正木亮介は、歯を見せて笑っていた。昨夜見た時も思ったが、意表を突かれるほど屈託のない笑顔だった。おそらく陽菜乃とどこかへ出かけた時のものなのだろう。

手を合わせる。こみ上げてくるものに喉《のど》をふさがれ、息が詰まる。ごうごうと音を立てて流れる二十年の歳月に身体ごと呑《の》みこまれるようだ。

ふり返れば、自分は一度でも、正木亮介のことを心から親身に思ったことがあったろうか。いつだって、どこか他人事《ひとごと》だった。あの事件の直後ですら、心のどこかでは、鉄パイプを振り下ろしたのが秀俊でなくて良かったと思っていたし、陽菜乃と結婚した後も、親友を託すにふさわしい相手と認めた例しなどなかった。もっとはっきり言うなら、ただの友人としてさえ、亮介を好もしく思ったことはなかった。

（ごめん、正木くん）

手を合わせる。

（あなたはそんなの、全部わかってたよね。あなたのほうも私のことなんか嫌いだったよね）

抹香をつまんでは額に掲げ、再び手を合わせて深くおじぎをして顔を上げると、陽菜乃と目が合った。

透きとおるほど青白い顔をした彼女は、美月と後ろに立つ秀俊を見比べ、二人にだけそれとわかるくらいかすかに微笑んでよこした。

＊

「どうだ。前に俺がやった数珠、役に立ったろう」

顔を合わせて早々、九十九は言った。冗談のように大きなデスクの向こう、これまた冗談のように大きな社長椅子にふんぞり返っている。

組の事務所まで来るようにと電話があったのがつい昨日のことで、明日は告別式だから無理だと言うと、だったら午後には体が空くだろうと返された。おかげで喪服のまま来ることになった。心配した美月が車で送っていくと言うのを断るのに苦労した。いわば敵地へ赴くのに、いちばんの弱みを連れて出かける馬鹿がどこにいる。

「あんなもの、俺には分不相応です。悪目立ちして困る」

「せっかくやったのに甲斐のないことを言うなよ。最高級の黒翡翠《くろひすい》だぞ」

情けない声で嘆いてみせながらも、九十九はにやにや笑っている。人を不快にさせることなら何でも愉《たの》しいらしい。応接室の隅、衝立《ついたて》のほうへと顎《あご》をしゃくる。

「とにかく座れ。短い話じゃない」

黙って従う。衝立の後ろ側にまわって応接ソファに腰をおろすと、吸いかけの煙草《たばこ》を指に挟んだままやってきた九十九が向かいに座った。

「お前も吸え」

ゴロワーズの箱が差しだされる。

「いえ」

「──吸え」

面倒くさくなって、頂きます、と一本取る。ポケットからジッポーを取りだすより先に、さっと目の前に炎が立った。九十九の手に握られたカルティエだ。

軽く頭を下げ、火を吸い付ける。きつい煙に噎《む》せ、眩暈《めまい》がして、ここへ来る前からの嫌な予感がますます強まる。

「なあ、ヒデ。この間の約束だがな」

「約束をした覚えはありませんが」

ふうっと煙が吐きかけられた。

「ガキっぽい反抗はやめとけ。時間の無駄だ」

自分で吸っていても、人の吐く煙は臭い。顔をそむけると、九十九は口を開け、声もなく笑った。

「安心しな。お前のいちばん得意なことをやってもらうだけだ」

「得意なこと？」

そうさ、と九十九は言った。

「佐々木幸三の阿呆《あほう》をな。ちょいとこう、型にハメてやりたいんだわ」

「これまではシモの世話までしてたくせに、いきなり掌《てのひら》返しですか」

「まあそう厭味を言うなよ」

厭味で済むか、と怒鳴りつけたくなる。こっちは、おかげでよけいな心配までさせられたというのに。

「あの腐れ外道がな。最近ちょいと馬鹿な真似をしてやがる」

「シャブだよ。ったく、娑婆《しゃば》へ出てきてから燻《くすぶ》ってた奴《やつ》を、わざわざこの俺の舎弟に直してまで顔を立ててやったってのになあ」

急に真顔になる。

「やつが、ブツをいじっている現場を押さえたい。確実にだ」

ずいぶん簡単に言ってくれるものだ。が、断るという選択肢がないこともわかっている。ここにいようがいまいが、美月と真帆は人質に取られているも同じだ。

「で？　どうしてそれが、俺の得意なことだと？」

九十九の浮かべる無言の笑みが、これまで見たこともないほど大きくなった。

「ポーカーフェイスで、嘘《うそ》の上に嘘を塗り重ねる。——得意中の得意だろう？　なんたって、お前が長年やってきたことだもんなあ」

ノックの音が響く。

「入れ」

九十九が声を張ると、ドアが開き、近藤が入ってきた。

「失礼します」

「おう。座れ」

「馬鹿な真似、とは」

事務所にこうしていると、ぱっと見には中小企業の社長と役員のようだ。しかし上下関係の厳しさで言うならむしろ軍隊のそれに近いかもしれない。

斜向《はすむ》かいに近藤が来て腰をおろす。秀俊は、吸いかけの煙草をもみ消した。

この男とも知り合って長いが、こうして正面から相対した機会はほとんどなかった。ハンドルを握った後ろ姿、それ以外の印象がまったくもって薄い。九十九より、佐々木より、この男こそ得体が知れない。

「久しぶりだな」近藤が言った。「怪我《けが》の具合はどうだ」

「まあ、だいたいは」

「身体のほうは」

「さあ、何とも言えませんね。何しろ、こういう病気には初めてかかるもんで」

「──ふうん」

薄い唇が、微妙な感じに歪《ゆが》む。

「何ですか」

「いや、べつに」

「おい宏美」

「はい」

「例の話……」ゆっくりと立ちあがりながら九十九が言った。「こいつに説明してやれ。俺は出なくちゃならん」

「わかりました。話は、どのへんまで？」

「まだ何もだ。今ごろ来やがったんでな」

近藤が、じろじろとこちらの服装を見る。

「葬式か」

「……ちょっと、仕事関係の」

それこそポーカーフェイスのまま答える。近藤がまた口を歪める。

「続けられそうなのか？」

「何をです」

「仕事さ。お前の本業をだよ」

秀俊は、苦笑いしてみせた。「わかりませんね。それこそ、今後の体調次第でしょう」

「とにかくだ」

デスクのほうへ行った九十九が、置いてあった携帯を取ってポケットにねじこむ。わざわざこちらまで戻ってくると、衝立の脇《わき》から秀俊を見おろした。

「後のことは、そいつから聞いとけ。もう一度言っておくが、お前に選択の自由はない。自由が欲しかったら万事うまくやるんだな。宏美」

「はい」

「後は任せたぞ」

「はい」

「長い付き合いだからって甘い顔見せんなよ」

返事のかわりに、若頭は軽く頭を下げた。

重たい木製のドアを開け、九十九が出てゆく。すぐ外の廊下に、物々しい様子の男どもが何人も並んでいるのが見え、ドアが閉まった。

近藤がローテーブルの上の灰皿と吸い殻を見て、ふところから自分の煙草を取りだして火をつけた。深くふかく吸いこみ、肺の奥までいっぱいに煙を溜《た》め、しばらく息を止めてから、ゆっくりと吐き出す。大麻のような吸い方だ。

「これ一本吸ったら出かけるぞ」

秀俊のほうを見ずに言う。

「どこへ」

近藤は、すぐには答えなかった。さぐるような目で、部屋全体をぐるりと見回す。

「どこでもいい。たまにはドライブもいいだろう。いやなのか」

いいえ、と答えるしかなかった。

近藤が運転する車の、助手席に座るなど初めてだった。どうにも落ち着かない。後部座席に、白い柔道着姿の幼い自分が乗っている気がする。川原沿いの道を走っているせいかもしれない。

「九十九会長が出かける時は、必ずあんたが運転するもんだと思ってましたよ」

窓の外を見やりながらそう言ってみると、近藤が、ふっと鼻から息を吐く気配がした。

「んなわけがないだろう。昔ならいざ知らず」

そう、当然、そんなわけはない。壮年となった若頭が自ら、組長の車のハンドルを握るなど聞いたこともない。運転手であれ護衛であれ、それぞれに忠実な若いのが付き、身を挺《てい》してでも守る。それがこの世界の常識だ。

「今じゃ、お前と会う時ぐらいだな」

「え？」

「組とは別の、あくまでも個人的な用事の時だけってことだ。オヤジの乗る車を、いまだに俺が運転するのは」

「はあ」

「ちなみにこれは、俺の車だ。こいつなら安心だからな」

「防弾ガラス仕様ですか」

揶揄《やゆ》をこめて言ってやったのだが、かえって鼻で嗤《わら》われた。

「何を今さら。そういう意味じゃない。さっきのあの部屋の会話は、常に記録されてるんだ。いつ誰が訪ねて来てもいいように」

「そうは言っても、聞くのはあんたか会長ぐらいでしょう」

「ま、そうだがな」

じゃあなぜ――。言いかけて、秀俊は口をつぐんだ。

ハンドルを握る男の横顔を見やる。

近藤は、まっすぐに前を向いたまま言った。

「そういうことだ。お前と、サシで話したかった」

この車なら安心と言ったにもかかわらず、低く抑えた声だった。

「佐々木のオジキの件、詳しいことは後で話す。お前は基本、オヤジの描いた画《え》のとおりに動け。そうすればほぼ問題はない」

「ほぼ、ね」

「ああ。そこなんだがな」近藤はひとつ息を吸って、続けた。「これが終わればお前を自由にしてやる、と言ったそうだな。オヤジは」

「――嘘ですか」

「いや、嘘とまでは言えんが……ただ、何なんだろうな、あの人の執着の仕方は。気に入ったおもちゃほどぶっ壊さずにいられねえガキみたいなとこがある。お前もいいかげんよく知ってるだろうがな」

近藤がサイドミラーをちらりと見て左車線へと移る。滑らかにスピードを落とし、黄

信号に替わりかけの交差点を左折しながら、

「ただ手放すだけってのは悔しいんだろう。要するに、よっぽど可愛いんだろうよ、お前のことが」

かわいい、に含みを持たせて言う。

秀俊は吐き捨てた。「はた迷惑な話だ」

近藤は黙ってゆっくりとアクセルを踏みこんだ。

気がつけば、見覚えのある道を走っていた。街路樹はまだほぼ緑だが、光の角度はすでに秋そのものだ。この木々が黄金に色づく風景を知っている。ここをずっとまっすぐに行くと、かつて自分らも通った中学校がある。

何度となく通った道を、この男の車に乗って走っている。落ち着かなさに、尻《しり》の下を虫が這うようだ。

「で——俺とサシで話したいってのは？」

平静なふりをして訊くと、近藤が初めてこちらをちらりと見た。薄い唇は結ばれたまま、車はただまっすぐに走る。

やがて、道路が二車線から一車線になった。中学校の校舎が見えてくる。近藤はスピードをゆるめた。車が校門前を通り過ぎる。緑色の高いフェンスに囲まれたグラウンドにさしかかったあたりで、左にウィンカーを出し、するすると路肩に寄って停車した。

エンジンまで切った。

急に静かになる。

秀俊は、前方を睨《にら》んだ。

考えてみれば、彼らがここを知っていても何の不思議もないのだった。このグラウンドの角を曲がりこめば美月と真帆の住むマンションがある。今では秀俊自身の居場所ともなったあの部屋が。

放課後の部活だろうか、顔にまだ幼さの残る中学生らが野球やサッカーの練習をしている。その向こう側に建つマンションが、いやでも視界の端に映る。

「あの母娘《おやこ》は元気か」

いきなり斬《き》り込まれた。

「娘が、ずいぶんお前に懐《なつ》いているようじゃないか」

息がうまく吸えない。

「可愛《かわい》い盛りだろうな」

人質に取られているも同然、というのはものの喩《たと》えなどではないのだと改めて思い知らされる。自分の着ている真っ黒なスーツまでが禍々《まがまが》しく思える。

近藤が運転席の窓を下ろした。煙草を取りだし、火をつける。九十九がしたのと同じように箱ごと差しだして勧められ、秀俊は一本抜いた。吸わずにいられなかった。

窓の隙間《すきま》から薄青い煙が漂い出てゆくのを、近藤は黙って物思わしげに見送っていた。やがて、口をひらいた。

「なあ、ヒデよ」

驚いて、秀俊は隣へ目を向けた。九十九にはずっとそう呼ばれてきたが、近藤からは〈刀根〉あるいは〈秀俊〉としか呼ばれたことがなかったのだ。

当の近藤のほうも何か居心地の悪いものがあったのだろう、削《そ》げた頬に何とも言えない苦笑いを浮かべ、すぐ真顔に戻る。

「これから俺との間で話すことは、絶対に、お前だけの胸に留めておいてくれ。お前を、漢《おとこ》と見込んでの話だ」

時代がかったセリフに、思わず眉根が寄る。

「あんたにしては、ずいぶんと気色の悪い物言いをするもんですね」

「何とでも言え。とにかく、誰にも喋らないと約束しろ。とくに、お前にとっていちばん大事な相手にはな」

近藤は、視線を一瞬、グラウンドの向こうへと投げた。

美月の部屋に帰り着いたときには、日が暮れていた。

たっぷりとした闇《やみ》が迫る窓に、真帆がカーテンを引く。

「とねー、おようふくに、なにかしろいのがついてるよ」

言われて喪服の上着を脱いでみると、肩と背中に塩がついていた。斎場で帰りに渡された浄《きよ》めの塩を、美月が今、出迎えた玄関先で振りかけてくれたのだ。

「きょうのばんごはんはね、おすしでもとろうかって、ママが」

「ごめんね」と横から美月が言う。「なんとなく、台所に立つ気力が出なくって」

「いや、全然かまわないよ。けど俺、寿司《すし》は食えないかも」

「あら」

「なんか、生ものはちょっと」

胃が重たくて、と言ってみる。

「そっか。そうだね。じゃあ、あっさりと、お蕎麦《そば》かおうどんでも取る？」

「ああ、それはいいな」

おうどーん、と真帆が嬉しそうな声をあげた。

「まほ、おうどんがいい。あまーいおあげがのってる、きつねうどーん」

「はいはい、わかったわかった。じゃ、そうしようか」

美月の顔に浮かぶ母親らしい笑みを見たとたん、叫びだしたいような気持ちになった。

と同時に、あまりにも、そう、あまりにも日常的で平凡なこの会話がたまらなく愛《いと》しく思えて眩暈がする。

いま腰をおろしたばかりのソファから立ちあがり、廊下を引き返して奥の部屋へ向かった。明かりをつけずに入り、後ろ手にドアを閉める。暗い部屋の入口で立ちつくしたままうつむくと、喉をこじあけて低い呻《うめ》き声がもれた。

知らないところで、守られていた——もう、長い、永いあいだ。

左腕を骨折して高熱を発した自分のために、あの時、美月はこの部屋に布団《ふとん》を敷いてくれた。以来ここは、自分の部屋のようになっている。物置も兼ねなくてはならないので段ボール箱はいくつか積み上がったままだが、不便は何もない。布団はとりあえず畳んで壁に寄せてある。真帆が眠ったあと、美月とそっと抱き合うのは、最初の時も今もずっとこの部屋だ。

近藤の声が、耳もとに蘇《よみがえ》る。今日初めて自分を〈ヒデ〉と呼んだあの男は、信じがたい名前をもう二つ、口にした。

〈とくに、お前にとっていちばん大事な相手にはな〉

背にしたドアがノックされ、開いた。

「刀根く……。やだ、どうしたの？　電気もつけないで」

「いや、何でもないよ」ふり返り、美月を見おろす。「ちょっと、疲れたかな」

「やっぱり何かあったのね」

「やっぱりって」

「だって、あの九十九って人があなたを呼び出すのはそういうことでしょ？　何かとんでもないこと頼まれたんじゃないの？」

無理に笑ってみせる。

「違うよ。心配し過ぎだって」

いいから、うどんでも何でも取ろう。腹減ったよ。

青ざめた顔の美月の背中をなだめるように撫でてやりながら、ふと気づいた。

昼間の葬儀が――いや、亮介の死そのものが、いつのまにかどこかへ霞《かす》んでしまっている。

＊

日々、まだ幼い生徒たちに互いを尊び慈しむ大切さを教えていながら、自分自身はいったいどれだけ愛することに怠惰だったのだろうと陽菜乃は思う。

ここまで唐突な別れなど想像していなかった。何の備えもなかった。何の覚悟も。

こんなに突然逝ってしまうと知っていれば――。何度も、何度も、そう思った。意味のないこととわかっているのに、それでも考えてしまう。どうしてもっと優しく出来なかったのだろう。伝えたい想《おも》いも言葉も、ほんとうはたくさんあったはずなのに。

亮介への不満は、たしかに積もり積もっていた。もう信じられない、この人とは続けていけないと感じることもあった。けれど、いま思い返せばどれも、充分に解決可能な問題だった気がしてくる。何を言ってもどうせ無駄だなどと試す前からあきらめたりせずに、本心を包み隠さず話していれば、せめてもう少しはわかり合えたのではないか。

亮介は、両親にはアルコール依存のことを話していなかった。彼らの耳には絶対に入れたくない、心配をかけるというだけでなく、よけいな干渉をされるのが耐えられないのだと言い、頼むから黙っていてくれと陽菜乃に口止めをした。陽菜乃はそれを受けとめ、自分の親にも言わなかった。亮介が日常的に暴力をふるいだした時でさえ、彼と別れずにいる以上は、約束を守らなくてはと思って黙っていた。

〈どうして教えてくれなかったのよ〉

通夜の晩、義母から詰め寄られた。息子のポケットに入っていた一枚のプリントから、死の直前の行き先がハローワークであったことを知ったのだ。

〈そんなとんでもないことになっていたなら、なんで頼ってくれなかったの。いくら口止めされていたって、あなたの裁量で話してくれればよかったのよ。私たちなら、きっとあの子の助けになってやれたのに〉

お前では何の助けにもならなかった、お前が見殺しにしたのだと、そう言われたも同然だった。

義父母が、嫁の自分に対して良い印象を持っていないのはわかっている。子どもの頃からすべてにおいて優秀だった息子の成績がいきなり下がり、心身ともにバランスを崩したのがまさに中学二年生の頃だ。その当時親しかったグループの一人と付き合ったばかりか、わざわざ結婚までするなど、親として諸手《もろて》を挙げて喜べるような話でなかったのは想像がつく。あの子にはもっと別の人生があったはず。とくに義母は強くそう思っていただろう。

それくらいひんやりとした間柄だったから、今回、美月が助けてくれたのはなおのことありがたかった。病院へ駆けつけた時にせよ、葬儀の準備の間にせよ、彼女が支えてくれなかったらどうなっていたかわからない。

〈いつでも、何でも言ってよね〉

告別式が終わってからも、美月はずっと気遣いを示してくれる。おとこまえ、と呼ぶにふさわしい親友の性格を思うと、これまで彼女に惹《ひ》かれた男性たちの気持ちがわかる気がした。

告別式の時のふたりを思い浮かべる。

亮介と結婚した後も、また美月が独りで子どもを産んでからも、昔どおりの四人組で集まったことは何回かあったが、秀俊があんなふうに――美月のすぐ後ろに立ち、まるで彼女を守るかのようにふるまうのを目にしたのは初めてのことだ。

葬儀社のスタッフに促され、美月が進み出て焼香をしてくれている時に、ふと、秀俊と目が合った。彼は、陽菜乃をまっすぐに見つめ返してきた。悲しみと労《いたわ》り、それだけがこめられた、何ひとつよけいな混ざりもののない瞳《ひとみ》だった。

とたんに胸の底から熱くこみあげてきたものに、悲しみとは別の涙があふれそうになった。自分でも名付けられないけれど、少なくともこの涙は今この場所にふさわしいものではない。うつむいて白いハンカチをぎゅっと握りしめながら、陽菜乃は自身を呪《のろ》った。すぐ目の前の棺《ひつぎ》には頭の割れた夫の亡骸《なきがら》が横たわっているというのに、どれだけ恥知らずな妻だろう。こんな女は義父母に疎《うと》まれて当然だ。

一般に、配偶者が亡くなった場合の忌引きは十日間だという。ふだん、あまり反りの合わない教頭だが、電話で話した時の対応には人としての情が感じられた。

そんなに長く休むつもりはなかった。他の先生たちに迷惑がかかるし、担任している学級の子どもたちは寂しがるだろう。何より、そうも長く休んでしまっては、ちゃんと社会復帰できなくなりそうで怖い。

アルコール依存がいちばんひどかった頃の亮介を思いだす。仕事を休みだしてから、否《いな》、会社から強制的に休みを取らされてから一週間が過ぎた頃、彼のまとう空気がみるみるだらしなく緩んでゆくのがわかった。張り合いをなくすとはこういうことかと思った。人は、自分が必要とされているという実感を失うと、どこまでも堕《お》ちてゆけるのだ。

カレンダーを見やる。今日は土曜日。週明けからは学校に出ようと陽菜乃は思った。

と、携帯が鳴った。耳にあてるなり、

『どうしてる？』

美月は優しい声で言った。あれ以来、彼女は毎日、こうして電話をかけてきてくれる。

「ありがと。大丈夫」

『ちゃんと食べてる？』

「食べてるよ」答えて、陽菜乃はくすりと笑った。「美月ちゃんってば、下宿先の娘を心配するお母さんみたい」

『ほんと、まさにそんな気分』

相手も苦笑する。

「美月ちゃん、今日はインタビューの仕事があるって言ってなかった？」

『そう。今、先方を待ってるところ。ちょっと遅れるって連絡があったから、その隙にと思って』

「いいのに。ごめんね、心配ばっかりかけて」

『ごめんねはこっちのセリフ。一日一回は陽菜乃の声を聞かないと、私が安心できないだけなの。かえって煩わせてない？』

「そんなこと、あるはずがないでしょう。美月ちゃんこそ、お仕事だいぶ押しちゃったんじゃない？」

『平気、平気。今日明日はうちの両親が真帆を預かってくれてるし、何かして欲しいことがあったら何でも言ってよね。一人でごはん食べるの寂しい、とかでもいいから。いつでもとんでくよ』

わかった、と陽菜乃は言った。

「今のところはまだ大丈夫だけど、そんな時は遠慮なく甘えるね」

美月の気持ちが嬉しい、ありがたい、と素直に思う。それなのに、同時にわずかながらざらりとしたものを感じてしまう自分がほんとうに嫌だ。隔てるものなど何もないはずの親友との関係に、要らないものを持ち込んでいるのは自分のほうだ。まるで、まぶたの裏側に入りこんだ睫毛《まつげ》のような……。

このまま何も言わずにいると、腹にものが溜まってふくれあがっていきそうだ。思いきって、あえてその名前を口に出す。

「刀根くんにも、お礼を言っておいてね」

明らかに不自然な、数秒の間があった後で、

『陽菜乃から、直接言ってあげてよ』と、美月はふつうの声で言った。『あれからまだ、一度もちゃんと話せてないでしょ』

「……そうだけど、でも」

『携帯にかけてみれば？　それこそ、今日明日だったらすぐ通じると思うよ。腕の怪我も治ってきたし、そろそろまた働くって言って、倉庫の整理とかしてるみたいだから』

何気ない口調で話される内容に、見たことのない〈倉庫〉をぼんやりと思い浮かべる。見たことがないといえば、仕事の際の秀俊もそうだ。美月は彼の作業着姿を知っているのだろうと思い、そうするとまた胸が疼《うず》く。

『おとといはちょっと話せる状況じゃなかったからあれだけど……』美月が続ける。『刀根くん、あのあとも、陽菜乃は大丈夫だろうかってすごく心配してたの。正木くんのことは彼にとってもすごくショックだったと思うし……ほんと、できたら直接、声聞かせてあげて』

陽菜乃は、ゆっくりと息を吸いこんだ。

「わかった。ありがと。もうちょっと元気が出たら電話してみる」

『あ、そりゃそうだよね、ごめん。電話なんかべつにいつだって大丈夫だよ。私からも伝えとくから』

また少しの間があってから、

『ねえ、陽菜乃』

小さな声で呼ばれた。

「うん？」

それきり、言葉が返ってこない。彼女が口ごもるなど、めったにないことだ。察して、こちらから水を向ける。

「もしかして、刀根くんとのこと?」

『……わかるんだ』

「そりゃわかるってば。もう、一緒に暮らしてるの?」

『ごめんね。黙ってたりして』絞り出すような声で、美月は言った。『このあいだ陽菜乃と会ってごはん食べたとき、ちゃんと話そうと思ったんだけど、なんか言えなくて……そのあと、あんなことになっちゃって』

「ううん、気にしないで。それより、よかったねえ、美月ちゃん」

『え?』

「だって美月ちゃんは、昔っから刀根くんのこと好きだったじゃない」

『え、うそ』

「何がうそ?」

『どうしてそんなこと……』

狼狽《ろうばい》が露《あら》わだった。思わず苦笑がもれる。

「わかるってば」と繰り返す。「正木くんでさえ、薄々わかってたはずだよ。わからない刀根くんが鈍過ぎるだけだと思う」

電話の向こう側で、美月がふきだした。

苦笑まじりのそれを耳もとで聞いた時、胸に凝《こご》った何かが、初めてゆるゆると動いて押し流されてゆくような思いがした。これでよかったのだ。美月のために、秀俊のために、そして自分のためにも、たぶんこれがいちばんよかったのだ。

電話越し、二人して、ふふっと笑い合う。地面に水が染《し》みてゆくような了解がそこにあった。

やがて、美月が言った。

『今さらだけどさ。陽菜乃は、正木くんとどうして結婚したの？　ううん、違うな。どうして、別れなかったの？』

躊躇《ためら》いがちな口調だった。さっきのように口ごもる美月も珍しいが、そんな物言いもあまり記憶にない。どう答えればいいのだろう。さまざまな想いが去来して、それなのに何ひとつ言葉にならない。

中学の卒業式のあと亮介に呼び出された自分が、夕暮れの川原でどんな告白を聞いたか、美月は今も知らないのだ。それこそ何度も打ち明けようとしたけれど、とうとう言えなかった。舌を縛っていたのは、あの日、こちらからそっと重ねた手を必死に握り返してきた亮介の指の冷たさだったかもしれない。

どうして結婚したのかについては、それがすべてだった。どうして別れなかったかは、訊《き》かれても答えようがない。二人が一緒にならなければ、あるいはもっと早く別れていれば、避けられていた事態もあっただろう。それでも決して、ずっと不幸だったわけではない。亮介は亮介なりに精いっぱい愛してくれていたし、その愛情に応《こた》えたいと思ったから自分は彼と結婚した。少なくともその想いに嘘はない、と思ってみる。

『変なこと訊いちゃった』美月が先回りして言う。『ごめん、陽菜乃。忘れて』

何かあったら本当にいつでも言ってね、と繰り返して、電話が切れる。暗くなった携帯の画面を、陽菜乃はしばらくの間ぼんやり眺めていた。

「悪いな、こんな車で迎えに来たりして」

と謝る秀俊に、

「こっちこそ、急に連絡したりしてごめんね」

と言うと、彼は人なつこく笑った。

仕事に使っているという白い軽トラックの助手席は、冗談みたいに狭く、そのぶん運転席との距離が近い。ギアを操る秀俊の左腕が、ともすれば陽菜乃の身体《からだ》に触れそうになる。包帯は巻いているようだが、その腕にギプスはすでになかった。

「もう、いいの？」

「何が」

「骨、折れたって美月ちゃんが」

「ああ、まあなんとかね。何がいちばん不便って、運転が出来ないことだったな」

「痛んだりしない？」

「おう、大丈夫、大丈夫」

言いながら秀俊は、手際よくギアをトップまで上げていく。

車は高速道路を走っていた。たった今、保土《ほど》ヶ谷《や》インターチェンジを過ぎたところだ。目的地まであとどれくらいで着くものかは知らない。秀俊の隣に座っているというだけで胸がいっぱいで、窓の外の景色を眺める余裕もなかった。叶《かな》うものなら永遠に着かなければいいと思った。

自分から電話をかけたものの、何をどう言っていいか口ごもる陽菜乃に、秀俊はひどくシンプルな提案をした。

〈今から会おう〉

美月に悪くないかな、と、陽菜乃は訊かなかったし、自分に問いかけてみることもしなかった。

彼との間には何も起こらない。だからこそ彼はこうして会おうと言ったし、自分も応じたのだ。そしてお互い、暗黙のうちに、どちらもがこのことを美月には話さないだろうとわかっている。

車は高速を下り、下道を走り始めた。松林が増え、やがてまばゆい海が見えてきた。湘南《しょうなん》の海だ。

「あの頃は思ってもみなかったね。大人になってから、ここまで車で来ることになるなんて」

そうだな、と秀俊は苦笑した。

「それも、まさかこの組み合わせでな」

「二度とも四人で来たんだものね。ものすごい陽射《ひざ》しで、なのにずいぶんたくさん歩いたっけ」

広い駐車場に車を停め、どちらからともなく下りる。橋の向こうは、懐かしい江の島だ。かつて四人で歩いた道筋を、秀俊と二人きりで辿《たど》る。

これがあの頃だったらと、まるで少女のような気持ちで夢想する自分を、陽菜乃はほろ苦く、そして微笑《ほほえ》ましく思った。初めてで、最後——。十代の頃ならばきっと、この瞬間のかけがえのなさが今ほど胸に迫ることはなかっただろう。

車を駐車場に置いたまま、わざわざ江ノ電に揺られ、途中の駅で降りる。立ち並ぶ住宅はそれなりに様変わりしていたが、覚えのある古い邸宅も多く残っていた。

秋の海は、夏のそれよりも色鮮やかだった。水平線はぱっきりと潔《いさぎよ》く、紺碧《こんぺき》の海の上には高みへゆくほど青みの深くなる空が広がり、入道雲のかわりに小筆でいたずら描きをしたかのような鰯雲《いわしぐも》が浮かんでいる。

最後に来た時は、美月と靴を脱ぎ、打ち寄せる波に足を濡《ぬ》らしながら歩いたのだ。後ろから秀俊と亮介がついてくるのを時折ふり返って確かめながら、水しぶきを蹴散《けち》らし、どこか無理やりはしゃいだ。砂まみれの足を乾かす間、自分で焼いて持ってきたマフィンをみんなで食べたのを覚えている。あれは美味《おい》しかった。いまだに忘れられないほど美味しかった。

潮気を含んだ風が頰や首筋に絡《から》んで、少しひんやりとする。寒くないかと気遣われ、陽菜乃は首を横にふった。

黒いワンピースの上に、柔らかなグレーのニット。夫の喪に服する沈んだ気持ちと、秀俊との時間を前にして浮き立つ想いの狭間《はざま》で、揺れながら選んだのがその服だった。

と、歩きながら秀俊が、着ていたフライトジャケットを脱いだ。その下は長袖のTシャツ一枚だ。まさか、と思うより先に、背中から着せかけられる。

「え、いいよいいよ」

陽菜乃は慌《あわ》てて言った。肩にのる重みと内側にこもっていた温《ぬく》みに、思わず足が止まる。

「刀根くんこそ、寒いでしょう」

「俺は大丈夫」

「だって、」

「あのな。男はこういう時、出したもん引っこめるわけにいかないの」

カーキグリーンのＭＡ-１は、もうずいぶん前から彼が着ているものだ。たしか、米軍放出品を扱う古着屋で手に入れたと言っていた。

「……ありがとう」

陽菜乃は、素直に礼を言った。

「ちゃんと着ときな。忌引きのうえに風邪ひいて学校休むわけにいかないだろ」

彼の言うとおりだ。おとなしく両袖《りょうそで》を通す。香水をつける習慣がなくて良かった。移り香を気にする以上に、そのおかげでこうして秀俊の匂《にお》いだけに包まれていることができる。彼の匂いと、そして体温に。

海風に向かって、彼が再び歩きだす。その大きな背中を、陽菜乃は呼び止めた。

「刀根くん」

首を捻《ひね》ってふり向いた彼が、陽菜乃の顔を見て足を止めた。ゆっくりと、体ごとこちらへ向き直る。

「――どした？」

「あのね」

このことを伝えるために、今日は時間を取ってもらったのだ。勇気をふりしぼって、陽菜乃は言った。

「私、ほんとは、知ってるの」

「何を？」

腹をくくって来たつもりでも、ひとことで言い表せるような話ではない。うまく言えずに口ごもっていると、何を誤解したのか、秀俊が狼狽を見せた。

「う……ご、ごめん。もしかして、美月から聞いた？　ってそりゃそうか。ええと……」

「違う違う。そうじゃなくて」陽菜乃は急いで顔の前で手を振った。「それも聞いたけど、いま言おうとしてるのはそのことじゃなくて。——正木くんのこと」

「亮介の？」

「って言うより、あの時あなたたちが私のためにしてくれたこと、って言ったほうがいいのかもしれないけど」

秀俊の笑みが消えた。みるみる頬がこわばってゆく。まるで猫のように両耳が後ろへと引き絞られ、目尻が吊《つ》るのがわかった。昔から変わっていない。緊張した時、あるいは怒った時の彼の癖だ。今はどちらなのだろう。

「これまで、黙っててごめんなさい。正木くんに口止めされたからっていうだけじゃなくて、簡単に口にするべきことじゃない気がして、だから美月ちゃんにもずっと話せないままだったんだけど……ほんとうは私、全部知ってるの。あの晩のこと」

「だから、何もかも、全部。あの資材置き場で起こったこと、ぜんぶ」

秀俊の耳の下がごりりと動く。嚙《か》みしめた歯の間から押し出すように言った。

「口止めしたのが亮介ってことは、あいつが話したんだよな。ぜんぶ」

こちらの言葉をなぞって口にする。聞いたこともないほど低い声だ。

うなずいてみせると、秀俊は目を閉じ、呻き声を漏らした。

「──いつ」

「卒業式の日」

「中村の仕事先の？」

「ううん。私たちの、中学の卒業式」

「は？」

「つまり、もう二十年も前ってこと」

秀俊が息を吞《の》む。何か言おうとして口をひらくものの、言葉が見つからないらしい。

「そんな、いくらなんでも……結婚した後のことかと」

陽菜乃はかぶりをふった。

「まさか、あいつと結婚したのは、」

「違うよ」先回りして言った。「正木くんのことは、ちゃんと大事に思ってたし、正木くんも私のことを大事にしてくれた。それは本当だから」

秀俊が、再び唸《うな》る。濃い眉《まゆ》がきつく寄せられている。

「俺の、せいだ」

「どうしてそうなるの」

「俺がどうしようもない馬鹿《ばか》だったから、みんなをあんなことに巻き込む羽目になったんだ。俺のせいだ」

「でも、自分のためにしたわけじゃないでしょ。私が言うのも何だけど、あんな目に遭った私のためを思ってくれたから……」

「そりゃそうだけど、」言いかけた秀俊が、うつむいて激しく首をふる。「いや、違うな。俺は、自分のために復讐《ふくしゅう》したんだ」

「え？」

「中村があんな目に遭わされたってのに、犯人が逃げ延びて、どっかで笑ってることが許せなかった。警察なんかじゃ生ぬるい。逮捕されたって、そいつが同じ目に遭うわけじゃない。俺は、この手で復讐してやりたかったんだ。殺すつもりなんかなかったけど、命乞《いのちご》いぐらいはさせてやりたかった。その上で、あとから内緒で中村に打ち明けたかった。もう気にするなって。俺が仕返ししてやったから、もう全部忘れていいんだ、忘れろ、って」

「刀根く……」

「だって、俺はあのとき何をしてた？　夕方、川原で中村と会って別れた後、まさかそんな目に遭ってたなんて想像もしなかった。たぶん呑気《のんき》に漫画でも読んでたさ。中村が、殺されるより怖い思いをして必死に助けを求めてた時に、何ひとつできなかった。助けてやれなかった。結局俺は、自分の復讐心を抑えきれなかっただけなんだ。中村のためを思って計画したわけじゃない、あれは、自分のためだった」

頭が痺《しび》れたようになって、まともに思考が働かない。息をするのも忘れて、陽菜乃は秀俊を見つめた。視界の端にひたひたと砂を洗っては引く波が映るせいで、眩暈《めまい》のように足もとがふらつく。

「事件にしなかった中村のおふくろさんに、だからむしろ感謝したよ。警察が本気で捜査に乗りだしたら先を越されちまう。その前に、そいつを見つけ出さなきゃならない。けど、十四やそこらのガキに何ができるわけもなくて……」

「それで、誰かに頼んだのね」

ようやく、声が出た。

秀俊が目を上げる。「亮介は何て言ってた？」

「あくまでも、当時の彼の言葉だけれど」

「わかってる」

「本当にあっという間に見つかったって。『刀根のやつはヤクザとつながってて、その時もそいつらの力を借りたんだ』って言ってた」

「『刀根のやつが馬鹿な計画さえ思いつかなきゃ、あんなことにはならなかったんだ』とは？」

ぐっと詰まる。

「やっぱりな」秀俊は苦笑いした。「そりゃそうだ。完全にあいつが正しい」

「でも、実際、危ない人たちだったんでしょう？」

「借りは返したさ」

「どうやって」

秀俊はふと、陽菜乃の肩越しへ視線をそらした。「いろいろと、な」

「刀根くん」

「大丈夫。もう、終わったことだよ」

彼が大きく息をつく。幅の広い肩がゆっくりと上下する。

「とにかく、元凶は俺だから。直接手を下すことになったのは亮介だったけど、それだってあいつのせいじゃない。あいつこそがいちばん不運だったし、そのぶん、苦しさだって俺らの比じゃなかったはずなんだ。それだけは、どうかわかってやってほしい。俺なんかが言うまでもなく、中村にはわかってるだろうけど」

「……どうかなあ。充分に理解してあげてたとは言えないかも」

「それでも亮介は、中村に救われてたよ」

「そんなことない。だったらどうしてあの人、お酒に頼ったりしたの？」

返事は、なかった。

陽菜乃は足もとに目を落とした。丸みのある靴の先に、白い砂がたくさん付いている。もう、昔のように裸足《はだし》にはなれないのだ。

その夜にこそ居合わせなかったが、だからといって自分だけが罪を免れるわけではない。亮介から聞かされてなお黙っていたのだから同罪だ。仲良し四人組がみんなで、決して許されないことをした。死体は消え、事件にすらなっていなくても、罪は一生消えない。

みんなそれぞれに勝手だ、と思った。自分の身と、大切にしているもののためなら、他人の都合などどうでもよくなる。どれだけの嘘《うそ》を塗り重ねてでも、大事なものを守ろうとしてしまう。

秀俊が身じろぎした。たったの二歩で、海のほうへ向き直る。

「俺な。ほんと言うと、ずっと前から中村のことが……」

どきりとした。

「心配で、しょうがなかった」

覚《さと》られないように、ゆっくりと息を吸いこみ、吐き出す。

「泣いたのを見たことがないから」

「――どうして？」

「え」

「俺らが、病院に見舞いに行った日のこと覚えてる？　おふくろさんがようやく病室に入れてくれた時のこと」

忘れるわけがない。三人がおそるおそる入ってきた時の、靴の底が床に軋《きし》む音まで覚えている。白いカーテンの内側で、懸命に顔を作って――

「あの時、中村さ。俺たちの顔見るなり笑ってみせたんだよ。絶対泣くだろうと思ってたのにさ。その時、思った。こいつは、いったいいつ、どこで泣くんだろうって。だから、亮介と付き合い始めた時も、後になって結婚するって聞いた時も、まあ正直いろいろ思うところはあったけど、中村のためにはよかったんだって無理やり納得して安心したんだ。これで中村も甘えられる相手ができる、って。なのに、まさか――」

どうかもう黙ってほしいと思った。

胸の奥が、溶鉱炉のように滾《たぎ》る。こみあげてくる溶岩を抑えこむのに必死だった。一度泣いたら、止めどなくなってしまう。泣くのに慣れていない自分には、泣きやみ方がわからない。

「ごめんね、心配かけて」わざと明るく言ってみせた。「昔から、ちょっと頑固なの」

「ちょっと?」

「そう。ちょっと」

秀俊はちらりとこちらを見て、苦笑しながら肩をすくめた。

日が翳《かげ》ってきたようだ。腕を組むそぶりに隠して腕時計を覗《のぞ》くと、いつのまにかもう夕方と呼んでいい時間だった。秋の陽が落ちるのは速い。いつまでも彼を引き止めていてはいけない。

〈わからない刀根くんが鈍過ぎるだけだと思う〉

昼間、電話で美月に告げた言葉を思いだす。そう、彼はこの先も、永遠に気づかないだろう。良くも悪くも自惚《うぬぼ》れを知らない男だから。

ただし、秀俊が鈍いのは、自身に関することだけだ。大切にしている相手に対しては、おそろしく繊細な心遣いをする。

自分も、そこにちゃんと含まれているのだと陽菜乃は思った。それこそ、自惚れではない。あくまで〈友人として〉であるにせよ、十代の頃からもう数えきれないほど、彼の思いを感じ取ってきた。

美月と、真帆と、秀俊。その完璧《かんぺき》な三角形を乱すことはできない。そこから正しい距離を置きながら、時々慎《つつ》ましく関わらせてもらうのがいい。それだけで、いい。

「今日は、ありがとう。話せて良かった」

そう言ってみると、秀俊は、俺も、と応えた。

「まったく、こんな日が来るなんてな。人間、いつ何があるか本当にわからないよな」

「ほんとね」

「だからさ、中村。もしもこの先、俺に何かあったら……」

驚いて、彼を見上げる。

「刀根くん？」

「その時は、美月たちのこと頼むな」

「やだ、なに言ってるの。変なこと言わないでよ」

「いや、もしもだよ。何があるかわからないんだからっていう、万が一の仮定の話」

陽菜乃は、激しくかぶりをふった。

「刀根くんは大丈夫」

「わかるかって、そんなこと」

「わかる。刀根くんはね、とにかく絶対に大丈夫なの。ぜったいに」

秀俊が、目を細めてこちらを見おろす。

まるで父か兄のような深い慈愛に満ちた視線に、陽菜乃は、なぜか胸が騒いだ。

第六章

侵すべからざる聖域。

近藤宏美にとって、美月とその娘・真帆は、本来ならばこの人生において経験し得ない類《たぐい》の奇跡だった。

決して交差することのない道が、偶然交わったために激しくスパークしたようなものだ。そんな輝きを手にすることは、二度とはない。あってもらったのでは命が幾つあっても足りない。

刀根秀俊と初めて二人きりで話したことで、近藤はようやく、その聖域をまるごと譲り渡したつもりでいた。今となっては嫉妬《しっと》の感情よりも安堵《あんど》のほうがはるかにまさる。だが、長年の肩の荷をおろしたというのに、楽になるどころかさらなる重荷を背負い込んだ気分だった。

今や、あの母娘《おやこ》にとっての幸福は、秀俊の存在があってのものだ。何らかの事情で彼が消えるようなことがあれば、母娘もまた深く損なわれてしまう。要するに、陰ながら護《まも》らなくてはならない対象が一つ増えてしまったわけだ。女たちを見守るのとは違って、士気の上がらないことおびただしかった。

〈長い付き合いだからって甘い顔見せんなよ〉

あの時、九十九会長は出がけにそう言い残した。昔から秀俊に目をかけてきたのは九十九のほうで、近藤はむしろ止める側だったはずだが、そこはやはり会長特有の鋭い嗅《きゅう》覚《かく》が言わせた言葉だろうか。ひやりとしたのは否《いな》めない。

元来、親子盃《さかずき》というものは、生みの親とのつながりよりも重視される。渡世の上での親が白いものを黒いと言ったら、それは完全に黒だ。疑ってはならない。逆に言えば、上に立つ者がよほど物のわかった人間か、もしくは力のある者でない限り、下の者はついてこない。九十九会長は先代と違って広く人望を集めるというタイプではないが、そのかわり強大な力を持っていた。

十代の半ばで九十九誠に拾われ、彼を〈親〉としてから四半世紀——近藤は、常に九十九だけを見、彼の目を借りてこの世界を見てきた。初代『真盛会』を旗揚げした真鍋盛吉の子分であった九十九が、後に二代目として跡目を取ったために、近藤もまたエリートコースを歩むかのように若頭となることができたのだ。この世に居場所を作ってくれた九十九のためであれば、文字通り、命を捨てるだけの覚悟はとうにできている。揺らいだことはない。

しかし、最近になってふと気づいてしまった。

かつて組の内部にあった諍《いさか》いも、あるいはまたその後の佐々木幸三とのごたごたなどについても、どれもこれも九十九から聞かされただけで、自分の目で見たわけではない。見るもの聞くものすべては、九十九誠という傲岸《ごうがん》にして冷徹な勝者のフィルターを通して知り得たものでしかないのだ。

今さらと言えば今さら、そんなことに気づいたのは、あの雨の夜、山田シゲオから聞かされた話によるところが大きかった。

〈あんた、いったい何が訊《き》きたい？〉

夜が更《ふ》けても雨は降り続き、居酒屋の大将は気をきかせたか、早めにのれんを引っこめてくれた。いつのまにか客は一人もいなくなっていた。

近藤が訪ねていった、あの狭くて汚い事務所の入った建物は、実は山田の自社ビルだった。ただの工務店ではない。ああ見えて山田のところは、土地の売買から戸建やマンションの建築、そしてその分譲まで手広くやっており、『ヤマダ建設』は彼の持っている会社のひとつに過ぎなかったのだ。

〈いいかい、カシラ〉

知り合った昔の気の置けない間柄も、互いの間を裂いたいきさつも、すべてを呑《の》みこんだ目をして山田は言った。

〈これからあんたにする話の顚末《てんまつ》に、誰の彼の無いからな。俺たちがこうなっちまった責任のすべては俺たちにある。だから、俺の感情やなんかは、今はいっさい省いて、この目でつぶさに見てきた出来事だけをそのまんま話す。あんたはただ聞きゃあいい。何が正しいかは、後からてめえで勝手に考えな〉

そうは言われても、近藤は身構えざるを得なかった。佐々木幸三の子飼いであった山田シゲオにとって、自分はいわば、憎い仇《かたき》の子のはずだ。どうせ九十九に対する恨みつらみを聞かされるに決まっている。そんな中からでも、いくらかの情報をつかみ取れればいいほうだと思っていた。

しかしその夜、山田はいっさいの恨み節を口にしなかった。いつしか近藤は、酒を注ぐのも忘れ、かつての恩人の言葉に聞き入っていた。

先代・真鍋盛吉の存在感や人望は、やはりとてつもなく抜きんでていたのだと山田は言った。その押さえがあったからこそ、ほうぼうから扱いづらい曲者《くせもの》と言われた九十九誠も組のために思いきり働けた。先代以下、その意思を体現する若頭の佐々木幸三と、若頭補佐である九十九誠をもって、一枚岩の組織として向かうところ敵なしの時代があったのだ。

しかし今、九十九にとって佐々木は、目の上のたんこぶでしかない。いや、もともとそうだったのだろう。かつて佐々木が、カタギの男に重傷を負わせたのは事実だが、そもそも警察に密告して現場へ踏みこませ、傷害と銃刀法違反で逮捕させたのは、他ならぬ九十九だ。

〈あてずっぽでこんなことは言わねえよ。来やがったのが三島署の岡崎だったからな。何をか言わんやだ〉

淡々と、山田は言った。

『真盛会』の跡目を狙《ねら》う九十九にまんまと嵌《は》められた結果、佐々木は七年間臭い飯を食うこととなり、破門の憂《う》き目《め》にも遭い、満期出所後は九十九の舎弟に直る形でおとなしくしているしかなかった。そんなかつての兄貴分を、九十九はわざわざ数年にわたって東京から所払いした挙げ句、戻った今もシノギの上前をはねている。

〈どうでも潰《つぶ》したいらしいな。今度は自分が寝首を掻《か》かれるのが怖いんじゃねえのかい。いや、すまんな、今のは憶測でものを言った〉

山田は、ほとんど空になった徳利《とっくり》を逆さに振った。

〈しかし、九十九の会長も相変わらずのご様子で。ま、イケイケってのも、若いうちはいい。後始末は上に任せてな。いざとなりゃ、指のひとつもちぎったら話は済む。だけどな、立場ってもんが上んなりゃなるほど、事は大きくなって、始末に困るようになる。確かにこの渡世、無茶は必要かもしれねえよ。無茶を通せば道理が引っ込む。けどな、

そうやって積み上げた理屈にはよ、筋がねえ。わんさと敵を作って、いつか簡単にがらがらと崩されちまうんだよ〉

杯の底の数滴をあおる。

〈今の俺は、しがない建築業者だよ。明けても暮れても、家を建てたりビルをこしらえたりな。しかしこれも、やってみりゃけっこう大変でな。建物ってのは、基礎がまずちゃんとしてなきゃ柱も立たねえ。防虫防腐も気をつけてやんなきゃ、すぐ腐る。どっかの工程で手を抜こうもんなら、後々そこからほころびるみてえに山ほど問題が出てくんだよ。だからこそうちじゃあ、それぞれの専門業者に気持ちよく仕事してもらえるよう、誠意を尽くしてる。いつ切られるかわかんねえ仕事に、精魂こめられるわけがねえからな。だろ?〉

酔った末に繰り言が始まってしまったかと思いながら聞いていた近藤に向かって、山田は最後に言った。

〈なあ、カシラ。おめえんちの柱は大丈夫かい。腐っちゃいねえかい。……おい、大将。おあいそだ〉

ふり返って一つひとつ思い起こしてみても、山田シゲオの話はフェアであったと言わざるを得ない。諭すような口調が混じることはあったが、私的感情や憶測をできる限り排除し、明らかな事実だけを話そうとしていた。

——何が正しいかは、後からてめえで勝手に考えな。

初めて、九十九に対する疑念が生まれた。〈親〉を疑っていいはずがないと何度も思いながら、近藤はいつになく混乱していた。

当面の問題は、刀根秀俊の存在だ。

九十九が、佐々木幸三にとどめを刺すべく描いた絵図において、秀俊は重要な役割を担《にな》わされている。佐々木に対し、覚醒剤《かくせいざい》の商売を手伝わせてくれと自ら申し出ることで、九十九を裏切るふうを装《よそお》い、まず信用を得る。そうして、佐々木が実際に覚醒剤をいじり始めたところで密《ひそ》かに連絡し、現場に警察を踏みこませる。——それが秀俊の役目だ。首尾よく終われば自由にしてやる、と九十九は言ったそうだが、近藤にはとうてい信じられなかった。今のままでは秀俊にも前科がつくか、へたをすれば命に関わるかもしれない。九十九のことだ、それでもいいと考えているのだろう。

脳裏を、美月の横顔がよぎる。この四年間、遠くから見守ってきた幼い少女の笑い声も。

渡世の〈親〉がついに後顧の憂《うれ》いを断とうとしている今、自らの判断を、こんな柔らかなものに左右されるなど思いもよらなかった。

＊

古いラブホテルの部屋は、臭かった。カビと、湿気と、その他ありとあらゆる分泌物《ぶんぴつ》の臭《にお》いがしみついた一室に、ローズ系消臭剤のきつい香りが澱《よど》んでいる。秀俊は、口で浅い息をついた。外の空気を吸いたい。窓を開ければ秋晴れの空が広がっているはずだ。

今、木製の内戸でふさがれた窓のそば、褪《あ》せたピンク色のソファには佐々木幸三が座り、ベッドに腰掛けて作業をする秀俊と、その向かいにいる痩《や》せた女の手もとをじっと見つめている。ベッド脇《わき》に据えたテーブルの上で、秀俊と女は、いささかならず集中力を要する作業に取り組んでいた。密閉チャック付きの小さなビニール袋に、きっちりと分量を計った白い粉を小分けにしてゆくのだ。

いつもながら、女はひとことも口をきかない。わざわざ呼ばれたのは、男二人ではラブホテルに入れないからだ。股間《こかん》に彫り込まれた〈牝犬《めすいぬ》〉の刺青《いれずみ》を、今は薄水色のショーツがかろうじて覆《おお》っている。部屋に入ってすぐ、佐々木の指示で服を脱ぎ、タンクトップと下着だけの姿になった。

「パケ一つでも、くすねられちゃあたまらんからな」

ベッドの足もと、佐々木の前にはバーボンのボトルとグラスがある。ジャケットを脱ぎ、ストレートで二杯目を飲んでいた。はだけた襟もとから覗《のぞ》く彫り物は派手だが、痩せさらばえて皺《しわ》の寄った胸の皮膚にどうしようもない衰えの気配が貼《は》りついている。どこか悪いのだろうか、と初めて思った。五十八という実年齢よりもはるかに上に見える。

「そいつはもう、それ無しじゃいられねえんだわ。なあ？」

女が従順にうなずく。うつむいた顔を長い髪が隠しているせいで表情も読めない。思えば、名前さえ知らないのだった。秀俊は訊かなかったし、佐々木が呼ぶのを聞いた例《ため》しもない。

「しかしまあ、お前が、よりによって俺を頼ってくるとはなあ」

「……すいません」

低く答える。

「謝ることはねえけどな。九十九の野郎に頭を下げるよりは、俺のほうがまだマシってことか」

「そうです」

「正直な野郎だ。と言いたいところだが——本当に正直なのかねえ？」

顔を上げると、佐々木が窪《くぼ》んだ目でじっとこちらを見ていた。感情がまるで読み取れず、うなじの毛がざわりと逆立つ。秀俊は、無表情なまま言った。

「いいかげん、懲《こ》りてますんで。ヘタを打ってあの人に詰められたら、さんざんいいように使われちまう」

厭味《いやみ》が通じたらしい。佐々木が喉奥《のどおく》で、くっと笑った。

金になる仕事を回して欲しい、と秀俊から持ちかけたのが数日前のことだ。佐々木もさすがに驚いたのだろう、理由を訊かれた。とくに、九十九を頼らなかった理由をだ。

弱みを握られたくないのだと答えたが、佐々木はまだ納得しなかった。さらに詳しい事情をと迫られ、思いきって虚実の入り混じった嘘《うそ》をついた。骨折した左腕の具合が思わしくなく、左官の仕事を再開できずにいる。金が底をついた。このままでは首をくくるしかない。そう言った。

向かいで作業する女の手が、あまりの緊張のためかぴくりとはねる。耳かきのような匙《さじ》から細かな結晶がこぼれ、テーブルにひろげた薄い紙片の上に落ちる。

「おいこら。ふざけんな」

佐々木の怒声に、女は身をすくませた。慌《あわ》てて紙をすくい上げ、こぼれた結晶をデジタルスケールで計り直す。

佐々木はソファにもたれ、ため息をついた。安いスプリングが軋《きし》む。

「ったく、堅気《かたぎ》のくせに、そもそも何だって九十九の野郎なんかと……。俺が言うのも何だがな、早いとこ離れたほうが身のためだぞ。あのヘビ野郎に、血の最後の一滴まで吸い尽くされたくなけりゃな」

「わかってます」秀俊は淡々と言った。「だからこそ、佐々木さんを見込んでお願いしたんです」

「馬鹿《ばか》も休み休み言え。お前が俺のことをどう思ってるかくらい、見え見えの透け透けだぞ」

「ええ。たしかに俺は、あんたのことが大嫌いですよ」

「はっ。てめえ」

「けど、よく言うでしょう。敵の敵は――って」

佐々木が、眉根《まゆね》を寄せる。ややあって、顎《あご》をしゃくった。

「手を動かせ」

渡された元々の袋には、白い粉が五十グラム入っていた。一見すると砂糖の袋のようにしか見えないそれを、〇・二五グラムずつのパケに分けてゆく。末端価格にして、パケ一つがだいたい一、二万円。ほんの小遣い稼ぎだと佐々木は言うが、全部合わせれば数百万にはなる。むろん、仕入れ値ははるかに安い。そもそも密造地での出荷価格からすれば、おおかた百倍から百五十倍もの値ざやが稼げるのだ。

「昔は、そんな便利なものなんかなかった」

佐々木がまた顎をしゃくってよこす。チャック付きの小袋のことを言っているらしい。

「細い筒状のポリ袋をな。割《わ》り箸《ばし》ではさんで、こう、ライターで炙《あぶ》ると溶けてくっつくだろう。そこへシャブを詰めて、また反対側を炙ってくっつけて……けっこう手間がかかったもんだ。ちょっとでもいいかげんにやると、くっつかなかった隙間《すきま》ンとこからこぼれてな。兄貴分にどんだけドヤされたか」

昔語りに乗ってこない二人を相手に、やけに舌が回る。今日の佐々木はなぜか妙に機嫌がいい。

「こんなチマチマした仕事は柄じゃねえんだがな。ま、しょうがねえ」

逮捕ともなれば、次はどれだけ喰らうかわからない。佐々木の歳《とし》では、生きているうちには二度と娑婆《しゃば》の空気を吸えないかもしれない。本人もそれがわかっているのだろう。自分の女と、色々な意味で同じ穴の狢《むじな》である秀俊、それ以外の人間に手伝わせるつもりはないようだった。

ベッドの脇にあるデジタル時計が、14：31から14：32に変わる。

話の切れ目を待って、秀俊は、チャックを閉じた袋を置いた。

「すいません。便所へ行かせて下さい」

「またかよ」佐々木が舌打ちをする。「着いてすぐにも行ったよな」

「すいません。小便もですけど、ちょっと、腹が」

「ああ？　下してんのか」

「はい」

しょうのねえ野郎だ、と苦笑した佐々木が、ふいに真顔になった。

「携帯は置いてけ」

「……はい」

信用されているわけはないのだった。デニムの尻《しり》ポケットから携帯を出し、デジタル時計の横に置く。テーブルにぶつからないようにそろりとベッドを下り、視線を背中に受けながらトイレに入った。

止めていた息を吐く。心臓が暴れ回り、こめかみに汗がにじむ。

縮こまってなかなか出ようとしない小便を懸命に絞り出して音を響かせながら、片手を頭上の棚に伸ばしてバスタオルの下から携帯を取りだす。着くなりトイレに駆け込むふりを装って、ここに隠しておいたものだ。

いったん水を流し、わざと呻《うめ》き声をもらしながら便座に座る。指を走らせ、このホテルの名前と部屋番号を送信すると、すぐさま既読となった。

ものの一分ほどがこれほど長く感じられたのは初めてだった。音も振動も消した携帯の画面に、ようやくメッセージが浮かぶ。

三十分後にフロントから電話する。

お前が取れ。それまで凌《しの》げ。

近藤とのやり取りの痕跡《こんせき》を全消去し、携帯を元の場所に隠す。水を流し、手を洗い、出てゆくと、佐々木はソファに深々と座ったまま、腕から注射針を抜いたところだった。

「どうも、すいませんでした」

思わず立ちすくむ。

「早《はえ》えよ」額に汗を滲《にじ》ませた男は、唸《うな》るように言って笑った。「なんてツラしてやがる。ポンのキーじゃねえよ、これは。あったかいほうだ」

意味がわからない。言葉が出ない。顔が強《こわ》ばる。

佐々木は、仕方なさそうに舌打ちをした。

「シャブじゃねえっつってんだよ。さすがの俺も商売もんに手は出さねえ。これはな……要するに、医療用のモルヒネだ。もっとも、これに溺《おぼ》れて駄目んなったヤツも居るがな」

モルヒネ。痛み止めということか。なぜそんなものを、と訊くべきなのかどうかわからない。躊躇《ちゅうちょ》していると、佐々木は、いいから早くやれ、とでも言いたげにまたベッドのほうへ顎をしゃくってよこした。

デジタル時計をそれとなく盗み見ながら女の向かいに戻る。14：36。あと三十分近くも、どうやって凌げというのか。

念のため、まだ腹の痛むそぶりをしながら、黙々と手もとに集中する。二十袋ほどのパケを作ったところで、佐々木が言った。

「九十九の野郎はよ……」

ぎくりとした。なんとか、手を止めずにいられたと思う。

「てめえがガキの頃から、ずいぶんと可愛《かわい》がってくれたらしいな」

黙っていることもできたが、ここは話に乗ることにした。

「可愛がる……。まあ、そうですね」

ふっと頬を歪《ゆが》めてみせる。

踏み出す一歩一歩が、命がけだ。先方の話が向かう先をつかめないうちは、どこに地雷が埋まっているかもわからない。秀俊は、慎重に言った。

「たしかに、さんざん世話にはなりましたよ。長年、逃げることも許されずにね」

佐々木が、無言のままゆっくりと瞬《まばた》きをして、ソファに座り直す。

秀俊の向かいで、女は怯《おび》えたように秀俊と佐々木を交互に窺《うかが》う。肌の表面ににじみ出した汗が、甘酸《あまず》っぱいような独特の匂《にお》いを漂わせる。摂取した薬物のせいだ。

手を動かしながら、ちらりとデジタル時計を窺う。14：52。時のたつのが遅い。

しばらく、誰も口をきかなかった。沈黙の中、作業が進む。女の息遣いが耳に障《さわ》る。

やがて、身じろぎした佐々木が再び口をひらいた。

「なあ、ヒデよ」

改めて名を呼ばれると、鼓動が奔《はし》った。最初にこの女を抱かされた日に自分で名乗った名前だが、佐々木にはその日のうちに本名も住所も知られてしまっているせいで、同じ「ヒデ」でも不気味に響く。

バーボンのグラスをあおり、半分ほど残っていた中身を喉に流し込むと、佐々木は秀俊を見据えた。顔の輪郭をなぞるかのように、まじまじと眺める。

「お前、親兄弟は」

藪《やぶ》から棒に何を訊くのか。

「兄弟は、いません。親……ですか」

「なんだ。まだ若《わけ》えはずだろ」

秀俊は言葉を選んだ。

「父親は……可愛がってくれましたが、自分がガキの頃に死にました。母親は、わかりません」

佐々木の眉根が寄る。「どういう意味だ」

「生きてるのか死んでるのか、ってことです。居なくなって二十年近くになるもんで」

「二十年前って言ったらおめえ、中学かそこらだろ」

「はい」

「一度も会ってねえのか」

「ええ、それっきりです」

相変わらず読めない表情で、こちらをじっと見る。

「そうか。苦労したんだな、てめえも」

「いえ、別に」

佐々木の口もとが、わずかに緩んだ気がした。同時に、先ほどまで身にまとっていたぴりぴりする空気もやや薄らいだようだ。

「ん。まあ、いい」

ズボンに包まれていても棒きれのように細い脚を、大儀そうに組み替える。バーボンがとくんとくんと音を立てて注がれる。

「俺たちの渡世じゃあよ。盃受けた時点で、肉親とは縁を切ったも同然でな。おかげで、九十九なんて野郎とも〈兄弟〉って呼び合わなくちゃなんねえ。しかしまあ、血を分けた人間ってのはまた別のもんだよなあ。俺にも、一人いる。妹だ。歳は三つ下でよ」

秀俊は、曖昧《あいまい》にうなずいた。

「この妹ってのが、若い頃からドスベタでなあ。髪なんか染めやがって、学校《テラコヤ》へもほとんど行きゃしねえ」

「……はあ」

「これまた頭の足りねえバカどもと、ド派手な単車を乗り回して……まったく、手に負えねえ小娘だった」

浮かべる苦笑いに、まるで不似合いな情のようなものが滲む。こちらを見つめてくる強い視線から、秀俊は目をそらした。

横目で見やる時計は、15:12。近藤は何をしているのだ。

「時間が気になるのか?」

ぎょっとなった。

「いえ」

「さっきから、時計ばっかり見てやがるじゃねえか」

「……三袋に、だいたい二分程度なんで……あとどれくらいで終わるかと」

「ふん。それらしい嘘をつきやがる」

いきなり佐々木が立ちあがり、内戸をぐいと引き開けた。

秀俊は息を呑んだ。

眩《まぶ》しい光が射《さ》し込み、汚れた絨毯《じゅうたん》に突き刺さる。続いてサッシも開けた佐々木は、首を突き出して三階下の道路を見わたした。

ちょうど今ごろ下の道には、近藤の車か、彼が話をつけて手引きしたパトカーが停まっているのではないか。あるいはその両方ともが。

新鮮な空気と、外界の平和な物音が流れこんでくる。遠い。あまりにも遠い。俺はこんなに臆病《おくびょう》な男だったか、と思う。手の震えを、もはや隠すこともできない。脳裏に浮かぶのは、美月と真帆の顔だけだ。身体《からだ》じゅうの穴という穴が縮む。

と、ややあって、佐々木が黙って首を引っこめた。元通りに窓を閉める。部屋が再び夜になる。

いやな感じの間の後に、言った。

「そこを片付けな」

背筋を汗が伝う。どっちだ。誰か来ているのか、いないのか。

「とっととやれや！」

女が、跳ねるように動いた。テーブルの上にわずかにこぼれていた結晶をきっちりとさらう。秀俊は、作ったぶんのパケと大元の袋を段ボール箱に入れ、秤《はかり》や匙などの道具をまとめる。

その時だった。

「え、なんで？」

女が、今日初めて声を発した。

驚いて向かいを見やると、ただでさえ色の悪い顔がほとんど白くなっていた。わけがわからないといったふうに口を開けている。

秀俊は、女の視線を辿《たど》った。佐々木まで行き着く途中で、ゴトリと重たい金属音がした。

もうわずかしか残っていないバーボンのボトルの傍ら、黒いL字の塊を握った手を休ませると、佐々木は、もう一方の手をグラスへと伸ばした。ひと口含み、舌の上でゆっくりと転がしながら味わう。貧相な喉仏が上下する。

黒々とした丸い銃口が、こちらを向いてぐらぐらといいかげんに揺れている。

まるで慈《いつく》しむかのように女と秀俊の反応をたっぷり眺め終えると、佐々木は言った。

「ベッドに上がれ。二人ともだ」

＊

三十分後にフロントから電話する。

お前が取れ。それまで凌げ。

メッセージが送信されたのを確認すると、近藤は続いて、登録してあった番号にかけた。即座に先方が出る。

「岡崎さん、お疲れさまです。例の件ですが」

「いつになった」

「今日です。すでに真っ最中です」

相手は、三島署の岡崎。九十九の昔馴染《むかしなじ》みの刑事だ。

秀俊が報《しら》せてきたラブホテルの場所と部屋番号を告げ、通話を切る。組の事務所からホテルまでは二十分もあればたどり着けるだろう。途中に混む道はない。

ひと息ついて、手首のフランクミュラーを覗く。午後二時四十分にさしかかるところだった。

手引きするに関してはあらかじめ九十九と岡崎刑事の間で話がついていたが、佐々木がブツを持ってどこかに籠《こ》もるとわかったのは、今朝。合流する前の秀俊から近藤のもとへ、最初の連絡が入ってのことだ。

警察がガサ入れの準備を整えてホテルの部屋へ踏み込むのに、どう短く見積もっても一時間はかかる。その間に、秀俊を逃がす算段をしなくてはならない。フロントと話をつけ、秀俊だけを部屋から出し、そのあと再びドアをロックする。フロントから解錠しない限り、佐々木は中から開けることができない。ちらりと山田シゲオの顔が思い浮かんだが、どうしようもなかった。

難しいのは、それらすべてを警察が到着する前にきれいに済ませてしまわなくてはならないことだ。刑事と裏で通じているなど、公《おおやけ》には出来ない。一人だけ見逃してくれなどという頼みを、連中がおとなしく聞き入れるわけもなく、助けたければこちらが動く以外にない。

まったく、なんで俺が、と思ってみる。いったい何が悲しくてこの俺が、あんな小僧を気にかけてやらなくてはならんのだ。

九十九を相手に、秘密を持ったことならある。美月との関係がそうだ。黙って山田に会いに行ったのもそうだ。もっと言えば、秀俊の病気の件で嘘さえついた。だが、これからしようとしていることは、はっきりと九十九の意思に背く。

おそらく九十九は、秀俊が佐々木と一緒に逮捕されることを想定しているはずだ。長年のあいだ手中にあった駒《こま》が離れていこうとしているのが、どうしても許せないらしい。そのいささか常軌を逸した執着の正体について、近藤なりに思うところもあるが、確かめようはない。訊いたところで九十九は決して答えないだろう。

いずれにせよ、前科のある筋者《すじもの》の佐々木とは違って、秀俊の場合、量刑は軽く済むはずだが、今や当人だけの問題ではない。彼の逮捕や不在は、あの母娘にとって大きな打撃になる。ましてや、巻き込まれて万一のことでもあったなら——。

九十九の部屋の前で、近藤は大きく深呼吸をした。ドアをノックする。

「会長。よろしいですか」

開けると、デスクの向こうで、九十九はのんびりとゴルフ雑誌をひろげていた。

「おう。連絡あったか」

「外塚町のラブホです」

九十九の眉が動いた。雑誌を閉じ、デスクにばさりと抛《ほう》る。

「佐々木も一緒なんだろうな」

「はい。あと、女が一人。パケを作らされてるようです」

九十九が含み笑いをもらした。

「やれやれ。甘いねえ、佐々木の兄弟も」嫌みたっぷりの口調で言う。「で、サツには」

「いま連絡入れました」

「オカのやつ、何か言ってやがったか」

「いえ。特には何も」

「食えねえ野郎だ。ま、お互い様だがな」

九十九が口をつぐむ。

ひと呼吸待って、近藤は言った。

「あとでまた、詳しくご報告します」

きびすを返そうとした時だ。

「まあ待て」

呼び止められた。

「オカのやつに場所を教えたのは、今の今だろう？　そんなに急ぐことはねえ」

「そうですが……しかし、」

「それとも、あれか？　お前だけ急がなくちゃいけない用事が何かあるのか？」

心臓が、一拍飛ばして打った。睾丸《こうがん》の落ち着きが悪くなる。

「念のため、一部始終は見届けておくべきかと」

「べつに行くなとは言ってねえだろう」ふふん、と九十九が鼻を鳴らす。「なあ、どう思うよ、宏美。ヒデの野郎、今ごろどんな気分でいるだろうな」

近藤は、喉仏が上下しそうになるのをこらえた。

「さあ、どうですかね。肝は据わってるほうですが、こういうことは初めてですし、そうとう緊張してんじゃないですか」

「ったく、可愛くねえんだよなあ、あのガキは」

天井を仰ぎ、小指で鼻をほじりながら九十九がぼやく。

「さすがにもう、ガキって年でもないでしょう」

「ガキだよ。俺からすりゃあ、あんなもん、永遠にガキだ」

腕時計を覗きたいのをじりじりと我慢する。あれからもう、何分たったろう。すぐにでもここを出ないと間に合わなくなる。

「どうした」

「何がですか」

素知らぬ顔を装って視線をそらさずにいると、九十九がやがて、にやりと笑った。

「まあ、いい。行ってこい」

一礼して、部屋を出る。廊下を走り、外への階段を駆け下りた。

＊

黒い銃口を正面から睨《にら》む。目をそむけることさえできない。脅しだ。まさか発砲まではするまい。そんなことをしたところで佐々木にとって何の益もないのだから。いくら自分にそう言い聞かせても、動悸《どうき》はむろん収まらない。

「あ、あの、佐々……」

言いかけた秀俊を、銃口が跳ねるように動いて遮《さえぎ》る。刺青の女が、ひっ、と悲鳴をもらす。

「いいから黙って上がれ」

従うしかなかった。

半裸の女と、ダブルベッドに上がる。撃ち殺すつもりならさっさとそうしているはずだ。何が目的なのかがわからない。わからないからよけいに恐怖が増す。

横目で、ベッドサイドのデジタル時計を見やる。15:18。電話は鳴らない。

女がヘッドボードの側《そば》に寄り、震えながら小さく縮こまる。秀俊も、仕方なく隣に寄り添う。

そこまで見届けると、佐々木はソファに腰を下ろしたまま手を伸ばし、再び、木製の内戸と窓のサッシとを細く開けた。射しこむ光は先ほどより弱まっていたが、それでも眩しい。

「なあ、ヒデよ。お前……九十九の野郎を恨んでるはずだったよな」

どう答えるべきか迷った。

が、相手は返答を期待しているわけではないようだった。手の中の拳銃《けんじゅう》をひょいと返し、自らしげしげと銃口を覗きこむ。

「それなのに、これかよ」

人差し指を引き金にかけたまま、佐々木は言った。

「あの野郎と、何か取引でもしたか」

秀俊は身を硬くした。動悸がますます疾《はし》る。

とばっちりはごめんだとばかりに、女がそばから離れ、壁際《かべぎわ》にへばりついた。

＊

車を飛ばしに飛ばしたにもかかわらず、外塚町のラブホテル前にはすでに覆面とパトカーが一台ずつ停まっていた。

近藤は慌てた。あり得ない。車内の時計は15：10を表示している。いったいなぜ、踏み込む準備がこんなに早く整ったのか。

少し離して車を停め、あたりに目を走らせて建物の裏口から駆け込む。平日の午後、待合室に人影はなく、部屋の写真が並んだパネルの中でライトが消えているのは三室しかない。そのうちの一室が３０３。秀俊が報せてきた部屋番号だ。

手元しか見えない構造のフロントから、

「いらっしゃいませ」

と声がかかる。

身をかがめ、用件を切り出そうとした時だ。

「近藤」

背後から呼ばれ、ふり返った。

がっしりとしたスーツ姿の中年男が、私服と制服の警官を四名後ろに従えて立っていた。

「こんなとこで何してる」

低い声で、岡崎刑事は言った。歯嚙《はが》みしたい思いを押し殺し、何食わぬ顔で頭を下げる。

「あ、旦那《だんな》。ご苦労さまです」

「おい、コラ。俺は、何をしてるのかと訊いてんだ」岡崎が凄《すご》む。「こっから先は、お前の出る幕じゃねえだろう。それとも何か？　隠れてコソコソ何か企《たくら》んでんのか？」

「いいえ。滅相もない」

礼儀正しい笑みを浮かべてみせたが、訝《いぶか》しげな目つきがこちらを射抜く。

この期《ご》に及んでごまかしはきかない。一か八かに賭《か》けるしかない。

「岡崎の旦那」思いきって、近藤は言った。「すいません。じつは……一人だけ、素人《しろうと》が巻きこまれてまして」

「ああ？」

「まだ三十幾つの若い男です。組の者ではなく、自分の個人的な知り合いなんですが」

「でたらめを抜かしてんじゃねえぞ。俺が聞いてる話じゃあ、そいつもちゃあんとメンツに入ってるんだがなあ」

「は？　聞いてる、とは？」

返事がない。

「まさか……」

自分の声を耳から聞くより先に、近藤は覚《さと》っていた。

してやられた。自分の裏切りなど、九十九は先刻お見通しだったのだ。いや、もしかするともっと多くを知られているのかもしれない。つねに九十九と組のことを最優先にするはずの腹心が、なぜ今回に限って秀俊のために動くのかについても――。

「いいか、こっちはなあ、とっくに話がついてんだ」のっぺりと広い顔面の表情筋を、微塵《みじん》も動かさずに岡崎が言う。「てめえは帰って寝てろ」

「いや、しかし」

「なあおい、近、藤、よお」いちいち区切るように遮られた。「いつからそんなに偉くなったんだ？　もう、跡目にでもおさまったつもりか？」

ぐっと詰まる。

「ヤキが回ったんじゃねえのか、え？　カシラよ。身の程わきまえろや」

呑みくだした言葉の奥底から、ふつふつと怒りがこみあげてくる。

岡崎がフロントの奥へと声をかけ、警察手帳を見せる。

ホテルのスタッフに３０３号室まで案内させる段取りを終えると、岡崎は近藤に向き直り、苦い顔でため息をついた。

「本当にてめえは、何にもわかっちゃいねえな」吐き捨てるように言った。「そんなに気になるなら、そのへんで勝手に見てろ」

＊

窓から射し込む光が、佐々木の上半身を斜めに切り取るように照らしている。秋の終わり、午後の日射しに熱はほとんど感じられない。さらさらとした金粉が降り注ぐかのようだ。

明るい場所ではなおのこと、佐々木の腕や喉もとの皺がひどく目立つ。初老の男のひなたぼっことも見まごうのどかな光景を、手に握られた鋼鉄の塊だけが裏切っている。ベッドに乗っても、身体の力を抜くことはできない。すぐさま行動を起こせるよう、上半身を起こして身構え続けている秀俊に、

「なあ、ヒデよ」

佐々木がおもむろに言った。バーボンのグラスをあおる。もう何杯目だ。

「お前には、誰かいるのか。その、つまり、惚《ほ》れた女がよ」

銃口越し、互いの視線がまっすぐに絡《から》む。なぜそんなことを、と、訊く余裕もなかった。

「……さあ。よくわかりません」

「ふん。嘘をつけ」

嘘ではない。秀俊自身、混乱していたのだ。

佐々木の前で性交を強要された夏の日、自らを駆り立てるために脳裏に描いた顔は、いま現在愛しているはずの女とは別の女のものだった。少年時代から惚れていた。手を握ったことさえなかったが、彼女のことを思い浮かべればたちまち牡《おす》になることができた。けれど、いま自分が全力で守りたい相手、できることならこれから先もこの手で守っていきたかったと祈るように願う相手は、美月と真帆以外にいないのだ。愛情というものは、そんなにも不確かで身勝手なものなのだろうか。そんなに移ろいやすいものを、愛などと呼んでいいのか。

「で、どこまで話したかな」

ふいに佐々木が言った。

「……え」

「なんだよ、その顔は。妹の話にきまってるじゃねえか」

話の飛び具合に、背筋が粟立《あわだ》つ。思わず唾《つば》を飲み込む。鉄の塊を飲み下したかのように喉が痛む。

「そうだ。俺の妹がどうしようもねえスベタだって話までだったな」佐々木が、どろりと濁った目で笑う。「まあいい、聞けや」

「……はあ」

「もともと、親無しでよ。俺ら兄妹《きょうだい》は、ばあさんに育てられたんだ。ま、俺はと言やあ、早くに香具師《やし》にゲソつけて家をおん出ちまってたんだがな。その間に、妹はグレまくりってわけよ」

どうしてそんなにこちらの顔を見るのだろうと思った。淡々と話しながらも、まるで尋ね人の人相を脳裏にたたき込もうとするかのような熱心さで、佐々木の視線が秀俊の顔の上を執拗《しつよう》に這《は》い回る。気味が悪い。

「あいつがそんなふうになっちまったのは、何でだと思う？」

知るわけがない。興味もない。電話は鳴らない。頼む、銃を下ろしてくれ。

「わかりません」

「もとはと言えばな、十五ん時に、惚れた相手が大怪我《おおけが》したのがきっかけよ。そいつは一生涯、首から下が動かなくなっちまうし、妹は半狂乱になっちまうしでよ。見ちゃいらんなかったぜ」

脳裏にふっと何かの影がよぎった気がしたが、つかまえられずにいるうちに、

「ちなみに、その怪我を負わせたのが……」佐々木は続けた。「他でもねえ。九十九だよ」

「え」

「驚《おで》れえたか」痩せこけた顔が、くっ、と歪む。

「そう、あいつは中学ん時から、〈殺しのツクモ〉なんてえ異名を取ってイイ気んなってやがった。しかしまあ、妹も馬鹿であ。恋人の仇《かたき》だってのに、九十九の野郎と何だかんだ、あったんだかどうなんだか……。クいつだってそうだ。あの馬鹿はまったく、しょうもねえ男にばっかり尽くしやがる。クズばかり、取っかえ引っかえだ。挙げ句の果てにガキまでこさえやがって、ほんとに、どうしようもねえよ」

ちょっと待ってくれ、と言いたいのに、佐々木は口をはさませない。

「だからってガキにゃ罪はねえしな。見るに見かねてよ、俺は、真っ堅気の男を妹にあてがってやったんだわ。マブのダチだった。こんな俺にもよ、いたんだよ。職人気質《かたぎ》の、腕のいい左官屋でな。一本筋の通った、いーい男だったぜ」

いきなり鳴り響いたベルに、三人ともが飛びあがった。銃が誤射されなかったのが奇跡だった。

ベッドサイドの電話がけたたましく鳴る。長々と二度鳴り終えたところで、佐々木が、荒《すさ》んだ苦笑いを浮かべた。

「取れよ、ヒデ」銃口を振って言った。「お前が望んだことだろう？」

促されてなお躊躇《ためら》っている秀俊に、佐々木が凄む。

「どたま吹っ飛ばされてえか」

ベッドサイドに手をのばし、時限爆弾に触れる覚悟で受話器を持ちあげる。息をひそめて耳にあてた。

『あ、すみませんね、お客さん』

近藤の声ではない。

『出前が届いてるんですが、お持ちしてよろしいですか。そちら、三人前ですよね』

銅鑼《どら》のように心臓が打ち鳴らされる。出前など、もちろん頼んでいない。フロントが部屋を間違えたとも思えない。相手は誰だ。近藤の差し向けた組の者か、それとも警察か。

「誰からだ」

顔色は変えずにいたつもりだが、一瞬の迷いを見て取った佐々木が鋭く訊《き》いた。

「……フロントだと」

「何て言ってる」

仕方なく、正直に答える。

佐々木の唸り声はまるで、肉を抉《えぐ》り取られた獣のようだった。怯えた女が秀俊の背中にすがりつく。

「サツかよ。出前とはまた古くさい手を」

もしもし、と受話器から声が漏れ聞こえる。佐々木が、外まで聞こえるほどの大声で怒鳴り返した。

「上がって来やがれ。ただし、覚悟の上でな！」

電話の向こう側が静まり返る。ほどなく、切れた。

受話器を戻すとほぼ同時に、ドアがノックされた。すでに廊下で待機していたのだろうか。もう誰でもいいからこの状況を何とかしてくれ、と祈るように思った瞬間——

がちん、と嫌な音が後ろで響いた。女がまた悲鳴をあげる。秀俊はふり向き、撃鉄の起こされた拳銃を凝視した。

「お前の手引き、だよなあ。ヒデよ」

佐々木の口調は愉《たの》しげにさえ聞こえた。皺の寄った顔にじわじわと笑みが広がってゆく。引き金には人さし指がかかっている。あのわずか一センチ内側は、死だ。小便すら漏らせないほど縮みあがっている自身を感じる。

「俺をハメて、どうするつもりだった。金か？」

違う、と訴えたいのに声が出ない。かろうじて首を横にふる。

「金じゃなけりゃ、何だ。代わりに自由にしてやるとでも言われたか」

答えられない。

「馬鹿じゃねえのか、お前。あのクソ野郎が、可愛い可愛い飼い犬を手放すわけがねえだろう。まとめてサツに引き渡そうってのがいい証拠だ。このへんでお前に執行猶予《ベントウ》でもしょわせりゃ、あとあと何かと都合もいいだろうよ」

廊下で、複数の人声がしている。

「なあおい、ヒデよ。死ぬまであいつにいたぶられるつもりか？　それとも、今すぐお前をラクにしてやろうか」

視界が白く飛び、後頭部が冷たく痺《しび》れる。吐き気がこみ上げる。

「そんな……」声が情けなく震え、かすれた。「そんなことしても、あんたに得は……」

ドアから金属音がした。ノブの下にある自動ロックが解錠されたのだと悟ったとたん、佐々木がバネ仕掛けの骸骨《がいこつ》のように立ちあがり、開いたドアからなだれ込んでくる男たちへ向けて怒鳴った。

「来るな、ぶっ放すぞ」

「うわ、やめろ！」

スーツ姿の中年男が叫び、後ろの警官らを押し止《とど》める。

「佐々木、コラ、やめろ動くな落ち着け」

いきなりこの場面は想定していなかったらしい。

もはや声もなく全力でしがみついてくる女を、秀俊もまた力の限りに抱きしめ返していた。突きつけられる銃口から目をそらすことができない。極小のブラックホールに吸いこまれそうだ。ものの数秒が長い。耐えがたいほど、永い。

「野郎」佐々木が、低く唸る。「九十九が来るのかと思やあ、何のことはねえ、また犬をよこしやがったか。とことん卑怯《ひきょう》な奴《やつ》だぜ。あんなクソ野郎の描いた絵図に、まんまと乗せられてたまるかよ」

ゆらりと身体が傾《かし》ぐ。蓄積した酔いのせいだ。

「おう、岡﨑」

と声を張る。

スーツが身構える。

「てめえ、また薄汚ねえ取引しやがったな」

「なんだと？」

「まあしかし奴《やっこ》さん、すぐに気づくだろうぜ。自分で自分の首を絞めたんだってことにな」

「何をわけのわからんことを。おい佐々木、撃つなよ。わざわざ余罪増やすんじゃない」

「よく言いやがる。拳銃所持だけでも、極道者にゃ重たいこと喰らわすくせしてよ。この歳だ、どうせ生きて出ちゃあ来られねえよ。それにもう、どのみち……」

言いよどんで口をつぐむ。

「な、とにかく銃を下ろせ」スーツが焦《じ》れる。「だいたい、後ろのその二人は何なんだ」

「こいつらか？ こいつらは、俺とは何の関係もねえド素人だよ」

誰より秀俊が、耳を疑った。

「商売には関わっちゃいねえし、女はともかく野郎のほうにゃシャブも食わせちゃいねえ。無理やり手伝わせたが、それだけだ。てめえら警察が得意のでっち上げをやめて、きっちり調べりゃわかることだがな」

佐々木は、秀俊たちに銃を突きつけたまま、警官らから目をそらさずに続けた。

「ああ、それからな、岡崎の」

「な、何だ。まずはその銃を」

「うるせえ、いいから聞いとけ。……俺んとこの、引退したシゲ、わかるな？」

「あ、ああ」

「あいつを出頭させるから、事情聴取しな。あいつに、全部、託してある。何もかも、すべての始末をな」

「どういう意味だ？」

「きっちり調べりゃわかるって言ってるだろう。ああ、そうだ。ついでにもう一つ。できることなら近藤の野郎に、俺が『組をよろしく頼む』と言ってたと伝えてくれねえか」

「佐々木……おい、お前まさか」

「なあ、オカよ。おめえが昔っから、江利子のことをあれこれ気遣ってくれてたのは知ってる。それについては礼を言っとくぜ」

さらりと言ってのける男の横顔を、秀俊は茫然《ぼうぜん》と見上げた。白く濁った目が、ちらりとこちらを向く。薄い肩が、かすかな含み笑いに揺れる。肩越しに声を低めて、佐々木は言った。

「勘違いすんなよ、ヒデ。てめえだけのためにこうしてだまされてやったんじゃねえ。江利子や、俺が関わったすべての事への罪滅ぼしだ」

「あんた……」

「いいか、ヒデ、いや、秀俊。俺や九十九の呪縛《じゅばく》なんぞ、じきに解ける。お前は大丈夫だ。もう何の心配も要らねえ。思うまま、生きろ」

「佐々、」

「見届けては、やれねえけどな」

瞬間、銃口が翻《ひるがえ》った。自身の耳の中に筒先をつっこんだ佐々木が歯を食いしばり、きつく目をつぶる。

女が悲鳴をあげる暇さえなかった。折り重なる制止の怒号を、破裂音がかき消す。自らの血しぶきと脳漿《のうしょう》をあたりにまき散らした身体はサイドテーブルをはね飛ばし、壁にぶつかって不様にはね返り、放りだされた荷物のように床に横倒しになった。

うつぶせのまま動かない頭の下に、ゆっくりと、容赦なく、血だまりが広がってゆく。

あっけにとられて見おろす全員が、言葉を失い、押し黙っている。

だんだんと聴覚が戻ってくる。なぎ払われて床に転がった受話器が、ツー、ツー、ツー、と虚《むな》しい音をたてている。

動いたのは岡崎だった。受話器を拾いあげ、黙らせる。ついでにベッドの下に落ちていた女の服を拾い上げ、投げてよこした。

「さっさと着ろ。話は署で聞く。くそ、お望みどおり、きっちり調べてやろうじゃねえか」

秀俊は目を上げた。開け放たれたドアの外、立ち尽くす一人の男の姿があった。そんなにも血の気の失《う》せた近藤の顔を初めて見た。

岡崎が、足もとに転がる骸《むくろ》を見下ろし、長い、重苦しいため息をつく。

と、いきなり右足で二度、三度、激しく床を踏み鳴らした。子どもの地団駄のようだ。

ややあってから、舌打ち混じりに言った。

「……大馬鹿野郎《おおばか》が」

終章

ふり向けば、海が見える。

見えるとわかっていてふり向くのに、いつもその光景のおおきさに胸打たれる。

かかえた紙袋からこぼれて転がり落ちた夏蜜柑《なつみかん》を追いかけ、一つひとつ草むらから拾い集めると、陽菜乃は、かがめた腰をまっすぐに伸ばした。

一面の眩《まぶ》しい青が目を射る。

〈そりゃあ、太平洋だもんさ〉

思い出すと、我知らず口もとがほころんだ。四人で海に出かけて、一日じゅう遊んだ夏。楽しかった。みんな、まだ何も知らなかった。

海に背を向け、重たい紙袋を揺すり上げながら再び坂道を上る。

三浦半島の春は早い。すでに終わりかけの水仙の花が、甘い香りをふりまいている。炒《い》り卵のような黄色いミモザもとうに花盛りだ。道路の片側は竹林と小さな畑、それに民家がぽつりぽつりと並び、反対側のガードレールの下は緑に覆《おお》われた斜面となって海まで切れ落ちている。目の高さを舞うとんびが、笛を吹くように長々と啼《な》く。つい半月ほど前に越してきたばかりの小さな家は、海を見晴るかすこの小高い丘のてっぺんにある。

夫と暮らしたマンションを引き払うことに、躊躇《ためら》いはほとんどなかった。亮介が亡《な》くなって、もうじき半年。籍はそのままだが、正木の姓は名乗っていない。移ってきた先の私立小学校では、事情を話して、旧姓の〈中村〉を使わせてもらうことになっている。周囲からその名で呼ばれると、自分でも驚くほどほっとした。学校の口利《くちき》きで借りられた白い横板貼《ば》りの一軒家も、ようやく少しずつ片付いてきたところだ。長らく空き家だったそうだが生活に不便はなく、昔ながらの台所が小柄な陽菜乃にはむしろ使いやすかった。

袋の中の夏蜜柑は、たった今、坂の下にある農家の庭から分けてもらったものだ。夏に実るわけではなく、冬に色づいて夏までそのまま実っているから夏蜜柑と呼ばれるのだと、初めて知った。

一つずつ、亀《かめ》の子《こ》たわしできれいに洗う。ついさっきまで枝にぶら下がっていた重たい果実から、凛《りん》とした香気が漂う。

大判のふきんでくるくると水気を拭《ぬぐ》いながら、陽菜乃は時計を見上げた。あと二時間。

道路さえ混まなければ予定より早く着くかもしれない。
急ごう。彼らが揃《そろ》ってこの家を訪ねてくるのは、今日が初めてなのだ。せめて花くらい飾って迎えたい。

凪《な》いだ海が、午後の陽射《ひざ》しを受けて輝いている。金粉をちりばめたような海面に、まばゆい皺《しわ》が寄り、伸ばされ、また寄り、そのたびに光の粒子がきらきらと波間を耀《かがよ》う。砂浜に吹く風も穏やかだ。

秀俊の軽トラックで湘南の海に連れて行ってもらった日のことを、陽菜乃は、美月に話していない。疚《やま》しいことなど何もないけれど、自分はあの日、長年の想《おも》いにようやく封をしたのだ。そっと胸に秘めておきたかった。

秀俊は、秋の終わりに警察の取り調べを受けた。美月の口から聞かされるより先に、テレビなどのニュースで知っていたほど大きな事件だった。

驚きはしたが、狼狽《ろうばい》はあまりなかった気がする。陽菜乃の中には、刀根秀俊という男に対するむやみやたらな信頼のようなものがある。彼がそんなことをしでかすはずがない、といった程度のものではない。彼ならたとえ何をしようときっと理由があったに違いないと思い定めてしまうほどの、絶対的な信頼感だ。

少女だったあの頃——女であるというだけで穢《けが》された自分の性が厭《いと》わしく、いっそここで終わらせてしまおうかとさえ思い詰めた日々。ただ黙って寄り添ってくれた彼の存在が、当時もその後も、どれほどの支えになってくれたことだろう。心の刷り込みのようなものだったのだと、今では思う。または、どんなに辛《つら》くても抱えてゆくほうが幸せだと思えるような、苦くて甘やかな永遠の呪《のろ》い。

まだ水の冷たい波打ち際《なみうちぎわ》では、もうじき五歳になる真帆が、母親と一緒に裸足《はだし》になってはしゃいでいる。秀俊はといえば、先ほどから陽菜乃の隣で防砂堤に座り、二人の様子を眩しげに目を細めて見守っていた。

「ねえ」と、隣へ呼びかける。「訊《き》いてもいい？」

「うん？」

「刀根くんは……知ってるの？」

「何を？」

「真帆ちゃんの、お父さんのこと」

答える前に、わずかな間があった。

「いや。知らん」

「美月ちゃんに確かめたことは？」

「ないな」

まっすぐに海を見たまま、秀俊は息を吸い込んだ。

「誰の子かなんて、たいした問題じゃないしさ。真帆は真帆だし。俺は俺だし」

中村は知っているのか、とも訊こうとしない。陽菜乃は、ひっそり微笑《ほほえ》んだ。彼らしい、と思う。

「どうして急に？」

と、秀俊がこちらを向く。

「ううん。あの二人のこと、ものすごく愛してるんだなあって思って」

わざとからかうように言ってやると、とたんに彼は難しい顔になった。

「なのかな。わからん」

「え？」

「俺にはさ。正直、愛情ってもんがよくわかんないんだわ。昔から、手本になるものがそばになかったせいかな」

淡々と話す口調ほどには、胸の裡《うち》は平らかではないようだ。

「時々、怖くなったりもするよ。これでいいんだろうか、ちゃんと合ってるんだろうか、って」

「そっか。でも、たぶん……そういうこと全部、ちゃんとわかった上で誰かを愛せる人はめったにいないと思うよ」陽菜乃は、言葉を選んで言った。「それでいいんじゃないのかな。自信たっぷりの愛なんか、気持ち悪いもの。何となく伝わるくらいで、ちょうどいいんじゃない？　私から見ると刀根くんは、大事な人たちにちゃんと愛情を手渡せてると思うよ」

「そうかな。ならいいけど」

しばらくの間、二人とも、高みを舞うとんびの声に耳を傾けていた。

「中村はさ」

と言われた時は、だから少しぼんやりしていたと思う。

「え」

「亮介のやつと一緒にいて、幸せだったか？」

答えを返すまでに、さっきの秀俊ほどは間をおかずに済んだはずだ。

「もちろん」と陽菜乃は笑った。「今だってそうだよ。幸せでなかったことなんか、一度もない」

何か言いかけた秀俊が、思い直したように口をつぐむ。そうして、低く、ならいいけど、とくり返した。

「刀根くんこそ、どうしてそんなこと訊くの？」

「いや……どうしてってこともないんだけどな」

ジーンズの腿《もも》に載せた自分の手に目を落とし、掌《てのひら》を上に返す。うつむく彼の横顔は、今その手の中にあるもののことを考えているようにも、あるいはまた、その手から失われたものを想っているようにも見える。

「ただ、さ。あの時、みんなを巻き込んだ俺が言うのもどうかとは思うんだけど、もしかしたら、俺たち全員に、別の未来があったのかもしれないなって」

「別の？」

「うん。その未来の中では、亮介はあんなふうに死ななくてよかったし、美月は父親のいない子を産まなくてよかったし、中村だって、もっと自由に生きられて、いろんなこと我慢しなくてよかったんじゃないかって。——そんなこと、今さらどれだけ考えたってしょうがないんだけどさ」

低く掠《かす》れた声は、ともすれば海風に吹き散らされる。耳を澄まして一言一句を受け取った陽菜乃は、少しの間それについて考えたあと、同じくらい抑えた声でささやいた。

「刀根くんの言う意味は、わからないわけじゃないけど……でも、美月ちゃんはきっと、真帆ちゃんを産んだことをかけらも後悔してないと思うよ」

「あ、うん。それは俺もわかってる」

少し慌《あわ》てたように彼は言った。

「じゃあ、刀根くんは？」

「え、俺？」

「もしかしたらあったかもしれない別の未来の中で、刀根くんは、どうしたかった？

どういうふうに生きたかったの？」

「俺のことは、いいよ」

「だめ。答えて」

いつになく強く言うと、彼が驚いたようにこちらを見た。

目をそらさずに見つめ返す。太い眉《まゆ》の下の、黒々とした瞳《ひとみ》。どうしたって嘘《うそ》をつけない目だ。十代の頃と、少しも変わっていない。

「俺は……」一旦《いったん》、唇をぎゅっと結んだ秀俊が、観念したように言った。「俺はただ……中村に、のんびり笑っててほしかった」

「え」

深いため息をつき、視線を波打ち際へと戻す。

「だって俺、あの頃、中村がいてくれることで、どれだけ救われたかわかんないもんな」

「そんなこと、」

「いや、そうなんだよ。そっちに自覚はなかったかもしれないけど、ほんとにそうだったんだ。だからこそ、中村が、何ていうかその……笑わなくなった後、どうにかしてもう一度前みたいに笑えるようにしてやりたかった。とにかく、中村にだけは幸せでいてほしかったんだわ」

照れ笑いのひとつもなかった。切れそうな視線を、今は海原《うなばら》の彼方《かなた》へと投げて、秀俊は続けた。

「その気持ちは今でも変わんないよ。もしもの未来の話じゃなくて、中村にはこれから先も、いろんなことをあきらめてほしくない。絶対に、これまでよりも幸せになってほしい。そのために出来ることがあるなら、俺は何だってする。……俺も、もちろん美月も」

陽菜乃は、たまらなくなって、秀俊の横顔から目をそらした。

足もとの砂に視線を落とす。笑いたいような、泣き出したいような気持ちに、どう顔を作っていいかわからない。

ありえたかもしれない、別の未来。秀俊がこの先もおそらく決して口に出すことのない望みは、自分が今までどうしても口に出せなかった望みと、少しは重なっているだろうか。そうだといい。そうであってほしい。言葉どころか声にすらならなかった想いをここで永遠に封じて、堅く閉じた貝のように、互いの胸の奥底深く沈めておきたい。

「……大丈夫だってば」陽菜乃はかろうじて微笑んでみせた。「そんなに心配しないで。今だって私、何にもあきらめてなんかいないから」

「そうか。……うん」

「でも、ありがとね。刀根くんがそういうふうに言ってくれて、すごく、嬉《うれ》しい」

波打ち際で戯《たわむ》れる母娘《おやこ》を、陽の光が金色に彩《いろど》る。逆光のせいで輪郭が柔らかく飛び、夢の中で見る光景のようにふわふわと儚《はかな》い。

娘だけでなく、ようやく結ばれた秀俊のことも、美月はあんなふうにひたむきに愛するのだろうか、と思ってみる。きっとそうだろう。彼女は、愛情を注ぐことにかけて躊躇いがない。

心の底から祈らずにいられなかった。

あの小さな少女の未来が、どうか明るいものでありますように。試練はふりかかるかもしれない、それは仕方のないことだし必要なことでもあるだろうけれど、ただ、どうか——彼女のゆく道が、何ものにも穢されませんように。ひとりで泣くのはほんとうに辛いから。そんな哀《かな》しい強さは、持たずに済むに越したことはないのだから。

「おなかすいてきたね」と、隣を見やる。「おやつにしよっか」

「おう」

陽菜乃は立ちあがり、大きく息を吸いこんだ。長年の親友とその娘に向かって、声を張りあげて呼ばわる。

ふと見ると、隣で秀俊が目を丸くしていた。

「初めて聞いたよ。中村でも、そんな大声出すんだな」

思わず噴きだした。

「なに言ってるの。これでも小学校の先生だよ」

＊

目の前に、茫洋《ぼうよう》とした春の海が広がっている。陽菜乃に呼ばれた真帆が、膝《ひざ》から下を砂まみれにして走ってくる。

「とねー！　だっこー！」

ためらいもなく飛びつく。思わぬ重さによろけながらも、秀俊はしっかりと抱き留めてやった。

「なーに言ってんの真帆、ちっちゃい子みたいだよ」

追いついてきた美月が諭す。

「だって、まほ、ちっちゃいこだもん」

「幼稚園も、今度から年長さんになるんでしょ」

「いいんだもん、だれもみてないもん」

「わかった、わかった」

観念して抱き上げる秀俊の横で陽菜乃が笑いだし、はいどうぞ、おやつだよ、と茶色い籐《とう》のバスケットを開ける。

覗《のぞ》き込んだ真帆が歓声をあげた。

〈もし住んでる場所がわかったら、すぐ教えてやる〉

と、岡崎刑事は言った。母親の江利子の消息についてだ。

秀俊にとっては、もうどうでもいいことだった。教えてもらうのはせいぜい安否だけでいい、と答えておいた。

前科は、つかなかった。ホテルではたまたまパケを作らされていただけで商売に関わっていたわけではない、というのは事実だが、叩《たた》けば別のところから埃《ほこり》の出る身体《からだ》ではある。引っ張る気になればいくらでも引っ張れたはずだ。それを、最終的に何のお咎《とが》めもなく放免してもらえたのは、あれやこれやを胸三寸に収めた岡崎の計らいとしか思えない。

足もとに斃《たお》れた佐々木を見下ろした時の、あの口惜《くや》しそうな地団駄と、呻《うめ》くがごとき一言を思い出す。あとのすべてを託して死んでいった佐々木への、岡崎なりの手向《たむ》けのつもりかもしれなかった。

とはいえ、彼にも面子《メンツ》があったのだろう。秀俊を帰すまでには、事情聴取も含め、あの時の言葉通り〈きっちり〉事実関係を調べ上げた。

佐々木はたしかに覚醒剤《かくせいざい》をシノギにしていたが、ルートをおおもとまでたどれば、行き着いた先は九十九誠だった。これに関しては、当局でもすでにおおかたの調べはついていたようだ。

それに加えて、死ぬ前に佐々木が言い残したとおり、事件の後、かつて彼の下にいた男が土産となる情報を山と携えて出頭したらしい。要するに佐々木は、シャブの商売も含めて九十九の描いた絵図にまんまと嵌《は》められたふりを装《よそお》いながら、あらかじめ自分の手の者に仇敵《きゅうてき》の身辺を調べさせていたのだ。あるいは色狂いもまた、周囲を欺《あざむ》く仮面の一つだったかもしれない。

〈もう何の心配も要らねえ。思うまま、生きろ〉

痩《や》せさらばえた男の、遺言のような言葉。どこまでのことを、いつから覚《さと》り、どんな思いで口にしたのか。今となっては確かめることもできなかった。

やがて、九十九誠は逮捕された。

〈覚醒剤の密売に関しては、まだまだ余罪が出てきそうだ〉

岡崎は言った。

〈他に、恐喝、傷害、殺人、死体遺棄も疑われてる。どれだけ喰らい込むことになるやら。ま、お前さんにはもう関係のないこったがな〉

いっぽう、系列の組からなるピラミッドの頂点ともいうべきG会からは、九十九誠に対して引退勧告がなされた。むろん、直参の話も立ち消えになった。事後の始末には、いまだに近藤が走り回っている。『真盛会』の跡目は彼が継ぐことになるのではという、もっぱらの噂《うわさ》だ。

一度、話をした。この期《ご》に及んで、九十九があの時のことを――すなわち二十年前の陽菜乃の事件とそれに続く諸々《もろもろ》を、警察に漏らすようなことはないだろうか、という秀俊の懸念《けねん》を、近藤は苦笑ひとつで一蹴《いっしゅう》した。

〈今さら喋《しゃべ》って何になる？　自分から刑期を延ばす人間がどこにいるってんだ。だいいち証拠がない〉

いや、ある。ビデオだ。亮介が撮り、九十九の手に渡ったあのビデオ。現場の映像とともに亮介や秀俊の顔や声まで入っているはずだし、何より相手は九十九だ。あの男の異常な執着に振り回されて、これまでどれだけの目に遭ってきたことか。

しかし近藤は、口もとを歪《ゆが》めて首を横にふった。

〈わからんでもないがな。大丈夫だ。あんなビデオなんぞ、とっくにない〉

ない？　耳を疑った秀俊に、彼は頷《うなず》いてよこした。

〈ああ、ない。とうの昔に処分したさ〉

腰から力が抜け、座り込みそうになった。そういうことは早く言ってくれと思った。

〈そりゃ悪かったな〉人を食ったようなかすかな笑みを浮かべて、近藤は言った。〈ま、聞いて安心するやつがいるなら、そう伝えてやってくれ〉

「うわあ、いいにおい――！」

真帆が、陽菜乃の差しだす籠の中を覗きこんで大きな声をあげる。

「今朝からね、急いで焼いたの。夏蜜柑のマフィン。せっかくあなたたちが来てくれるなら、これだけはと思って」

「ああ、ほんと、懐《なつ》かしいねえ」

と、美月がせつなげに頰をゆるめる。

酸味と甘味の中に、わずかな苦味のある香り。果汁だけでなく、皮の表面を擂《す》りおろして生地に混ぜこんであるからだと陽菜乃は言う。四人では食べきれないほどの数に、秀俊は思わず笑ってしまった。

腕の中から砂の上に降り、ぴょんぴょん飛び跳ねる真帆にまず一つ、美月にも一つ。そしてこちらへも、陽菜乃がマフィンを手渡してくれる。

甘い物は苦手だが、なぜか昔から、これなら食べられる。秀俊は大きく口を開け、いっぱいに頰張った。舌の根に蜂蜜《はちみつ》の甘みが広がり、鼻腔《びこう》には甘酸《あまず》っぱい香りが抜けてゆく。

「うまっ。やっぱ旨《うま》いわこれ」

「そう？」陽菜乃が目を細める。「よかった」

しっとりとした重みは上等なバターのせいか。表面のこんがり焼けた部分が香ばしい。

かつては、とても信じられなかった。こんなふうに再び集まれる日が来ようとは。

この二十年というもの、見えない枷《かせ》と鎖につながれて身動きもままならなかったのだ。犯した罪を楯《たて》に取られ、人として当然の罪悪感さえ抱く余裕がないほどだった。

どうかすると今もまだ、あの頃の荒《すさ》んだ生活が現実で、こちらが夢幻ではないかと怖《おそ》れる自分がいる。目が覚めたら寒々しいアパートの部屋にいて、煎餅布団《せんべいぶとん》に転がり、高熱にうなされているのではないか。あるいは自ら鉄パイプを握りしめ、足もとに転がる黒い骸《むくろ》を見下ろしているのでは……。

「おいしいねえ、とね、おいしいねえ」

隣で嬉しそうにマフィンを頬張る真帆に目をやり、頷き返す。手を伸ばし、少し汗ばんだ髪を梳《す》いてやる。

過去は、消せない。

今はただ、指先に触れるこの温《ぬく》もりこそが、自分を現実につなぎ止めてくれる柔らかな枷であり鎖だ。

「ママは、おりょうりのてんさいで、ひなちゃんは、おかしのてんさいだよね」

「ああ、まったくだ」

ありがたいことに、最近は仕事も軌道に乗っている。元請けの堀川左官から切られた時はどうなるかと思ったが、佐々木の事件が片付いてしばらくたった頃、とある工務店から連絡があった。その後は、コンスタントに仕事を回してもらっている。

これまで関わった記憶はない。どういう伝手《つて》かと訊いても、ずんぐりと小柄な社長は肩をすくめて笑うだけだ。

〈なに、あんたの腕を見込んでのことだよ〉

頬に走る傷跡のせいで強面《こわもて》に見えるが、目を見ればおおかたのことはわかる。信頼に足る相手だと思った。

「ひなちゃん、ねえ、もうひとつい－い？」

真帆が甘えた声でねだる。

「どうぞどうぞ。いっぱい食べてくれたほうが嬉しいもの」

「だよね。じゃ、私も遠慮なく」

と、美月までが手を伸ばす。

そのあとから、秀俊もバスケットに手をつっこんだ。焼き色のひときわ美しいものを選び、まだ一つも食べていない陽菜乃に差し出す。

視線が、交叉《こうさ》する。

柔らかく微笑みながら受け取った彼女は、いつだったか土手の上から川のずっと向こうを指し示したあの細く白い指先で、マフィンをそっと二つに割った。あたりを払うように柑橘《かんきつ》の香りが立ちのぼり、潮風の重たい甘さと入り混じる。

瞬間——。

十四の夏に戻った気がした。

みんなで海に来て、わけもなくはしゃぎ、心の底から笑い合ったあの日。

まるで、昨日のことのようだ。

Special Thanks to
Yuka Kimura, Kunio Ueda

解　説

馳　星　周

友人の書いた小説を読むというのは妙なものだ。

お互いに小説を書くことを生業《なりわい》にしているというのに、普段、小説の話はまったくしない。馬鹿話《ばかばなし》に興じていることがほとんどだ。

そもそも、村山が軽井沢に移住してくるまでは接点がほとんどなかった。

向こうは女性に大人気の恋愛小説作家だし、こっちはノワールなチンピラ作家だ。文壇で顔を出すパーティも違えば、寄ってくる編集者も違う。一口に小説家と言っても拠《よ》って立つ場所は様々だ。人生観も違えば、小説観も違う。

わたしは、村山に限らず、付き合いのある小説家と小説の話はほとんどしない。するのは文学賞の選考会の時だけだ。これは仕事だから致し方ないが、それ以外で小説の話をはじめた場合、万一、引くに引けないエリアまで話題が進んでしまうと間違いなく喧《けん》嘩《か》になる。それぐらい、小説家は己を賭《か》けて小説を書いているのだ。

わたしと村山が友人として付き合うようになったのは、先にも書いたように村山が軽井沢に移住してきたことがきっかけだ。聞けば、我が家から車で数分のご近所さん。村山の軽井沢の家は元々写真スタジオだったものを改装しただだっ広い建物なのだが、その新居お披露目パーティに招かれた際、家の中を一目見て、「こんな家に住むなんて、おまえ、頭いかれてるんじゃないの」と発したわたしを村山がたいそう気に入ったからだ。以降、夫婦揃《そろ》って飯を食いに行ったり、カラオケに行ったり、村山の家に招かれてわたしが手料理を振る舞ったりという付き合いが続いている。

わたしも妻も大酒飲みだが、村山はあまり飲まないので、どこかに飯でも食いに行こうということになると、村山が車で我が家まで迎えに来てくれる。我が家では村山は「アッシー」と呼ばれているのだ。いや、さすがに妻はそんな呼び方はしない。わたしだけがそう呼んでいる。

かれこれ十五年近く、そんな友人付き合いを続けているわけだが、もちろん、小説の話をしたことなど一度もない。

なのに、村山がわたしに自著の解説を書けという。これまで散々アッシーとして尽くしてきたのだから、それぐらいしてくれてもよかろうにというのだ。

相当な自信作なのだな。

さすがのわたしも背筋を伸ばして『嘘《うそ》 Love Lies』を手にした次第である。

最初の一ページを読んで、ふむと唸《うな》った。わたしには到底書けない文体だからだ。登場人物の行動や心情を描くのにもそれぞれの小説観が現れる。

わたしの側の小説を例にすると、よく「ハードボイルドな文体」という表現を目にする。主人公の一人称、登場人物の行動を歯切れのいい文章で描写し、心理描写は極力抑える。しかし、やはり書き手によってその文章は千差万別だ。

わたしは心理描写を嫌う。行動から察しろというスタイルで書く。だが、村山は登場人物の心理の襞《ひだ》を詳細に描き、さらにはその襞の奥の奥に分け入っていこうとする。第一章を読み終える頃には、村山の文章にすっかり馴染《なじ》んでいた。ウォーミングアップが済んだのだ。

自分には書けない文章、自分には書けない物語。

小説家の読書というのは、そうした小説に出会ってこそ喜びに繋《つな》がるのだ。

秀俊《ひでとし》、美月《みづき》、亮介《りょうすけ》、陽菜乃《ひなの》――『嘘』はこの四人にまつわる物語だ。

彼らは中学校で出会い、仲が良くなっていく。それぞれが背負う人生は普通は混じり合うことがない。だが、通学という強制を伴う制度が四人を引き合わせる。やがて、男と女という組み合わせから思慕の念が芽生えたり、それがきっかけで四人の仲に目に見えない歪《ゆが》みが生じたり。この辺りはいわゆる普通の青春小説仕立てだ。

それが、とある事件が勃発《ぼっぱつ》することで物語は別の表情を見せはじめる。事件の衝撃により、心に深い傷を負う者、のっぴきならない立場に追いやられていく者、ただ見守ることしかできない者。

それぞれの立場によって、永遠に続くかと思われた友情は行き先を見失って漂流する。朗らかだった若者たちは、ある日突然、落とし穴に落ちたのだ。その穴は暗《くら》く深く、闇《やみ》に飲み込まれた彼らは、自身の心の内にも闇を育《はぐく》んでいくようになる。

この過程を描く村山の描写と筋運びは圧巻だ。読む者に疑問を抱かせることも、立ち止まらせることもなく物語を書き進め、読書の興奮に誘《いざな》っていく。

しかし、わたしは小説家である。村山の同業者である。若者たちの物語が一段落したところで、一旦《いったん》本を閉じ。ふうと息をつく。

小説家というのは面白い生き物だ。

わたしならこうは書かない。だが、村山はこう書くのだ。わたしなら彼らをもっと追い詰める。なぜなら、わたしは人という生き物に対して辛《しん》辣《らつ》だからだ。

だが、絶望のどん底で喘《あえ》ぐ者を描いてなお、村山の眼差《まなざ》しは穏やかで優しい。人という生き物を愛《いと》おしんでいるからだろうか。

百人の小説家がいれば、同じものを題材にしても百通りの物語が生まれる。読む者にとってその物語が心地よいかどうかはまた別の話だが、村山の描く物語は、少なくともわたしにとっては新鮮だった。

そうか。おまえはこう書くのか。

再び本を開き、その後は、ラストまで一気に読み切った。

こう書くと語弊があるかもしれないが、物語の行き着く先は、わたしの予想した通りだった。

村山由佳が書くのならこうなるはずだ。それが村山の見ている世界だからだ。村山の書きたい世界だからだ。

この物語を求める者は大勢いるだろう。この物語を読んで深い余韻に浸る者もまた大勢いるだろう。

『嘘』はそういう小説である。

わたしには書けないとても優れた小説だ。

わたしもまた、わたしにしか書けない優れた小説を書こう。

こういう小説を書く人間に友達として認めてもらえて、大変ありがたい。

余談だが、村山と呼び捨てにし、おまえと上から目線で書いているが、村山の方がひとつ、年上なのである。

しょうもないご近所さんにして友人を笑って許容する度量の広さもまた、村山由佳という小説家の魅力なのだろうな。

（令和二年十一月、作家）

この作品は平成二十九年十二月新潮社より刊行された。

新潮文庫最新刊

嘘《うそ》 Love Lies

新潮文庫 む-20-2

令和三年二月一日発行
令和三年三月五日三刷

著者 村《むら》山《やま》由《ゆ》佳《か》

発行者 佐藤隆信

発行所 株式会社 新潮社
郵便番号 一六二―八七一一
東京都新宿区矢来町七一
電話 編集部(〇三)三二六六―五四四〇
読者係(〇三)三二六六―五一一一
https://www.shinchosha.co.jp

価格はカバーに表示してあります。

乱丁・落丁本は、ご面倒ですが小社読者係宛ご送付ください。送料小社負担にてお取替えいたします。

印刷・大日本印刷株式会社 製本・加藤製本株式会社

ISBN978-4-10-100342-9 C0193